Über dieses Buch Diese sechs Erzählungen hat Joseph Conrad 1908 zu einem Buch ›A Set of Six‹ geordnet und sie bei dieser Gelegenheit charakterisiert: ›Gaspar Ruiz‹ als romantische Geschichte, ›Der Spitzel‹ als ironische, ›Das Untier‹ als zornige, ›Ein Anarchist‹ als verzweifelte, ›Das Duell‹ als kriegerische und ›Il Conde‹ als pathetische. Und dieser Sachverhalt allein macht schon deutlich, was Martin Beheim-Schwarzbach in die Worte faßte: »Ich meine, daß von allen Erzählern großen Stils Joseph Conrad der dichterischste, der poetischste ist. Seine Welt ruht ganz auf realistischem Boden und steht doch völlig eigengesetzlich und für sich da. Seine Dialoge folgen einer eigenartigen Architektur des Auslassens und Verschweigens ...« Ein Erzähler »auf einsamer Höhe«.

Der Autor Joseph Conrad (eigentlich Josef Teodor Konrad Nalec Korzeniowski) wurde 1857 als Sohn polnischer Landedelleute in der Ukraine geboren. Er besuchte das Gymnasium in Krakau und ging mit siebzehn Jahren nach Marseille, um Seemann zu werden. Als britischer Kapitän befuhr er die Weltmeere und bereiste den Kongo und die Malaiischen Inseln, Schauplätze seiner späteren Romane. Schon als Seeoffizier begann er zu schreiben. Als ein tropisches Fieber ihn zwang, den Seemannsberuf aufzugeben, ließ er sich 1894 als freier Schriftsteller in England nieder. In den folgenden dreißig Jahren entstanden – oft unter großer materieller Not – die berühmten Romane und Geschichten dieses Autors, der, obwohl er die englische Sprache erst als Erwachsener erlernte, zu den großen Meistern der englischen Literatur zählt. Er starb 1924 in seinem Landhaus bei Canterbury.
Im Fischer Taschenbuch Verlag erschienen außerdem ›Der Nigger von der »Narzissus«‹ (Bd. 2054), ›Der Freibeuter‹ (Bd. 2055), ›Der Verdammte der Inseln‹ (Bd. 2056), ›Almayers Wahn‹ (Bd. 2057), ›Die Rettung‹ (Bd. 2058), ›Die Schattenlinie‹ (Bd. 2059), ›Sieg‹ (Bd. 5352), ›Spannung‹ (Bd. 5355), ›Geschichten der Unrast‹ (Bd. 5724), ›Über mich selbst‹ (Bd. 5725).

Joseph Conrad

GASPAR RUIZ UND ANDERE ERZÄHLUNGEN

Fischer Taschenbuch Verlag

Fischer Taschenbuch 5358
Januar 1984
Fischer Taschenbuch Verlag GmbH, Frankfurt am Main
Lizenzausgabe mit freundlicher Genehmigung
der S. Fischer Verlag GmbH, Frankfurt am Main
Deutsch von Fritz Lorch
Die englische Originalausgabe erschien 1908
unter dem Titel ›A Set of Six‹,
die deutsche Ausgabe 1963 als Teilsammlung
unter dem Titel ›Sechs Erzählungen‹ in dem Band
›Geschichten der Unrast und Sechs Erzählungen‹

Umschlagentwurf: Jan Buchholz / Reni Hinsch
Umschlagfoto: Klaus D. Francke
Druck und Bindung: Clausen & Bosse, Leck
Printed in Germany
1280-ISBN-3-596-25358-6

INHALT

Für Miss M. H. M. Capes

Les petites marionettes
Font, font, font,
Trois petits tours
Et puis s'en vont.

Kinderreim

Eine romantische Geschichte

GASPAR RUIZ

I

Ein revolutionärer Krieg zieht merkwürdige Charaktere aus dem Dunkel, welches das allgemeine Los bescheidener Wesen in einem ungestörten Zustand der Gesellschaft ist.

So mancher wird berühmt durch seine Laster und Tugenden oder einfach durch Handlungen, die von zeitweiliger Bedeutung sein mögen; und dann gerät er wieder in Vergessenheit. Allein die Namen einiger weniger Anführer überdauern das Ende des Kampfes mit der Waffe und gehen in die Geschichte ein, so daß sie, wiewohl aus dem Bewußtsein der Menschen schwindend, in Büchern noch immer fortleben.

Der Name des Generals Santierra erlangte diese kalte Unsterblichkeit, wie sie auf dem Papier steht. Er war ein Südamerikaner aus guter Familie, und die zu seinen Lebzeiten veröffentlichten Bücher zählten ihn zu den Befreiern des Kontinents von der Tyrannei der spanischen Herrschaft.

Jener lange Kampf, der auf der einen Seite für Unabhängigkeit, auf der anderen für Oberherrschaft geführt wurde, entwickelte im Laufe der Jahre und der Wechselfälle des launischen Geschicks die ganze Wildheit und Unmenschlichkeit eines Kampfes ums Leben. Alle Gefühle der Pietät und des Erbarmens verschwanden mit zunehmendem politischem Haß. Und wie es in Kriegen zu gehen pflegt, litt die Masse des Volkes, die bei dem Streitfall am wenigsten zu gewinnen hatte, den größten Schaden an ihren unbeachteten Individuen und ihrem bescheidenen Gut.

General Santierra begann seinen Dienst als Leutnant in der Armee der Freiheitskämpfer, die von dem berühmten San Martin aufgestellt und befehligt wurde, der später Lima eroberte und Peru befreite. Soeben war eine große Schlacht am Ufer des Bio-Bio-Flusses geschlagen worden. Zu den Gefangenen, die man unter den aufgeriebenen und in die Flucht geschlagenen royalistischen Truppen gemacht hatte, zählte auch ein Soldat namens Gaspar Ruiz. Durch seinen mächtigen Körperbau und großen Kopf stach er von seinen Mitgefangenen ab. Seine Person war nicht zu übersehen. Einige Monate zuvor war er nach einem der vielen Scharmützel, die der großen Schlacht vorangegangen waren, in den Reihen der republikanischen Truppen vermißt worden. Und jetzt, da er mit der Waffe in der Hand unter Royalisten gefangen worden war, hatte er nur ein Schicksal zu gewärtigen, nämlich als Deserteur erschossen zu werden. Gaspar Ruiz war jedoch kein Deserteur; sein Geist war kaum beweglich genug, um die Vorteile und Gefahren eines Verrates gegeneinander abwägen zu können. Warum sollte er das Lager wechseln? Er war tatsächlich in Gefangenschaft geraten, hatte Mißhandlungen und manche Entbehrung erdulden müssen. Kein Lager ließ Milde walten gegen seinen Feind. Es kam der Tag, da ihm gemeinsam mit einigen anderen in Gefangenschaft geratenen Aufrührern befohlen ward, in der vordersten Linie der royalistischen Truppen zu marschieren. Ihm war eine Muskete in die Hand gedrückt worden. Er hatte sie genommen. Er war marschiert. Er verspürte keine Lust, sich, wegen der Weigerung zu marschieren, unter besonders qualvollen Umständen töten zu lassen. Er wußte nicht, was Heroismus ist. Aber seine Absicht war es gewesen, die Muskete bei nächster Gelegenheit von sich zu werfen. Einstweilen hatte er fortgesetzt geladen und geschossen, aus Furcht, beim ersten Anzeichen von Störrigkeit von irgendeinem Unteroffizier des Königs der Spanier eine Kugel durch den Kopf gejagt zu bekommen. Er versuchte,

diese einfachen Erwägungen dem Feldwebel der Wachabteilung verständlich zu machen, die über ihn und ungefähr zwanzig andere standrechtlich zur Exekution verurteilte Deserteure eingesetzt worden war.
Es war in dem Hof des Forts hinter den Batterien, die die Reede von Valparaiso beherrschen. Der Offizier, der ihn identifiziert hatte, war weitergegangen, ohne auf seine Proteste zu achten. Sein Schicksal war besiegelt; die Hände wurden ihm sehr fest auf dem Rücken zusammengebunden; sein ganzer Körper schmerzte von den vielen Schlägen mit Stöcken und Gewehrkolben, die ihn auf der peinvollen Straße vom Ort seiner Gefangennahme bis zum Tor des Forts vorwärtsgetrieben hatten. Das war die einzige Art planvoller Rücksichtnahme gewesen, die den Gefangenen während des viertägigen Marschs über einen spärlich bewässerten Landstrich von ihrer Eskorte zuteil geworden war. Beim Überqueren der wenigen Bäche wurde ihnen erlaubt, ihren Durst wie die Hunde durch eiliges Auflecken des Wassers zu löschen. Abends, wenn sie, zu Tode erschöpft, auf den steinigen Grund des Halteplatzes niedersanken, bekamen sie ein paar Fleischbrocken vorgeworfen.
Als er früh am Morgen im Hof der Befestigung stand, nachdem man ihn die ganze Nacht hindurch unerbittlich vorangetrieben hatte, war Gaspar Ruiz' Kehle ausgedörrt, und seine Zunge lag ihm groß und trocken im Munde.
Und abgesehen davon, daß er sehr durstig war, wurde Gaspar Ruiz von einem Gefühl trägen Zorns geschüttelt, den er nicht gut zum Ausdruck zu bringen vermochte, da seine Geisteskraft keineswegs der Stärke seines Körpers gleichkam.
Die anderen Gefangenen in der Schar der Verurteilten ließen die Köpfe hängen und blickten hartnäckig zu Boden. Aber Gaspar Ruiz wiederholte unentwegt: »Weshalb hätte ich zu den Royalisten überlaufen sollen? Warum hätte ich überlaufen sollen? Sag mir das, Estaban!«

Er wandte sich an den Feldwebel, der zufällig aus derselben Gegend stammte wie er. Aber der Feldwebel zollte, nachdem er einmal seine mageren Achseln gezuckt hatte, der tiefen, murmelnden Stimme hinter seinem Rücken keine weitere Beachtung. Es nahm in der Tat Wunder, warum Gaspar Ruiz hätte überlaufen sollen. Seine Leute waren von zu bescheidenem Stand, um sich an den Nachteilen irgendeiner Regierungsform weiter zu stoßen. Es bestand kein Grund, weshalb er hätte wünschen sollen, die Herrschaft des Königs von Spanien mit eigener Person aufrechtzuerhalten. Er war auch nicht begierig gewesen, sich für ihren Sturz einzusetzen. Er hatte sich dem Lager der Unabhängigkeit in einer außerordentlich vernünftigen und natürlichen Weise angeschlossen. Eines frühen Morgens tauchte eine Schar Freiheitskämpfer auf, umzingelte die Farm seines Vaters, erstach die Wachhunde und zerschnitt einer fetten Kuh die Kniefledisen – alles im Handumdrehen und unter dem Ruf: »*Viva la libertad!*« Ihr Offizier ließ sich nach einem langen und erfrischenden Schlaf mit Begeisterung und großem Redeeifer über die Freiheit aus. Als sie des Abends abzogen und einige von Ruiz', des Vaters, besten Pferden mitnahmen, um ihre eigenen lahmen Tiere zu ersetzen, ging Gaspar Ruiz, nachdem er eindringlich von dem redseligen Offizier hierzu aufgefordert worden war, mit ihnen.

Kurz darauf brannte eine Abteilung royalistischer Truppen, die gekommen waren, um die Gegend zu befrieden, die Farm nieder, schleppte die verbliebenen Pferde und das Vieh fort und ließ die alten Leute, nachdem man sie aller weltlichen Habe beraubt hatte, unter einem Busche sitzend, im Genuß der unschätzbaren Wohltat des Lebens zurück.

II

Gaspar Ruiz, der als ein Fahnenflüchtiger zum Tode verurteilt worden war, dachte weder an seinen Heimatort noch an seine Eltern, denen er ein guter Sohn gewesen war dank der Milde seines Gemütes und der großen Kraft in seinen Gliedern. Der praktische Nutzen der letzteren war für seinen Vater noch durch sein gehorsames Wesen gesteigert worden. Gaspar Ruiz besaß eine fügsame Seele.

Doch jetzt wurde sie, da es ihm zuwider war, den Tod eines Verräters sterben zu müssen, zu einer Art blinder Empörung aufgerüttelt. Er war kein Verräter. Er sagte abermals zum Feldwebel: »Du weißt, daß ich nicht überlief, Estaban. Du weißt, daß ich mit drei anderen zwischen den Bäumen zurückblieb, um den Feind aufzuhalten, während die Abteilung davonrannte!«

Leutnant Santierra, der damals kaum mehr als ein Knabe und noch nicht mit dem mörderischen Aberwitz eines Kriegszustandes vertraut war, hatte sich in der Nähe aufgehalten, gleichsam gebannt von dem Anblick dieser Männer, die alsbald erschossen werden sollten – »um ein Exempel zu statuieren« – wie der *Commandante* gesagt hatte.

Ohne den Gefangenen eines Blickes zu würdigen, wandte sich der Feldwebel mit einem überlegenen Lächeln an den jungen Offizier.

»Zehn Männer hätten nicht ausgereicht, ihn zum Gefangenen zu machen, *mi teniente*. Überdies stießen die anderen drei nach Einbruch der Dunkelheit wieder zur Abteilung. Warum hätte ihm, der unverwundet und der Stärkste von ihnen war, mißlingen sollen, dasselbe zu tun?«

»Meine Stärke richtet gegen einen Berittenen mit einem Lasso nichts aus«, protestierte Gaspar Ruiz eifrig. »Er zerrte mich eine halbe Meile hinter seinem Pferd her.«

Bei dieser ausgezeichneten Erwiderung lachte der Feldwebel nur verächtlich. Der junge Offizier rannte fort, um den *Commandante* zu suchen.

Kurz darauf kam der Adjutant des Forts daher. Er war ein bärbeißiger, vierschrötiger Mann in einer abgerissenen Uniform. Seine dröhnende Stimme sprudelte aus einem flachen, gelben Gesicht hervor. Der Feldwebel erfuhr von ihm, daß die verurteilten Männer nicht vor Sonnenuntergang erschossen werden sollten. Er bat daraufhin um Instruktionen, was in der Zwischenzeit mit ihnen zu geschehen habe.

Der Adjutant sah sich mit finsterem Blick im Hof um und sagte, auf die Tür eines kleinen, verliesähnlichen Wachraums deutend, der Licht und Luft nur durch ein einziges schwer vergittertes Fenster erhielt: »Treiben Sie die Lumpen dort hinein!«

Der Feldwebel faßte den Stock, den er auf Grund seines Ranges bei sich trug, fester an und führte diesen Befehl mit Bereitwilligkeit und Eifer aus. Er schlug Gaspar Ruiz, dessen Bewegungen gemächlich waren, über Kopf und Schultern. Gaspar Ruiz blieb einen Augenblick lang unter dem Hagel von Schlägen stehen, biß sich sinnend auf die Lippen, als werde er von einem verwirrenden Gedankengang in Anspruch genommen, und folgte dann ohne Eile den anderen. Die Tür wurde verschlossen, und der Adjutant nahm den Schlüssel mit.

Gegen Mittag war die Hitze in diesem gewölbten und zum Ersticken überfüllten Raum unerträglich geworden. Die Gefangenen drängten sich ans Fenster und flehten die Wachen um einen Tropfen Wasser an; doch die Soldaten blieben in lässiger Haltung überall dort, wo sich nur ein Fleckchen Schatten unter einer Mauer finden mochte, liegen, während der Wachtposten, den Rücken an die Tür gelehnt, dasaß, eine Zigarette rauchte und von Zeit zu Zeit philosophisch die Augenbrauen hob. Gaspar Ruiz hatte sich mit unwiderstehlicher Gewalt einen

Weg zum Fenster gebahnt. Seine weite Brust brauchte mehr Luft als die der andern, sein großes Gesicht, das mit dem Kinn auf dem Fenstersims auflag und gegen die Gitterstäbe gepreßt war, schien die andern Gesichter zu stützen, die hinandrängten, um nach Luft zu schnappen. Sie waren von jammernden Bitten zu verzweifelten Schreien übergegangen, und das ungestüme Geheul jener durstigen Männer zwang einen jungen Offizier, der gerade über den Hof kam, zu schreien, um sich verständlich zu machen.

»Warum geben Sie diesen Gefangenen nicht etwas Wasser?«

Der Feldwebel entschuldigte sich mit einer überraschten Unschuldsmiene, indem er darauf hinwies, daß alle diese Männer dazu verurteilt seien, in sehr wenigen Stunden zu sterben.

Leutnant Santierra stampfte mit dem Fuß auf. »Sie sind zum Tod verurteilt, nicht zur Folter«, rief er. »Geben Sie ihnen unverzüglich zu trinken.«

Beeindruckt von dieser Zornesäußerung, begannen die Soldaten sich zu rühren, und der Wachtposten griff nach seiner Muskete und nahm stramme Haltung an.

Doch als ein paar Eimer gefunden und am Brunnen gefüllt worden waren, stellte sich heraus, daß sie nicht durch die Gitterstäbe gereicht werden konnten, da diese zu dicht nebeneinander standen. Bei der Aussicht, ihren Durst löschen zu dürfen, wurden die Schreie derer, die beim Ansturm auf die Fensteröffnung niedergetrampelt worden waren, geradezu herzzerreißend. Doch als dann die Soldaten, die die Eimer zum Fenster hinaufgehoben hatten, diese wieder hilflos absetzten, war der gelle Aufschrei der Enttäuschung noch viel fürchterlicher.

Die Soldaten der Unabhängigkeitsarmee waren nicht mit Feldflaschen ausgerüstet. Man fand einen kleinen Blechbecher, doch dessen Annäherung ans Fenster verursachte ein solches Getümmel, solche Schreie des Zorns und Schmerzes in der gestaltlosen Masse der Gliedmaßen hinter den gespannten Gesichtern

am Fenster, daß Leutnant Santierra eilig rief: »Nein, nein – Sie müssen schon die Türe öffnen, Wachtmeister.«
Der Feldwebel zuckte die Achseln und erklärte, ihm stehe nicht zu, die Tür zu öffnen, selbst wenn er den Schlüssel hätte. Aber er habe den Schlüssel nicht. Der Adjutant der Garnison verwahre den Schlüssel. Diese Männer machten wahrhaftig viele unnötige Scherereien, wo sie doch ohnehin bei Sonnenuntergang sterben müßten. Warum sie nicht sogleich am frühen Morgen erschossen worden seien, begreife er nicht.
Leutnant Santierra wandte dem Fenster geflissentlich den Rükken zu. Auf sein dringliches Ersuchen hin hatte der *Commandante* die Hinrichtung verschoben. Diese Gunst war ihm aus Rücksicht auf seine vornehme Familie und auf seines Vaters hohe Position unter den Anführern der republikanischen Partei gewährt worden. Leutnant Santierra glaubte, der Kommandierende General werde dem Fort irgendwann am Nachmittag einen Besuch abstatten, und er hoffte voller Scharfsinn, seine kindliche Fürbitte werde den gestrengen Herrn bewegen, zumindest einige dieser Verbrecher zu begnadigen. Im Aufruhr seiner Gefühle entlarvte sich ihm sein Dazwischentreten nun als eine sträfliche und unnütze Einmischung. Ihm war sonnenklar, daß der General nicht einmal geruhen werde, seiner Petition Gehör zu schenken. Ihm würde niemals gelingen, diese Männer zu retten, und er hatte sich nur verantwortlich für die Leiden gemacht, um die die Grausamkeit ihres Geschickes nun noch vermehrt wurde.
»Dann gehen Sie sofort und holen Sie den Schlüssel vom Adjutanten«, sagte Leutnant Santierra.
Der Feldwebel schüttelte mit beinahe verschämtem Lächeln den Kopf, während seine Augen nach der Seite zu Gaspar Ruiz' Gesicht hinüberblickten, das reglos und schweigend unter einem Haufen anderer ausgemergelter, verzerrter, schreiender Gesichter durch die Gitterstäbe starrte.

Seine Gnaden, der Adjutant de Plaza, murmelte der Feldwebel, halte zu dieser Stunde seine Siesta; und vorausgesetzt, daß er, der Feldwebel, bei ihm vorgelassen werde, so sei doch kein anderes Resultat zu erwarten, als daß ihm die Seele aus dem Leib geprügelt werde, weil er sich unterstanden habe, Seiner Gnaden Ruhe zu stören. Er machte eine flehende Handbewegung und hielt den Blick demütig auf seine braunen Zehen geheftet.

Leutnant Santierras Augen funkelten vor Entrüstung, doch er zögerte. Sein hübsches, ovales Gesicht, welches glatt wie das eines Mädchens war, errötete vor Scham über seine Ratlosigkeit. Die besondere Art dieser Ratlosigkeit war demütigend. Seine bartlose Oberlippe zitterte; er schien im Begriff, entweder in einen Wutanfall oder in Tränen der Verzweiflung auszubrechen.

Fünfzig Jahre später vermochte sich General Santierra, dieses ehrwürdige Überbleibsel aus revolutionären Zeiten, noch sehr wohl der Gefühle des jungen Leutnants zu erinnern. Seitdem der General das Reiten ganz aufgegeben hatte und es allzu beschwerlich fand, über die Grenze seines Gartens hinauszugehen, war es sein größtes Vergnügen, die Offiziere der ausländischen Kriegsschiffe, die den Hafen besuchten, bei sich zu bewirten. Für Engländer, als alte Waffengefährten, hatte er eine besondere Vorliebe. Englische Seeleute aller Ränge nahmen seine Gastfreundschaft neugierig an, weil er Lord Cochrane gekannt und an Bord eines Schiffes des von diesem erstaunlichen Seemann angeführten Geschwaders der Freiheitskämpfer an der Blockade und Durchbruchsoperation vor Callao teilgenommen hatte – eine Episode echten Ruhms in den Unabhängigkeitskriegen und unsterblicher Ehre in der Kampfestradition der Engländer. Er besaß beachtliche Sprachkenntnisse, dieser alte Überlebende der Befreiungsarmeen. Die verschmitzte Geste, mit der er sich jedesmal dann über seinen langen weißen

Bart strich, wenn ihm ein französisches oder englisches Wort entfallen war, gab seinen Erinnerungen das Gepräge mußevoller Würde.

III

»Ja, meine Freunde«, pflegte er zu seinen Gästen zu sagen, »was wollen Sie? Ein Junge von siebzehn Lenzen, ohne alle Erfahrung in den Weltdingen, verdankte ich meinen Rang nur dem glorreichen Patriotismus meines Vaters, Gott gebe seiner Seele Frieden. Ich erlitt eine ungeheure Demütigung – nicht so sehr durch den Ungehorsam dieses Subalternen, der immerhin die Verantwortung für diese Gefangenen trug; doch ich litt, weil ich mich – Junge, der ich war – selber fürchtete, wegen des Schlüssels zum Adjutanten zu gehen. Ich hatte schon früher Bekanntschaft mit seiner rauhen, bissigen Redeweise gemacht. Da er ein recht gewöhnlicher Geselle war, ohne ein weiteres Verdienst als das seines wilden Heldenmuts, ließ er mich vom ersten Tag an, als ich zu meinem Bataillon kam, das im Fort in Garnison lag, seine Verachtung und Abneigung spüren. Das war erst vor vierzehn Tagen gewesen! Ich wäre ihm mit dem Säbel in der Hand entgegengetreten, doch ich scheute mich vor der hämischen Brutalität seines Grinsens.

Ich wüßte nicht, daß ich mich in meinem Leben vorher oder nachher je wieder so elend gefühlt hätte. Die Martern, die ich in meiner Empfindlichkeit ausstand, waren derart, daß ich wünschte, der Feldwebel bräche tot vor meinen Füßen zusammen und die stumpfsinnigen Soldaten, die mich so anstierten, würden sich in Kadaver verwandeln; und sogar jene armen Teufel, für die mein Gesuch eine Gnadenfrist erwirkt hatte, wünschte ich ebenfalls tot, weil ich ihnen nicht ohne Scham in die Augen sehen konnte. Aus dem finsteren Raum, in den sie

eingesperrt waren, drang eine mephitische Hitze, wie ein Luftzug aus der Hölle. Diejenigen am Fenster, die gehört hatten, was vorging, verhöhnten mich in ihrer Verzweiflung: einer dieser Kerle, der ohne Zweifel den Verstand verloren hatte, drängte mich fortgesetzt mit großem Stimmaufwand, ich solle doch den Soldaten befehlen, durch das Fenster zu schießen. Dieses unsinnige Geschwätz ließ mir das Herz schwach werden. Und meine Füße waren wie Blei. Es war kein höherer Offizier zur Stelle, an den ich mich hätte wenden können. Ich besaß nicht einmal die Geistesgegenwart, einfach davonzugehen.
Gelähmt von Gewissensbissen, stand ich da und kehrte dem Fenster den Rücken zu. Sie dürfen nicht denken, all das hätte lange gedauert. Wie lange mag es gedauert haben? Eine Minute? Wenn Sie es an meinem geistigen Elend messen, so war es wie hundert Jahre; eine längere Zeit als mein ganzes bisheriges Leben. Nein, natürlich war es nicht einmal eine Minute. Das heisere Geschrei dieser armen Teufel erstarb ihnen in den trockenen Kehlen, und dann war plötzlich eine Stimme zu hören; eine tiefe, ruhig murmelnde Stimme. Sie forderte mich auf, mich herumzudrehen.
Diese Stimme, Señores, ging von dem Kopf Gaspar Ruiz' aus. Von seinem Körper sah ich nichts. Einige seiner Mitgefangenen waren ihm auf den Rücken geklettert. Er hielt sie hoch. Seine Augen blinzelten, ohne mich anzusehen. Dies und die Bewegung seiner Lippen war alles, dessen er in seinem überladenen Zustand fähig zu sein schien. Und als ich mich umwandte, fragte mich dieser Kopf, der von übermenschlicher Größe war und der auf seinem Kinn unter einer Menge anderer Köpfe aufruhte, ob mir wirklich darum zu tun sei, den Durst der Gefangenen zu löschen.
Ich sagte eifrig: ›Ja, ja!‹ und trat dicht ans Fenster. Ich war wie ein Kind und wußte nicht, was geschehen würde. Mich verlangte nach Trost in meiner Hilflosigkeit und Reue.

›Steht es in Ihrer Macht, *Señor teniente*, die Fesseln an meinem Handgelenk zu lösen?‹ fragte mich Gaspar Ruiz.
Seine Gesichtszüge drückten keine Angst, keine Hoffnung aus; die schweren Lider zuckten über seinen Augen, die an mir vorüber in den Hof starrten.
Wie in einem häßlichen Traum sprach ich stotternd: ›Was meinen Sie? Und wie soll ich an Ihre Handfesseln gelangen?‹
›Ich will versuchen, was ich tun kann‹, sagte er; und dann rührte sich dieser große, starrblickende Kopf endlich, und all die wilden Gesichter, die in jener Fensteröffnung übereinandergeschichtet waren, verschwanden, purzelten herunter. Er hatte seine Bürde mit einer einzigen Bewegung abgeschüttelt, so stark war er.
Und er hatte sie nicht nur abgeschüttelt, sondern er befreite sich nun auch noch von dem Gedränge um ihn her und verschwand aus meinem Blickfeld. Für einen Augenblick war niemand in der Fensteröffnung zu sehen. Er hatte sich hin- und hergeschwungen, geschoben und gestoßen und sich – bei seinen auf den Rücken gebundenen Händen – auf die einzige ihm mögliche Art Platz geschaffen.
Schließlich schob er mir, mit dem Rücken zum Fenster, seine mit einem vielfach verschlungenen Seil zusammengebundenen Handgelenke zwischen den Gitterstäben entgegen. Seine sehr geschwollenen Hände mit dem dick hervortretenden Geäder sahen riesenhaft und unbeholfen aus. Ich gewahrte den gebeugten Rücken. Er war sehr breit. Seine Stimme klang wie das Brummen eines Stiers.
›Schneiden Sie, *Señor teniente*. Schneiden Sie!‹
Ich zog mein Schwert aus der Scheide, mein neues, blankes Schwert, das noch keinen Einsatz mitgemacht hatte, und trennte die vielen Windungen des grausamen Seils. Ich tat das, ohne das Warum und Wozu meiner Handlung zu kennen. Der Feldwebel machte Miene, als wolle er aufschreien, aber die Ver-

blüffung verschlug ihm die Stimme, und er blieb mit geöffnetem Mund stehen, als sei er von plötzlichem Schwachsinn ergriffen worden.

Ich schob mein Schwert in die Scheide und blickte die Soldaten an. Eine Miene scheuer Erwartung war an die Stelle ihrer gewohnten trägen Teilnahmslosigkeit getreten. Ich hörte die Stimme Gaspar Ruiz', der drinnen aufjauchzte, doch die Worte konnte ich nicht recht verstehen. Ich vermute, daß der Anblick seiner befreiten Arme die Wirkung seiner Stärke noch erhöhte: ich meine hiermit die geistige Wirkung, die sich bei ungebildeten Menschen an einen außerordentlichen Grad körperlicher Stärke knüpft. Allerdings war er jetzt nicht mehr zu fürchten als zuvor: wegen der Taubheit seiner Arme nämlich, die noch eine Weile andauerte.

Der Feldwebel hatte die Sprache wiedergefunden. ›Bei allen Heiligen!‹ rief er, ›wir werden einen Kavalleristen mit einem Lasso holen müssen, um ihn einzufangen, wenn er zum Hinrichtungsplatz geführt werden soll. Nichts als ein guter *enlazador* auf einem guten Pferd kann ihn bändigen. Euer Gnaden haben da, mit Verlaub, etwas sehr Verrücktes getan.‹

Ich hatte nichts zu erwidern. Ich war selber überrascht, und ich empfand eine kindliche Neugierde zu sehen, was als nächstes geschehen werde. Doch der Feldwebel dachte nur daran, wie schwierig es sein würde, Gaspar Ruiz in die Gewalt zu bekommen, wenn es an der Zeit war, das Exempel zu statuieren.

›Oder vielleicht‹, fuhr der Feldwebel beunruhigt fort, ›werden wir gezwungen sein, ihn niederzuschießen, wenn er, sobald die Tür aufgeht herausstürzt.‹ Er war im Begriff, seiner Sorge hinsichtlich der angemessenen Ausführung des Urteils weiter freien Lauf zu lassen; doch er unterbrach sich mit einem plötzlichen Aufschrei, riß einem Soldaten die Muskete aus der Hand und stand wachsam, mit auf das Fenster gerichteten Augen da.«

IV

»Gaspar Ruiz war auf das Sims geklettert und saß nun dort, die Füße gegen die Dicke der Mauer gestemmt und die Knie ein wenig gebogen. Das Fenster war nicht ganz breit genug für die Länge seiner Beine. Meiner mutlosen Einbildungskraft kam es vor, als beabsichtige er, sich das Fenster allein vorzubehalten. Er schien es sich dort bequem zu machen. Drinnen wagte niemand, sich ihm zu nähern, jetzt da er mit seinen Händen zuschlagen konnte.

›*Por Dios!*‹ hörte ich den Feldwebel neben mir murmeln, ›ich werde ihm jetzt eine Kugel durch den Kopf jagen, damit es mit diesen Scherereien ein für allemal ein Ende hat. Er ist ein verurteilter Mann.‹

Hier sah ich ihn zornig an. ›Der General hat das Urteil noch nicht bestätigt‹, sagte ich – obwohl ich in meinem Herzen sehr wohl wußte, daß dies bloß hohle Worte waren. Das Urteil bedurfte keiner Bestätigung. ›Sie haben kein Recht, ihn zu erschießen, es sei denn, er versuchte zu entkommen‹, fügte ich mit Entschiedenheit hinzu.

›Aber, *sangre de Dios!*‹ kreischte der Feldwebel und brachte seine Muskete in Anschlag, ›er versucht doch soeben zu entkommen. Sehen Sie nur!‹

Doch gleichsam, als hätte Gaspar Ruiz einen Zauber auf mich ausgeübt, stieß ich die Muskete hoch, und die Kugel flog über die Dächer hinweg. Der Feldwebel schleuderte seine Waffe zu Boden und starrte vor sich hin. Er hätte den Soldaten befehlen können zu schießen, aber er unterließ es. Und wenn er es auch getan hätte – ich glaube, ihm wäre gerade in diesem Augenblick nicht gehorcht worden.

Mit seinen Füßen gegen die Mauer gestemmt und die Eisenstange mit seinen haarigen Händen umklammernd, saß Gaspar still da. Es war eine ausdrucksvolle Haltung. Eine Weile ge-

schah nichts. Und plötzlich dämmerte uns, daß er seinen gebeugten Rücken straffte und seine Arme spannte. Seine Lippen waren zu einer Grimasse verzogen. Als nächstes bemerkten wir, daß sich die schmiedeeiserne Stange unter dem machtvollen Zug seiner Arme langsam durchbog. Die Sonne brannte mit voller Macht auf seine verkrampfte, nicht im geringsten zuckende Gestalt nieder. Ströme von Schweiß brachen ihm auf der Stirn aus. Während ich zusah, wie sich die Stange krümmte, bemerkte ich, daß unter seinen Fingernägeln ein wenig Blut hervorsickerte. Dann ließ er los. Einen Augenblick lang verharrte er in sich zusammengesunken, mit hängendem Kopf und schläfrig in die aufgekehrten Innenflächen seiner mächtigen Hände blickend. Es machte wirklich den Anschein, als sei er eingedämmert. Doch plötzlich warf er sich auf dem Fenstersims zurück, stemmte die Sohlen seiner nackten Füße gegen die andere Mittelstange und bog auch diese in der der ersten entgegengesetzten Richtung durch.
Derart war seine Kraft, die in diesem Fall mein schmerzliches Gefühl erleichterte! Und dabei war dem Mann nichts anzumerken. Abgesehen von der Veränderung seiner Stellung, die notwendig war, um seine Füße zu gebrauchen, und die uns alle dadurch auffahren ließ, daß sie so brüsk geschah, erinnere ich mich nur an seine Reglosigkeit. Aber er hatte die Stäbe weit auseinandergebogen. Und jetzt hätte er hinausgelangen können, wäre ihm daran gelegen gewesen; aber er ließ die Beine nach innen herunterhängen und winkte den Soldaten über die Schulter zu. ›Reicht mir jetzt das Wasser herauf‹, sagte er. ›Ich will allen zu trinken geben.‹
Man gehorchte ihm. Einen Augenblick rechnete ich damit, daß Mann und Wasserkübel verschwänden, überwältigt von dem gierigen Andrang; ich dachte, sie würden ihn mit ihren Zähnen herunterzerren. Es kam zu einem Getümmel, doch er wehrte, den Eimer auf dem Schoß festhaltend, den Angriff die-

ser armseligen Teufel allein durch die Bewegung seiner Füße ab. Sie flogen bei jedem Tritt, vor Schmerz aufheulend, zurück; und die auf das Fenster starrenden Soldaten lachten.
Sie bogen sich alle vor Lachen, mit Ausnahme des Feldwebels, der düster und grimmig dreinblickte. Er war besorgt, die Gefangenen könnten einen Aufstand machen und ausbrechen – was ein sehr schlechtes Exempel gewesen wäre. Doch das war nicht zu befürchten, und ich selbst blieb mit gezücktem Schwert vor dem Fenster stehen. Als sie durch die Kraft Gaspar Ruiz' hinreichend gebändigt waren, kamen sie einzeln herbei, reckten ihre Hälse und hoben die Lippen an den Rand des Eimers, den der starke Mann ihnen mit einer außerordentlichen Gebärde der Nächstenliebe, der Güte und des Erbarmens von seinen Knien aus zuneigte. Der Eindruck der Wohltätigkeit war natürlich die Folge seiner Umsicht, kein Wasser zu verschütten, und der Haltung, in der er dort auf dem Fenstersims saß; denn sobald ein Mann zögerte und weiterhin mit den Lippen am Rand des Eimers kleben blieb, wiewohl Gaspar Ruiz ihm bedeutet hatte, er habe jetzt genug, war keine Sanftheit oder Gnade in dem Fußtritt zu bemerken, der den Betreffenden jammernd und kopfüber ins Innere des Gefängnisses beförderte, wo er zwei oder drei andere mit sich riß, ehe er hinfiel. Sie kamen immer wieder zu ihm; es machte den Eindruck, als wollten sie den Brunnen leer trinken, ehe sie in den Tod gingen; doch die Soldaten waren so belustigt von Gaspar Ruiz' systematischer Verfahrensweise, daß sie fröhlich das Wasser zum Fenster schafften. Als der Adjutant nach seiner Siesta herauskam, gab es einigen Verdruß wegen dieser Angelegenheit, dessen kann ich Sie versichern. Und das schlimmste war, daß der General, den wir erwartet hatten, an diesem Tag nicht mehr ins Fort kam.«
Die Gäste General Santierras brachten einstimmig ihr Bedauern zum Ausdruck, daß der Mann, der solche Leibesstärke und Geduld besessen, nicht gerettet worden sei.

»Nicht durch mein Dazwischentreten wurde er gerettet«, sagte der General. »Die Gefangenen wurden eine halbe Stunde vor Sonnenuntergang zur Hinrichtung geführt. Gaspar Ruiz machte entgegen den Befürchtungen des Feldwebels keine Schwierigkeiten. Es bedurfte keines Kavalleristen mit einem Lasso, um ihn zu bändigen, so als wäre er ein wilder Bulle auf dem *campo*. Ich glaube, er marschierte mit ungefesselten Armen zwischen den andern, die gebunden waren, hinaus. Ich sah nicht zu. Ich war nicht dabei. Ich war in Arrest geschickt worden, weil ich die Wache der Gefangenen störend beeinflußt hatte. In der Abenddämmerung, während ich niedergeschlagen in meinem Zimmer saß, hörte ich drei Feuersalven und dachte, ich sollte nie wieder etwas von Gaspar Ruiz hören. Er fiel mit den andern. Doch wir sollten dennoch von ihm hören, obwohl der Feldwebel sich damit brüstete, ihm, als er verscheidend oder schon tot in einem Haufen Hingestreckter dagelegen, einen Schwertstreich versetzt zu haben. Er habe das getan, sagte er, um sich zu vergewissern, daß die Welt nunmehr von einem gefährlichen Verräter befreit sei.

Ich gestehe Ihnen, Señores, daß ich an diesen starken Mann mit einer Art Dankbarkeit und mit einiger Bewunderung dachte. Er hatte seine Stärke ehrenvoll gebraucht. In seiner Seele befand sich demnach nicht jene Wildheit, die der Kraft seines Körpers entsprochen hätte.«

V

Gaspar Ruiz, der mit Leichtigkeit die schweren Eisenstangen des Gefängnisses auseinanderbiegen konnte, wurde mit den anderen zur gemeinsamen Exekution hinausgeführt. »Jede Kugel hat ihre Bestimmung«, heißt es im Sprichwort. Der ganze Wert von Sprichwörtern besteht in ihrer zusammengedrängten und drastischen Ausdrucksweise. In der Überraschung unseres Geistes ist ihre Überzeugungskraft zu suchen. Mit anderen Worten: wir sind betroffen und durch Betroffenheit überzeugt. Was uns überrascht, das ist die Form, nicht der Inhalt. Sprichwörter sind Kunst – billige Kunst. Im allgemeinen sind sie nicht wahr, es sei denn, sie erschöpfen sich in bloßen Plattheiten, wie zum Beispiel das Sprichwort: »Ein halber Laib ist besser als gar kein Brot«, oder: »Knapp verfehlt ist nicht besser als eine Meile am Ziel vorbei.« Manche Sprichwörter sind einfach irrsinnig, andere unmoralisch. Jenes, welches das naive Herz des großen russischen Volkes entstehen ließ: »Der Mensch drückt das Gewehr ab, doch Gott lenkt die Kugel«, ist von grausamer Frömmigkeit und steht in bitterem Widerspruch zu der überkommenen Vorstellung von einem barmherzigen Gott. Es wäre in der Tat ein höchst ungereimtes Beginnen für einen Beschützer der Armen, Unschuldigen und Hilflosen, die Kugel, zum Beispiel, ins Herz eines Vaters zu lenken.

Gaspar Ruiz war kinderlos, er hatte keine Frau, er war nie verliebt gewesen. Er hatte kaum je zu einem Weib gesprochen, außer zu seiner Mutter und der alten Negerin im Haushalt, deren runzlige Haut die Farbe von Schlacke hatte und deren magerer Körper vom Alter tief gebeugt war. Wenn einige Kugeln jener Musketen, die aus fünfzehn Schritt Entfernung abgefeuert wurden, ausdrücklich für das Herz Gaspar Ruiz' bestimmt waren, so verfehlten sie ihr Ziel. Eine jedoch trug ein kleines Stück seines Ohres mit sich fort, und eine andere einen Fetzen Fleisch von seiner Schulter.

Eine rote, von keinen Wolken verhüllte Sonne sank in ein purpurnes Meer und warf einen feurigen Blick auf die gewaltige Mauer der Kordilleren, diese erhabenen Zeugen ihres glorreichen Verlöschens. Doch ist es unvorstellbar, daß sie die ameisengleichen Männer gesehen haben sollte, die sich da an die absurden und bedeutungslosen Aufgaben des Tötens und

Sterbens machten, und zwar aus Gründen, die – abgesehen davon, daß sie im allgemeinen kindisch waren – obendrein unvollkommen verstanden wurden. Sie beleuchtete jedoch die Rücken der feuernden Abteilung und die Gesichter der verurteilten Männer. Einige von ihnen waren auf ihre Knie gesunken, andere stehengeblieben, einige wandten ihre Gesichter von den angelegten Gewehrläufen ab. Gaspar Ruiz stand aufrecht da, der Stämmigste von ihnen allen, und ließ seinen großen struppigen Kopf hängen. Die tiefstehende Sonne blendete ihn ein wenig, und er betrachtete sich bereits als einen toten Mann.

Er fiel bei der ersten Salve. Er fiel, weil er dachte, er sei ein toter Mann. Er stürzte schwer zu Boden. Der Aufschlag seines Körpers überraschte ihn. ›Ich bin anscheinend doch nicht tot‹, dachte er, als er hörte, wie die Exekutionsabteilung auf einen Befehl hin ihre Gewehre von neuem lud. Da dämmerte in ihm zum erstenmal die Hoffnung auf Rettung. Er blieb mit starren Gliedern ausgestreckt liegen unter dem Gewicht zweier Körper, die kreuzweise über seinem Rücken zusammengebrochen waren. Als die Soldaten ihre dritte Salve in den sich leise rührenden Haufen der Erschossenen feuerten, war die Sonne unter den Horizont gesunken, und mit dem Dunkelwerden des Ozeans brach fast unverzüglich die Dämmerung über die Küste der jungen Republik herein. Hoch über der Düsternis des Tieflandes blieben die schneeigen Gipfel der Kordilleren noch lange licht und purpurn. Ehe die Soldaten ins Fort zurückmarschierten, setzten sie sich nieder, um zu rauchen.

Der Feldwebel sonderte sich ab und schlenderte mit dem nackten Schwert in der Hand an dem Haufen der Toten hin. Er war ein menschenfreundlicher Mann und hielt nach jeglicher Regung oder Zuckung von Gliedmaßen in der gnädigen Absicht Ausschau, die Spitze seines Schwertes in jedweden Körper zu stoßen, der auch nur das geringste Lebenszeichen von sich gab.

Aber keiner der Leiber bot ihm eine Gelegenheit zur Demonstration seiner mildtätigen Absicht. Nicht ein Muskel zuckte an den Männern, nicht einmal die mächtigen Muskeln Gaspar Ruiz', der, überströmt vom Blut seiner Nachbarn und sich tot stellend, danach strebte, lebloser als die übrigen zu erscheinen. Er lag auf dem Gesicht. Der Feldwebel erkannte ihn an seiner Statur und blickte, da er selbst ein sehr kleiner Mann war, voll Neid und Verachtung auf die Hingestrecktheit solcher Leibesstärke. Diesen Soldaten hatte er nie leiden mögen. Er versetzte Gaspar Ruiz einen langen Hieb über den Nacken, getrieben von einer dunklen Feindseligkeit und in der undeutlichen Vorstellung, sich des Todes dieses starken Mannes vergewissern zu müssen, gleichsam als sei ein kraftvoller Körper gefeiter gegen Gewehrkugeln. Denn der Feldwebel zweifelte nicht daran, daß Gaspar Ruiz an vielen Stellen getroffen worden war. Dann ging er weiter, und kurz darauf marschierte er mit seinen Leuten davon und überließ die Leiber der Sorge der Krähen und Geier.

Gaspar Ruiz hatte einen Schrei unterdrückt, obwohl es ihm vorgekommen war, als werde sein Kopf mit einem Schlag vom Rumpf getrennnt; und als die Dunkelheit hereinbrach, schüttelte er die Toten ab, deren Gewicht ihn bedrückt hatte, und kroch auf Händen und Knien über die Ebene davon. Nachdem er an einem seichten Flüßchen wie ein verwundetes Tier in großen Zügen getrunken hatte, richtete er sich auf und stolperte benommen und ziellos dahin – wie verloren unter den Sternen der klaren Nacht. Vor ihm schien sich ein kleines Haus aus dem Boden zu erheben. Er schwankte auf die Veranda und schlug mit seiner Faust gegen die Tür. Kein Lichtschimmer drang daraus hervor. Gaspar Ruiz hätte denken müssen, daß die Bewohner daraus geflohen seien wie aus so vielen anderen Häusern in der Gegend, wären nicht die Schmährufe gewesen, die ihm auf sein Pochen entgegenschollen. In seinem fiebrigen und geschwächten Zustand erschien ihm das zornige Geschrei wie eine Halluzination, die mit zu dem grausigen, traumartigen Gefühl seiner unerwarteten Verurteilung, des erlittenen Durstes, der aus fünfzehn Schritt Entfernung auf ihn abgefeuerten Salven, des Schlages, der seinen Kopf vom Rumpfe trennte, hinzugehörte. »Macht auf!« rief er. »Macht um Gottes willen auf!«

Eine wütende Stimme verhöhnte ihn aus dem Innern des Hauses: »Kommt nur herein, kommt herein. Das Haus gehört euch. Das ganze Land gehört euch. Kommt und nehmt euch alles.«

»Um der Liebe Gottes willen«, murmelte Gaspar Ruiz.

»Gehört nicht das ganze Land euch Patrioten?« schrie die Stimme hinter der Tür weiter. »Seid Ihr kein Patriot?«

Gaspar Ruiz wußte es nicht. »Ich bin ein Verwundeter«, sagte er apathisch.

Alles wurde still im Innern. Gaspar Ruiz verlor die Hoffnung, eingelassen zu werden, und legte sich direkt vor der Tür auf die Veranda. Er sorgte sich nicht im geringsten um das, was mit ihm geschehen werde. All sein Denken schien sich auf seinen Nacken zu konzentrieren, in dem er einen durchdringenden Schmerz verspürte. Seine Gleichgültigkeit gegenüber seinem Schicksal war echt.

Als er aus seinem fiebrigen Dämmerschlaf erwachte, begann es zu tagen; die Tür, an die er in der Dunkelheit geklopft hatte, stand jetzt weit offen, und ein Mädchen, das sich mit ausgestreckten Armen gegen den Türpfosten stützte, beugte sich über die Schwelle. Da er auf dem Rücken lag, starrte er zu ihr auf. Ihr Gesicht war bleich, und ihre Augen waren sehr dunkel; ihr Haar hing herab, schwarz wie Ebenholz gegen die Weiße ihrer Wangen; ihre Lippen waren voll und rot. Hinter ihr erblickte er einen anderen Kopf, mit langen grauen Haaren, und ein dünnes altes Gesicht, mit zwei ängstlich zusammengeschlagenen Händen unter dem Kinn.

VI

»Ich kannte diese Leute vom Sehen«, pflegte General Santierra seinen Gästen am Eßtisch zu erklären. »Ich meine die Leute, bei denen Gaspar Ruiz Obdach fand. Der Vater war ein alter Spanier, ein vermögender Herr, der durch die Revolution ruiniert worden war. Seine Güter, sein Stadthaus, sein Geld – alles, was er auf der Welt besaß, war durch Proklamation konfisziert worden; denn er war ein erbitterter Gegner unserer Unabhängigkeit. Nachdem er eine sehr angesehene und einflußreiche Stellung im Rat des Vizekönigs innegehabt hatte, war er nunmehr auf einen Stand herabgesunken, der von geringerer Bedeutung war als der seiner Negersklaven, die durch unsere glorreiche Revolution in Freiheit gesetzt worden waren. Er verfügte nicht einmal mehr über die Mittel, aus dem Land zu fliehen, wie es anderen Spaniern gelungen war. Mag sein, daß er, als er verarmt und obdachlos dahinzog, mit keiner anderen Bürde beladen als der seines Lebens, das ihm dank der Milde der Provisorischen Regierung verblieben war, einfach auf dieses alte Schindeldach gestoßen war. Es war ein einsamer Ort. Nicht einmal ein Hund schien zu dem Anwesen zu gehören. Doch obwohl das Dach Löcher hatte, als wären ein oder zwei Kanonenkugeln eingeschlagen, waren die hölzernen Fensterläden dick und blieben ständig fest verschlossen.

Mein Weg führte mich häufig an dieser erbärmlichen Farm vorüber. Ich ritt fast jeden Abend vom Fort in die Stadt, um unter dem Fenster einer Dame zu seufzen, die ich liebte. Wenn man jung ist, Sie verstehen... Sie war eine gute Patriotin, das dürfen Sie mir glauben. Caballeros, Sie mögen es mir zugute halten oder nicht: die Wogen politischer Gefühle gingen in jenen Tagen so hoch, daß ich mir nicht vorzustellen vermag, wie mich die Reize einer Frau mit königstreuen Ansichten hätten betören können...«

Das Murmeln belustigten Unglaubens rings um den Tisch unterbrach den General; und solange es anhielt, strich er sich ernst über den weißen Bart.

»Señores«, verwahrte er sich feierlich, »ein Royalist war für unsere überspannten Empfindungen ein Ungeheuer. Ich sage Ihnen das, damit nicht der Verdacht entsteht, ich hätte die leiseste Zärtlichkeit für die Tochter des alten Royalisten gehegt. Darüber hinaus waren, wie Sie ja wissen, meine Gefühle andernorts festgelegt. Dennoch konnte ich nicht umhin, gelegentlich auf sie aufmerksam zu werden, wenn die Tür geöffnet war und sie auf der Veranda stand.

Sie müssen wissen, daß dieser alte Royalist so verrückt wie nur möglich war. Sein politisches Mißgeschick, sein restloser Fall und Ruin hatten seinen Geist verstört. Um seine Verachtung für das, was wir Patrioten tun konnten, zu bekunden, ließ er es sich angelegen sein, über seine Einkerkerung, die Enteignung seiner Ländereien, die Einäscherung seiner Häuser und über das Elend laut zu lachen, in das er und die Frauen seines Hausstandes gesunken waren. Diese Gewohnheit, laut zu lachen, hatte sich bei ihm festgesetzt, so daß er unverzüglich zu lachen und zu schreien begann, wenn er irgendeines Fremden ansichtig wurde. Das war die besondere Art seines Wahnsinns.

In dem Überlegenheitsgefühl, welches der Erfolg unserer Sache in uns Amerikanern erzeugt hatte, schenkte ich dem Gepolter dieses Wahnsinnigen natürlich keine Beachtung. Vermutlich verachtete ich ihn geradezu, weil er von altem kastilischem Blut, ein geborener Spanier und ein Royalist war. Natürlich wären dies keine Gründe gewesen, einen Mann geringzuschätzen; aber während Jahrhunderten hatten diese geborenen Spanier uns Amerikaner mit Verachtung behandelt – Männer von nicht geringerer Abstammung als der ihren –, einfach weil wir sogenannte Kolonisten waren. Man hatte uns erniedrigt und uns unsere Minderwertigkeit im gesellschaftlichen Verkehr spüren lassen. Und jetzt waren wir am Zuge. Nichts hinderte uns Patrioten, dieselben Gefühle an den Tag zu legen; und da ich ein junger Patriot war, Sohn eines Patrioten, verachtete ich diesen alten Spanier; und da ich ihn verachtete, schenkte ich verständlicherweise seinen Beschimpfungen keinerlei Beachtung, obwohl sie mir ärgerlich waren. Ein anderer wäre vielleicht nicht so langmütig gewesen.

Er pflegte mit einem gellenden Schrei anzufangen – ›Ich sehe einen Patrioten. Noch einen von ihnen!‹ –, schon lange ehe ich in die Nähe des Hauses kam. Der Ton seiner sinnlosen Schmähungen, die mit lauten Lachsalven vermischt waren, klang manchmal durchdringend schrill und manchmal ernst. Es war alles sehr verrückt; aber ich meinte, ich sei es meiner Würde schuldig, mein Pferd im Schritt gehen zu lassen, ohne auch nur einen Blick auf das Haus zu werfen, gleichsam als wäre das Geschimpfe dieses Mannes auf der Veranda belangloser als das Bellen eines Köters. Immer wenn ich vorüberritt, setzte ich eine Miene hochmütiger Gleichgültigkeit auf.

Das war zweifellos sehr würdig; doch ich hätte besser getan, meine Augen offen zu halten. In Kriegszeiten sollte sich ein Offizier nie als nicht diensthabend betrachten – und vor allem nicht, wenn der Krieg ein revolutionärer Krieg ist und der Feind nicht nur an der Tür steht, sondern im Hause selber. In solchen Zeiten beseitigt die Hitze leidenschaftlicher, in Haß übergehender Überzeugungen bei vielen Männern die Schranken der Ehre und Menschlichkeit und bei manchen Frauen die des Feingefühls und der Furcht. Diese letzteren werden, wenn sie erst einmal die Schüchternheit und Zurückhaltung ihres Geschlechts von sich geworfen haben, auf Grund der Lebhaftigkeit ihres Verstandes und des Ungestüms ihres erbarmungslosen Hasses gefährlicher als eine Schar bewaffneter Riesen.«

Die Stimme des Generals erhob sich, doch seine große Hand strich zweimal über seinen weißen Bart, was den Eindruck ehrwürdiger Gelassenheit hervorrief. »*Si*, Señores! Frauen sind bereit, sich zu Höhen der Andacht emporzuschwingen, die uns Männern unerreichbar sind, wie auch in Tiefen der Erniedrigung zu versinken, die unser männliches Vorurteil in Staunen versetzen. Ich spreche jetzt von außerordentlichen Frauen, Sie verstehen...«

Hier bemerkte einer der Gäste, daß er noch nie einer Frau begegnet sei, die nicht fähig gewesen wäre, sich unter Umständen, welche ihr Gefühl in Wallung geraten ließen, als außerordentlich zu erweisen. »Die Art, wie sie in ihrer Unbesonnenheit uns überlegen sind«, schloß er, »macht sie zur anziehenderen Hälfte der Menschheit.«

Der General, der die Unterbrechung mit Ernst hinzunehmen wußte, nickte in höflicher Zustimmung. »*Si, si.* Unter Umständen... Genau. Sie können zuweilen auf gänzlich unerwartete Weise unendlich viel Schaden anrichten. Denn wer hätte gedacht, daß ein junges Mädchen, Tochter eines ruinierten Royalisten, der nur, weil seine Feinde ihn verachteten, am Leben geblieben war, die Macht haben sollte, Tod und Verwüstung über zwei blühende Provinzen zu bringen und den Anführern der Revolution in der Stunde ihres Erfolges zu einer ernsten Sorge zu werden!« Er hielt inne, auf daß dieses Wunder unsere Gemüter ergriffe.

»Tod und Verwüstung«, murmelte jemand überrascht: »wie entsetzlich!«

Der alte General warf einen Blick in Richtung des Murmelnden und fuhr fort. »Ja. Das heißt: Krieg – Unheil. Aber die Mittel, durch die sie die Macht erlangte, solche Verheerung an unserer südlichen Grenze zu bewirken, erscheinen mir, der ich sie gesehen und mit ihr gesprochen habe, noch entsetzlicher. Dieses besondere Faktum hinterließ in meinem Geist ein grausiges

Staunen, das auch die späteren Erfahrungen des Lebens, die Erfahrungen von mehr als fünfzig Jahren, nicht abzuschwächen vermochten.« Er blickte in die Runde, als wollte er sich unserer Aufmerksamkeit versichern, und erklärte dann in veränderten Ton: »Wie Sie wissen, bin ich ein Republikaner und Sohn eines Befreiers. Meine unvergleichliche Mutter, Gott gebe ihrer Seele Frieden, war eine Französin, die Tochter eines feurigen Republikaners. Als ein Junge kämpfte ich für die Freiheit; ich habe immer an die Gleichheit der Menschen geglaubt; und was ihre Brüderlichkeit angeht, so ist sie meines Erachtens noch unbezweifelbarer. Sehen Sie sich nur den wilden Haß an, den sie in ihren Gegensätzen bekunden. Und was in aller Welt wäre Ihres Wissens von erbitterterer Wildheit als der Streit zwischen Brüdern?«

Das Fehlen jeglichen Zynismus' erstickte die Neigung, über diese Ansicht von menschlicher Bruderschaft zu lächeln. Im Gegenteil klang in seinem Tonfall eine Melancholie mit, die nur natürlich war bei einem in seinem Herzen tief humanen Manne, der aus Pflichtgefühl, aus Überzeugung und aus Notwendigkeit eine Rolle in Szenen von unbarmherziger Gewalttätigkeit gespielt hatte.

Der General hatte eine Menge brudermörderischen Haders gesehen. »Gewiß. Es kann keinen Zweifel über ihre Bruderschaft geben«, beharrte er. »Alle Menschen sind Brüder, und als solche wissen sie fast zuviel über einander. Aber« – und hier zwinkerten in dem alten, silbrig weißen Patriarchenkopf die schwarzen Augen lustig – »wenn wir auch alle Brüder sind, so sind nicht alle Frauen unsere Schwestern.«

Man konnte hören, wie einer der jüngeren Gäste seiner Erleichterung über diese Tatsache flüsternd Ausdruck gab. Doch der General fuhr mit bedächtigem Ernst fort: »Sie sind so anders! Die Geschichte vom König, der eine Bettelmagd neben sich auf den Thron erhob, mag ganz hübsch sein, was die Art betrifft, wie wir uns selbst und die Liebe betrachten. Aber daß ein junges Mädchen, das berühmt für seine hochmütige Schönheit und noch kurze Zeit vorher die Angebetete auf allen Bällen im Palast des Vizekönigs war, einen Guasso, einen gemeinen Bauern, bei der Hand nehmen sollte, ist unserem Gefühl von den Frauen und ihrer Liebe unerträglich. Es ist Wahnsinn. Trotzdem geschah es. Aber es muß gesagt werden, daß es in ihrem Fall der Wahnsinn des Hasses war – nicht der der Liebe.«

Nachdem er diese Entschuldigung in einem Geiste ritterlicher Gerechtigkeit vorgebracht hatte, schwieg der General eine Weile. »Ich ritt fast täglich an jenem Haus vorüber«, begann er abermals, »und das war es, was drinnen vor sich ging. Doch wie es vor sich ging, das kann kein Mensch begreifen. Ihre Verzweiflung muß sehr groß gewesen sein, und Gaspar Ruiz war ein gelehriger Bursche. Er war ein gehorsamer Soldat gewesen. Seine Stärke war wie ein riesiger Stein, der auf dem Boden liegt, griffbereit, um von der Hand, die ihn aufliest, nach dieser oder jener Richtung geschleudert zu werden.

Es war klar, daß er seine Geschichte den Leuten erzählen würde, die ihm das Obdach boten, dessen er bedurfte. Und er bedurfte dringend eines Beistands. Seine Wunde war nicht gefährlich, aber sein Leben war verwirkt. Da der alte Royalist gerade wieder einen seiner Wahnsinnslachanfälle durchmachte, richteten die beiden Frauen in einer der Hütten unter den Obstbäumen hinter dem Haus ein Versteck ein. Diese elende Hütte, ein Überfluß an klarem Wasser in der Zeit, da das Fieber ihn heimsuchte, und einige Worte des Mitleids – dies war alles, was sie ihm bieten konnten. Ich nehme an, sie gaben ihm von den Lebensmitteln, die vorhanden waren, ab. Und es mag wenig genug gewesen sein: eine Handvoll gerösteter Mais, vielleicht ein Bohnengericht oder ein Stück Brot mit ein paar Feigen. Zu solchem Elend waren diese stolzen und einst wohlhabenden Menschen erniedrigt worden.«

VII

General Santierra hatte recht mit seiner Vermutung. Dies genau war die Art des Beistandes, die Gaspar Ruiz, dem Bauern und Bauernsohn, von der royalistischen Familie zuteil wurde, deren Tochter seinem großen Elend die Tür ihres ärmlichen Obdachs geöffnet hatte. Ihre düstere Entschlossenheit beherrschte den Wahnsinn ihres Vaters und die zitternde Ratlosigkeit ihrer Mutter.

Sie hatte den fremden Mann auf der Türschwelle gefragt: »Wer hat Sie verwundet?«

»Die Soldaten, Señora«, hatte Gaspar Ruiz mit schwacher Stimme geantwortet.

»Patrioten?«

»*Si.*«

»Weshalb?«

»Desertion«, keuchte er und lehnte sich unter dem aufmerksamen Blick ihrer schwarzen Augen gegen die Wand. »Ich wurde als tot dort drüben zurückgelassen.«

Sie führte ihn durch das Haus und wieder hinaus zu einer kleinen Hütte aus Lehm und Schilf, die verloren im hohen Gras des verwilderten Obstgartens stand. Er sank auf einen Haufen Maisstroh in einer Ecke nieder und seufzte tief.

»Hier wird Sie niemand suchen«, sagte sie und sah auf ihn herab. »Niemand kommt in unsere Nähe. Auch wir sind als tot zurückgelassen worden – hier.«

Er bewegte sich beschwerlich auf dem Haufen schmutzigen Stroh, und der Schmerz in seinem Nacken ließ ihn wie rasend aufstöhnen.

»Ich werde Estaban eines Tages zeigen, daß ich noch lebe«, murmelte er.

Er nahm ihren Beistand schweigend an, und die vielen Tage der Schmerzen gingen dahin. Ihr Erscheinen in der Hütte brachte ihm Erleichterung und verwob sich mit seinen fiebrigen Träumen von Engeln, die sein Lager besuchten; denn Gaspar Ruiz war in den Mysterien seiner Religion unterrichtet worden und hatte vom Priester seines Dorfes sogar ein wenig Lesen und Schreiben beigebracht bekommen. Er wartete mit Ungeduld auf sie und sah ihr mit schmerzlichem Bedauern nach, wenn sie aus der dunklen Hütte hinaustrat und in dem strahlenden Sonnenschein verschwand. Er gewahrte, daß er ihr Gesicht, während er dort lag und sich schwach fühlte, durch Schließen der Augen mit beträchtlicher Deutlichkeit heraufbeschwören konnte. Und diese neuentdeckte Fähigkeit verzauberte die langen, einsamen Stunden seiner Genesung. Später, als er langsam wieder zu Kräften kam, kroch er in der Abenddämmerung von seiner Hütte zum Haus und setzte sich auf die Schwelle der Tür zum Garten.

In einem der Zimmer schritt der wahnsinnige Vater auf und ab, murmelte vor sich hin und lachte kurz und unvermittelt auf. Im Flur saß die Mutter auf einem Hocker und seufzte und stöhnte. Die Tochter stand in ihrer groben, abgetragenen Kleidung, das weiße, hagere Gesicht halb von einer unförmigen Manta verdeckt, an die Tür gelehnt da. Die Ellbogen auf die Knie gestützt und den Kopf in die Hände gelegt, redete Gaspar Ruiz mit verhaltener Stimme zu den beiden Frauen.

Jede Betonung sozialer Unterschiede hätte der gemeinsamen Not äußerster Armut bitter Hohn gesprochen. Dies erkannte Gaspar Ruiz in seinem schlichten Gemüt. Aus der Zeit seiner Gefangenschaft im royalistischen Lager konnte er ihnen Kunde von Leuten bringen, die sie kannten. Er beschrieb ihnen ihr Aussehen; und als er ihnen von der Schlacht berichtete, in der er wieder von den Seinigen gefangengenommen worden war, klagten die beiden Frauen über den Schlag, der ihrer Sache zugefügt worden war und der den Zusammenbruch ihrer geheimen Hoffnungen bedeutete.

Sein Gefühl ging in keiner der beiden Richtungen. Aber er empfand eine große Verehrung für das junge Mädchen. In seinem Wunsch, ihrer Herablassung würdig zu erscheinen, prahlte er ein wenig mit seiner Körperstärke. Er besaß nichts sonst, womit er hätte prahlen können. Wegen dieser Eigenschaft hätten ihm seine Kameraden soviel Ehrerbietung entgegengebracht, erklärte er, wie wenn er ein Feldwebel gewesen wäre, sowohl im Lager wie in der Schlacht.

»Ich bekam immer Leute, soviel ich wollte, die mir überall hin folgten, Señorita. Ich hätte eigentlich zum Offizier befördert werden sollen, weil ich lesen und schreiben kann.«

Die stille, alte Dame hinter ihm stieß von Zeit zu Zeit einen tiefen Seufzer aus; der irre Vater murmelte vor sich hin, während er die Sala durchwanderte; und Gaspar Ruiz hob dann und wann den Blick, um die Tochter dieser Leute anzusehen.

Er sah sie mit Neugierde an, weil sie lebendig war, und auch mit jenem Gefühl der Vertrautheit und Scheu, mit dem er in Kirchen die leblosen und mächtigen Statuen der Heiligen betrachtet hatte, deren Schutz in Gefahren und Nöten erfleht wird. Seine Not war sehr groß.

Er konnte sich nicht für alle Zeiten in einem Obstgarten verborgen halten. Außerdem wußte er sehr wohl, daß er, ehe er noch eine halbe Tageswanderung in welcher Richtung immer zurückgelegt hätte, von einer der Kavalleriepatrouillen, die das Land durchstreiften, aufgegriffen und in eines der Lager gebracht worden wäre, wo die patriotische Armee, die zur Befreiung Perus bestimmt war, zusammengestellt wurde. Dort hätte man ihn am Ende als Gaspar Ruiz erkannt – als den Überläufer zu den Royalisten – und diesmal zweifellos sehr wirkungsvoll erschossen. Es schien für den unschuldigen Gaspar Ruiz nirgends auf der Welt einen Platz zu geben. Und bei diesem Gedanken ergab sich seine schlichte Seele einem Groll und Haß, die schwärzer waren als die Nacht.

Sie hatten ihn mit Gewalt zum Soldaten gemacht. Er hatte nichts dagegen einzuwenden gehabt, Soldat zu sein. Und er war ein guter Soldat gewesen, wie er auch ein guter Sohn gewesen war, wegen seiner Gelehrigkeit und Stärke. Doch nun gab es für beides keine Verwendung mehr. Sie hatten ihn seinen Eltern fortgenommen, und er konnte nicht mehr Soldat sein – kein guter Soldat zumindest. Niemand würde seinen Erklärungen Gehör schenken. Was für eine Ungerechtigkeit war das! Was für eine Ungerechtigkeit!

Und in kummervollem Gemurmel teilte er zum zwanzigsten Mal die Geschichte seiner Gefangennahme und Wiedergefangennahme mit. Dann pflegte er, die Augen zu dem schweigsamen Mädchen in der Tür erhebend, mit einem tiefen Seufzer zu sagen: »*Si*, Señorita, die Ungerechtigkeit hat diesen armseligen Atem in meinem Leib für mich und jeden anderen wertlos gemacht. Und ich frage nicht danach, wer ihn mir raubt.«

Eines Abends, als er in dieser Weise der Klage seiner verwundeten Seele Laut gab, ließ sie sich zu der Bemerkung herab, wenn sie ein Mann wäre, würde sie kein Leben als wertlos betrachten, das noch die Möglichkeit der Rache besäße.

Sie schien zu sich selbst zu reden. Ihre Stimme war leise. Er sog den sanften, wie verträumten Klang mit einem Gefühl besonderer Freude ein, das ihm die Brust erwärmte wie ein Schluck schweren Weins.

»Richtig, Señorita«, sagte er und hob langsam das Gesicht zu ihr auf. »Da ist noch Estaban, der zu spüren bekommen soll, daß ich nach allem doch nicht tot bin.«

Das Gemurmel des wahnsinnigen Vaters war schon lange verstummt; die seufzende Mutter hatte sich irgendwo in eines der leeren Zimmer zurückgezogen. Innen wie außen war alles still im Mondlicht, das hell wie der Tag über dem Obstgarten mit seinen tintenschwarzen Schatten lag. Gaspar Ruiz sah, daß die dunklen Augen von Doña Erminia auf ihn herabblickten.

»Ah! Der Feldwebel«, murmelte sie verächtlich.
»Wieso! Hat er mich nicht mit seinem Schwert verwundet«, protestierte er, verwirrt von ihrer Geringschätzigkeit, die fahl auf ihrem bleichen Gesicht zu leuchten schien.
Sie vernichtete ihn mit ihrem Blick. Die Macht ihres Willens verstanden zu werden, war so groß, daß sie in ihm das Wissen um unausgesprochene Dinge lebendig werden ließ.
»Was erwarten Sie noch von mir?« rief er wie in plötzlicher Verzweiflung. »Habe ich denn die Macht, mehr zu tun? Bin ich ein General mit einer Armee hinter mir? – erbärmlicher Sünder, der ich bin, daß ich am Ende auch noch von Ihnen verachtet werde.«

VIII

»Señores«, sagte der General zu seinen Gästen, »wenn meine Gedanken damals auch von Liebe erfüllt und also bezaubert waren, so berührte mich der Anblick dieses Hauses doch stets unangenehm, vor allem im Mondlicht, wenn seine Läden geschlossen waren und sein Ausdruck einsamer Verlotterung besonders finster wirkte. Dennoch benutzte ich auch weiterhin den Reitweg durch die Schlucht, weil er eine Abkürzung bedeutete. Der wahnsinnige Royalist brüllte mich jeden Abend an und verlachte mich nach Herzenslust; doch nach einiger Zeit, gleichsam als sei er mein gleichgültiges Verhalten leid, erschien er nicht mehr auf der Veranda. Wie sie ihn überredeten, davon abzulassen, weiß ich nicht. Mit Gaspar Ruiz im Haus wird es jedoch keine Schwierigkeiten bereitet haben, ihn mit Gewalt davon zurückzuhalten. Es gehörte dort drinnen jetzt zu ihrer Taktik, alles zu vermeiden, was mich hätte aufreizen können. So vermute ich jedenfalls.
Ungeachtet meiner Vernarrtheit in das strahlendste Augenpaar Chiles, fiel mir die Abwesenheit des alten Mannes nach un-

gefähr einer Woche auf. Einige weitere Tage verstrichen. Ich dachte schon, die Royalisten seien vielleicht fortgezogen. Aber eines Abends, als ich zur Stadt eilte, sah ich wieder jemand auf der Veranda stehen. Es war nicht der Wahnsinnige; es war die Tochter. Da stand sie und hielt sich an einer der hölzernen Säulen fest: hoch aufgerichtet und weißgesichtig, die großen Augen tief eingesunken vor Entbehrung und Kummer. Ich sah sie scharf an, und sie begegnete meinem Starren mit einem sonderbaren, fragenden Blick. Als ich dann an ihr vorübergeritten war und den Kopf abwandte, bot sie, wie es schien, all ihren Mut auf und winkte mich wahrhaftig zurück.
Ich gehorchte, Señores, beinahe gedankenlos, so groß war mein Staunen. Es wurde noch größer, als ich hörte, was sie zu sagen hatte. Sie begann damit, mir für die Geduld zu danken, die ich der Schwäche ihres Vaters entgegengebracht hätte, so daß ich mich beschämt fühlte. Ich hatte Verachtung zeigen wollen, nicht Geduld! Jedes Wort muß ihr die Lippen verbrannt haben, doch sie verlor nie ihre sanfte und schwermütige Würde, die mich gegen meinen Willen mit Hochachtung erfüllte. Señores, wir können es mit den Frauen nicht aufnehmen. Aber ich traute kaum meinen Ohren, als sie mit ihrer Geschichte herausrückte. Die Vorsehung, so schloß sie, scheine das Leben dieses ungerecht behandelten Soldaten bewahrt zu haben, der nun meiner Ehre als einem *caballero* und meinem Mitleid mit seinem Elend vertraue.
›Ein Mann, dem Unrecht widerfuhr‹, bemerkte ich kalt. ›Nun, der Meinung bin ich auch: und Sie haben einen Feind Ihrer Sache beherbergt.‹
›Er war ein armer Christ, der an unserer Tür im Namen Gottes um Hilfe flehte, Señor‹, antwortete sie schlicht.
Ich begann sie zu bewundern. ›Wo ist er jetzt?‹ fragte ich steif. Aber sie wollte auf diese Frage nicht antworten. Mit höchstem Geschick und einem fast teuflischen Takt verstand sie es, mich,

ohne meinen Stolz zu verletzen, daran zu erinnern, daß es mir nicht gelungen sei, das Leben der Gefangenen im Wachraum zu retten. Sie kannte natürlich die ganze Geschichte. Gaspar Ruiz, sagte sie, flehe mich an, ihm einen Geleitbrief von General San Martin persönlich zu verschaffen. Er habe eine wichtige Mitteilung an den Oberbefehlshaber zu machen.

Por Dios, señores, sie ließ mich das alles schlucken und machte mir weis, sie sei nur das Sprachrohr dieses armen Mannes. Vom Unrecht überwältigt, hoffe er, so sagte sie, bei mir ebensoviel Großmut zu finden, wie ihm von der royalistischen Familie zuteil geworden sei, die ihm ein Obdach gewährt habe.

Ha! In den Ohren eines Jünglings wie mir mußte das redlich und hochherzig klingen. Ich hielt sie für erhaben. Doch ach! sie war nur unversöhnlich.

Sehr begeistert von dieser Sache, ritt ich schließlich von dannen, ohne daß ich auch nur verlangt hätte, Gaspar Ruiz zu sehen, der sich, wie ich überzeugt war, im Haus aufhielt.

Doch bei ruhiger Überlegung begann ich einige Schwierigkeiten zu sehen, denen zu begegnen, ich mir allein nicht zutraute. Es war nicht leicht, einem Oberbefehlshaber mit solch einer Geschichte gegenüberzutreten. Ich fürchtete einen Mißerfolg. Schließlich schien es mir das beste zu sein, ich legte die Sache meinem Divisionsgeneral Robles vor, einem Freund meiner Familie, der mich kürzlich zu seinem Adjutanten ernannt hatte. Er nahm mir die Angelegenheit sogleich und ohne viele Umschweife aus den Händen.

›Im Haus! Natürlich ist er im Haus‹, sagte er verächtlich. ›Sie hätten mit gezogenem Schwert hineingehen und seine Preisgabe fordern sollen, anstatt mit einem royalistischen Mädchen auf der Veranda zu plaudern. Diese Leute hätten längst aus dem Haus gejagt werden sollen. Wer weiß, wie viele Spione sie mitten unter unseren Truppenlagern beherbergt haben? Einen Geleitbrief vom Oberbefehlshaber! Welche Dreistigkeit von diesem Burschen! Ha! ha! Da werden wir ihn also heute abend einfangen und auch ohne Geleitbrief herausbekommen, was er so Wichtiges zu melden hat. Ha! ha! ha!‹

General Robles, Frieden seiner Seele, war ein kleiner, dicker Mann, mit runden Stieraugen, ungestüm und jovial. Als er meinen Verdruß bemerkte, fügte er hinzu:

›Nun, nun, *chico*. Ich verspreche Ihnen, er soll am Leben bleiben, wenn er sich nicht widersetzt. Und das ist kaum anzunehmen. Wir wollen einem guten Soldaten nicht den Garaus machen, wenn es sich vermeiden läßt. Wissen Sie was! Ich bin selber neugierig, Ihren starken Mann kennen zu lernen. Bei diesem Picaro kommt ja nichts Geringeres als ein General in Frage – nun, soll er einen General haben, mit dem er sich unterhalten kann. Ha! ha! Ich werde selber zu der Aushebung gehen, und Sie kommen natürlich mit.‹

Und so wurde es noch in der selben Nacht ausgeführt. Früh am Abend wurden das Haus und der Obstgarten in aller Stille umzingelt. Später verließen der General und ich einen Ball, den wir in der Stadt besucht hatten, und ritten in leichtem Galopp hinaus. In einiger Entfernung vom Haus stiegen wir ab; eine berittene Ordonnanz nahm uns die Pferde ab. Ein leiser Pfiff warnte die Männer, die entlang der Schlucht Wache hielten, und wir schritten in aller Stille zur Veranda. Das verrammelte Haus schien leer zu stehen im Mondenschein.

Der General klopfte an die Tür. Nach einiger Zeit fragte eine Frauenstimme im Innern, wer an der Tür sei. Mein Vorgesetzter gab mir einen derben Rippenstoß. Ich keuchte.

›Ich bin es, Leutnant Santierra‹, stammelte ich, wie erstickt. ›Öffnen Sie die Tür.‹

Sie wurde langsam geöffnet. Das Mädchen, das einen dünnen Kienspan in der Hand hielt, begann, als es einen anderen Mann neben mir erblickte, langsam vor uns ins Innere des Hauses zurückzuweichen, wobei sie das Licht mit ihrer Hand abschirmte.

Ihr teilnahmsloses Gesicht wirkte gespenstisch. Ich folgte hinter General Robles ins Haus. Ihre Augen waren auf die meinen geheftet. Ich machte hinter dem Rücken meines Chefs eine hilflose Geste und versuchte, meinem Gesicht einen beruhigenden Ausdruck zu geben. Keiner von uns gab einen Laut von sich.
Wir befanden uns in einem Zimmer mit nacktem Boden und kahlen Wänden. Ein roher Tisch und ein paar Stühle waren alles, was darin stand. Eine alte Frau mit aufgelösten grauen Haaren rang die Hände, als wir eintraten. Ein lautes Gelächter scholl höchst merkwürdig und unheimlich durch das leere Haus. Die alte Frau versuchte daraufhin, an uns vorbeizukommen.
›Niemand verläßt das Zimmer‹, sagte General Robles zu mir. Ich schlug die Türe zu, hörte wie der Riegel einschnappte, und das Gelächter klang nur noch leise an unser Ohr.
Ehe in jenem Zimmer noch ein weiteres Wort gesprochen werden konnte, wurde ich von einem fernen Donner überrascht. Ich hatte den lebhaften Eindruck einer schönen, klaren Mondnacht ohne einen einzigen Wolkenschatten am Himmel mit mir ins Haus genommen. Ich traute deshalb meinen Ohren nicht. Da ich zu meiner Erziehung früh ins Ausland geschickt worden war, kannte ich das fürchterlichste Naturphänomen meines Heimatlandes noch nicht. Ich sah zu meiner unaussprechlichen Überraschung einen Ausdruck des Schreckens in den Augen meines Chefs. Plötzlich fühlte ich mich schwindelig werden. Der General taumelte schwer gegen mich; das Mädchen schien sich in der Mitte des Zimmers um sich selbst zu drehen; der Kienspan entfiel ihrer Hand, und das Licht erlosch; der gellende Schrei ›Misericordia!‹ von den Lippen der alten Frau durchdrang meine Ohren. Ich hörte in der pechschwarzen Finsternis, wie der Verputz von den Wänden bröckelte. Es war ein Segen, daß es keine Zimmerdecke gab. Während ich mich an der Türklinke festhielt, hörte ich, wie das Geklapper der Dachschindeln über meinem Kopf zur Ruhe kam. Der Erdstoß war vorüber.

›Raus aus dem Haus! Die Tür! Fliehen, Santierra, fliehen!‹ schrie der General. Sie wissen, Señores, in unserem Land schämen sich auch die Tapfersten nicht der Furcht, die ein Erdbeben allen menschlichen Sinnen einflößt. Man gewöhnt sich nie daran. Wiederholte Erfahrung vermehrt nur die Gewalt dieses namenlosen Schreckens.

Es war mein erstes Erdbeben, und ich war der Ruhigste von ihnen allen. Ich verstand, daß das Krachen draußen von der Veranda herrührte, die mit ihren hölzernen Säulen und ihrem schindelgedeckten Dachvorsprung einstürzte. Der nächste Erdstoß würde vielleicht das Haus in Trümmer legen. Das donnerähnliche Grollen war wieder im Anzug. Der General rannte rund um das Zimmer. Er vollführte einen Lärm, als versuche er, an den Wänden hochzuklettern, und ich hörte ihn deutlich die Namen verschiedener Heiliger anrufen. ›Hinaus, hinaus, Santierra!‹ brüllte er.

Nur die Stimme des Mädchens hörte ich nicht.

›General‹, rief ich, ›ich vermag die Türe nicht zu öffnen. Wir müssen eingeschlossen sein.‹

Seine Stimme war nicht wiederzuerkennen unter den Verwünschungen und Angstschreien, die er ausstieß. Señores, ich kenne viele Menschen in meinem Heimatland und vor allem in den von den Erdbeben am meisten heimgesuchten Provinzen, die bei geschlossenen Türen weder essen, schlafen, beten, noch sich zum Kartenspiel setzen. Die Gefahr liegt nicht im Zeitverlust, sondern darin, daß die Verschiebung der Wände das Öffnen einer Tür überhaupt unmöglich machen kann. Dies war es, was uns widerfahren war. Wir saßen in der Falle, und wir hatten von niemandem Hilfe zu erwarten. Es gibt keinen Menschen in meinem Land, der in ein Haus geht, wenn die Erde bebt. Es hat nie einen gegeben – mit einer Ausnahme: Gaspar Ruiz.

Er war aus dem Loch hervorgekrochen, in dem er sich irgend-

wo draußen verborgen gehalten hatte, und war über die Balken der zerstörten Veranda geklettert. Über dem schrecklichen unterirdischen Grollen kommender Zerstörung hörte ich eine mächtige Stimme mit Riesenlungen das Wort ›Erminia!‹ rufen. Ein Erdbeben ist ein großer Tilger aller Standesunterschiede. Ich nahm, um das Grauenhafte der Begebenheit zu überwinden, all meine Entschlossenheit zusammen. ›Sie ist hier‹, rief ich zurück. Ein Brüllen gleich dem eines gereizten wilden Tieres antwortete mir – während mir schwindelte, das Herz schwach wurde und der Angstschweiß in Strömen über die Stirne rann. Er besaß die Kraft, einen der schweren Pfosten der Veranda aufzunehmen. Ihn wie eine Lanze unter die Achsel schiebend und mit beiden Händen packend, ging er das schwankende Haus mit der Wucht eines Rammbockes an, sprengte die Tür auf und stürmte über unsere ausgestreckten Leiber hinweg Hals über Kopf herein. Ich und der General rafften uns auf und rannten hinaus, ohne uns auch nur ein einziges Mal umzudrehen, ehe wir über den Weg hinweg waren. Dann sahen wir, während wir uns fest aneinanderklammerten, wie sich das Haus plötzlich in einen Haufen formlosen Schutts verwandelte, hinter dem Rücken eines Mannes, der – die Gestalt einer Frau in den Armen tragend – auf uns zugestolpert kam. Ihr langes schwarzes Haar hing fast bis zu seinen Füßen herab. Er legte sie ehrerbietig auf die wogende Erde, und der Mond schien auf ihre geschlossenen Lider.
Señores, wir hatten Mühe aufzusitzen. Unsere Pferde stiegen und bockten wie wahnsinnig, und die Soldaten, die von allen Seiten herbeigerannt kamen, mußten sie festhalten. Niemand dachte damals daran, Gaspar Ruiz festzunehmen. Die Augen der Männer und Tiere funkelten in wilder Angst. Mein General wandte sich an Gaspar Ruiz, der reglos wie eine Statue über dem Mädchen stand. Er ließ sich an der Schulter rütteln, ohne seinen Blick von ihrem Antlitz zu wenden.

›*Que guape!*‹ brüllte ihm der General ins Ohr. ›Sie sind der Tapferste von allen. Sie haben mir das Leben gerettet. Ich bin General Robles. Kommen Sie morgen in mein Quartier, wenn Gott uns so gnädig ist, den nächsten Tag erleben zu lassen.‹
Er rührte sich nicht – wie taub, ohne Gefühl, unempfindlich.
Wir ritten weiter zur Stadt, erfüllt von der Sorge um unsere Verwandten, unsere Freunde, an deren Schicksal wir kaum zu denken wagten. Die Soldaten rannten neben unseren Pferden her. Alles war vergessen in der Ungeheuerlichkeit der Katastrophe, die ein ganzes Land heimsuchte.«

Gaspar Ruiz sah, wie das Mädchen die Augen öffnete. Das Aufschlagen ihrer Lider schien ihn aus seiner Betäubung zu reißen. Sie waren allein; die Schreckens- und Jammerrufe der obdachlosen Leute erfüllten die fernen und riesigen Küstenebenen und drangen wie ein Flüsterlaut in ihre Einsamkeit.
Sie erhob sich schnell auf ihre Füße und warf angstvolle Blicke nach allen Seiten. »Was ist?« rief sie mit tiefer Stimme und spähte ihm ins Gesicht. »Wo bin ich?«
Er neigte traurig, ohne ein Wort zu sagen, den Kopf.
»... Wer sind Sie?«
Er kniete langsam vor ihr nieder und berührte den Saum ihres groben schwarzen Friesrockes. »Ihr Sklave«, sagte er.
Da erblickte sie den Schutthaufen, der einst das Haus gewesen und der jetzt von einer Staubwolke eingehüllt war. »Ah!« schrie sie auf und preßte ihre Hand gegen die Stirn.
»Ich trug Sie dort heraus«, flüsterte er zu ihren Füßen.
»Und die Eltern?« fragte sie mit einem tiefen Schluchzen.
Er stand auf, nahm sie bei den Armen und führte sie sanft zu den formlosen Ruinen, die halb von einem Erdrutsch verschüttet worden waren. »Kommen Sie und lassen Sie uns horchen.«
Der heitere Mond sah ihnen zu, wie sie über diesen Haufen aus Steinen, Querbalken und Schindeln kletterten, der jetzt ein

Grab war. Sie legten ihre Ohren an die Spalten und horchten auf einen Laut oder ein Stöhnen, auf einen Schmerzensseufzer. Schließlich sagte er: »Sie starben rasch. Jetzt sind Sie allein.«
Sie setzte sich auf einen zerbrochenen Balken und legte einen Arm über ihr Gesicht. Er wartete – dann näherte er seine Lippen ihrem Ohr. »Laßt uns gehen«, flüsterte er.
»Niemals – niemals fort von hier«, rief sie und warf ihre Arme hoch.
Er stand über sie gebeugt, und ihre erhobenen Arme fielen auf seine Schultern. Er hob sie in die Höhe, richtete sich auf und machte sich auf den Weg, während er starr vor sich hinblickte.
»Was tun Sie?« fragte sie schwach.
»Ich fliehe vor meinen Feinden«, sagte er, ohne dabei seine leichte Bürde anzusehen.
»Mit mir?« seufzte sie hilflos.
»Nie mehr ohne dich«, sagte er. »Du bist meine Stärke.«
Er drückte sie an sich. Sein Gesicht war ernst und seine Schritte entschlossen. Die Brände, die aus den Ruinen der zerstörten Dörfer aufstiegen, sprenkelten die Ebene mit roten Feuerflekken; und die fernen Klagelaute, das »Misericordia! Misericordia!« bildeten ein verzweifeltes Gemurmel in ihren Ohren. Er schritt weiter, als trüge er etwas Heiliges, Zerbrechliches und Kostbares.
Die Erde schwankte zuweilen unter ihren Füßen.

IX

Mit mechanisch behutsamen Bewegungen und zerstreuter Miene zündete sich General Santierra eine lange und dicke Zigarre an. »Es dauerte eine Weile, ehe wir eine Abteilung nach jener Schlucht entsenden konnten«, sagte er zu seinen Gästen. »Wir hatten bei unserer Ankunft ein Drittel der Stadt in Schutt und

Trümmern vorgefunden, der Rest war schwer beschädigt; und die Einwohner, reiche wie arme, waren durch das grenzenlose Unheil in ein und den selben Zustand der Zerrüttung geraten. Die hektische Fröhlichkeit einiger widersprach der Verzweiflung anderer. In der allgemeinen Verwirrung wurde eine Anzahl gewissenloser Diebe, die weder Furcht vor Gott noch vor den Menschen kannten, zu einer Gefahr für diejenigen, die aus dem Ruin ihrer Häuser einige Wertgegenstände zu retten vermocht hatten. Während sie bei jedem Erdstoß lauter als alle anderen ›Misericordia!‹ riefen und sich mit der einen Hand gegen die Brust schlugen, beraubten diese Lumpen mit der anderen die armen Opfer und schraken nicht einmal vor Mord zurück.

General Robles' Division hatte vollauf damit zu tun, die zerstörten Viertel der Stadt vor der Plünderung durch diese unmenschlichen Rohlinge zu schützen. In Anspruch genommen von meinen Pflichten als Ordonnanzoffizier, vermochte ich mich erst in den Morgenstunden der Rettung meiner eigenen Familie zu versichern. Meine Mutter und meine Schwestern hatten sich aus dem Ballsaal flüchten können, in welchem ich sie früher am Abend zurückgelassen. Ich erinnere mich an diese beiden schönen jungen Frauen – Gott schenke ihren Seelen Frieden –, als sähe ich sie in diesem Augenblick vor mir, wie sie im Garten unseres zerstörten Hauses standen und bleich aber tätig in ihren beschmutzten Ballkleidern, den Staub der eingestürzten Wände auf ihrem Haar, einigen unserer armen Nachbarn halfen. Was meine Mutter betraf, so besaß sie eine stoische Seele in ihrem gebrechlichen Körper. Halb bedeckt von einem kostbaren Schal, lag sie auf einer Gartenbank neben einem reich verzierten Becken, dessen Fontäne in dieser Nacht für immer versiegt war.

Ich hatte kaum Zeit gehabt, sie alle mit dem leidenschaftlichsten Gefühl der Freude in die Arme zu schließen, als mich mein

Chef, der vorüberkam, mit einigen Soldaten zu der Schlucht zurückschickte, um meinen starken Mann, wie er ihn nannte, und das bleiche Mädchen einzubringen.
Doch dort war niemand, den wir hätten einbringen können. Ein Erdrutsch hatte die Ruinen des Hauses verschüttet; und der Ort glich einem großen Erdhügel, aus dem nur da und dort die Enden einiger Balken sichtbar hervortraten – mehr nicht.
So war denn die Drangsal des alten royalistischen Paares zu Ende. Und ein riesiges, ungeweihtes Grab hatte beide lebendig verschlungen in ihrer unseligen Verstocktheit gegen das Verlangen eines Volkes nach Freiheit. Und ihre Tochter war verschwunden.
Daß Gaspar Ruiz sie davongetragen hatte, verstand ich sehr gut. Aber da dieser Fall nicht in Betracht gezogen worden war, hatte ich keinen Befehl, ihnen nachzusetzen. Und natürlich hatte ich auch nicht den Wunsch, dies zu tun. Ich war argwöhnisch gegen meine Einmischung geworden. Sie war nie erfolgreich gewesen und war nicht einmal rühmlich erschienen. Er war verschwunden. Nun, sollte er verschwinden. Und er hatte das royalistische Mädchen davongeschleppt! Desto besser. *Vaya con Dios.* Dies war nicht die Stunde, sich mit einem Deserteur zu befassen, der – ob nun zu Recht oder Unrecht – hätte tot sein sollen, und mit einem Mädchen, für das es besser gewesen wäre, nie geboren worden zu sein.
So ließ ich meine Soldaten in die Stadt zurückmarschieren.
Einige Tage später, nachdem die Ordnung wiederhergestellt war, brachen alle vornehmen Familien, die meine eingeschlossen, nach Santiago auf. Wir hatten dort ein schönes Haus. Gleichzeitig wurde die Division Robles' nach neuen Quartieren in der Nähe der Hauptstadt verlegt. Diese Veränderung entsprach dem Zustand meiner Familien- und Liebesgefühle sehr.
Eines Nachts wurde ich ziemlich spät zu meinem Chef beordert. Ich fand General Robles in seinem Quartier. Er hatte es sich

bequem gemacht, hatte die Uniform abgelegt und trank aus einem Wasserglas unverdünnten Kognak – als Vorsichtsmaßregel, wie er zu sagen pflegte, gegen die durch Moskitostiche verursachte Schlaflosigkeit. Er war ein guter Soldat, und er lehrte mich Kunst und Praxis des Krieges. Zweifellos ist Gott seiner Seele gnädig gewesen; denn seine Beweggründe waren nie anders als patriotisch, wenn er auch jähzornig war. Was Moskitonetze betrifft, so hielt er deren Gebrauch für weibisch, schmählich – eines Soldaten unwürdig.

Ich bemerkte auf den ersten Blick, daß sein Gesicht, welches schon sehr gerötet war, einen Ausdruck vergnügtester Laune trug.

›Ah! *Señor teniente*‹, rief er laut, als ich an der Tür salutierte. ›Was sagen Sie dazu! Ihr starker Mann ist wieder aufgetaucht.‹ Er reichte mir einen zusammengefalteten Brief, der, wie ich sah, ›An den Oberbefehlshaber der republikanischen Armeen‹ gerichtet war.

›Das‹, fuhr General Robles in seiner lauten Stimme fort, ›warf ein Junge einem Wachtposten beim Hauptquartier in die Hände, und der Bursche muß offenbar dagestanden und an sein Mädel gedacht haben, denn ehe er sich noch besinnen konnte, hatte sich der Junge auch schon wieder unter das Marktvolk gemischt, und er beteuert, er vermöchte ihn nicht wiederzuerkennen.‹

Mein Chef erzählte mir ferner, der Soldat habe den Brief dem Feldwebel der Wache gegeben, und schließlich sei er in die Hände unseres Generalissimo gelangt. Seine Exzellenz habe geruht, mit eigenen Augen davon Kenntnis zu nehmen. Hierauf habe er die Sache vertraulich General Robles übertragen.

An den Brief, Señores, erinnere ich mich jetzt nicht mehr dem Wortlaut nach. Ich sah die Unterschrift von Gaspar Ruiz. Er war ein verwegener Bursche. Er hatte sich eine Menschenseele aus einer Erdkatastrophe fortgeschnappt, vergessen Sie das nicht. Und jetzt war es diese Seele, die ihm die Bedingungen

seines Briefes diktiert hatte. Er war in sehr unabhängigem Ton gehalten. Ich erinnere mich noch, daß er mir damals hochherzig-würdig dünkte. Es war zweifellos ihr Brief. Jetzt schaudert mich beim Gedanken an die Tiefe ihrer Doppelzüngigkeit. Gaspar Ruiz wurde veranlaßt, sich über die Ungerechtigkeit zu beklagen, deren Opfer er geworden war. Er führte den guten Ruf an, in welchem er früher seiner Treue und seines Mutes wegen gestanden hatte. Seit er durch die wundersame Vermittlung der göttlichen Vorsehung vom Tode errettet worden sei, vermöge er an nichts anderes als die Rehabilitierung seiner Person zu denken. Auf eine solche, schrieb er, könne er in der Truppe als entehrter und noch immer verdächtiger Soldat nicht hoffen. Er besitze die Möglichkeit, einen überzeugenden Beweis seiner Treue zu geben. Er schloß seinen Brief mit dem Vorschlag, der Oberbefehlshaber möge sich zu einer mitternächtlichen Zusammenkunft mit ihm auf der Plaza vor der Moneta einfinden. Als Erkennungszeichen solle gelten, daß mit Stein und Stahl dreimal Funken geschlagen würden, was nicht zu auffällig und doch deutlich genug sei, um bemerkt zu werden.
San Martin, der große Befreier, liebte Männer mit Verwegenheit und Mut. Überdies war er gerecht und barmherzig. Ich erzählte ihm soviel von der Geschichte des Mannes, wie ich wußte, und erhielt den Befehl, ihn in der festgesetzten Nacht zu begleiten. Die Erkennungszeichen wurden richtig ausgetauscht. Es war Mitternacht, und die ganze Stadt war dunkel und still. Ihre beiden verhüllten Gestalten trafen in der Mitte der großen Plaza zusammen, und diskret mich zurückhaltend lauschte ich eine Stunde lang oder mehr auf das Gemurmel ihrer Stimmen. Dann gab mit der General ein Zeichen näherzutreten, und als ich das tat, hörte ich, wie San Martin, der gering und vornehm mit gleicher Höflichkeit begegnete, Gaspar Ruiz die Gastfreundschaft des Hauptquartiers für diese Nacht anbot. Aber der Soldat lehnte mit den Worten ab, er sei

dieser Auszeichnung nicht würdig, ehe er nicht etwas geleistet habe.
›Sie dürfen sich nicht einen gemeinen Überläufer zum Schlafgast nehmen, Exzellenz‹, wandte er, leise lachend, ein und tauchte, zurücktretend, langsam in der Nacht unter.
Als wir uns umwandten, bemerkte der Oberbefehlshaber mir gegenüber: ›Er hatte jemanden bei sich, unser Freund Ruiz. Einen Augenblick lang sah ich zwei Gestalten. Es war ein unaufdringlicher Begleiter.‹
Auch ich hatte eine andere Gestalt bemerkt, die sich der verschwindenden Figur des Gaspar Ruiz anschloß. Sie hatte das Aussehen eines kleinen Burschen in einem Poncho und einem großen Hut. Und ich fragte mich törichterweise, wer es wohl sein mochte, den er da ins Vertrauen zu ziehen gewagt hatte. Ich hätte mir denken sollen, daß es niemand anderes sein konnte als das unheilvolle Mädchen – o leider!
Wo er sie versteckt hielt, weiß ich nicht. Er hatte – wie sich später herausstellte – einen Onkel, Bruder seiner Mutter, ein kleiner Krämer in Santiago. Vielleicht fand sie dort Kost und Unterkunft. Was immer sie dort gefunden haben mochte, es war armselig genug, um ihren Stolz anzustacheln und ihrem Zorn und Haß Nahrung zu geben. Es ist erwiesen, daß sie ihn nicht bei jenem Heldenstück begleitete, das auszuführen er sich einstweilen anschickte. Es bestand in nichts Geringerem als der Vernichtung eines Kriegsmateriallagers, das von der spanischen Obrigkeit heimlich im Süden, in einer Stadt namens Linares, zusammengetragen worden war. Gaspar Ruiz wurde nur eine kleine Schar zur Verfügung gestellt, doch sie erwies sich San Martins Vertrauen würdig. Die Jahreszeit war ungünstig. Sie mußten angeschwollene Flüsse durchschwimmen. Sie schienen jedoch, der Kunde ihres Raubzugs vorauseilend, Tag und Nacht stracks auf die Stadt zugaloppiert zu sein, hundert Meilen tief in feindliches Gebiet hinein, bis sie bei Tagesanbruch mit ge-

zogenem Schwert in die Stadt einrückten und die kleine Garnison überrumpelten. Diese floh, ohne Widerstand zu leisten, und ließ die meisten der Offiziere in Gaspar Ruiz' Hand zurück.
Eine große Schießpulverexplosion beendete den Brand der Lagerschuppen, an welche die Angreifenden unverzüglich Feuer gelegt hatten. Nach weniger als sechs Stunden ritten sie schon wieder, ohne auch nur einen Mann verloren zu haben, mit der selben Wahnsinnsgeschwindigkeit von dannen. So tüchtig sie waren, kann solch ein Heldenstück doch nicht durchgeführt werden ohne eine noch tüchtigere Führung.
Ich speiste im Hauptquartier, als Gaspar Ruiz persönlich die Kunde von seinem Erfolg brachte. Und es war ein schwerer Schlag für die königstreuen Truppen. Als Beweis zeigte er uns die Garnisonsflagge vor. Er zog sie unter seinem Poncho hervor und schleuderte sie auf den Tisch. Der Mann war wie verwandelt; es lag etwas Jubelndes und Bedrohliches in seinem Gesichtsausdruck. Er stand hinter General San Martins Stuhl und sah uns alle voll Stolz an. Er trug eine runde blaue Kappe mit einer Silberlitze auf dem Kopf, und wir konnten eine große weiße Narbe auf seinem sonnverbrannten Nacken sehen.
Jemand fragte ihn, was er mit den spanischen Offizieren angefangen habe, die ihm in die Hände gefallen seien.
Er zuckte verächtlich die Achseln. ›Was für eine Frage! In einem Partisanenkrieg belastet man sich nicht mit Gefangenen. Ich ließ sie laufen – und hier sind ihre Degenquasten.‹
Er warf ein Bündel Degenquasten zu der Flagge auf den Tisch. Da sagte General Robles, den ich dorthin begleitet hatte, mit seiner lauten, heiseren Stimme: ›Was, Sie haben sie laufen lassen? Dann wissen Sie, mein tapferer Freund, noch nicht, wie ein Krieg gleich dem unseren zu führen ist. Sie hätten – das tun sollen.‹ Und er machte die Bewegung des Halsabschneidens.

Leider, Señores! Es war nur allzu wahr, daß dieser an sich so heldenhafte Kampf auf beiden Seiten durch Grausamkeit entstellt wurde. Das Murmeln, das sich bei General Robles' Worten erhob, war keineswegs einmütig. Aber der großherzige und tapfere San Martin pries die humane Handlungsweise und wies Gaspar Ruiz einen Platz zu seiner Rechten an. Dann erhob er sich mit gefülltem Glas und brachte einen Toast aus: ›Caballeros und Waffengefährten, laßt uns auf das Wohl von Hauptmann Gaspar Ruiz trinken.‹ Und als wir unsere Gläser geleert hatten, fuhr der Oberbefehlshaber fort: ›Ich beabsichtige, ihm den Schutz unserer südlichen Grenze anzuvertrauen, während wir in die Ferne ziehen, um unseren Brüdern in Peru die Freiheit zu bringen. Derjenige, welchen der Feind nicht hindern konnte, ihn in seinem Herzen zu treffen, wird wohl wissen, wie er die friedliche Bevölkerung zu beschützen hat, die wir hinter uns zurücklassen, um unserer heiligen Aufgabe nachzugehen.‹ Und er umarmte den schweigsamen Gaspar Ruiz an seiner Seite.

Später, als wir uns alle vom Tisch erhoben, näherte ich mich dem jüngsten Offizier der Armee mit meinen Gratulationen. ›Und, Hauptmann Ruiz‹, fügte ich hinzu, ›vielleicht scheuen Sie sich nicht, einem Mann, der immer an die Rechtschaffenheit Ihres Charakters geglaubt hat, zu sagen, was aus Doña Erminia in jener Nacht geworden ist?‹

Bei dieser freundlichen Frage verwandelte sich sein Ausdruck. Er sah mich unter seinen Augenbrauen hervor mit dem schweren, trägen Blick eines Guasso – eines Bauern – an. ›*Señor teniente*‹, sagte er heiser und so, als sei er sehr niedergeschlagen, ›fragen Sie mich nicht nach der Señorita, denn ich denke lieber gar nicht an sie, wenn ich mich unter Ihnen aufhalte.‹

Er sah sich mit gerunzelter Stirn rings im Zimmer um, das voll von rauchenden und sich unterhaltenden Offizieren war. Natürlich drang ich nicht weiter in ihn.

Dies, Señores, waren für lange, lange Zeit die letzten Worte, die ich aus seinem Munde vernehmen sollte. Gleich am nächsten Tag brachen wir zu unserer schwierigen Expedition nach Peru auf, und wir hörten von Gaspar Ruiz' Treiben nur inmitten unserer eigenen Schlachten. Er war zum Militärstatthalter unserer südlichen Provinzen ernannt worden. Er stellte eine *partida* auf. Aber seine Nachsicht gegenüber dem besiegten Feind mißfiel dem Zivilgouverneur, einem pedantischen, verdrießlichen Mann voller Argwohn. Er schickte der Landesregierung Berichte, die für Gaspar Ruiz nachteilig waren – einer von ihnen des Inhalts, daß er sich öffentlich und unter großem Gepränge mit einer Frau royalistischer Gesinnung vermählt habe. Zwischen zwei Männern von so verschiedener Wesensart mußten unweigerlich Streitigkeiten entstehen. Schließlich begann sich der Zivilgouverneur über Gaspar Ruiz' Unbotmäßigkeit zu beklagen und auf Verräterei anzuspielen, die, so schrieb er, bei einem Mann mit solchem Vorleben nicht zu verwundern sei. Gaspar Ruiz hörte davon. Sein Zorn flammte auf, und die Frau, die ihm immer zur Seite war, verstand es, diesen Zorn mit heimtückischen Worten zu schüren. Ich weiß nicht, ob die Landesregierung wirklich – wie er sich später beklagte – je Befehle zu seiner Verhaftung gegeben hatte. Erwiesen scheint zu sein, daß der Zivilgouverneur mit seinen Offizieren zu intrigieren begann, und daß Gaspar Ruiz ihm auf die Schliche kam.

Eines Abends, als der Gouverneur eine *tertullia* veranstaltete, sah man Gaspar Ruiz, gefolgt von sechs Männern, denen er trauen konnte, durch die Stadt und vor die Tür der Gouverneursresidenz reiten und die Sala bewaffnet, den Hut auf dem Kopfe, betreten. Als der Gouverneur ihm ungehalten entgegenschritt, packte er den armen Teufel um die Hüfte, schleppte ihn aus der Mitte seiner entsetzten Gäste fort, als sei er nur ein Kind, und schleuderte ihn die Freitreppe hinunter auf die Straße.

Eine zornige Umarmung von Gaspar Ruiz hätte genügt, um aus einem Riesen das Leben herauszupressen; aber obendrein feuerten Gaspar Ruiz' Berittene auch noch ihre Pistolen auf den Leib des Gouverneurs ab, der reglos am Fuß der Treppe lag.«

X

»Nach diesem – wie er es nannte – Akt der Gerechtigkeit – überquerte Ruiz, gefolgt von dem größeren Teil seiner Truppe, den Rio Blanco und verschanzte sich auf einem Berg. Eine Kompanie regulärer Truppen, die törichterweise gegen ihn ausgesandt worden war, wurde umzingelt und fast bis auf den letzten Mann vernichtet. Andere besser organisierte Unternehmungen waren gleich erfolglos.

Während dieser blutigen Scharmützel geschah es erstmals, daß seine Frau zu Pferde rechts neben ihm zu sehen war. Da ihn seine Erfolge stolz und selbstbewußt gemacht hatten, ritt Ruiz nicht mehr an der Spitze seiner *partida* zum Angriff, sondern verweilte anmaßend, wie ein General, der die Bewegungen einer Armee leitet, hinter der Front – auf einer Anhöhe, reglos, hoch zu Roß – und sandte von dort seine Befehle aus. Sie wurde zu wiederholten Malen an seiner Seite gesehen und lange Zeit für einen Mann gehalten. Damals war viel von einem geheimnisvollen, weißgesichtigen Hauptmann die Rede, dem die Niederlagen unserer Truppen zuzuschreiben seien. Sie ritt wie eine Indianerin im Herrensitz, trug einen breitrandigen Männerhut und einen dunklen Poncho. Später, in den Tagen ihres größten Erfolges war dieser Poncho mit Gold verziert. Außerdem trug sie noch das Schwert des armen Don Antonio de Leyva. Dieser ehrwürdige chilenische Offizier hatte das Mißgeschick, mit seiner kleinen Streitmacht umzingelt und, als ihm die Munition ausging, von den Arauco-Indianern, den Verbündeten und

Hilfstruppen Gaspar Ruiz', umgebracht zu werden. Dies war die unglückselige Episode, die noch lange als das ›Inselmassaker‹ im Gedächtnis blieb. Das Schwert des unglücklichen Soldaten wurde ihr von Peneleo, dem Häuptling der Araucos, überreicht; denn die Indianer, die von ihrem Aussehen beeindruckt waren, von der tödlichen Blässe ihres Gesichtes, der Wind und Wetter, wie es schien, nichts anzuhaben vermochten, und von ihrer ruhigen Unbekümmertheit im Kugelregen, betrachteten sie als ein himmlisches Wesen, oder zumindest als eine Hexe. Durch diesen Aberglauben wurde die Autorität Gaspar Ruiz' bei jenem ungebildeten Volk erheblich vermehrt. Sie muß ihre Rache voll ausgekostet haben an jenem Tag, da sie sich das Schwert Don Antonio de Leyvas umschnallte. Sie entledigte sich des Schwertes nie, wenn sie nicht gerade Frauenkleider trug – nicht daß sie es je hätte gebrauchen wollen oder können, doch spürte sie gern dessen Schlag gegen ihr Bein, gleichsam als ein ständiges Andenken und Symbol des Schimpfes, der den republikanischen Waffen angetan worden war. Sie war unersättlich. Überdies gab es auf dem Weg, auf den sie Gaspar Ruiz gelenkt hatte, kein Zurück. Entflohene Gefangene – und ihrer waren nicht viele – pflegten zu berichten, wie sie seinen Gesichtsausdruck mit wenigen geflüsterten Worten zu verwandeln und seinen erlahmenden Haß neu anzufachen vermochte. Sie erzählten, wie er nach jedem Scharmützel, jedem Raubüberfall, nach jeder erfolgreichen Unternehmung vor sie hinritt und ihr ins Gesicht schaute. Die hochmütige Ruhe wich nie aus ihren Gesichtszügen. Ihre Umarmung, Señores, muß so kalt wie die Umarmung einer Statue gewesen sei. Er versuchte, ihr eisiges Herz in einem Strom warmen Blutes zu schmelzen. Einige englische Marineoffiziere, die ihn in jener Zeit besuchten, bemerkten den seltsamen Zug seiner Liebesverblendung.«

Bei der Regung des Staunens und der Neugierde, die durch

seine Zuhörerschaft lief, hielt General Santierra für einen Augenblick inne.

»Ja – englische Marineoffiziere«, wiederholte er, »Ruiz hatte eingewilligt, sie zu empfangen, um Vereinbarungen wegen der Freilassung einiger Gefangener Ihrer Nationalität zu treffen. In dem Gebiet, das er von der Meeresküste bis zu den Kordilleren beherrschte, befand sich eine Bucht, in der zu jener Zeit die Schiffe nach der Umseglung von Kap Horn Zuflucht suchten, um Wasser und Holz an Bord zu nehmen. Dort eroberte er, nachdem er die Mannschaft an Land gelockt hatte, die Walfang-Brigg ›Hersalia‹ und machte sich später durch Überrumpelung zum Herrn zweier weiterer Schiffe, eines Engländers und eines Amerikaners.

Es ging damals das Gerücht, er träume davon, eine eigene Flotte aufzustellen. Aber das war natürlich unmöglich. Immerhin bemannte er die Brigg mit einem Teil ihrer Mannschaft, setzte einen Offizier und eine stattliche Anzahl eigener Leute an Bord und schickte sie zu dem spanischen Gouverneur auf der Insel von Chiloe mit einem Bericht seiner Heldentaten und der Bitte um Unterstützung im Krieg gegen die Rebellen. Der Gouverneur konnte nicht viel für ihn tun; aber er sandte als Antwort zwei leichte Feldgeschütze, eine Grußadresse mit einem Obristenpatent in der königlichen Armee und eine große spanische Flagge. Diese Fahne wurde mit viel Aufwand über seinem Haus im Herzen des Arauco-Landes gehißt. Sicherlich wird sie ihrem Guasso-Gemahl an jenem Tag mit weniger hochmütiger Zurückhaltung zugelächelt haben.

Der kommandierende Offizier des englischen Geschwaders vor unserer Küste machte unserer Regierung Vorhaltungen wegen dieser Kaperfälle. Aber Gaspar Ruiz lehnte es ab, mit uns zu verhandeln. Dann machte sich eine englische Fregatte zu der Bucht auf, und ihr Kapitän, Schiffsarzt und zwei Leutnants reisten unter sicherem Geleit ins Innere des Landes. Sie wurden freundlich aufgenommen und verbrachten drei Tage als Gäste des Partisanenführers. Eine Art militärisches Barbarenregiment herrschte in dieser Residenz. Sie war mit Beutestücken aus den Grenzstädten ausgestattet. Als sie zum erstenmal in die Haupt-Sala geführt wurden, sahen sie seine Frau auf einem Ruhebett liegen (ihre Gesundheit war damals nicht die beste) und Gaspar Ruiz an dessen Fußende sitzen. Sein Hut lag auf dem Boden, und seine Hände ruhten auf dem Heft seines Schwertes.

Während dieser ersten Unterhaltung nahm er seine großen Hände keinen Augenblick vom Schwertgriff, außer einmal, um mit sanften und behutsamen Bewegungen die Decken um sie her zu ordnen. Sie beobachteten, wie er, sobald sie sprach, seine Augen in einer Art erwartungsvoller, atemloser Aufmerksamkeit auf sie richtete und anscheinend die Existenz der Welt und auch seine eigene Existenz zu vergessen schien. Im Verlauf des Abschiedsbanketts, an dem sie, auf ihrem Ruhebett ausgestreckt, teilnahm, brach er in laute Klagen über die Behandlung aus, die man ihm hatte zuteil werden lassen. Nach General San Martins Aufbruch sei er von Spionen umringt, von Zivilbeamten verleumdet worden, man habe seine Verdienste ignoriert, seine Freiheit, ja sein Leben sei von der chilenischen Regierung bedroht worden. Er erhob sich von der Tafel, donnerte Verwünschungen, schritt wütend im Zimmer auf und ab und setzte sich schließlich neben den Füßen seiner Frau auf das Ruhebett, während seine Brust wogte und seine Augen starr zu Boden blickten. Sie lehnte sich zurück, ließ den Kopf auf die Kissen sinken, ihre Augen waren fast geschlossen.

›Und jetzt bin ich ein geachteter spanischer Offizier‹, sagte er mit ruhiger Stimme.

Hier nahm der Kapitän der englischen Fregatte die Gelegenheit wahr, ihn rücksichtsvoll davon in Kenntnis zu setzen, daß Lima gefallen sei und daß sich die Spanier, gemäß den Bedingungen eines Übereinkommens, vom gesamten Kontinent zurückzögen.

Gaspar Ruiz hob den Kopf und erklärte ohne Zaudern mit verhaltener Wildheit, wenn auch nicht ein einziger spanischer Soldat in ganz Südamerika zurückbliebe, so wolle er dennoch den Kampf gegen Chile bis zum letzten Blutstropfen fortsetzen. Als er ans Ende dieser Wahnsinnstirade gelangte, hob sich die lange weiße Hand seiner Frau, und dann strich sie ihm nur für den Bruchteil einer Sekunde mit den Fingerspitzen über das Knie.

Während des restlichen Aufenthalts der Offiziere, der nach beendetem Bankett nicht länger als eine halbe Stunde dauerte, überschüttete sie dieser grimmige Anführer einer tollkühnen *partida* mit Liebenswürdigkeit und Güte. Er hatte sich schon früher als gastfreundlich erwiesen, doch jetzt schien es, als könne er gar nicht genug Vorkehrungen für die Bequemlichkeit und Sicherheit der Rückreise seiner Gäste zu ihrem Schiff treffen.

Nichts, so wurde mir gesagt, hätte in verblüffenderem Gegensatz zu seinem jüngsten Wutausbruch oder der gewohnten schweigsamen Zurückhaltung seines Benehmens stehen können. Wie ein über eine unerwartete Freude außer Rand und Band geratener Mann floß er über vor Wohlwollen, Verbindlichkeit und Aufmerksamkeit. Er umarmte die Offiziere wie Brüder, fast mit Tränen in den Augen. Jeder der freigelassenen Gefangenen erhielt ein Goldstück. Im letzten Augenblick erklärte er plötzlich, das mindeste sei, daß er den Herren der Handelsschiffe all ihr privates Eigentum zurückerstatte. Diese unerwartete Großzügigkeit verursachte eine Verzögerung des Aufbruchs, und ihre erste Marschstrecke war sehr kurz.

Spät abends sprengte Gaspar Ruiz mit einer Eskorte an ihr Lager heran und brachte ein Maultier mit, das mit Kisten Wein beladen war. Er sei gekommen, sagte er, um mit seinen englischen Freunden, die er nie wiedersehen werde, einen Satteltrunk zu nehmen. Er war milde und fröhlich gestimmt. Er erzählte Geschichten von seinen Heldentaten, lachte wie ein Junge, lieh sich vom ersten Maultiertreiber der Engländer eine Gitarre aus und sang, mit gekreuzten Beinen auf seinem Poncho sitzend, mit weicher Stimme ein Guasso-Liebeslied. Dann fiel ihm das Haupt auf die Brust, seine Hände sanken zu Boden; die Gitarre rollte von seinen Knien herab – und ein großes Schweigen breitete sich über das Lager aus nach diesem Liebeslied des unversöhnlichen Partisanen, der so viele aus unserem Volk hatte weinen lassen über zerstörten Häusern und jäh abgebrochener Liebe.

Ehe noch jemand einen Laut hervorbringen konnte, war er vom Boden aufgesprungen und rief nach seinem Pferd.

›Adios, meine Freunde!‹ rief er. ›Zieht mit Gott. Ich liebe euch. Und sagt denen in Santiago nur, daß zwischen Gaspar Ruiz, dem Oberst des Königs von Spanien, und den republikanischen Aaskrähen von Chile Krieg ist bis zum letzten Atemzug – Krieg! Krieg! Krieg!‹

Mit dem lauten, von seiner Eskorte aufgenommenen Schrei ›Krieg! Krieg! Krieg!‹ preschten sie davon, und das Dröhnen der Hufe und der Stimmen erstarb in der Ferne zwischen den Berghängen.

Die beiden jungen englischen Offiziere waren überzeugt, Ruiz sei verrückt. Wie nennen Sie das? – Schraube los – nicht wahr? Aber der Arzt, ein aufgeweckter Schotte mit viel Durchtriebenheit und einem philosophischen Sinn, erzählte mir, daß es sich da um einen sehr merkwürdigen Fall von Besessenheit gehandelt habe. Ich begegnete ihm erst viele Jahre später, doch er erinnerte sich noch sehr gut an den Eindruck, den er damals gewonnen hatte. Er sagte mir auch, seiner Meinung nach habe diese Frau Gaspar Ruiz nicht durch direkte Überredung zu dem blutigen Verrat verleitet, sondern durch die Art, wie sie in seinem unbedarften Geist listig das brennende Gefühl eines nicht wiedergutzumachenden Unrechts angefacht und geschürt habe. Mag sein, mag sein. Doch ich würde eher sagen, daß sie die Hälfte ihrer rachsüchtigen Seele in den starken Körper dieses Mannes schüttete, wie man Betäubungsmittel, Wahnsinn, Gift in einen leeren Becher schütten könnte.

Wenn er es auf Krieg abgesehen hatte, so bekam er diesen im Ernst zu spüren, als unsere siegreiche Armee aus Peru zurückzukehren begann. Systematische Operationen wurden nun gegen diesen Schandfleck auf der Ehre und der Wohlfahrt unserer kaum errungenen Unabhängigkeit eingeleitet. General Robles übernahm das Kommando mit seiner wohlbekannten, erbarmungslosen Strenge. Grausame Vergeltungsmaßregeln wurden auf beiden Seiten angewandt, und auf dem Schlachtfeld wurde kein Pardon gegeben. Nachdem mir in der peruanischen Schlacht Beförderung zuteil geworden, war ich nun ein Hauptmann im Stab. Gaspar Ruiz sah sich hart bedrängt; zu jener Zeit hörten wir durch einen geflohenen Priester, der aus seiner Dorfpfarre fortgeschleppt und im Galopp achtzig Meilen in die Berge gebracht worden war, um dort die heilige Taufe vorzunehmen, daß ihm eine Tochter geboren worden sei. Um dieses Ereignis zu feiern, vermute ich, unternahm Ruiz einen oder zwei geniale Streifzüge weit im Rücken unserer Truppen und vernichtete die Abteilungen, die ausgesandt worden waren, um ihm den Rückzug abzuschneiden. General Robles erlitt vor Wut fast einen Schlaganfall. Er entdeckte eine andere Ursache für Schlaflosigkeit als die Stiche der Moskitos; doch gegen diese, Señores, richteten ganze Gläser voll purem Branntwein nicht mehr aus als Wasser. Er begann, über mich herzuziehen und mir wüste Vorhaltungen wegen meines starken Mannes zu machen. Und aus Ungeduld, diesen unrühmlichen Kampf zu beenden, wurden wir jungen Offiziere, wie ich fürchte, alle sehr tollkühn und neigten dazu, uns im Dienst unnötigen Gefahren auszusetzen.

Nichtsdestoweniger schlossen unsere Kolonnen langsam, Zoll um Zoll, Gaspar Ruiz ein, obwohl es ihm gelungen war, die ganze araucanische Nation wilder Indianer gegen uns mobil zu machen. Dann brachte unsere Regierung ein Jahr später oder nach noch längerer Zeit durch ihre Agenten und Spione heraus, daß er tatsächlich eine Allianz mit Carreras, dem sogenannten Diktator der sogenannten Republik Mendoza auf der anderen Seite der Berge geschlossen hatte. Ob Gaspar Ruiz eine tiefgründige politische Absicht verfolgte, oder ob er nur seiner Frau und seinem Kinde einen sicheren Abzug verschaffen wollte, während er seinen Überraschungs- und Mordkrieg unbarmherzig gegen uns fortsetzte, kann ich nicht sagen. Das Bündnis jedenfalls war eine Tatsache. Da sein Versuch gescheitert war, unseren Vormarsch vom Meer her aufzuhalten, zog er sich mit seiner gewohnten Behendigkeit zurück, bereitete einen neuerlichen harten und gewagten Kampf gegen uns vor und schickte zunächst einmal seine Frau mit dem kleinen Mädchen über die Pequeña-Bergkette an der Grenze von Mendoza.«

XI

»Nun war Carreras unter dem Deckmantel der Politik und des Liberalismus ein Halunke von der schlimmsten Sorte, und der unglückliche Staat Mendoza war die Beute von Dieben, Räubern, Verrätern und Mördern, die seine Partei bildeten. Unter einem edlen Äußeren war er ein Mann ohne Herz, Mitleid, Ehre und Gewissen. Er trachtete nach nichts als Tyrannei, und obwohl er Gaspar Ruiz für seine schändlichen Ziele gern eingespannt hätte, erkannte er bald, daß eine Aussöhnung mit der chilenischen Regierung seinen Zwecken günstiger war. Ich muß vor Scham erröten, wenn ich Ihnen sage, daß er unserer Regierung den Vorschlag machte, unter gewissen Bedingungen Frau und Kind jenes Mannes auszuliefern, der auf sein Ehrenwort gebaut hatte, und daß dieses Angebot angenommen wurde.

Auf ihrem Weg über den Pequeña-Paß nach Mendoza wurde sie von ihrer Eskorte aus Männern Carreras' verraten und dem befehlshabenden Offizier eines chilenischen Bergforts am Fuß der Hauptkette der Kordilleren ausgeliefert. Dieser abscheuliche Handel hätte mich teuer zu stehen kommen können, denn wie die Dinge lagen, war ich ein Gefangener in Gaspar Ruiz' Lager, als er die Nachricht erhielt. Ich war bei einem Aufklärungsvorstoß gefangengenommen und meine Begleitmannschaft aus wenigen Infanteristen von den Indianern seiner Leibgarde niedergemetzelt worden. Ich wurde vor dem selben Schicksal bewahrt, weil er meine Gesichtszüge gerade noch rechtzeitig wiedererkannte. Zweifellos hielten mich meine Freunde für tot, und auch ich hätte zu jener Zeit nicht viel für mein Leben gegeben. Doch der starke Mann behandelte mich sehr gut, weil ich, wie er sagte, immer an seine Unschuld geglaubt und versucht habe, ihm zu helfen, als er ein Opfer der Ungerechtigkeit war.
›Und nun‹, so sprach er zu mir, ›sollen Sie sehen, daß ich stets die Wahrheit sage. Sie sind außer Gefahr.‹
Ich hielt mich nicht für so gänzlich außer Gefahr, als ich eines Nachts zu ihm gerufen wurde. Wie ein wildes Tier schritt er auf und ab und rief: ›Verraten! Verraten!‹
Er trat mit geballten Fäusten auf mich zu. ›Ich könnte Ihnen den Hals umdrehen.‹
›Würde Ihnen das helfen, Ihre Frau zurückzubekommen?‹ fragte ich so ruhig, wie ich nur konnte.
›Und das Kind!‹ heulte er auf wie ein Wahnsinniger. Er ließ sich in einen Sessel fallen und brach in ein fürchterlich tobendes Lachen aus. ›O nein, Sie sind außer Gefahr.‹
Ich versicherte ihm, daß auch das Leben seiner Frau nicht in Gefahr sei; aber ich sagte nicht, wovon ich fernerhin überzeugt war – daß er sie nie wieder sehen werde. Er wollte Krieg bis zum Tod, und der Krieg konnte nur mit seinem Tode enden.

Er warf mir einen sonderbaren, unbeschreiblichen Blick zu und murmelte tonlos: ›In ihren Händen. In ihren Händen.‹
Ich verhielt mich so still wie eine Maus vor einer Katze.
Plötzlich sprang er auf. ›Was sitze ich hier herum?‹ rief er; und die Tür öffnend gab er schreiend den Befehl, die Pferde zu satteln und aufzusitzen. ›Was ist das schon?‹ stammelte er, als er zu mir trat. ›Das Pequeña-Fort; ein Palisadenfort! Nichts. Ich würde sie mir zurückholen, wenn man sie auch im Herzen des Berges versteckt hielte.‹ Er versetzte mich in höchstes Staunen, als er mit Anstrengung hinzufügte: ›Ich trug sie in meinen beiden Armen davon, während die Erde bebte. Und das Kind zumindest ist mein. Es zumindest ist mein!‹
Es waren wunderliche Worte; aber ich hatte keine Zeit, über sie nachzudenken.
›Sie kommen mit‹, sagte er hitzig. ›Ich muß vielleicht unterhandeln, und jedem anderen Abgesandten von Ruiz, dem Banditen, würde die Kehle durchgeschnitten.‹
Das stimmte allerdings. Zwischen ihm und dem Rest der erbosten Menschheit konnte es nach den Gepflogenheiten ehrlicher Kriegführung keine Verständigung geben.
In knapp einer halben Stunde saßen wir im Sattel und flogen wie rasend durch die Nacht. Er hatte nur eine Begleitmannschaft von zwanzig Mann in seinem Hauptquartier, aber er wollte nicht auf weitere Truppen warten. Er sandte jedoch Boten zu Peneleo, dem Indianerhäuptling, der damals am Fuß der Berge umherstreifte, und gab ihm Anweisung, seine Krieger in die Berge zu führen und am Wasserauge zu ihm zu stoßen, dem See, vor dessen Gestade das Grenzfort von Pequeña errichtet war.
Wir überquerten das Tiefland mit jener rastlosen Schnelligkeit, die Gaspar Ruiz' Überfälle so berühmt gemacht hatten. Wir folgten den unteren Tälern bis hinauf zu ihren steilen Talschlössern. Der Ritt war nicht ohne Gefahren. Ein Saumpfad

wand sich an einer senkrechten Basaltwand um einen strebepfeilerähnlichen Felsen, und schließlich gelangten wir, aus der Düsternis einer tiefen Schlucht hervortretend, auf das Hochland von Pequeña.
Es war eine Ebene mit grünem, hartem Gras und spärlichen, blühenden Büschen; doch hoch über unseren Köpfen hingen Schneeflecken in den Klüften und Spalten der mächtigen Felswände. Der kleine See war rund wie ein starrendes Auge. Die Garnison des Forts trieb gerade ihre kleine Viehherde ein, als wir erschienen. Dann schlugen die großen hölzernen Torflügel zu, und die viereckige Einfriedung aus starken, geschwärzten Stangen, die spitz zuliefen und kaum die Grasdächer der Hütten im Innern verbargen, wirkte verlassen, leer, von keiner Seele bewohnt.
Doch als die Besatzung durch einen Mann, der auf Befehl Gaspar Ruiz' furchtlos vorritt, zur Übergabe aufgefordert wurde, antworteten sie von drinnen mit einer Salve, die Mann und Roß zu Boden streckte. Ich hörte, wie Ruiz neben mir mit den Zähnen knirschte. ›Macht nichts‹, sagte er. ›Jetzt gehen Sie.‹
So zerrissen und verschossen die Fetzen, die ich trug, auch waren, wurden die Abzeichen meiner Uniform doch erkannt, und man gestattete mir, bis in Hörweite heranzukommen; und dann mußte ich warten, weil eine vor Freude und Überraschung durch ein Guckloch brüllende Stimme mir nicht erlaubte, mich verständlich zu machen. Es war die Stimme Major Pajols, eines alten Freundes. Er, gleich meinen übrigen Kameraden, hatte mich längst für tot gehalten.
›Gib deinem Pferd die Sporen, Mann!‹ schrie er höchst erregt; ›wir öffnen dir das Tor.‹
Ich ließ die Zügel aus der Hand gleiten und schüttelte den Kopf. ›Ich bin auf mein Ehrenwort hier‹, rief ich.
›Ihm gegenüber!‹ rief er mit unendlicher Verachtung.
›Er garantiert euch euer Leben.‹

›Unser Leben gehört uns selber. Und du, Santierra, gibst du uns den Rat, uns diesem *rastrero* zu ergeben?‹

›Nein!‹ schrie ich. ›Aber er will seine Frau und sein Kind, und er kann euch vom Wasser abschneiden.‹

›Dann wäre sie die erste, die zu leiden hätte. Das kannst du ihm ausrichten. Hör mal – das ist doch alles Unsinn: wir werden einen Ausfall machen und dich fangen.‹

›Ihr werdet mich nicht lebend fangen‹, sagte ich fest.

›Schwachkopf!‹

›Um Gottes willen‹, fügte ich hastig hinzu, ›öffnet bloß nicht das Tor.‹ Und ich wies auf die Scharen von Peneleos Indianern, die das Ufer des Sees bedeckten.

Ich hatte noch nie so viele von diesen Wilden zusammengesehen. Ihre Lanzen schienen so zahlreich wie Grashalme. Ihre rauhen Stimmen verursachten einen mächtigen, unartikulierten Laut, wie das Murmeln des Meers.

Mein Freund Pajol stieß einen Fluch aus. ›Gut – dann geh zum Teufel!‹ brüllte er außer sich. Aber als ich mich herumdrehte, hörte ich, wie er rasch sagte: ›Schießt dem Tölpel das Pferd unter dem Leib weg, ehe er abzieht.‹

Er hatte gute Scharfschützen. Zwei Schüsse krachten, und noch während ich mein Pferd wendete, stolperte es, stürzte und blieb reglos liegen, wie vom Blitz getroffen. Ich hatte meine Füße aus den Steigbügeln gezogen und rollte von dem Pferd fort; aber ich wagte nicht, aufzustehen. Auch sie wagten nicht, herauszustürmen und mich hineinzuschleppen.

Die Indianerscharen hatten begonnen, sich auf das Fort zuzubewegen. Sie ritten in Schwadronen heran, den langen *chuso* in der rechten Hand; dann saßen sie außerhalb der Reichweite des Gewehrfeuers ab, warfen ihre Pelzmäntel von sich, gingen nackt zum Angriff vor, stampften mit ihren Füßen auf den Boden und stießen ein rhythmisches Geschrei aus. Dreimal lief der Schein des Mündungsfeuers über die Vorderfront des Forts, ohne daß es gelungen wäre, ihren steten Vormarsch aufzuhalten. Sie scharten sich unmittelbar unter den Palisaden zusammen, entblößten ihre breiten Messer. Doch diese Palisaden wurden nicht, wie sonst üblich, durch Riemen zusammengehalten, sondern durch lange Eisennägel, die sie nicht zerschneiden konnten. Bestürzt über das Versagen ihrer gewohnten Methode, sich einen Eingang zu verschaffen, stoben die Heiden, die so unerschütterlich gegen das Gewehrfeuer anmarschiert waren, auseinander und suchten unter den Salven der Belagerten das Weite.

Gleich nachdem sie auf ihrem Vormarsch an mir vorübergekommen waren, hatte ich mich erhoben und zu Gaspar Ruiz begeben. Er stand auf einem niederen Hügelkamm, der sich über die Ebene erhob. Das Gewehrfeuer seiner Leute hatte den Angriff gedeckt. Doch auf ein Zeichen von ihm hin gab jetzt eine Trompete das Signal ›Feuer einstellen‹. Schweigend sahen wir der hoffnungslosen Flucht der Wilden zu.

›Dann muß es eben eine Belagerung werden‹, murmelte er. Und ich gewahrte, daß er heimlich die Hände rang.

Doch was für eine Belagerung konnte das werden? Ohne daß ich ihm meines Freundes Pajol Botschaft hätte ausrichten müssen, wagte er nicht, die Belagerten vom Wasser abzuschneiden. Sie hatten reichlich Fleisch. Und wahrhaftig, hätten sie Mangel daran gelitten, er wäre nur zu begierig gewesen, ihnen Lebensmittel in die Palisaden zu schicken – wenn er gekonnt hätte. Doch um die Wahrheit zu sagen, waren wir auf dem freien Feld es, die das Zwacken des Hungers zu spüren bekamen.

Peneleo, der Indianerhäuptling, saß eingehüllt in seinen weiten Mantel aus Lamafellen an unserem Feuer. Er war ein muskulöser Wilder mit einem gewaltigen, breiten Kopf, mit ernsten, verdrießlichen, zerfurchten Gesichtszügen und einem Haarschopf, der nach Gestalt und Größe einem Bienenkorb glich. Immer wieder sagte er in seinem gebrochenen Spanisch, knur-

rend wie ein gereiztes wildes Tier, daß seine Leute, wenn nur die kleinste Bresche in die Palisaden geschlagen würde, eindringen und die *señora* herausholen wollten – sonst nicht.
Gaspar Ruiz, der ihm gegenüber saß, blickte unverwandt Tag und Nacht reglos und in schrecklichem Schweigen nach dem Fort. Inzwischen erfuhren wir durch Meldegänger aus dem Tiefland, die fast täglich eintrafen, von der Niederlage eines seiner Offiziere im Maipu-Tal. Weit in die Runde ausgesandte Kundschafter brachten Meldung von einer Infanteriekolonne, die über ferne Pässe zur Entsetzung des Forts heranmarschierte. Sie kam langsam vorwärts, doch konnten wir ihren mühsamen Anstieg durch die unteren Täler verfolgen. Ich wunderte mich, warum Ruiz nicht aufbrach, um diese drohende Streitmacht in irgendeiner wilden, sich für einen Hinterhalt eignenden Schlucht anzugreifen und aufzureiben, wie es seiner genialen Begabung für den Guerilla-Krieg entsprochen hätte. Aber zu seinem Entsetzen schien ihn sein Genius verlassen zu haben.
Es war mir klar, daß er sich nicht vom Anblick des Forts losreißen konnte. Ich versichere Ihnen, Señores, daß ich fast zu Tränen des Mitleids gerührt war angesichts dieses machtlosen starken Mannes, der da auf dem Hügelkamm saß, unempfindlich gegen Sonne, Regen, Kälte, Wind; die Hände um seine Beine geschlungen und das Kinn auf die Knie gestützt und starrend – starrend – starrend.
Und das Fort, auf das er seine Blicke heftete, war so reglos und schweigsam wie er. Die Garnison gab kein Lebenszeichen von sich. Sie beantwortete nicht einmal das flüchtige, auf die Schießscharten gerichtete Feuer.
Eines Nachts, als ich an ihm vorüberschlenderte, sprach er mich, ohne seine Haltung zu verändern, unvermutet an. ›Ich lasse eine Kanone kommen‹, sagte er. ›Ich werde noch Zeit genug haben, sie mir herauszuholen und mich zurückzuziehen, ehe es Ihrem Robles gelingt, hier heraufzukriechen.‹

Er ließ eine Kanone aus der Ebene kommen.
Sie brauchte lange, doch schließlich kam sie. Es war eine siebenpfündige Feldkanone. Sie war, demontiert und kreuzweise an zwei Stangen gebunden, bequem zwischen zwei Maultieren den schmalen Pfad heraufgebracht worden. Der wilde Jubelschrei, den er ausstieß, als er die Geschützmannschaft aus dem Tal auftauchen sah, klingt mir noch heute in den Ohren.
Aber, Señores, mir fehlen die Worte, um die Überraschung, die Wut, die Verzweiflung und Raserei zu beschreiben, die ihn ergriff, als er hörte, daß das Tier, welches die Lafette getragen hatte, während des letzten Nachtmarsches in einen Abgrund gestürzt war. Rasend vor Wut, drohte er der Begleitmannschaft Tod und Folterqualen an. Ich ging ihm an diesem Tag aus dem Wege, legte mich hinter ein paar Büsche und fragte mich, was er jetzt wohl tun werde. Der Rückzug stand ihm offen, aber er konnte sich nicht zurückziehen.
Ich sah unter mir seinen Kanonier Jorge, einen alten spanischen Soldaten, der aus übereinandergeschichteten Sätteln eine Art Gestell baute. Auf dieses Gestell wurde die geladene Kanone gehoben, doch beim Abfeuern brach das Ganze in sich zusammen, und der Schuß ging hoch über die Palisaden hinweg. Danach wurde kein weiterer Versuch unternommen. Eines der Munitionsmaultiere war ebenfalls verlorengegangen, und ihnen blieben nicht mehr als sechs Schuß; reichlich genug, um das Tor in Trümmer zu legen, vorausgesetzt, daß das Geschütz gut gebettet wurde. Dies war unmöglich, solange es nicht ordentlich in Stellung gebracht werden konnte. Weder Zeit noch Mittel waren vorhanden, um eine Lafette zu bauen. Ich rechnete schon jeden Augenblick damit, Robles' Signalhorn von den Klippen widerhallen zu hören.
Peneleo wanderte beunruhigt hin und her, eingemummt in seine Felle. Er setzte sich einen Augenblick zu mir und gab knurrend seine übliche Geschichte von sich.

›Mach eine *entrada* – ein Loch. Wenn du machst ein Loch, *bueno.* Wenn du machst kein Loch, dann ausreißen – müssen wir abziehen.‹

Nach Sonnenuntergang bemerkte ich überrascht, daß die Indianer Anstalten zu einem neuerlichen Angriff trafen. Sie nahmen im Schatten der Berge in Linien Aufstellung. Auf der Ebene vor dem Tor des Forts sah ich eine Gruppe von Männern, die sich auf einem Fleck hin- und herbewegten.

Ich schritt unbeachtet von dem Hügelkamm herab. Das Mondlicht war in der klaren Luft des Hochlandes hell wie der Tag; doch die tiefschwarzen Schatten narrten meinen Blick, und ich vermochte nicht festzustellen, was sie taten. Ich hörte die Stimme Jorges, des Kanoniers, der in sonderbarem, zweifelndem Ton sagte: ›Sie ist geladen, Señor.‹

Dann verkündete eine andere Stimme aus der Gruppe mit Entschiedenheit: ›Bringt das Lasso her.‹ Es war die Stimme Gaspar Ruiz'.

Ein Schweigen senkte sich herab, in das die krachenden Schüsse der belagerten Garnison peitschten. Auch sie hatten die Gruppe bemerkt. Doch die Entfernung war zu groß, und in dem Geknatter fehlgegangener Gewehrkugeln, die den Boden aufrissen, öffnete und schloß sich die Gruppe, schwankte und gab mir den Blick auf die geschäftig sich bückenden Gestalten in ihrer Mitte frei. Ich trat näher heran, ungewiß, ob dies eine gespenstische Vision, ein vertrackter und unsinniger Traum sei.

Eine merkwürdig erstickte Stimme befahl: ›Zurrt die Knoten fester!‹

›*Si, señor*‹, antworteten mehrere andere Stimmen im Ton scheuer Dienstfertigkeit.

Dann sagte die erstickte Stimme: ›Genug. Ich muß noch Luft bekommen.‹

Daraufhin gab es ein besorgtes Stimmengewirr. ›Helft ihm auf, *hombres.* Vorsicht! Unter dem andern Arm!‹

Jene tonlose Stimme sagte: ›*Bueno!* Tretet zurück, Leute.‹
Ich schob meinen Kopf durch den zurückweichenden Kreis und hörte noch einmal diese bedrängte Stimme voll Ernst sagen: ›Vergiß, daß ich ein lebendiger Mann bin, Jorge. Vergiß mich ganz und gar und denk an das, was du zu tun hast.‹
›Keine Sorge, Señor. Sie sind nichts für mich als eine Kanonenlafette, und ich werde keinen Schuß verschenken.‹
Ich vernahm das Prasseln einer Lunte und roch den Salpeter des Zündholzes. Ich sah plötzlich eine schwer beschreibbare Gestalt auf allen vieren wie ein Tier, doch mit einem Menschenkopf, der unter einem über den Nacken hinausragenden röhrenförmigen Gebilde herabhing; auf ihrem Rücken glänzte eine runde Bronzemasse.
Sie kauerte allein vor einem schweigenden Halbkreis von Männern. Hinter ihr stand Jorge und ein regloser Trompeter neben ihr, die Trompete in der Hand.
Jorge beugte sich vor, murmelte, die Lunte in der Hand: ›Einen Zoll nach links, Señor. Zuviel. So. Jetzt, wenn Sie sich ein wenig neigen könnten, indem Sie die Ellenbogen anwinkeln, will ich ...‹
Er sprang zur Seite, senkte seine Lunte, und ein Flammenstrahl zuckte aus der Mündung der Kanone, die auf den Rücken des Mannes gebunden war.
Dann ließ sich Gaspar Ruiz langsam auf den Boden sinken. ›Guter Schuß?‹ fragte er.
›Volltreffer, Señor.‹
›Dann lade wieder.‹
Er lag vor mir auf seiner Brust unter der dunkel glitzernden Bronze seiner gewaltigen Last – solch einer Last, wie keine Liebe oder Menschenstärke sie je hatte tragen müssen in der traurigen Geschichte dieser Welt. Seine Arme waren ausgebreitet, und er glich einem demütig auf den vom Mondlicht überfluteten Boden hingestreckten Bittsteller.

Abermals sah ich, wie er auf seine Hände und Knie gehoben wurde, sah die Männer von ihm zurücktreten und den alten Jorge sich über ihn beugen und das Rohr entlangblicken.
›Ein wenig nach links. Einen Zoll nach rechts. *Por Dios, señor,* hören Sie auf zu zittern. Wo ist Ihre Kraft?‹
Die Stimme des alten Kanoniers war heiser vor innerer Erregung. Er trat zur Seite und brachte wie der Blitz die Lunte an das Zündloch.
›Ausgezeichnet!‹ rief er mit Tränen in den Augen; aber Gaspar Ruiz lag lange Zeit schweigend da, niedergepreßt auf den Grund.
›Ich bin müde‹, murmelte er schließlich. ›Wird es der nächste Schuß schaffen?‹
›Ohne Zweifel‹, sagte Jorge, der sich zu seinem Ohr herabbeugte.
›Dann – lade‹, hörte ich ihn deutlich flüstern. ›Trompeter!‹
›Hier steh ich, Señor, und warte auf Ihr Wort.‹
›Blas mir bei diesem Wort ein schmetterndes Signal, das man von einem Ende Chiles bis zum andern hören soll‹, sagte er mit außerordentlich starker Stimme. ›Und ihr andern haltet euch bereit, dieses verflixte Lasso durchzuschneiden, denn dann ist's Zeit für mich, euch anzuführen bei euerm Sturm. Jetzt hebt mich hoch, und du, Jorge – nimm schnell dein Ziel.‹
Das Geknatter des Gewehrfeuers vom Fort übertönte fast seine Stimme. Die Palisaden waren in Rauch und Flammen gehüllt.
›Stemmen Sie sich mit aller Kraft nach vorn, um den Rückstoß aufzufangen, *mi amo*‹, sagte der alte Kanonier mit unsicherer Stimme. ›Krallen Sie sich mit den Fingern in den Boden. So. Jetzt!‹
Ein Jubelschrei entrang sich ihm nach diesem Schuß. Der Trompeter hob die Trompete fast bis zu den Lippen und wartete. Doch kein Wort kam von dem hingestreckten Mann. Ich fiel auf ein Knie und hörte alles, was er damals zu sagen hatte.

›Etwas ist gebrochen‹, flüsterte er, hob ein wenig den Kopf und wandte mir in seiner hoffnungslos zerschmetterten Haltung den Blick zu.
›Das Tor hängt nur noch an Spänen‹, schrie Jorge.
Gaspar Ruiz versuchte zu sprechen, aber die Stimme erstarb ihm in der Kehle, und ich half, ihm die Kanone von seinem zerbrochenen Rücken zu wälzen. Er war bewußtlos.
Ich hielt natürlich meinen Mund. Das Signal zum Angriff für die Indianer wurde nie gegeben. Statt dessen ertönten schmetternd die Hornsignale der Entsetzungsmacht, nach denen mein Ohr so lange gedürstet hatte, und erschreckten unsere Feinde wie die Posaunen des Jüngsten Gerichtes.
Ein Tornado, Señores, ein richtiger Wirbelsturm von Panik ergriffener Männer, wilder Pferde, berittener Indianer fegte über mich hin, als ich dort auf dem Boden neben Gaspar Ruiz kauerte, der noch immer ausgestreckt in Kreuzesform auf seinem Antlitz lag. Peneleo, der um sein Leben galoppierte, stach im Vorüberreiten mit seinem langen *chuso* nach mir – um unserer alten Bekanntschaft willen, nehme ich an. Wie ich dem Kugelregen entging, ist schwer zu erklären. Als ich mich zu früh auf meine Knie zu erheben wagte, hätten einige Soldaten des 17. Taltal-Regiments in ihrer Ungeduld, endlich auf etwas Lebendiges zu stoßen, mich um ein Haar auf der Stelle mit ihren Bajonetten erstochen. Sie blickten dann auch sehr enttäuscht drein, als einige Offiziere herbeigaloppiert kamen und sie mit flachen Säbeln vertrieben.
Es war General Robles mit seinem Stab. Er hätte viel darum gegeben, einige Gefangene zu machen. Auch er schien für einen Augenblick enttäuscht. ›Was! Sie sind's?‹ rief er. Doch er stieg sogleich aus dem Sattel und umarmte mich, denn er war ein alter Freund meiner Familie. Ich deutete auf den Körper zu meinen Füßen und sagte nur diese beiden Worte: ›Gaspar Ruiz.‹
Er warf seine Arme vor Staunen in die Höhe.

›Ah! Ihr starker Mann! Immer bis zum letzten bei Ihrem starken Mann. Gleichviel. Er rettete uns das Leben, als die Erde so erbebte, daß auch der Tapferste vor Furcht schwach geworden wäre. Ich war damals vor Angst wie von Sinnen. Doch er – nein! *Que guape!* Wo ist der Held, der ihn besiegte? Ha! ha! ha! Was tötete ihn, *chico*?‹
›Seine eigene Kraft, General‹, antwortete ich.«

XII

»Aber Gaspar Ruiz atmete noch. Ich ließ ihn in seinem Poncho unter den Schutz einiger Büsche auf der Anhöhe tragen, von der aus er so starr nach dem Fort hinübergeblickt hatte, während der unsichtbare Tod schon über seinem Haupte schwebte. Unsere Truppen hatten rund um das Fort ihr Lager aufgeschlagen. Ich war nicht überrascht, als ich bei Tagesanbruch erfuhr, daß ich ausersehen war, die Eskorte eines Gefangenen anzuführen, der sogleich hinunter nach Santiago gebracht werden sollte. Natürlich handelte es sich bei dem Gefangenen um Gaspar Ruiz' Frau.
›Ich habe Sie vorgeschlagen aus Rücksicht auf Ihre Gefühle‹, bemerkte General Robles. ›Obwohl die Frau eigentlich erschossen gehörte für all den Schaden, den sie der Republik zugefügt hat.‹
Und als ich eine Gebärde entsetzten Protestes machte, fuhr er fort: ›Nun, da er so gut wie tot ist, hat sie keine Bedeutung mehr. Niemand wird zwar wissen, was man mit ihr anfangen soll. Doch die Regierung verlangt sie.‹ Er zuckte die Achseln. ›Vermutlich wird er große Mengen Beutegut an Plätzen vergraben haben, die sie allein kennt.‹
In der Dämmerung sah ich sie die Anhöhe heraufkommen, bewacht von zwei Soldaten, in ihren Armen das Kind.

Ich schritt ihr entgegen.
›Lebt er noch?‹ fragte sie und kehrte mir jenes weiße, undurchdringliche Gesicht zu, in das er anbetungsvoll aufzublicken pflegte.
Ich neigte meinen Kopf und geleitete sie wortlos um ein Gebüsch. Seine Augen waren geöffnet. Er atmete schwer und sprach ihren Namen mit großer Mühe aus.
›Erminia!‹
Sie kniete zu seinen Häupten nieder. Das kleine Mädchen, das ihn nicht erkannte und mit seinen großen Augen umherblickte, begann plötzlich mit einem fröhlichen, dünnen Stimmchen zu schwatzen. Es deutete mit seinem winzigen Finger in den rosigen Glanz des Sonnenaufgangs hinter den schwarzen Silhouetten der Berggipfel. Und solange dieses unverständliche und lieblich klingende Kindergeplapper währte, verharrten diese beiden, der sterbende Mann und die kniende Frau, schweigend, blickten einander in die Augen und lauschten auf das zarte Stimmchen. Das Lallen hörte auf. Das Kind legte seinen Kopf gegen die Brust der Mutter und war still.
›Es geschah für dich‹, hub er an. ›Vergib mir.‹ Seine Stimme versagte. Plötzlich hörte ich ein Murmeln und fing die schmerzlichen Worte auf: ›Nicht stark genug.‹
Sie sah ihn mit unerhörter Eindringlichkeit an. Er versuchte zu lächeln und wiederholte in demütigem Ton: ›Verzeih mir. Ich lasse dich...‹
Sie beugte sich herab und sagte ohne Tränen und mit ruhiger Stimme: ›Auf der ganzen Welt habe ich nichts geliebt als dich, Gaspar.‹
Sein Kopf machte eine Bewegung. Seine Augen wurden lebendig. ›Endlich!‹ seufzte er. Dann ängstlich: ›Ist das auch wahr... ist es wahr?‹
›So wahr wie, daß es keine Gnade und Gerechtigkeit in dieser Welt gibt‹, antwortete sie leidenschaftlich. Sie beugte sich über

sein Gesicht. Er versuchte, seinen Kopf zu ihr hinaufzuheben, aber er fiel zurück, und als sie seine Lippen küßte, war er schon tot. Seine glasigen Augen starrten in den Himmel, über den hoch droben Purpurwolken zogen. Doch ich bemerkte, wie die Augenlider des Kindes, das sich gegen die Mutterbrust drängte, schwer wurden und sich langsam schlossen. Es war eingeschlafen.
Die Witwe Gaspar Ruiz', des starken Mannes, gestattete mir, ohne eine Träne zu vergießen, daß ich sie fortführte.
Wir hatten ihr für die Reise einen Seitensattel verfertigt, der einem Sessel sehr ähnlich sah und unter dem ein Brett als Stütze für die Füße hin- und herschwang. Am ersten Tag ritt sie, ohne einen Laut von sich zu geben, dahin und wandte kaum je den Blick von dem kleinen Mädchen, das sie vor sich auf den Knien hielt. An unserem ersten Lagerplatz sah ich des Nachts, wie sie auf und ab ging, das Kind in ihren Armen wiegte und im Mondschein auf es niederblickte. Nachdem wir zu unserem zweiten Tagesmarsch aufgebrochen waren, fragte sie mich, wann wir wohl das erste Dorf in einer besiedelten Gegend erreichen würden.
Ich sagte, wir kämen gegen Mittag zu einem solchen.
›Und wird es dort auch Frauen geben?‹ erkundigte sie sich.
Ich sagte ihr, es sei ein großes Dorf. ›Es wird dort Männer und Frauen geben, Señora‹, sagte ich, ›die sich von Herzen freuen werden über die Kunde, daß Unruhe und Krieg vorüber sind.‹
›Ja, alles ist jetzt vorüber‹, wiederholte sie. Dann, nach einer Weile: ›Señor Oficial, was wird Ihre Regierung mit mir tun?‹
›Ich weiß es nicht, Señora‹, sagte ich. ›Man wird Sie zweifellos gut behandeln. Wir Republikaner sind keine Wilden und nehmen keine Rache an Frauen.‹
Sie sandte mir bei dem Wort ›Republikaner‹ einen Blick zu, der, wie ich mir denken kann, voll unauslöschlichem Haß war. Doch als wir ungefähr eine Stunde später anhielten, um die

Packtiere auf dem schmalen Pfad, der an einem Abgrund hinführte, vorzulassen, sah sie mich mit einem so kreidebleichen, beunruhigten Gesicht an, daß ich großes Mitleid mit ihr empfand.

›Señor Oficial‹, sagte sie, ›ich bin schwach, ich zittere. Es ist eine unsinnige Furcht.‹ Und in der Tat zitterten ihre Lippen, während sie mit einem Blick auf den Anfang des schmalen Pfades, der gar nicht so gefährlich war, zu lächeln versuchte. ›Ich habe Angst, ich könnte das Kind fallen lassen. Gaspar rettete Ihnen einst das Leben, Sie erinnern sich ... Nehmen Sie das Kind.‹

Ich nahm das Kind aus ihren ausgestreckten Armen. ›Schließen Sie die Augen, Señora, und vertrauen Sie Ihrem Maultier‹, empfahl ich ihr.

Das tat sie, und mit ihrer Blässe und ihrem abgezehrten, schmalen Gesicht sah sie wie tot aus. Bei einer Biegung des Weges, wo eine große Klippe aus rotem Porphyr den Blick aufs Tiefland versperrte, sah ich, wie sie ihre Augen aufschlug. Ich ritt dicht hinter ihr und hielt das kleine Mädchen in meinem rechten Arm. ›Dem Kind geht es gut‹, rief ich ihr aufmunternd zu. ›Ja‹, antwortete sie schwach; und da sah ich zu meinem äußersten Entsetzen, wie sie sich mit grauenvoll erstarrtem Blick auf der Fußstütze aufrichtete und sich nach vorn in den Abgrund zu unserer Rechten schleuderte.

Ich kann Ihnen die plötzliche und jämmerliche Furcht nicht beschreiben, die mich bei diesem schrecklichen Anblick ergriff. Es war eine Angst vor dem Abgrund, Angst vor den Klippen, die sich auf mich herabzusenken schienen. Mir schwindelte. Ich drückte das Kind an mich und ließ mein Pferd still stehen wie eine Statue. Ich vermochte keinen Laut hervorzubringen und war eiskalt von Kopf bis Fuß. Ihr Maultier strauchelte, rutschte seitwärts bis dicht an den Felsen und ging dann weiter. Mein Pferd spitzte nur die Ohren und schnob leise. Mein Herz stand still, und das Geklapper der Steine im Bett des Wildbaches, das aus den Tiefen des Abgrunds heraufdrang, machte mich fast wahnsinnig.

Gleich darauf waren wir um die Biegung herum und kamen auf einen weiten und grasigen Abhang. Und dann schrie ich. Meine Leute rannten sehr erschrocken zu mir her. Anscheinend brüllte ich zunächst einmal nichts als: ›Sie hat mir das Kind in die Hände gelegt! Sie hat mir das Kind in die Hände gelegt!‹ Die Eskorte dachte, ich sei verrückt geworden.«

General Santierra verstummte und stand vom Tisch auf. »Und das ist alles, Señores«, schloß er mit einem höflichen Blick auf seine sich erhebenden Gäste.

»Aber was wurde aus dem Kind, General?« fragten wir.

»Ah, das Kind, das Kind.«

Er schritt zu einem der Fenster, die sich nach seinem herrlichen Garten öffneten, der Zufluchtsstätte seiner alten Tage. Der Ruhm des Gartens war groß in diesem Land. Er hielt uns mit erhobenem Arm zurück und rief hinaus: »Erminia, Erminia!« und wartete. Dann ließ er seinen Einhalt gebietenden Arm sinken, und wir drängten uns an die Fenster.

Eine Frau war aus einer Baumgruppe auf den breiten, von Blumen eingefaßten Weg getreten. Wir konnten das Rascheln ihrer gestärkten Unterkleider hören und bemerkten den weiten Schnitt ihres altmodischen schwarzen Seidenrockes. Sie blickte auf, und als sie all diese Augen sah, die sie anstarrten, blieb sie stehen, runzelte die Stirn, lächelte, drohte dem General, der stürmisch lachte, mit dem Finger, zog den schwarzen Spitzenschleier tiefer in die Stirn, um ihr hochmütiges Profil halb zu verdecken, und schritt mit steifer Würde aus unserem Blickfeld.

»Sie haben da den Schutzengel des alten Mannes gesehen – und diejenige, der Sie alles verdanken, was geziemend und angenehm an meiner Gastlichkeit ist. Irgendwie hat es sich so gefügt, Señores, daß ich, wiewohl die Flamme der Liebe früh in meiner Brust entfacht ward, niemals heiratete. Und vielleicht sind gerade deswegen die Funken des heiligen Feuers hier noch nicht verglommen.« Er schlug sich gegen die Brust. »Noch immer lebendig, noch immer lebendig«, sagte er mit komischernstem Nachdruck. »Aber ich werde jetzt nicht mehr heiraten. Sie ist General Santierras Adoptivtochter und Erbin.«

Einer der anwesenden Gäste, ein junger Marineoffizier, beschrieb sie später als eine »kleine, untersetzte alte Jungfer von ungefähr vierzig Jahren«. Wir hatten alle bemerkt, daß ihr Haar grau wurde und daß sie sehr edle schwarze Augen hatte. »Und«, fuhr General Santierra fort, »auch sie will vom Heiraten nichts wissen. Ein rechtes Elend! Gütig, geduldig, dem alten Mann ergeben. Eine einfältige Seele. Aber ich möchte niemandem von Ihnen raten, um ihre Hand anzuhalten, denn wenn sie die Ihre ergriffe, dann nur, um Ihnen die Knochen zu zerquetschen. Ah! In dieser Sache ist nicht mit ihr zu spaßen. Und sie ist die rechte Tochter ihres Vaters, des starken Mannes, der durch seine eigene Stärke fiel: durch die Stärke seines Körpers, seiner Einfalt – seiner Liebe!«

Eine ironische Geschichte

DER SPITZEL

Mr. X kam, angekündigt durch das Empfehlungsschreiben eines guten Pariser Freundes von mir, besonders deshalb zu mir, um meine Sammlung chinesischer Bronzen und chinesischen Porzellans zu sehen.

Mein Freund in Paris ist ebenfalls ein Sammler. Er sammelt allerdings weder Porzellan noch Bronzen noch Bilder noch Münzen noch Briefmarken noch irgend etwas, das sich unter dem Hammer eines Auktionators gewinnbringend verstreuen ließe. Auch würde er die Bezeichnung eines Sammlers mit ungeheuchelter Überraschung von sich weisen. Dennoch ist er einer vom Temperament her. Er sammelt Bekanntschaften. Das ist eine heikle Arbeit. Er verwendet darauf die Geduld, die Leidenschaft, die Entschlossenheit eines echten Raritätensammlers. Seine Sammlung enthält keine königlichen Individuen. Ich glaube, er erachtet sie nicht für selten und interessant genug; aber mit dieser Ausnahme ist er jedermann begegnet, hat mit jedermann gesprochen, der es – aus welchem erdenklichen Grund immer – wert ist, daß man ihn kennt. Er beobachtet die Menschen, hört ihnen zu, durchschaut sie, mißt sie und gliedert seine Erinnerungen an sie in den Galerien seines Gedächtnisses ein. Er hat Anstalten getroffen, hat Ränke geschmiedet und ganz Europa bereist, um seine Sammlung erlesener persönlicher Bekanntschaften zu erweitern.

Da er wohlhabend ist, gute Verbindungen und keine Vorurteile hat, ist seine Sammlung nahezu vollständig und enthält auch Objekte (oder soll ich Subjekte sagen?), deren Wert vom Pöbel verkannt wird und die oftmals unberühmt bleiben. Auf diese Exemplare ist mein Freund natürlich besonders stolz.

Er schrieb mir über X: »Er ist der größte Aufrührer *(révolté)* der neueren Zeit. Die Welt kennt ihn als einen revolutionären Schriftsteller, dessen beißender Spott die Verkommenheit der geachtetsten Institutionen bloßgestellt hat. Er hat jedes ehrwürdige Haupt skalpiert und – unter der Gefahr, seinen Verstand dabei zu verlieren – jegliche herrschende Meinung und jeden anerkannten Grundsatz der Sitte und Politik in Fetzen gerissen. Wer erinnerte sich nicht an seine flammend roten revolutionären Flugschriften? Ihre plötzlich auftretenden Schwärme pflegten jeder kontinentalen Polizeimacht zu spotten, wie die Plage der roten Viehbremse. Aber dieser extremistische Schriftsteller war auch der tätige Anreger geheimer Gesellschaften – die rätselhafte Nummer Eins verwegener Verschwörungen, auf die man gefaßt war oder nicht gefaßt war, die zur Ausführung kamen oder vereitelt wurden. Und die große Öffentlichkeit hatte niemals eine Ahnung hiervon! Diesem Umstand ist es denn auch zu danken, daß er bis zum heutigen Tage unter uns wandelt, ein Veteran vieler unterirdischer Schlachten, der jetzt abgetreten ist, unbestritten der durchaus größte destruktive Schriftsteller aller Zeiten.«

So schrieb mein Freund, fügte noch hinzu, daß Mr. X ein bewanderter Kenner von Bronzen und Porzellan sei, und bat mich, ihm meine Sammlung zu zeigen.

X tauchte zu gegebener Zeit auf. Meine Schätze sind in drei langen Räumen ohne Teppiche und Vorhänge angeordnet. Es stehen darin keine anderen Möbel als die Etageren und Glaskästen, deren Inhalt einmal für meine Erben ein Vermögen darstellen wird. Ich dulde nicht, daß Feuer angemacht wird, aus Furcht, es könnte ein Brand entstehen, und eine feuerfeste Tür trennt die Räume von dem übrigen Haus.

Es war ein bitter kalter Tag. Wir blieben in Hut und Mantel. Mittelgroß und hager, mit wachsamen Augen aus einem langen Gesicht mit römischer Nase spähend, schritt X auf seinen zierlichen, kleinen Füßen mit kurzen Schritten dahin und betrachtete verständig meine Sammlung. Ich hoffe, daß ich ihn ebenfalls verständig betrachtete. Ein schneeweißer Schnurr- und Knebelbart ließen seine nußbraune Gesichtsfarbe noch dunkler erscheinen, als sie in Wirklichkeit war. In seinem Pelzmantel und glänzenden Zylinderhut sah dieser Schreckensmann elegant aus. Ich glaube, er gehörte einer adligen Familie an und hätte sich Vicomte X de Z nennen können, wenn er gewollt hätte. Wir redeten über nichts als über Bronzen und Porzellan. Er war erstaunlich verständnisvoll. Wir schieden in herzlichem Einvernehmen.

Wo er wohnte, weiß ich nicht. Ich kann mir vorstellen, daß er ein einsamer Mann war. Anarchisten, nehme ich an, haben keine Familien – zumindest nicht in der Weise, wie wir dieses soziale Verhältnis verstehen. Der Zusammenschluß in Familien mag einem Bedürfnis der menschlichen Natur entsprechen, doch im Letzten gründet er auf dem Gesetz und muß einem Anarchisten darum etwas Verhaßtes und Unmögliches sein. Aber freilich, ich verstehe Anarchisten nicht. Bleibt ein Mann dieser – dieser – Konfession noch immer ein Anarchist, wenn er allein ist, ganz allein, und zum Beispiel zu Bett geht? Legt er sein Haupt aufs Kissen, zieht die Bettdecke unters Kinn, schläft ein, ohne daß ihm je die Notwendigkeit des *chambardement général*, wie die Franzosen es in ihrer Umgangssprache nennen, des allgemeinen Umsturzes, aus dem Sinn ginge? Und wenn dem so ist – wie vermag er es? Ich bin sicher, daß ich, wenn solch ein Glaube (oder solch ein Fanatismus) erst einmal Gewalt über mein Denken erlangt hätte, niemals genügend Ruhe fände, um zu schlafen oder zu essen oder welche Routinehandlung des täglichen Lebens immer auszuführen. Ich wollte keine Frau, keine Kinder; ich könnte keine Freunde haben, will mir scheinen; und was das Sammeln von Bronzen oder Porzellan anbelangt, so wäre das, möchte ich sagen, völlig ausgeschlossen. Aber ich weiß nicht. Ich weiß lediglich, daß Mr. X in einem sehr guten Restaurant speiste, das auch ich des öfteren aufsuchte.

Ohne Kopfbedeckung, vollendete der Silberschopf seines hochgebürsteten Haares den Wesenszug seiner Physiognomie, die ganz aus knochigen Graten und tiefen Höhlen bestand und die sich in eine restlose Undurchdringlichkeit der Miene hüllte. Seine mageren braunen Hände, die aus großen weißen Manschetten hervorragten, hoben und senkten sich, brachen Brot, schenkten Wein ein und so weiter – taten das alles mit einer ruhigen, mechanischen Präzision. Kopf und Körper über dem Tischtuch bewahrten eine starre Reglosigkeit. Diese Brandfackel, dieser große Agitator, legte so wenig Wärme und Begeisterung an den Tag wie nur irgend möglich. Seine Stimme klang rauh, kalt und monoton in ihrer Tiefe. Er konnte nicht als gesprächig bezeichnet werden; doch mit seiner zurückhaltenden, ruhigen Art schien er ebenso bereit zu sein, zur Unterhaltung beizutragen, wie sie jeden Augenblick fallen zu lassen. Und seine Unterhaltung war keineswegs alltäglich. Für mich, muß ich gestehen, lag etwas Aufregendes darin, mich in aller Ruhe über den Eßtisch hinweg mit einem Mann zu unterhalten, dessen giftige Stiche mit der Feder die Lebenskraft mindestens einer Monarchie aufgezehrt hatten. Soviel war in der Öffentlichkeit bekannt. Aber ich wußte mehr. Ich wußte über ihn – durch meinen Freund – mit Bestimmtheit Dinge, die die Wächter der sozialen Ordnung in Europa höchstens geargwöhnt oder dunkel geahnt hatten.

Er hatte sein – wie ich es nennen möchte – unterirdisches Leben gehabt. Und da ich ihm Abend für Abend beim Essen gegenübersaß, war es nur natürlich, daß eine Neugierde in dieser Richtung bei mir erwachte. Ich bin ein stilles und friedliches Zivilisationsgeschöpf und habe keine andere Leidenschaft als die des Sammelns von Dingen, die selten sind und die, auch wenn sie sich dem Ungeheuerlichen nähern, doch erlesen bleiben müssen. Einige chinesische Bronzen sind ungeheuer kostbar. Und hier hatte ich (aus der Sammlung meines Freundes) eine Art seltenes Ungeheuer vor mir. Es stimmte, daß dieses Ungeheuer gepflegt und in gewisser Weise sogar erlesen war. Seine wunderschönen, gelassenen Manieren waren das ohne Zweifel. Aber andererseits war er nicht aus Bronze. Er war nicht einmal chinesisch, was einem ermöglicht hätte, ihn ruhig über die Kluft des Rassenunterschiedes hinweg zu betrachten. Er war lebendig und europäisch; er besaß die Manieren der guten Gesellschaft, trug einen Mantel und Hut wie ich und hatte so ziemlich denselben Geschmack in den Speisen. Der Gedanke daran war zu schrecklich.

Eines Abends bemerkte er beiläufig in der Unterhaltung: »Die Menschheit ist zu keinen Verbesserungen zu bewegen, es sei denn durch Terror und rohe Gewalt.«

Sie können sich vorstellen, welche Wirkung solch ein Satz aus dem Munde solch eines Mannes auf jemanden wie mich hatte, dessen gesamte Lebensordnung auf höflicher und feinsinniger Unterscheidung gesellschaftlicher und künstlerischer Werte gegründet war. Stellen Sie sich bloß vor! Auf mich, dem alle Arten und Formen der Gewalt so unwirklich wie die Riesen, Oger und siebenköpfigen Hydren erschienen, deren Machenschaften in phantastischer Weise den Lauf von Fabeln und Märchen bestimmen.

Mir war, als vernähme ich plötzlich über dem heiter-geselligen Getriebe und Geklapper des glänzenden Restaurants das Murren einer hungrigen und aufrührerischen Masse.

Vermutlich bin ich leicht zu beeindrucken und einbildungsreich. Ich hatte unter den hundert elektrischen Lichtern des Lokals die beunruhigende Vision einer Finsternis voller spitziger Kiefer und wilder Augen. Doch irgendwie machte mich diese Vision auch zornig. Der Anblick des Mannes, der da so gelassen Weißbrot brach, erbitterte mich. Und ich besaß die Dreistigkeit, ihn zu fragen, wie es denn komme, daß sich das hungernde Proletariat Europas, dem er Revolution und rohe Gewalt gepredigt, nicht über seine offen luxuriöse Lebensführung entrüstet habe. »Über all dies«, sagte ich anzüglich mit einem Blick auf das Lokal und auf die Flasche Champagner, die wir uns gewöhnlich zum Abendessen teilten.

Er blieb ungerührt.

»Nähre ich mich von ihrer Plackerei und ihrem Herzblut? Bin ich ein Spekulant oder ein Kapitalist? Habe ich aus dem hungernden Volk mein Vermögen geschlagen? Nein! Sie wissen das sehr wohl. Und sie neiden mir nichts. Die unglückliche Masse des Volkes ist großmütig gegen ihre Führer. Was ich erworben habe, ist mir durch meine Schriftstellerei zugeflossen; nicht durch die Millionen von Flugschriften, die kostenlos unter den Hungernden und Bedrückten verteilt, sondern durch die Hunderttausende von Exemplaren, die an die wohlgenährte Bürgerschaft verkauft wurden. Sie wissen, daß meine Schriften einst der letzte Schrei, die große Mode waren: das, was man mit Verwunderung und Schrecken las und bei dessen Lektüre man die Augen zu meinem Pathos aufschlug... oder auch in ekstatisches Gelächter über meinen Witz ausbrach.«

»Ja«, gab ich zu. »Ich erinnere mich allerdings; und ich gestehe offen, daß mir diese Verblendung immer ein Rätsel blieb.«

»Wissen Sie denn nicht«, sagte er, »daß eine untätige und selbstsüchtige Klasse gerne zusieht, wie Unheil angerichtet wird, selbst wenn es auf ihre eigenen Kosten geschieht? Da ihr ganzes Leben nur eine Sache der Pose und Geste ist, vermag sie nicht, die Macht und die Gefahr einer wirklichen Bewegung zu erkennen, die Macht und die Gefahr von Worten ohne heuchlerischen Sinn. Alles ist Spaß und Delikatesse. Es genügt zum Beispiel, auf die Haltung hinzuweisen, die die alte französische Aristokratie den Philosophen gegenüber einnahm, deren Worte die Große Revolution vorbereiteten. Sogar in England, wo man doch einigen gesunden Menschenverstand hat, muß ein Demagoge nur laut genug und lange genug schreien, dann wird er schon einen Rückhalt gerade bei jener Klasse finden, gegen die er vom Leder zieht. Auch ihr in England seht gerne zu, wie Unheil angerichtet wird. Der Demagoge reißt die Dilettanten des Gefühls mit sich fort. Dilettantismus in allen möglichen Dingen ist eine gar reizend bequeme Art, die Zeit totzuschlagen und dem eigenen Dünkel Nahrung zu geben – dem dummen Dünkel, sich auf der Höhe der Ideen von übermorgen zu befinden. Genau so wie sonst recht harmlose Menschen sich im Entzücken über Ihre Sammlung mit Ihnen treffen, ohne doch im entferntesten einzusehen, worin das Wunderbare dieser Sammlung wirklich liegt.«

Ich ließ den Kopf hängen. Es war die vernichtende Darstellung einer traurigen Wahrheit. Die Welt ist voll von solchen Leuten. Und jenes Beispiel der französischen Aristokratie vor der Revolution war ebenfalls schlagend genug. Ich konnte seine Behauptung nicht widerlegen, obwohl der Zynismus darin – der immer ein widerwärtiger Zug ist – ihr in meinen Augen viel von ihrem Wert nahm. Dennoch gebe ich zu, daß ich beeindruckt war. Mich verlangte danach, etwas zu sagen, das nicht den Charakter einer Zustimmung hatte und doch keine Diskussion heraufbeschwor.

»Sie wollen doch nicht sagen«, bemerkte ich hochtrabend, »daß extremistische Umstürzler je aktiv durch die Verblendung solcher Leute unterstützt worden seien?«

»Nicht eigentlich das wollte ich mit dem ausdrücken, was ich gerade sagte. Ich verallgemeinerte. Aber da Sie mich schon fragen, darf ich Ihnen wohl sagen, daß revolutionären Umtrieben solche Hilfe mehr oder weniger bewußt in verschiedenen Ländern zuteil wurde. Sogar in diesem Land.«

»Unmöglich!« widersprach ich mit Entschiedenheit. »So weit treiben wir das Spiel mit dem Feuer nicht.«

»Und doch könnten Sie es sich vielleicht noch eher leisten als andere Länder. Aber gestatten Sie mir die Bemerkung, daß die meisten Frauen, wenn sie auch nicht immer bereit sind, mit dem Feuer zu spielen, doch im allgemeinen recht erpicht auf das Spiel mit einem vereinzelten Fünkchen sind.«

»Ist das ein Scherz?« fragte ich lächelnd.

»Wenn ja, bin ich mir dessen nicht bewußt«, sagte er schroff. »Ich dachte an einen bestimmten Fall. Oh! harmlos genug in seiner Art...«

Hier horchte ich auf. Ich hatte schon des öfteren versucht, ihm sozusagen von seiner unterirdischen Seite her beizukommen. Genau dieses Wort war zwischen uns gefallen. Doch er war mir immer mit einer undurchdringlichen Ruhe begegnet.

»Und gleichzeitig«, fuhr Mr. X fort, »wird er Ihnen einen Begriff von den Schwierigkeiten geben, zu denen es bei dem kommen kann, was Sie unterirdische Arbeit zu nennen belieben. Es ist zuweilen hart, mit ihnen fertig zu werden. Natürlich gibt es keine Rangordnung unter den Mitgliedern. Kein starres System.«

Meine Überraschung war groß, aber rasch verflogen. Selbstverständlich konnte es unter extremen Anarchisten keine Rangordnung geben; nichts, was dem Wesen eines Gesetzes der Priorität entsprach. Die Vorstellung, daß unter Anarchisten die Anarchie herrsche, war obendrein tröstlich. Es trug gewiß nicht zu deren Leistungsfähigkeit bei.

Mr. X verblüffte mich durch die unvermittelte Frage: »Sie kennen die Hermione Street?«

Ich nickte in zweifelnder Bejahung. Hermione Street war während der letzten drei Jahre aus unerfindlichen Gründen umgestaltet worden. Der Name existierte zwar noch, doch kein Stein der alten Hermione Street war auf dem andern geblieben.

Er meinte die alte Straße, denn er sagte: »Auf der linken Seite stand eine Reihe zweistöckiger Backsteinhäuser, deren Rückseite an den Flügel eines großen öffentlichen Verwaltungsgebäudes stieß – Sie erinnern sich. Würde es Sie sehr überraschen zu hören, daß eines dieser Häuser eine Zeitlang das Zentrum der anarchistischen Propaganda und dessen war, was Sie Untergrundbewegung nennen?«

»Nicht im geringsten«, erklärte ich. Hermione Street war nie besonders angesehen gewesen, soweit ich mich erinnere.

»Das Haus gehörte einem vornehmen Regierungsbeamten«, fügte er hinzu und nippte an seinem Champagner.

»Oh, in der Tat!« sagte ich und glaubte ihm diesmal kein Wort.

»Natürlich wohnte er nicht dort«, fuhr Mr. X fort. »Aber von zehn bis vier Uhr saß er nebenan, der liebe Mann, in seiner wohlausgestatteten Privatkanzlei im Flügel des Verwaltungsgebäudes, den ich erwähnte. Um ganz genau zu sein, muß gesagt werden, daß das Haus in der Hermione Street nicht eigentlich ihm gehörte. Es gehörte seinen erwachsenen Kindern – einer Tochter und einem Sohn. Das Mädchen, eine gut gewachsene Erscheinung, war keineswegs auf vulgäre Art hübsch. Ihren persönlichen Reiz, der über das Maß hinausging, für welches ihre Jugend allein die Erklärung hätte bieten können, vermehrte sie noch durch den verführerischen Schein der Begeisterung, der Unabhängigkeit, des kühnen Denkens. Vermutlich kleidete sie sich in diesen Schein genau so, wie sie ihre malerischen Gewänder anlegte, und auch aus demselben Grund: um ihre Individualität zur Geltung zu bringen, koste es, was es wolle. Sie wissen, Frauen machen zu diesem Zweck fast vor nichts halt. Sie ging sehr weit. Sie hatte alle schicklichen Gebärden revolutionärer Überzeugungen angenommen – die Gebärde des Erbarmens, des Zorns, der Entrüstung über die antihumanitären Laster der sozialen Klasse, welcher sie selber angehörte. All das saß an ihrer eindrucksvollen Persönlichkeit so vorzüglich wie ihre leicht originellen Kostüme. Nur andeutungsweise originell; gerade genug, um ihren Protest gegen das Philistertum der überfütterten Zuchtmeister der Armen zu betonen. Gerade genug und nicht mehr. In dieser Richtung allzu weit zu gehen, wäre nicht zuträglich gewesen – Sie verstehen. Aber sie war großjährig, und ihr stand nichts im Wege, das Haus der revolutionären Arbeiterschaft anzubieten.«

»Das ist doch nicht Ihr Ernst!« rief ich.

»Ich versichere Ihnen«, beteuerte er, »daß sie diese zweckmäßige Geste machte. Wie hätten die Arbeiter das Haus sonst bekommen sollen? Die Bewegung ist nicht reich. Und überdies hätte es mit jedem gewöhnlichen Häusermakler Schwierigkeiten gegeben, der Empfehlungen verlangt hätte und so weiter. Die Gruppe, mit der sie in Berührung kam, während sie die Elendsviertel der Stadt durchstöberte – Sie kennen die Gebärde der Wohltätigkeit und des persönlichen Einsatzes, die vor einigen Jahren so sehr in Mode war –, nahm ihr Angebot dankbar an. Der hauptsächliche Vorteil war, daß die Hermione Street, wie Sie wissen, weit ab von dem verdächtigen und von der Polizei besonders überwachten Teil der Stadt liegt.

Das Erdgeschoß wurde von einem kleinen italienischen Restaurant der schmutzigsten Sorte eingenommen. Es machte keine Schwierigkeiten, den Besitzer auszukaufen. Eine Frau und ein Mann, die zur Gruppe gehörten, führten es weiter. Der Mann war früher Koch gewesen. Die Genossen konnten dort unbemerkt zwischen den anderen Gästen essen. Dies war ein weiterer Vorzug. Im ersten Stock befand sich eine schäbige Varieté-Agentur – eine Agentur für Darsteller in zweitrangigen Tanzlokalen, Sie verstehen. Ein Bursche namens Bomm, soviel ich mich erinnere. Er fühlte sich nicht gestört. Und andererseits war es recht günstig, daß eine Menge fremdländisch aussehen-

der Leute – Jongleure, Akrobaten, Sänger beiderlei Geschlechts – den ganzen Tag dort ein- und ausging. Die Polizei achtete da nicht weiter auf neue Gesichter, verstehen Sie. Der Oberstock stand zufällig und sehr zupaß gerade leer.«
X unterbrach sich, um gleichmütig und mit gemessenen Bewegungen eine *bombe glacé* anzugehen, die der Kellner soeben auf den Tisch gestellt hatte. Er schluckte behutsam einige Löffel des kalten Desserts und fragte mich: »Haben Sie je von Steins Trockensuppe gehört?«
»Von was gehört?«
»Es war«, fuhr X ruhig fort, »ein Lebensmittelerzeugnis, für das in den Tageszeitungen recht augenfällig Reklame gemacht wurde, das sich aber irgendwie nie beim Publikum durchzusetzen vermochte. Das Unternehmen blieb stecken, wie man hierzulande sagt. Posten des Lagers konnte man bei Versteigerungen zu einem Preis erstehen, der beträchtlich unter einem Penny pro Pfund lag. Die Gruppe kaufte einen Teil der Bestände, und im obersten Stockwerk wurde eine Vertriebsgesellschaft für Steins Trockensuppe eingerichtet. Ein absolut ehrbares Geschäft. Das Zeug, ein gelbes Pulver von ausgesprochen unappetitlichem Aussehen, wurde in große viereckige Blechdosen gefüllt, von denen sechs in eine Kiste gingen. Wenn je irgend jemand eine Bestellung aufgab, wurde sie selbstverständlich ausgeführt. Doch der Vorteil des Pulvers bestand darin, daß man sehr bequem etwas in ihm verstecken konnte. Dann und wann wurde eine Spezialkiste auf einen Lieferwagen verladen und direkt unter der Nase des Polizisten an der Ecke zur Verschiffung ins Ausland gebracht. Verstehen Sie?«
»Ich glaube, ja«, antwortete ich mit einer vielsagenden Kopfbewegung nach den Resten der *bombe* hin, die langsam auf der Platte zerschmolz.
»Genau. Aber die Kisten waren auch noch in anderer Weise

nützlich. Im Souterrain, oder vielmehr in dem Kellerraum an der Rückseite des Hauses, wurden zwei Druckerpressen aufgestellt. Eine Menge revolutionärer Literatur von der aufrührerischsten Sorte wurde von diesem Haus aus in Steins Trockensuppen-Kisten versandt. Der Bruder unserer anarchistischen jungen Dame fand dort eine Beschäftigung. Er schrieb Artikel, half beim Setzen und beim Abnehmen der Druckbogen und ging überhaupt dem verantwortlichen Mann, einem sehr tüchtigen jungen Burschen namens Sevrin, zur Hand.
Der führende Kopf jener Gruppe war ein Fanatiker der sozialen Revolution. Er ist jetzt tot. Er war ein genialer Graveur und Radierer. Sie müssen sein Werk gesehen haben. Es ist jetzt bei Liebhabern sehr gefragt. Er begann damit, revolutionierend in seiner Kunst zu sein, und wurde schließlich zu einem Revolutionär, nachdem ihm Frau und Kind in Armut und Elend gestorben waren. Er pflegte zu sagen, die Bourgeoisie, der blasierte, überfütterte Haufe, habe sie umgebracht. Das war sein eigentlicher Glaube. Er arbeitete auch weiterhin in seiner Kunst und führte ein Doppelleben. Er war groß, hager und dunkelhäutig, mit einem langen braunen Bart und tiefliegenden Augen. Sie müssen ihn gekannt haben. Er hieß Horne.«
Hier war ich nun wirklich überrascht. Natürlich war ich Horne vor Jahren oft begegnet. Er sah wie ein mächtiger, vierschrötiger Zigeuner aus, in einem alten Zylinderhut, mit einem roten Schal um den Hals und in einem bis oben zugeknöpften langen, schäbigen Mantel. Er sprach mit Überschwenglichkeit von seiner Kunst und machte den Eindruck, als fehle nicht viel, und er schnappte über. Eine kleine Gruppe von Kennern schätzte sein Werk. Wer hätte gedacht, daß dieser Mann... Erstaunlich! Und doch war es, nach allem, nicht gar so unbegreiflich.
»Wie Sie sehen«, fuhr X fort, »war diese Gruppe in der Lage, ihrer Propagandaarbeit und auch jener anderen Arbeit unter sehr günstigen Bedingungen nachzugehen. Es waren alles

entschlossene, erfahrene Männer von einem ausgezeichneten Schlag. Und doch mußten wir schließlich feststellen, daß die Unternehmungen, die in der Hermione Street vorbereitet wurden, fast unweigerlich fehlschlugen.«

»Wer ist ›wir‹?« fragte ich spitz.

»Einige von uns in Brüssel – im Zentrum«, sagte er hastig. »Welche stoßkräftige Aktion von Hermione Street auch ausgehen mochte, sie war dazu verurteilt fehlzuschlagen. Immer geschah irgend etwas, um die am besten geplanten Demonstrationen in allen Teilen Europas zu vereiteln. Es war eine Zeit allgemeiner Aktivität. Sie dürfen nicht denken, daß all unsere Mißerfolge von der schreienden Art seien: mit Verhaftungen und Gerichtsverhandlungen. So ist es nicht. Oft arbeitet die Polizei in der Stille, fast heimlich, und zerschlägt unsere Kombinationen durch kluge Gegenplanungen. Keine Verhaftungen, kein Lärm, keine Beunruhigung des öffentlichen Bewußtseins und kein Aufrühren der Leidenschaften. Es ist ein kluges Verfahren. Aber zu jener Zeit war die Polizei in einer allzu gleichmäßigen Weise erfolgreich, vom Mittelmeer bis zu den baltischen Staaten. Es war ärgerlich und begann gefährlich auszusehen. Zuletzt gelangten wir zu dem Schluß, daß es in der Londoner Gruppe einige unzuverlässige Elemente geben müsse. Und ich kam herüber, um zu sehen, was sich in der Stille machen ließ.

Als erstes machte ich einen Besuch bei unserer Amateurin des Anarchismus in ihrem Privathaus. Sie empfing mich in sehr schmeichelhafter Weise. Ich nahm an, daß sie nichts von den chemischen und anderen Operationen wisse, die im obersten Stockwerk des Hauses in der Hermione Street vorgenommen wurden. Der Druck anarchistischer Literatur schien die einzige ›Aktivität‹ dort zu sein, von der sie eine Ahnung hatte. Sie legte sehr eindrucksvoll die üblichen Zeichen ernsthafter Begeisterung an den Tag und hatte bereits viele sentimentale Artikel mit grausamen Schlußfolgerungen verfaßt. Ich konnte sehen, daß sie sich mächtig amüsierte, bei all ihren Gebärden und Grimassen tödlichen Ernstes. Sie paßten zu ihrem Gesicht mit den großen Augen und den breiten Augenbrauen, zu der edlen Haltung ihres wohlgeformten Kopfes, der von einer prächtigen Lockenfülle gekrönt wurde, die in einem ungewöhnlichen und kleidsamen Stil frisiert war. Ihr Bruder befand sich ebenfalls im Zimmer, ein ernster junger Mann, der gebogene Augenbrauen hatte und eine rote Krawatte trug und der, wie es mir den Eindruck machte, absolut im dunkeln tappte über alles und jedes auf der Welt, sich selbst eingeschlossen. Später trat ein hochgewachsener junger Mann ein. Er war glattrasiert, hatte ein kräftiges, bläuliches Kinn, und in seiner Miene lag etwas von einem schweigsamen Schauspieler oder einem fanatischen Priester: der Typ mit den buschigen schwarzen Brauen – wissen Sie. Doch er war wahrhaftig sehr eindrucksvoll. Er schüttelte sogleich jedem von uns kräftig die Hand. Die junge Dame trat zu mir und murmelte anmutig: ›Genosse Sevrin‹.

Ich hatte ihn noch nie zuvor gesehen. Er hatte uns wenig zu sagen, doch er setzte sich neben das Fräulein, und sie begannen sogleich eine ernsthafte Unterhaltung. Sie lehnte sich in ihrem tiefen Sessel vor und stützte ihr hübsch gerundetes Kinn in ihre schöne weiße Hand. Er blickte ihr aufmerksam in die Augen. Es war die Haltung des Liebeswerbens – ernst, eindringlich, wie am Rand des Grabes. Vermutlich hielt sie es für erforderlich, ihre Aneignung fortschrittlicher Ideen und revolutionärer Gesetzlosigkeit dadurch abzurunden und zu vervollständigen, daß sie sich den Anschein gab, in einen Anarchisten verliebt zu sein. Und dieser, ich wiederhole es, war sehr präsentabel, ungeachtet seines fanatischen, finsteren Aussehens. Nach einigen verstohlenen Blicken in ihre Richtung hatte ich keinen Zweifel, daß er es ernst meinte. Was die Dame anging, so war ihr Gebärdenspiel unerreicht – besser als die Sache selbst – in der harmonisch abgestimmten Andeutung von Würde, Zartheit, Herablassung, Faszination, Hingabe und Zurückhaltung. Sie führte ihre Idee dessen, wie diese Art des Liebeswerbens genau sein sollte, mit vollendeter Kunst aus, und insofern meinte auch sie es ohne Zweifel ernst. Gebärde – doch so vollkommen!

Nachdem ich mit unserer Amateurin allein gelassen worden war, unterrichtete ich sie behutsam von dem Grund meines Besuchs. Ich deutete unseren Verdacht an. Ich wollte hören, was sie darauf zu sagen hatte, und rechnete halb mit einer vielleicht unbewußten Enthüllung. Alles, was sie sagte, war: ›Das ist schlimm‹, und dabei blickte sie reizend bekümmert und sehr ernst drein. Doch in ihren Augen lag ein Funkeln, das deutlich besagte: ›Wie aufregend!‹ Nach allem verstand sie außer von Worten von herzlich wenig sonst etwas. Immerhin brachte sie mich in Verbindung mit Horne, der nicht leicht aufzuspüren war, außer in der Hermione Street, in der ich mich damals nicht blicken lassen wollte.

Ich besuchte Horne. Dies war ein Fanatiker von anderem Schrot und Korn. Ich enthüllte ihm den Schluß, zu dem wir in Brüssel gelangt waren und wies auf die bedenkliche Reihe von Fehlschlägen hin. Hierauf antwortete er mit kaum zur Sache gehörender Begeisterung: ›Ich halte etwas in Händen, das diesen gemästeten Untieren einen Schrecken in alle Knochen jagen soll.‹

Und dann erfuhr ich, daß er und einige Genossen bei Grabungen in einem der Keller des Hauses in die Gewölbe unter dem großen Verwaltungsgebäude, das ich erwähnte, vorgestoßen waren. Es stand fest, daß sie den ganzen Flügel in die Luft sprengen würden, sobald die nötigen Materialien zur Hand waren.

Ich war nicht so entsetzt über die Torheit dieser Unternehmung, wie ich es vielleicht gewesen wäre, wenn mir die Nützlichkeit

unseres Zentrums in der Hermione Street nicht ohnehin schon problematisch erschienen wäre. In der Tat war es meiner Meinung nach zu jener Zeit mehr eine Polizeifalle als irgend etwas sonst. Erforderlich war jetzt herauszufinden, was oder vielmehr wer von Übel war, und mir gelang es schließlich, Horne diesen Gedanken klarzumachen. Er starrte mich verdutzt an, und seine Nüstern bebten, als wittere er Verrat in der Luft.
Und nun kam es zu einem Stückchen Arbeit, das Ihnen zweifellos wie eine Art theatralisches Mätzchen vorkommen wird. Und doch, was hätten wir anderes tun sollen? Das Problem war, das unzuverlässige Mitglied der Gruppe zu entlarven. Aber auf keinen fiel mehr Verdacht als auf den andern. Alle zu bewachen, ging schlecht an. Übrigens führt dieses Verfahren oft zu keinem Ziel. Auf jeden Fall nimmt es Zeit in Anspruch, und die Gefahr wurde immer bedrohlicher. Ich war überzeugt, daß das Haus in der Hermione Street am Ende ausgehoben würde, obwohl die Polizei offensichtlich solches Vertrauen in ihren Spitzel hatte, daß das Haus unterdessen nicht einmal beobachtet wurde. Horne hatte hierüber keinerlei Zweifel. Unter diesen Umständen war das ein ungünstiges Zeichen. Irgend etwas mußte rasch unternommen werden.
Ich entschied mich dafür, selber eine Razzia gegen die Gruppe zu inszenieren. Verstehen Sie, was ich meine? Eine Razzia mit anderen verläßlichen Genossen, die als Polizisten auftreten sollten. Eine Verschwörung innerhalb einer Verschwörung. Sie sehen selbstverständlich den Zweck der Sache. Im Augenblick der scheinbaren Verhaftung hoffte ich, daß sich der Spitzel in der einen oder anderen Weise verraten würde, entweder durch eine unachtsame Handlung oder zum Beispiel auch einfach durch sein gleichmütiges Verhalten. Natürlich bestand die Gefahr eines völligen Fehlschlagens und die nicht geringere Gefahr eines verhängnisvollen Unfalls, zu dem es kommen mochte, wenn etwa Widerstand geleistet oder ein Fluchtver-

such unternommen wurde. Denn, wie Sie ohne weiteres verstehen werden, mußte die Gruppe in der Hermione Street tatsächlich und vollkommen überrascht werden, wie sie über kurz oder lang von der wirklichen Polizei überrascht worden wäre. Der Spitzel befand sich unter ihnen, und Horne allein konnte in meinen Plan eingeweiht werden.
Ich will hier nicht meine Vorbereitungen im einzelnen schildern. Die Sache war nicht leicht ins Werk zu setzen, doch sie wurde vorzüglich und mit einem wirklich überzeugenden Resultat durchgeführt. Die verkleideten Polizisten drangen in das Restaurant ein, dessen Fensterläden sogleich geschlossen wurden. Die Überrumpelung war vollkommen. Der größte Teil der Gesellschaft in der Hermione Street wurde im zweiten Keller bei der Ausweitung des Verbindungsganges zu den Gewölben unter dem großen Verwaltungsgebäude angetroffen. Beim ersten Alarm rissen mehrere der Genossen in besagtes Gewölbe aus, wo sie freilich, hätte es sich um eine echte Razzia gehandelt, hoffnungslos in die Falle gegangen wären. Wir kümmerten uns vorläufig nicht weiter um sie. Sie waren harmlos genug. Das oberste Geschoß machte Horne und mir beträchtliche Sorgen. Dort war, umgeben von Blechdosen mit Steins Trockensuppe, ein Genosse, der den Spitznamen Professor führte (er war ehemals Student der Naturwissenschaften gewesen), mit der Verbesserung einiger neuer Sprengkapseln beschäftigt. Er war ein zerstreuter, schüchterner, bleicher kleiner Mann, bewehrt mit großen runden Brillengläsern, und wir fürchteten, daß er unter einem fälschlichen Eindruck sich in die Luft sprengen und das ganze Haus um sich her in Trümmer legen könnte. Ich rannte hinauf und fand ihn schon an der Tür, alarmiert und – wie er sagte – ›auf verdächtige Geräusche von unten‹ lauschend. Ehe ich mit meiner Erklärung dessen, was vorging, noch ans Ende gekommen war, zuckte er verächtlich die Achseln, wandte sich ab und kehrte zu seinen Reagenzgläsern und

Waagen zurück. Er besaß den echten Geist eines extremen Revolutionärs. Sprengstoffe waren sein Glaube, seine Hoffnung, seine Waffe und sein Schild. Er kam ein paar Jahre später in einem geheimen Laboratorium bei einer verfrühten Explosion einer seiner verbesserten Sprengkapseln ums Leben.

Ich eilte wieder hinunter und stieß auf eine eindrucksvolle Szene in der Düsternis des großen Kellerraums. Der Mann, der den Inspektor vorstellte (die Rolle war ihm nicht fremd), sprach in schroffem Ton und gab seinen fingierten Untergebenen fingierte Befehle wegen des Abtransports der Gefangenen. Offensichtlich war bisher nichts vorgefallen, was Aufklärung gebracht hätte. Horne wartete finster und verdrießlich mit gekreuzten Armen, und seine geduldige, mürrische Wachsamkeit war von einer stoischen Ruhe, die gut zu der Situation paßte. Ich entdeckte im Schatten einen aus der Hermione Street-Gruppe, der heimlich ein kleines Stück Papier zerkaute und hinunterschluckte. Irgendein belastender Fetzen, nehme ich an; vielleicht nur die Liste einiger Namen und Adressen. Er war ein echter und getreuer ›Genosse‹. Aber das Gran heimlicher Bosheit, das immer am Grund unserer Sympathie lauert, ließ mich im stillen lachen über diese unnötige Anstrengung.

In jeder anderen Hinsicht schien das gefährliche Unternehmen, der Theater-Coup, wenn Sie so wollen, fehlgeschlagen zu sein. Die Verstellung konnte nicht viel länger aufrechterhalten werden; die Erklärung würde eine sehr peinliche, ja ernste Situation hervorrufen. Der Mann, der das Papier aufgegessen hatte, würde wütend aufbegehren. Auch die Burschen, die ausgerissen waren, würden in Zorn geraten.

Um meine Verwirrung vollständig zu machen, flog nun auch noch die Verbindungstür zu dem anderen Keller auf, in welchem die Druckerpressen standen, und unsere junge Revolutionärin erschien: eine schwarze Silhouette mit eng anliegendem Kleid und großem Hut im grellen Gaslampenschein, der

hinter ihr durch die Tür fiel. Über ihrer Schulter bemerkte ich die hochgezogenen Augenbrauen und die rote Krawatte ihres Bruders.
Die Letzten auf der Welt, denen ich damals zu begegnen wünschte! Sie waren an jenem Abend bei irgendeinem Liebhaberkonzert zur Ergötzung der Armen gewesen, wissen Sie; doch sie hatten darauf bestanden, früh fortzugehen, um auf dem Heimweg noch in der Hermione Street vorzusprechen, wo sie angeblich noch etwas zu erledigen hatte. Gewöhnlich lag es ihr ob, die Fahnen der italienischen und französischen Ausgaben der ›Alarmglocke‹ und des ›Feuerbrand‹ zu korrigieren…«
»Himmel!« murmelte ich. Mir waren früher einmal Exemplare dieser Publikationen gezeigt worden. Nichts hätte meiner Meinung nach weniger für die Augen einer jungen Dame geeignet sein können. Es waren die in ihrer Art fortschrittlichsten Blätter; fortschrittlich, meine ich, über alle Schranken der Vernunft und Schicklichkeit hinaus. Eines von ihnen predigte die Lösung aller sozialen und häuslichen Bindungen; das andere trat für systematischen Mord ein. Zu denken, daß ein junges Mädchen seelenruhig solch abscheuliche Sätze, wie ich sie in Erinnerung hatte, nach Druckfehlern durchlas, war meinem Gefühl von Weiblichkeit unerträglich. Mr. X fuhr, nachdem er mir einen Blick zugeworfen hatte, gelassen fort.
»Ich glaube jedoch, daß sie vor allem gekommen war, um ihren Zauber auf Sevrin auszuüben und um seine Huldigung in ihrer königlich herablassenden Art entgegenzunehmen. Sie war sich beider Dinge bewußt – ihrer Macht und seiner Huldigung – und genoß sie, wie ich zu behaupten mich erkühne, mit vollkommener Unschuld. Wir haben keinen Grund, ihr, was Schicklichkeit und Moral betrifft, deswegen Vorhaltungen zu machen. Frauenreize und außergewöhnliche Intelligenz bei Männern unterstehen ihren eigenen Gesetzen. Ist es nicht so?«

Meiner Neugierde wegen versagte ich es mir, meinem Abscheu vor einer so lasterhaften Doktrin Ausdruck zu geben.
»Aber was geschah dann?« beeilte ich mich zu fragen.
X fuhr fort, mit seiner spielerischen linken Hand langsam ein kleines Stück Brot zu zerkrümeln.
»Was tatsächlich geschah, war, daß sie die Situation rettete«, gestand er.
»Sie bot Ihnen also eine Gelegenheit, Ihren ziemlich finsteren Schwank zu Ende zu führen«, meinte ich.
»Ja«, sagte er und bewahrte seine undurchdringliche Miene. »Der Schwank mußte bald ein Ende nehmen. Er endete innerhalb sehr weniger Minuten. Und er kam zu einem guten Ende. Wäre sie nicht hinzugekommen, hätte er vielleicht ein schlimmes Ende genommen. Ihr Bruder zählte natürlich nicht. Sie waren einige Zeit zuvor lautlos ins Haus geschlüpft. Der Druckkerkeller hatte einen eigenen Eingang. Da sie dort niemanden antrafen, hatte sie sich an ihre Fahnenkorrekturen gesetzt in der Hoffnung, daß Sevrin jeden Augenblick zu seiner Arbeit zurückkehren werde. Das tat er aber nicht. Sie wurde ungeduldig, hörte durch die Tür einen Tumult im anderen Keller und kam selbstverständlich herein, um nachzusehen, was dort vorging.
Sevrin war bei uns gewesen. Zunächst schien es mir, als sei von der ganzen überfallenen Schar er der am meisten Überraschte. Einen Augenblick lang machte er den Eindruck, als sei er geradezu gelähmt vor Staunen. Er stand wie angewurzelt auf einem Fleck. Er rührte kein Glied. Eine einzelne Gasflamme zischte neben seinem Kopf; alle anderen Gaslampen waren beim ersten Alarm gelöscht worden. Und plötzlich bemerkte ich von meinem dunklen Winkel aus einen Ausdruck verwirrter, ratloser Wachsamkeit auf seinem glattrasierten Schauspielergesicht. Er zog seine schweren Augenbrauen zusammen. Seine Mundwinkel bogen sich verächtlich herab. Er war zornig.

Höchst wahrscheinlich hatte er das Spiel durchschaut, und ich bedauerte, ihn nicht von Anfang an ins Vertrauen gezogen zu haben.

Aber beim Erscheinen des Mädchens wurde er offensichtlich unruhig. Es war deutlich genug. Ich sah wie diese Unruhe wuchs. Der Wandel seines Gesichtsausdruckes war rasch und verblüffend. Und ich wußte nicht warum. Ich sah keinen Grund dafür. Ich war nur verdutzt über die außerordentliche Veränderung, die mit dem Gesicht dieses Mannes vorging. Selbstverständlich hatte er von ihrer Anwesenheit im anderen Keller keine Kenntnis gehabt; aber das erklärte noch nicht die Bestürzung, die ihr Auftauchen bei ihm verursacht hatte. Einen Augenblick lang schien er von Wahnsinn befallen worden zu sein. Er sperrte den Mund auf, wie um zu schreien, oder vielleicht nur, um zu keuchen. Jedenfalls war es jemand anderes, der schrie. Dieser andere war der heroische Genosse, den ich dabei ertappt hatte, wie er ein Stück Papier schluckte. Mit einer besonders löblichen Geistesgegenwart ließ er einen Warnungsruf ertönen.

›Es ist die Polizei! Zurück! Zurück! Laufen Sie fort und verriegeln Sie die Tür hinter sich.‹

Es war ein vorzüglicher Rat; aber anstatt sich zurückzuziehen, schritt das Mädchen weiter vorwärts, gefolgt von ihrem langgesichtigen Bruder in seinem Knickerbockeranzug, in welchem er zur Unterhaltung eines freudlosen Proletariats drollige Lieder gesungen hatte. Sie bewegte sich nicht so vorwärts, als habe sie nicht verstanden – das Wort ›Polizei‹ hat einen unmißverständlichen Klang –, sondern vielmehr, als könne sie nicht anders. Sie ging nicht mit dem freien Schritt und der sich entfaltenden Präsenz einer vornehmen Amateuranarchistin unter armen, kämpfenden Berufsmäßigen einher, sondern mit leicht hochgezogenen Schultern und eng an den Leib gepreßten Ellenbogen, als versuche sie, sich in sich zu verkriechen. Ihre

Augen starrten unbeweglich auf Sevrin. Sevrin, den Mann, bilde ich mir ein; nicht Sevrin, den Anarchisten. Doch sie schritt voran. Und das war nur natürlich. Bei all ihrer zur Schau getragenen Unabhängigkeit sind Mädchen dieses Standes daran gewöhnt, sich besonders beschützt zu fühlen, was sie in der Tat auch sind. Dieses Gefühl erklärt neun Zehntel ihrer kühnen Gebärden. Aus ihrem Gesicht war alle Farbe gewichen. Es war gespenstisch. Ihre Einbildung wird ihr in sehr drastischer Weise zu Bewußtsein gebracht haben, daß sie jetzt zu denen gehörte, die vor der Polizei Reißaus nehmen müssen! Ich glaube, sie war vor allem blaß vor Entrüstung, obwohl natürlich auch Rücksichten auf ihre unangetastete Persönlichkeit, eine vage Furcht vor irgendeiner Art von Roheit im Spiel gewesen sein mochten. Und in der natürlichsten Weise wandte sie sich an einen Mann, an jenen Mann, von dem sie Hingerissenheit und Huldigung fordern durfte – an jenen Mann, der sie, in welcher Lage immer, unmöglich im Stich lassen konnte.«

»Aber«, rief ich erstaunt über diese Analyse, »wenn es ernst gewesen wäre, echt, meine ich – wofür sie es doch halten mußte –, was hätte sie da von ihm erwarten können?«

X bewegte nicht einen Muskel in seinem Gesicht.

»Das weiß der liebe Himmel. Ich stelle mir vor, daß dieses reizende, weitherzige und unabhängige Wesen niemals in seinem Leben einen einzigen originalen Gedanken gefaßt hat; ich meine einen einzigen Gedanken, der sich von den kleinen menschlichen Eitelkeiten freimacht oder dessen Quelle nicht irgendeine konventionelle Ansicht ist. Ich weiß nur, daß sie, nachdem sie ein paar Schritte nähergekommen war, ihre Hand nach dem reglosen Sevrin ausstreckte. Und dies zumindest war keine bloße Geste. Es war eine natürliche Regung. Und was sie sich von ihm erhoffte – nun, wer könnte das sagen? Das Unmögliche. Doch was immer sie sich erhoffte, es konnte nicht auf das hinauslaufen – dessen bin ich gewiß –, was er sich, noch ehe sich ihm diese flehende Hand so direkt entgegenstreckte, zu tun entschlossen hatte. Dieser Handbewegung hätte es nicht bedurft. Vom Augenblick an, da er sie jenen Keller betreten sah, hatte er sich entschlossen, seine zukünftige Verwendbarkeit zu opfern, die undurchdringliche, fest anhaftende Larve abzuwerfen, die zu tragen, sein ganzer Stolz gewesen war –«

»Was sagen Sie?« unterbrach ich ihn verwundert. »War es also Sevrin, der –«

»Er war es. Der beharrlichste, gefährlichste, durchtriebenste, der systematischste aller Spitzel. Ein Genie des Verrats. Zu unserem Glück war er einmalig. Der Mann war ein Fanatiker, das habe ich Ihnen schon gesagt. Zu unserem Glück, abermals, hatte er sich in die vollendeten und unschuldigen Gebärden des Mädchens verliebt. Da er selbst ein Schauspieler von verzweifelter Ernsthaftigkeit war, muß er an den absoluten Wert konventioneller Zeichen geglaubt haben. Was die Plumpheit der Falle betrifft, in die er ging, so ist die Erklärung hierfür, daß zwei Gefühlsregungen von so verzehrender Macht unmöglich gleichzeitig in einem Herzen wohnen können. Die Gefahr, in der jene andere und unbewußte Komödiantin schwebte, brachte ihn um seine Einsicht, seinen Scharfblick, sein besseres Urteil. Freilich brachte sie ihn als erstes um seine Selbstbeherrschung. Aber die gewann er zurück angesichts der Notwendigkeit – die ihm gebieterisch erschien –, unverzüglich etwas zu unternehmen. Was zu unternehmen? Nun, sie so schnell wie möglich aus dem Haus zu befördern. Er hatte es verzweifelt eilig damit. Ich habe Ihnen schon gesagt, er war erschrocken. Es kann nicht seiner selbst wegen gewesen sein. Er war über den gänzlich unvorhergesehenen und verfrühten Schachzug erstaunt und verärgert gewesen. Man darf sogar sagen, daß er wütend war. Er war daran gewöhnt, den letzten Auftritt seiner Verrätereien mit einer tiefen und feinsinnigen Kunst so zu inszenieren, daß sein Ruf als Revolutionär unangetastet blieb. Doch es ist mir klar,

daß er sich zur selben Zeit entschlossen hatte, das Beste aus der Situation zu machen und seine Maske standhaft weiterzutragen. Erst bei der Entdeckung ihrer Anwesenheit im Haus geschah es, daß alles – die erzwungene Ruhe, die Zurückhaltung seines Fanatismus, die Maske – in einer Art Panik in sich zusammenbrach. Warum Panik, fragen Sie? Die Antwort ist sehr einfach. Er erinnerte sich – oder vielmehr hatte er ihn nie vergessen – des Professors, der allein im obersten Geschoß des Hauses saß und seinen Versuchen nachging, umgeben von Blechdosen über Blechdosen mit Steins Trockensuppe. In einigen wenigen war genug Sprengstoff enthalten, um uns alle, so wie wir da standen, unter einem Berg von Backsteinen zu begraben. Sevrin war sich selbstverständlich dieses Umstands bewußt. Und wir müssen auch annehmen, daß er den Charakter des Mannes genau kannte. Er hatte so viele solcher Charaktere beurteilt! Oder vielleicht traute er dem Professor nur zu, wessen er selbst fähig gewesen wäre. Doch gleichviel, es hatte diese Wirkung. Und plötzlich hob er gebieterisch die Stimme.
›Schafft die Dame sogleich hinaus.‹
Es zeigte sich, daß er heiser wie eine Krähe war; Folge seiner gewaltigen Erregung zweifellos. Die war im Augenblick verflogen. Doch diese schicksalsvollen Worte drangen mit einem mißtönigen, lächerlichen Krächzen aus seiner beengten Kehle. Sie verlangten keine Antwort. Es war vollbracht.
Immerhin hielt es der Mann, der den Inspektor vorstellte, für schicklich, in barschem Ton zu sagen: ›Sie wird schon bald genug gehen, zusammen mit euch andern.‹
Das waren die letzten Worte, die zu dem komödiantischen Teil der Episode gehörten.
Alles und jeden ignorierend, schritt Sevrin auf den Mann zu und packte ihn an den Mantelaufschlägen. Man konnte sehen, wie unter den dünnen, bläulichen Wangen seine Kiefer vor Leidenschaft arbeiteten.

›Sie haben draußen Männer postiert. Lassen Sie die Dame sogleich nach Hause bringen. Hören Sie? Jetzt. Ehe Sie versuchen, den Mann im Obergeschoß festzunehmen.‹

›Oh! Im Obergeschoß ist noch ein Mann‹, spottete der andere unverhohlen. ›Nun, er wird bei Gelegenheit heruntergeholt werden, um das Ende von dem hier mitzuerleben.‹

Aber Sevrin, der außer sich geraten war, achtete nicht auf den Tonfall.

›Wer ist der schwachsinnige Unbefugte, der Sie herschickt, um hier alles zu vermasseln? Haben Sie denn Ihre Instruktionen nicht verstanden? Haben Sie von nichts eine Ahnung? Hier –‹

Er ließ die Mantelaufschläge los, schob die Hand in sein Hemd und zerrte fieberhaft an etwas auf seiner Brust. Schließlich zog er ein quadratisches Täschchen aus weichem Leder hervor, das wie ein Talisman um seinen Hals gehangen hatte, an einem Band, dessen abgerissenes Ende jetzt von seiner Faust herabbaumelte.

›Schauen Sie hinein‹, sprudelte er hervor und warf dem andern das Täschchen ins Gesicht. Und sogleich wandte er sich dem Mädchen zu. Sie stand direkt hinter ihm, vollkommen reglos und still. Ihr entschlossenes weißes Gesicht weckte den fälschlichen Eindruck der Gelassenheit. Nur ihre starrenden Augen schienen größer und dunkler als sonst.

Er sprach hastig und mit nervöser Entschiedenheit. Ich hörte deutlich, wie er ihr versicherte, er werde ihr sogleich alles klar machen – sonnenklar. Doch mehr vernahm ich nicht. Er stand dicht vor ihr, versuchte nicht einmal, auch nur mit der Spitze seines kleinen Fingers sie zu berühren – und sie starrte ihn blöde an. Einen Moment lang jedoch senkten sich ihre Lider langsam und pathetisch, und dann, während ihre langen schwarzen Augenwimpern auf den weißen Wangen ruhten, schien sie im Begriff, in Ohnmacht zu fallen. Doch sie schwankte nicht einmal. Er bestürmte sie laut, ihm sogleich zu folgen, und schritt auf die Tür zur Kellertreppe zu, ohne hinter sich zu blicken. Und sie folgte ihm tatsächlich ein, zwei Schritte. Doch selbstverständlich gestattete man ihm nicht, durch die Tür zu entkommen. Zornesrufe wurden laut, es kam zu einem kurzen, heftigen Handgemenge. Fortgestoßen von der Tür, flog er nach hinten auf sie zu und stürzte hin. Sie warf ihre Arme in einer Gebärde des Abscheus in die Höhe und trat zur Seite, gerade außer Reichweite seines Kopfes, der vor ihrem Schuh hart auf den Boden aufschlug.

Er brummte bei dem Aufprall. Dann, als er sich langsam und wie betäubt wieder aufgerichtet hatte, dämmerte ihm endlich, was wirklich vorging. Der Mann, dem er das Ledertäschchen ins Gesicht geschleudert, hatte einen schmalen Streifen bläulichen Papiers daraus hervorgezogen. Er hielt es über seinen Kopf, und als nach dem Handgemenge wieder eine erwartungsvolle, unbehagliche Stille eingetreten war, warf er es verächtlich zu Boden mit den Worten: ›Ich denke, Genossen, dieses Beweises hätte es kaum bedurft.‹

Wie der Blitz bückte sich das Mädchen und haschte nach dem flatternden Papierstreifen. Sie hielt ihn ausgebreitet in ihren Händen und blickte darauf; dann öffnete sie, ohne die Augen zu heben, langsam die Finger und ließ ihn zu Boden flattern.

Ich untersuchte dieses merkwürdige Dokument später. Es war von einer sehr hochgestellten Persönlichkeit unterzeichnet und von anderen hohen Beamten verschiedener europäischer Nationen gestempelt und gegengezeichnet. In seinem Gewerbe – oder soll ich sagen in seiner Mission – mochte ein derartiger Talisman ohne Zweifel angebracht sein. Sogar der Polizei – allen außer den höchsten Stellen – war er nur als Sevrin, der berüchtigte Anarchist, bekannt gewesen.

Er ließ den Kopf hängen und biß sich auf die Lippen. Ein Wandel war mit ihm vorgegangen und eine Art gedankenvoller, versonnener Ruhe über ihn gekommen. Dennoch keuchte er.

Seine Brust arbeitete sichtbarlich, und seine Nasenflügel blähten und verengten sich, und das alles stand in gespenstischem Gegensatz zu seinem düsteren Aussehen, welches das eines fanatischen Mönchs in meditativer Haltung war – im Gegensatz aber auch zu etwas in diesem Gesicht eines Schauspielers, der sich auf die furchtbare Schwierigkeit seines Parts konzentriert. Vor ihm stand eifernd Horne, hager und bärtig, ein inspirierter, anklagender Prophet aus der Wüste. Zwei Fanatiker. Sie waren geschaffen, einander zu verstehen. Überrascht Sie das? Ich nehme an, Sie denken, solche Leute müßten geifern und einander anknurren?«
Ich erwiderte eilig, ich sei nicht im geringsten überrascht; ich dächte an nichts dergleichen; Anarchisten seien mir im allgemeinen geistig, moralisch, logisch, gefühlsmäßig und selbst physisch einfach unbegreiflich.
X nahm diese Erklärung mit seiner gewohnten Ungerührtheit hin und fuhr dann fort: »Horne war in einen Redeschwall ausgebrochen. Während er sich in erbitterten Schmähreden erging, ließ er ungehindert die Tränen über seinen schwarzen Bart rinnen. Sevrin atmete schneller und schneller. Als er endlich den Mund zum Sprechen auftat, warteten alle gespannt auf das, was er sagen würde.
›Seien Sie kein Narr, Horne‹, begann er. ›Sie wissen sehr wohl, daß ich das aus keinem jener Gründe getan habe, die Sie mir vorwerfen.‹ Und sogleich wurde er unter des anderen finsterem Blick äußerlich so starr wie ein Felsblock. ›Ich habe Ihnen entgegengearbeitet, Sie getäuscht und verraten – aus Überzeugung.‹
Er kehrte Horne den Rücken und wiederholte, sich an das Mädchen wendend die Worte: ›Aus Überzeugung.‹
Es war seltsam, wie kühl sie wirkte. Ich nehme an, ihr fiel nicht die geeignete Pose ein. Es mag bei ihr freilich wenige Präzedenzfälle für solch eine Situation gegeben haben.

›Sonnenklar‹, fügte er hinzu. ›Verstehen Sie, was das bedeutet? Aus Überzeugung.‹

Und noch immer rührte sie sich nicht. Sie wußte nicht, was sie tun sollte. Doch der unglückselige Lump war im Begriff, ihr Gelegenheit zu einer schönen und schicklichen Geste zu geben. ›Ich habe die Kraft in mir gespürt, Sie diese Überzeugung teilen zu lassen‹, verkündete er inbrünstig. Er hatte sich vergessen; er machte einen Schritt auf sie zu – vielleicht war er gestolpert. Mir schien es, als bücke er sich so tief vor ihr, um den Saum ihres Gewandes zu berühren. Und dann kam die angemessene Geste. Sie riß ihren Rock vor seiner entweihenden Berührung zurück und wandte ihren Kopf mit aufgerecktem Kinn von ihm ab. Sie wurde herrlich ausgeführt, diese Geste konventionell unbefleckbarer Ehre, diese Geste eines hochherzigen Amateurs ohne Fehl.

Nichts hätte vollkommener sein können. Und auch er schien dieser Meinung zu sein, denn er wandte sich abermals ab. Aber diesmal blickte er niemanden an. Er keuchte fürchterlich, während er hastig in seiner Westentasche nach etwas tastete und dann seine Hand an den Mund hob. In dieser Bewegung lag etwas Verstohlenes; doch gleich darauf veränderte er seine Haltung. Sein mühsamer Atem gab ihm das Aussehen eines Mannes, der gerade ein verwegenes Wettrennen gelaufen ist; doch eine seltsame Miene der Entrücktheit, plötzlicher und tiefer Gleichgültigkeit löste die Gespanntheit der ringenden Anstrengung ab. Das Wettrennen war vorüber. Ich wollte nicht sehen, was als nächstes geschehen würde. Ich wußte es nur zu gut. Ich schob wortlos den Arm der jungen Dame unter den meinen und bahnte mir mit ihr einen Weg zur Treppe.

Ihr Bruder schritt hinter uns. Auf der halben Höhe der kurzen Treppe schien sie nicht mehr in der Lage, den Fuß zur nächsten Stufe zu heben, und wir mußten sie ziehen und schieben, um sie hinaufzubringen. Im Korridor schleppte sie sich, an meinem

Arm hängend, hilflos gebückt wie eine alte Frau weiter. Wir traten durch die halb geöffnete Tür auf eine leere Straße hinaus und stolperten wie berauschte Trunkenbolde dahin. An der Ecke hielten wir eine Droschke an, und der alte Kutscher blickte mit verdrießlichem Spott von seinem Kutschersitz auf unsere Bemühungen herab, sie hineinzubringen. Zweimal während der Fahrt fühlte ich, wie sie in einer halben Ohnmacht sanft gegen meine Schulter sank. Uns gegenüber verharrte der Jüngling in Knickerbocker so stumm wie ein Fisch und saß regloser da, als ich es für möglich gehalten hatte, bis er mit dem Hausschlüssel in der Hand hinaussprang.

An der Tür ihres Wohnzimmers ließ sie meinen Arm los und schritt, sich an den Stühlen und Tischen festhaltend, als erste hinein. Sie löste ihren Hut, warf sich dann, erschöpft von der Anstrengung – ihr Mantel hing ihr noch um die Schultern –, seitlich in einen Sessel und verbarg halb ihr Gesicht in einem Kissen. Der gute Bruder tauchte schweigend mit einem Glas Wasser vor ihr auf. Sie winkte ihm ab. Er trank es selbst und zog sich in einen entfernten Winkel zurück – irgendwo hinter dem Flügel. Alles war still in diesem Zimmer, in dem ich zum erstenmal Sevrin, dem Antianarchisten, begegnet war, eingefangen und bezaubert von den vollendeten und überkommenen Grimassen, die in einer gewissen Lebenssphäre mit vorzüglichem Effekt an die Stelle der Gefühle treten. Vermutlich hingen ihre Gedanken derselben Erinnerung nach. Ihre Schultern bebten heftig. Ein regelrechter Nervenanfall. Als er sich legte, heuchelte sie Festigkeit: ›Was fängt man mit einem solchen Menschen an? Was werden sie ihm antun?‹

›Nichts. Sie können ihm nichts antun‹, versicherte ich ihr mit vollkommener Aufrichtigkeit. Es war mit ziemlicher Gewißheit anzunehmen, daß er innerhalb von zwanzig Minuten nach der Bewegung seiner Hand zum Mund gestorben war. Denn wenn sein fanatischer Antianarchismus soweit ging, daß er

Gift in der Tasche bei sich trug, nur um seine Gegner um die gerechte Vergeltung zu bringen, dann hatte er, das wußte ich, auch dafür Sorge getragen, sich mit etwas zu versehen, das ihn bestimmt nicht im Stich lassen würde, wenn es darauf ankam.
›Ist je einem Menschen etwas so Schreckliches widerfahren? Zu denken, daß er meine Hand in der seinen gehalten! Dieser Mann!‹ Ihr Gesicht verzog sich, sie unterdrückte einen pathetischen Schluchzer. ›Wenn ich mich je einer Sache sicher wähnte, so bestimmt der hochherzigen Motive Sevrins.‹
Nun begann sie still vor sich hinzuweinen, was gut für sie war. Dann fragte sie halb grollend durch ihre Tränenflut: ›Was hat er da zu mir gesagt? – ‚Aus Überzeugung!' Das nimmt sich wie ein niederträchtiger Scherz aus. Was konnte er damit nur meinen?‹
›Dies, mein wertes Fräulein‹, sagte ich sanft, ›geht weit über das hinaus, was ich oder irgend jemand sonst Ihnen erklären könnte.‹«
Mr. X schnickte einen Krümel von seinem Jackett.
»Und das war die lautere Wahrheit, was sie anging. Obwohl es Horne zum Beispiel sehr gut verstand; und auch ich verstand es, vor allem nachdem wir Sevrins Wohnung in einer traurigen Seitenstraße eines hochvornehmen Viertels aufgesucht hatten. Horne war dort als ein Freund bekannt, und wir hatten keine Schwierigkeiten, eingelassen zu werden. Das schlampige Dienstmädchen bemerkte, als sie uns die Tür öffnete, nur, daß Mr. Sevrin in der vergangenen Nacht nicht nach Hause gekommen sei. Wir brachen ein paar Schubladen auf, wie die Pflicht es uns gebot, und fanden einige sehr nützliche Aufschlüsse. Der interessanteste unter ihnen war sein Tagebuch; denn dieser Mann, der mit einem so mörderischen Werk beschäftigt war, hatte die Schwäche, ein Journal der verdammungswürdigsten Art zu führen. Da lagen seine Handlungen und auch seine Gedanken offen zutage. Doch die Toten

kümmern sich nicht darum. Sie kümmern sich um nichts mehr. ›Aus Überzeugung.‹ Ja. Eine verschwommene, doch inbrünstig humanitäre Einstellung hatte ihn in seiner frühesten Jugend in den bittersten Extremismus der Negation und Revolte gedrängt. Später kam sein Optimismus ins Wanken. Er begann zu zweifeln und war verloren. Sie haben von bekehrten Atheisten gehört. Diese werden oft zu gefährlichen Fanatikern, doch die Seele bleibt dieselbe. In der Zeit, die auf die Begegnung mit dem Fräulein folgt, stößt man in seinem Tagebuch auf höchst verschrobene politisch-amouröse Dithyramben. Er nahm ihre erhabenen Grimassen tödlich ernst. Er lechzte danach, sie zu bekehren. Doch all das kann Sie nicht interessieren. Was das übrige angeht, ich weiß nicht, ob Sie sich daran erinnern – es ist eine gute Weile her – die Zeitungssensation des ›Hermione Street-Rätsels‹; die Untersuchung; einige Verhaftungen; viele Vermutungen – dann Schweigen – das übliche Ende so vieler unbekannter Märtyrer und Bekenner. Tatsache ist, daß er nicht genug von einem Optimisten in sich hatte. Man muß ein finsterer, tyrannischer, unerbittlicher, durch dick und dünn gehender Optimist sein, wie Horne zum Beispiel, um einen guten sozialen Revolutionär vom extremistischen Schlag abzugeben.«

Er stand vom Tisch auf. Ein Kellner eilte mit seinem Mantel herbei; ein anderer hielt ihm den Hut hin.

»Doch was wurde aus der jungen Dame?« fragte ich.

»Wollen Sie es wirklich wissen?« sagte er und knöpfte sich behutsam seinen Pelzmantel zu. »Ich muß mich zu der kleinen Bosheit bekennen, ihr Sevrins Tagebuch übersandt zu haben. Sie zog sich zurück; dann ging sie nach Florenz; dann suchte sie Zuflucht in einem Kloster. Ich kann nicht sagen, wo sie als nächstes hingehen wird. Was hat es auch schon zu bedeuten? Gesten! Gesten! Reine Gesten ihrer Klasse.«

Er setzte mit äußerster Präzision seinen schimmernden Zylinderhut auf, warf einen raschen Blick im Raum umher, der voll saß mit gutgekleideten, unschuldig speisenden Leuten, und murmelte verbissen: »Und sonst nichts! Das ist der Grund, weshalb ihresgleichen zum Untergang verurteilt ist.«

Nach jenem Abend begegnete ich Mr. X nie wieder. Ich machte es mir zur Gewohnheit, in meinem Klub zu speisen. Bei meinem nächsten Besuch in Paris fand ich meinen Freund in großer Ungeduld, die Wirkung zu erfahren, die dieses seltene Exemplar seiner Sammlung auf mich gehabt hatte. Ich erzählte ihm die ganze Geschichte, und er sah mich voll Stolz auf sein erlesenes Museumsstück an.

»Lohnt es sich nicht, X zu kennen?« sagte er in übersprudelndem Entzücken. »Er ist einmalig, erstaunlich, absolut hinreißend.«

Seine Begeisterung tat meinen feineren Gefühlen weh. Ich erklärte ihm schroff, der Zynismus dieses Mannes sei einfach abscheulich.

»Oh, abscheulich! Abscheulich!« stimmte mir mein Freund überschwenglich zu. »Und dann, wissen Sie, leistet er sich gern gelegentlich einen kleinen Scherz«, fügte er in vertraulichem Ton hinzu.

Ich verstehe den Zusammenhang dieser letzten Bemerkung nicht. Ich war vollkommen außerstande zu sehen, wo hier der Scherz steckte.

Eine zornige Geschichte

DAS UNTIER

Als ich von der regengepeitschten Straße hereinhastete, tauschte ich in der Bar ›Zu den drei Krähen‹ einen Blick und ein Lächeln mit Miß Blank. Dieser Austausch trug sich mit äußerster Schicklichkeit zu. Es erschüttert einen zutiefst, wenn man bedenkt, daß Miß Blank, sofern sie noch am Leben ist, jetzt über sechzig Jahre alt sein muß. Wie die Zeit vergeht!

Da sie meinen fragend auf die Trennwand aus Glas und gefirnistem Holzwerk gerichteten Blick bemerkte, war Miß Blank so freundlich, mir aufmunternd zu erklären: »Nur Mr. Jermyn und Mr. Stonor in der Gaststube, mit noch einem Herrn, den ich noch nie gesehen habe.«

Ich ging zur Zimmertür. Eine Erzählerstimme auf der anderen Seite (es war nur eine dünne Holzwand) erhob sich gerade zu solcher Lautstärke, daß die abschließenden Worte in all ihrer Scheußlichkeit deutlich zu hören waren.

»Dieser Wilmot schlug ihr regelrecht den Schädel ein, und es war saubere Arbeit obendrein!«

Die unmenschliche Gesinnung in diesen Worten vermochte, da sie weder Profanes noch Ungehöriges enthielt, nicht einmal das leichte Gähnen aufzuhalten, welches sich Miß Blank hinter ihrer Hand gestattete. Und ungerührt blickte sie auch weiterhin starr auf die Fensterscheiben, an denen der Regen herunterlief.

Als ich die Tür zur Gaststube öffnete, fuhr dieselbe Stimme in derselben grausigen Tonart fort:

»Ich war froh, als ich hörte, daß ihr endlich jemand den Garaus gemacht hatte. Wenn es mir auch leid um den armen Wilmot tat. Dieser Mann und ich waren früher einmal dicke Freunde gewesen. Natürlich war das sein Ende. Ein klarer Fall, wie es nur je einen gegeben. Da blieb kein Ausweg. Nicht der geringste.«

Die Stimme gehörte dem Herrn, den Miß Blank noch nie gesehen hatte. Er stand, die langen Beine gespreizt, auf dem Kaminteppich. Jermyn beugte sich vor und hielt sein Taschentuch ausgebreitet vor das Kamingitter. Er blickte düster über seine Schulter hinweg, und als ich mich hinter einen der kleinen hölzernen Tische schob, nickte ich ihm zu. Auf der anderen Seite des Feuers saß Mr. Stonor, imponierend ruhig und beleibt, in einen geräumigen Windsorlehnstuhl gezwängt. Es gab nichts Kleines an ihm außer seinem kurzen weißen Backenbart. Meter und Meter eines besonders feinen blauen Tuchs lagen (zu einem Mantel verarbeitet) auf einem Stuhl neben ihm. Und er mußte gerade einen Überseedampfer vom Meer hereingebracht haben, denn ein anderer Stuhl wurde von seinem schwarzen Regenmantel erdrückt, der weit war wie ein Pluviale und aus dreifacher geölter Seide gefertigt, mit doppelten Nähten von oben bis unten. Eine Herrenhandtasche von gewöhnlicher Größe wirkte wie ein Kinderspielzeug auf dem Boden neben seinen Füßen.

Ich nickte ihm nicht zu. Er war zu gewaltig, als daß man ihm in dieser Gaststube hätte zunicken können. Er war ein Senior-Trinity-Lotse und geruhte nur, während der Sommermonate seinen Dienst im Kutter zu versehen. Viele Male hatte er königliche Jachten bei der Ein- und Ausfahrt vor Port Victoria in seiner Obhut gehabt. Abgesehen davon hatte es keinen Sinn, einem Monument zuzunicken. Und er war wie ein solches. Er sprach nicht; er rührte sich nicht. Er saß nur da und hielt reglos seinen prachtvollen alten Kopf in die Höhe – und überstieg

fast Lebensgröße. Es war alles höchst vortrefflich. Mr. Stonors Anwesenheit reduzierte den armen alten Jermyn auf ein bloßes schofles Häufchen Mensch und ließ den gesprächigen Fremden im Tweedanzug auf dem Kaminteppich lächerlich knabenhaft erscheinen. Der letztere muß wohl über dreißig gewesen sein und war natürlich nicht einer von jenen, die beim Klang der eigenen Stimme in Verlegenheit geraten; denn indem er mich, der ich nun einmal hinzugekommen war, durch einen freundlichen Blick miteinbezog, ließ er dieser Stimme freien Lauf.
»Ich war froh«, wiederholte er nachdrücklich. »Sie mögen darüber erstaunt sein; aber schließlich haben Sie nicht das durchgemacht, was ich mit ihr durchgemacht habe. Ich kann Ihnen sagen, so was vergißt man nicht so leicht. Natürlich kam ich ungeschoren davon – wie Sie sehen. Wenn sie auch alles tat, um mir den Lebensmut zu rauben. Es fehlte verdammt wenig, und sie hätte den feinsten Kerl, den Sie sich denken können, ins Irrenhaus getrieben. Was sagen Sie dazu – wie?«
Keine Wimper zuckte in Mr. Stonors mächtigem Gesicht. Monumental! Der Sprecher blickte mir gerade in die Augen.
»Es macht mich krank, wenn ich daran denke, wie sie umherzog und Menschen mordete.«
Jermyn brachte das Taschentuch ein wenig dichter an das Kamingitter und brummte. Es war einfach eine Angewohnheit von ihm.
»Ich habe sie einmal gesehen«, erklärte er mit grämlicher Teilnahmslosigkeit. »Sie hatte ein Haus –«
Der Fremde im Tweed wandte sich um und starrte überrascht auf ihn herab.
»Sie hatte drei Häuser«, korrigierte er ihn gebieterisch. Aber Jermyn ließ sich nicht zurechtweisen.
»Sie hatte ein Haus, sage ich«, wiederholte er mit mürrischem Eigensinn. »Ein großes, hohes, häßliches weißes Ding. Schon meilenweit entfernt sah man es aufragen.«

»Ja, das stimmt«, bestätigte der andere bereitwillig. »Es war des alten Colchesters Idee gewesen, obwohl er immer damit drohte, sie zu verlassen. Er könne den Spektakel, den sie vollführe, nicht länger ertragen, erklärte er; es sei zuviel des Guten; er wolle nichts mehr mit ihr zu schaffen haben, auch wenn er nie wieder zu einem anderen käme – und was der Dinge mehr. Er hätte sie aufgegeben, möchte ich meinen, nur – und das wird Sie vielleicht überraschen – wollte seine Gemahlin nichts davon hören. Komisch, was? Aber bei Frauen weiß man nie, wo man dran ist, und Mrs. Colchester mit ihrem Schnurrbart und ihren wuchtigen Augenbrauen konnte für so energisch gelten, wie nur eine. Sie pflegte in einem braunen Seidenkleid einherzugehen, und auf ihrem Busen wogte eine schwere Goldkette auf und ab. Sie hätten sie nur hören sollen, wie sie ›Quatsch!‹ schnauzte oder ›Possen und Unfug!‹ Wahrhaftig, sie wußte, wo sie es gut hatte. Sie hatten keine Kinder und hatten niemals irgendwo ein Hauswesen gegründet. Wenn sie in England waren, behalf sie sich damit, in einem billigen Hotel oder einer Pension abzusteigen. Ich kann mir schon denken, wie sehr es ihr behagt hat, zu der Bequemlichkeit zurückzukehren, an die sie gewohnt war. Sie wußte sehr wohl, daß sie bei keinem Wechsel etwas zu gewinnen hatte. Und außerdem war Colchester, wenn er auch ein ausgezeichneter Mann war, doch nicht gerade mehr der jüngste, und vielleicht mag sie gedacht haben, er werde so leicht nicht wieder zu einem anderen kommen (wie er zu sagen pflegte). Wie dem auch sei, aus dem einen oder anderen Grund erschien es der guten Frau nur wie ›Quatsch‹ und ›Possen und Unfug‹. Ich hörte selbst einmal, wie der junge Mr. Apse im Vertrauen zu ihr sagte: ›Ich versichere Ihnen, Mrs. Colchester, langsam fange ich an, sehr unglücklich zu sein wegen des Namens, den sie sich macht.‹ – ›Oh‹, erwiderte sie mit ihrem tiefen, kurzen, heiseren Lachen, ›wenn man all dem dummen Gerede Beachtung schenken wollte‹, und dabei zeigte sie Apse all ihre häßlichen falschen Zähne. ›Es gehört schon mehr dazu als das, wenn ich mein Vertrauen in sie verlieren soll‹, sagte sie.«

Hier ließ Mr. Stonor ohne jede Veränderung seines Gesichtsausdrucks ein kurzes, höhnisches Lachen hören. Es war sehr eindrucksvoll, doch mir entging der Scherz. Ich blickte von einem zum andern. Der Fremde auf dem Kaminteppich hatte ein unangenehmes Lächeln.

»Und Mr. Apse schüttelte Mrs. Colchester beide Hände, so erfreut war er, ein freundliches Wort über diesen ihren Liebling zu hören. All diese Apses, jung und alt, waren ja vollkommen vernarrt in dieses abscheuliche, gefährliche –«

»Entschuldigen Sie«, unterbrach ich ihn, denn er schien sich ausschließlich an mich zu wenden; »von wem, um alles in der Welt, sprechen Sie eigentlich?«

»Ich spreche von der Apse-Familie«, antwortete er höflich.

Ich stieß daraufhin fast einen Fluch aus. Doch gerade da schob die ehrbare Miß Blank ihren Kopf herein und sagte, die Droschke stehe vor der Tür, wenn Mr. Stonor den Elf-Uhr-drei erreichen wolle.

Sogleich erhob sich der Senior-Lotse zu seiner gewaltigen Leibesgröße und begann, sich unter Ehrfurcht gebietendem Gewoge in seinen Mantel zu schieben. Der Fremde und ich eilten ihm spornstreichs zu Hilfe, und als wir ihn mit unseren Händen berührten, wurde er sogleich vollkommen ruhig. Wir mußten unsere Arme sehr hoch aufrecken und uns große Mühe geben. Mit einem »Danke schön, meine Herren«, tauchte er in dem Mantel unter und drückte sich in großer Eile durch die Tür.

Wir lächelten einander freundlich an.

»Ich frage mich, wie er es fertig bringt, sich über die Jakobsleiter eines Schiffes hinaufzuschwingen«, sagte der Mann im Tweed; und der arme Jermyn, der nur ein Nordsee-Lotse war,

ohne offizielle Stellung und Ansehen, Lotse überhaupt nur aus Höflichkeit, brummte: »Er verdient seine achthundert im Jahr.«
»Sind Sie Seemann?« fragte ich den Fremden, der an seinen Platz auf dem Kaminteppich zurückgekehrt war.
»Ich war es bis vor ein paar Jahren, als ich mich verheiratete«, antwortete dieses mitteilsame Individuum. »Ja, als ich das erste Mal zur See fuhr, war es auf eben jenem Schiff, von dem wir gerade sprachen, als Sie eintraten.«
»Welches Schiff?« fragte ich verdutzt. »Ich hörte Sie von keinem Schiff reden.«
»Ich habe Ihnen gerade den Namen genannt, mein werter Herr«, antwortete er. »Die ›Apse-Familie‹. Sicherlich haben Sie von der großen Schiffsreederei Apse & Söhne gehört. Sie hatten eine ziemlich große Flotte. Da gab es eine ›Lucy Apse‹ und die ›Harold Apse‹ und ›Anne‹, ›John‹, ›Malcolm‹, ›Clara‹, ›Juliet‹ und so weiter – *Apses* ohne Ende. Jeder Bruder, jede Schwester, Tante, Kusine, Frau – und auch Großmutter, soviel ich weiß – der Firma hatte ein nach ihm oder ihr benanntes Schiff. Gute, solide, altmodische Fahrzeuge waren das, die gebaut waren, um zu tragen und zu dauern. Nichts von Ihren modernen, arbeitsparenden Vorrichtungen gab es auf ihnen, sondern eine Menge Menschen, und eine Menge Pökelfleisch und Schiffszwieback wurden an Bord geschafft – und dann ging es auf und davon, und man kämpfte sich seinen Weg hinaus und wieder nach Hause.«
Der armselige Jermyn bekundete seinen Beifall durch ein Geräusch, das wie ein Schmerzenslaut klang. Das waren Schiffe nach seinem Geschmack. Er wies in kläglichem Ton darauf hin, daß man zu arbeitsparenden Vorrichtungen nicht sagen könne: »Etwas lebhafter, Matrosen.« Keine arbeitsparende Vorrichtung entere einem in einer häßlichen Nacht mit Sandbänken auf Lee nach oben in die Takelung.
»Nein«, bestätigte der Fremde und blinzelte mir zu. »Auch die

Apses setzten offensichtlich ihren Glauben nicht in diese Dinge. Sie behandelten ihre Leute gut – so wie Leute heutzutage nicht mehr behandelt werden –, und sie waren furchtbar stolz auf ihre Schiffe. Nichts stieß ihnen je zu. Dieses letzte Schiff, die ›Apse Familie‹, sollte wie die andern werden, nur noch stärker, noch sicherer, noch geräumiger und bequemer. Ich glaube, sie sollte in alle Ewigkeit halten. Sie ließen sie aus gemischten Materialien bauen – Eisen, Teak- und Grünharzholz –, und ihr Riß war, wenn man will, berühmt. Wenn je ein Schiff mit Stolz in Auftrag gegeben wurde, so dieses. Alles sollte vom Besten sein. Der Kommodore der beschäftigten Kapitäne sollte es befehligen, und die Räumlichkeiten für ihn legten sie wie ein Haus an Land an, unter einem großen, hohen Poopdeck, das fast bis zum Hauptmast reichte. Kein Wunder, daß Mrs. Colchester ihren Alten das Schiff nicht aufgeben ließ. Nun, es war das beste Heim, das sie je in ihren Ehetagen gehabt hatte. Sie wußte, was sie wollte, diese Frau.

Was war das für ein Getue, während sich das Schiff in Bau befand! Laßt uns dies ein wenig fester machen und jenes ein wenig schwerer; und sollte man nicht das dort durch etwas Dickeres ersetzen? Die Schiffsbauer machten das Spiel mit, und so wuchs sie vor aller Augen zu dem plumpesten, schwersten Schiff ihrer Klasse heran, ohne daß sich irgend jemand dessen bewußt ward. Sie sollte 2000 Bruttoregistertonnen groß werden, oder auch ein wenig mehr; auf gar keinen Fall weniger. Doch was geschah? Als sie vermessen wurde, stellte sich heraus, daß sie nur 1999 und etwas groß war. Allgemeine Bestürzung! Und sie behaupten, der alte Mr. Apse sei so verärgert gewesen, daß er sich ins Bett legte und starb. Der alte Herr hatte sich schon fünfundzwanzig Jahre zuvor aus der Firma zurückgezogen und war fast sechsundneunzig Jahre alt, so daß sein Tod vielleicht doch nicht so überraschend kam. Immerhin war Mr. Lucian Apse fest davon überzeugt, daß sein

Vater hundert Jahre alt geworden wäre. So können wir ihn an die Spitze der Liste setzen. Als nächster kam der arme Teufel von einem Schiffsbaumeister dran, den dieses Untier, als es die Gleitbahn hinunterrutschte, erfaßte und zerquetschte. Sie nannten es den Stapellauf eines Schiffes, aber ich habe Leute sagen hören, daß es, nach dem Gejammer und Geschrei und Gerenne ringsherum zu urteilen, eher den Eindruck machte, als hätte man einen Teufel auf den Fluß losgelassen. Es zerriß alle Strebeseile wie Bindfäden und sauste wie wild auf die wartenden Schlepper zu. Ehe man sich versah, schickte es schon den ersten von ihnen auf Grund und bewirkte, daß ein anderer drei Monate in Reparatur liegen mußte. Eine der Trossen ging verloren, und dann plötzlich – man konnte nicht eigentlich sagen warum – ließ sich das Schiff mit der anderen so geduldig wie ein Lamm aufbringen.

So war das Schiff. Man war nie sicher, was es als nächstes aushecken würde. Es gibt Schiffe, die schwierig zu handhaben sind, doch im allgemeinen kann man sich darauf verlassen, daß sie sich vernünftig benehmen. Bei *diesem* Schiff jedoch wußte man nie – was man mit ihm auch anfangen mochte –, wie es ausgehen würde. Es war ein verruchtes Biest. Oder, vielleicht war es einfach verrückt.«

Er brachte diese Behauptung in so ernstem Ton vor, daß ich mich eines Lächelns nicht erwehren konnte. Er hörte auf, an seiner Unterlippe zu nagen, und wandte sich mit Lebhaftigkeit an mich.

»Wie! Warum nicht? Warum sollte es da in ihrem Bau, in ihren Linien nicht etwas geben, vergleichbar – Was ist denn Wahnsinn? Eine Winzigkeit, mit der es hapert in der Anlage eines Hirns. Warum sollte es nicht auch ein wahnsinniges Schiff geben – ich meine, wahnsinnig auf Schiffsart, so daß man bei ihm unter gar keinen Umständen sicher sein kann, ob es auch tut, was jedes andere Schiff ohne weiteres für einen tun würde.

Es gibt Schiffe, die sich unberechenbar steuern lassen, und Schiffe, bei denen man nie ganz sicher ist, ob sie nicht aus dem Ruder laufen; andere erfordern große Wachsamkeit in einem Sturm; und dann wieder gibt es Schiffe, die sich bei jedem kleinen Lüftchen wie in grobem Wetter benehmen. Aber dann steht zu vermuten, daß sich das Schiff immer so verhält. Man nimmt es als einen Teil seines Schiffscharakters hin, gerade so wie man die Stimmungseigenarten eines Menschen in Rechnung bringt, wenn man mit ihm umzugehen hat. Aber bei diesem Schiff konnte man das nicht. Es war unberechenbar. Wenn es nicht verrückt war, so war es das bösartigste, heimtückischste, wütendste Untier, das je auf dem Wasser schwamm. Ich habe es in einem schweren Sturm zwei Tage herrlich dahinfahren und am dritten – gleich zweimal am selben Nachmittag – schnell aufluven sehen. Das erstemal schleuderte es den Rudergasten glatt über das Steuerrad, doch da es dem Schiff nicht ganz gelingen wollte, ihn umzubringen, versuchte das Untier es nach drei Stunden noch einmal. Es kippte nach vorn und hinten ab, zerriß alles Tuch, das wir gesetzt hatten, jagte allen Matrosen einen panischen Schrecken ein und ängstigte selbst Mrs. Colchester dort unten in ihrer schönen Heckkajüte, auf die sie so stolz war. Als wir die Mannschaft musterten, fehlte ein Mann. Natürlich über Bord gespült, ohne daß er gesehen oder gehört worden wäre, der arme Teufel! Und mich wundert nur, daß nicht mehr von uns draufgingen.

So war es immer. Immer. Ich hörte einmal, wie ein alter Steuermann zu Kapitän Colchester sagte, es sei so weit mit ihm gekommen, daß er sich fürchte, den Mund aufzutun und irgendwelche Befehle zu geben. Im Hafen war das Schiff ein ebensolcher Graus wie auf See. Man wußte nie genau, ob es hinreichend vertäut war. Bei der kleinsten Verärgerung begann es nach Seilen, Trossen, Kabeltauen wie nach Mohrrüben zu schnappen. Es war schwer, plump, unhandlich – aber das erklärt nicht eigentlich jene ihm innewohnende Macht, Unheil zu stiften. Wissen Sie, wenn ich an das Schiff denke, fällt mir, ich kann mir nicht helfen, immer ein, was wir von unheilbaren Irren hören, die dann und wann ihren Anfall bekommen.«

Er sah mich fragend an. Aber natürlich vermochte ich nicht zuzugeben, daß ein Schiff verrückt sein kann.

»In den Häfen, in denen das Schiff bekannt war«, fuhr er fort, »bekamen es die Leute schon bei seinem Anblick mit der Angst. Es machte ihm gar nichts aus, von einem Kai zwanzig Fuß solider Steinwand abzureißen oder das Ende eines hölzernen Piers fortzufegen. Es muß Meilen von Ketten und Hunderte von Tonnen Ankergewicht verloren haben zu seiner Zeit. Wenn es auf irgendein armes, harmloses Schiff stieß, war es eine Höllenarbeit, bis man es wieder freigemacht hatte. Und dabei kam es selber nie zu Schaden – höchstens zu ein paar Kratzern. Sie hatten es sehr stark haben wollen. Und das war es. Stark genug, um ins Polareis vorzustoßen. Und wie begonnen, so trieb das Schiff es weiter. Von jenem Tag an, da es vom Stapel lief, ließ es kein Jahr verstreichen, ohne jemanden zu töten. Ich glaube, die Reeder machten sich große Sorge deshalb. Doch sie waren eine hartnäckige Sippschaft, diese Apses; sie wollten nicht zugeben, daß mit der ›Apse-Familie‹ irgend etwas nicht stimmte. Sie hätten nicht einmal den Namen geändert. ›Possen und Unfug‹, wie Mrs. Colchester zu sagen pflegte. Sie hätten es zumindest auf Lebenszeit in irgendein Trockendock sperren sollen, weit stromaufwärts, und es nie wieder Salzwasser riechen lassen dürfen. Ich versichere Ihnen, mein werter Herr, daß es unweigerlich auf jeder Reise irgend jemanden tötete. Es war regelrecht verschrien. Das Schiff war weit und breit dafür bekannt.«

Ich gab meiner Verwunderung Ausdruck, daß ein Schiff mit solch mörderischem Ruf je eine Mannschaft fand.

»Dann wissen Sie nicht, wie Matrosen sind, mein werter Herr.

Ich will es Ihnen an einem Beispiel vorführen. Eines Tages bemerkte ich zu Hause im Hafen, während ich über das Vorderdeck schlendere, wie zwei ehrbare Seebären daherkommen: der eine offensichtlich ein tüchtiger, zuverlässiger Mann von ungefähr vierzig Jahren, der andere ein schneidiger, jüngerer Bursche. Sie lesen den Namen am Bug und bleiben stehen, um sich das Schiff anzusehen. Sagt der ältere: ›‚Apse-Familie'. Das ist doch diese blutrünstige Hündin‹ (ich gebe es in ihren Worten wieder), ›Jack, die auf jeder Fahrt einen Mann umbringt. Ich würde mich bei der nicht einschreiben – um keinen Preis, ich nicht.‹ Und der andere sagt: ›Wenn sie mir gehörte, würde ich sie auf Strand ziehen und in Brand setzen. Verdammt, das würde ich.‹ Dann fällt der erste ein: ›Was kümmern die sich darum! Männer sind billig, weiß Gott.‹ Der jüngere spuckte längsseits ins Wasser. ›Sie bekämen mich nicht – auch nicht für doppelte Heuer.‹
Sie lungerten noch eine Weile herum und schritten dann den Kai hinauf. Eine halbe Stunde später sah ich sie auf unserem Deck, wie sie nach dem Ersten Offizier Ausschau hielten, und es war offenkundig, daß sie versessen darauf waren, angeheuert zu werden. Und das wurden sie auch.«
»Wie erklären Sie sich das?« fragte ich.
»Was meinen Sie?« erwiderte er. »Tollkühnheit! Das eitle Verlangen, abends vor allen ihren Kameraden damit prahlen zu können: ›Wir haben gerade auf der ‚Apse-Familie' dort drüben angeheuert. Zum Teufel mit dem Schiff. Es soll uns nicht bange machen.‹ Reine Absurdität, wie sie den Seeleuten ähnlich sieht! Eine Art Neugierde. Nun, ein wenig von alledem, ohne Zweifel. Ich befragte sie im Laufe der Reise. Die Antwort des älteren Burschen war: ›Man stirbt bloß einmal.‹ Der jüngere versicherte mir in spöttischem Ton, er wolle doch mal sehen, ›wie das Schiff es diesmal anstelle‹. Aber ich sage Ihnen, das Untier hatte seine eigene Faszination.«

Jermyn, der anscheinend alle Schiffe auf der Welt gesehen hatte, fiel mürrisch ein: »Ich sah es einmal aus genau diesem Fenster, wie es den Fluß heraufgeschleppt wurde; ein großes, schwarzes, häßliches Ding, das wie ein großer Leichenwagen daherkam.«

»Nicht wahr? In seinem Aussehen lag etwas Finsteres«, sagte der Mann im Tweed und sah freundlich auf den alten Jermyn herab. »Ich verspürte immer ein Grauen vor ihm. Es jagte mir einen höllischen Schrecken ein, als ich vierzehn Jahre alt war, am allerersten Tag – nein, in der allerersten Stunde, da ich auf dem Schiff war. Vater hatte mich hingebracht, um mir Lebewohl zu sagen, und sollte mit uns bis Gravesend fahren. Ich war sein zweiter Junge, der zur See ging. Mein großer Bruder war damals schon Steuermann. Wir kamen gegen elf Uhr vormittags an Bord und fanden das Schiff bereit, aus dem Hafenbecken, Heck voraus, auszulaufen. Es hatte noch nicht drei Schiffslängen zurückgelegt, als es bei einem kleinen Ruck, den der Schlepper ihm gab, um es ins Schleusentor zu bringen, einen seiner tollen Tänze aufführte und der Zugleine – einer neuen sechs Zoll dicken Trosse – solches Gewicht entgegensetzte, daß es denen vorne unmöglich war, die Trosse rechtzeitig nachzulassen, woraufhin diese riß. Ich sah, wie das gerissene Ende hoch in die Luft flog, und im nächsten Augenblick stieß dieses Untier achtern seitlich mit solcher Wucht gegen den Molenkopf, daß alles auf Deck durcheinandertaumelte. Das Schiff nahm keinen Schaden. Es nicht! Doch einer der Schiffsjungen, den der Steuermann in die Takelung des Besanmastes geschickt hatte, um dort etwas auszuführen, stürzte auf das Poopdeck – wumms – direkt vor mich hin. Er war nicht viel älter als ich. Wir hatten uns erst vor wenigen Minuten zugelächelt. Er muß unachtsam beim Festhalten gewesen sein, nicht ahnend, daß ihm solch ein Stoß versetzt würde. Ich hörte seinen überraschten Schrei – Oh! – hoch und zittrig, als er fühlte, daß er den Halt verlor, und blickte gerade noch rechtzeitig hinauf, um zu sehen, wie er beim Herabstürzen in sich zusammensackte. Oh! Mein armer Vater war erstaunlich weiß um die Nasenspitze, als wir uns in Gravesend die Hand schüttelten. ›Ist dir auch wohl bei der Sache?‹ sagt er und sieht mich eindringlich an. ›Ja, Vater.‹ – ›Ganz sicher?‹ – ›Ja, Vater.‹ – ›Nun, dann leb wohl, mein Junge.‹ Er gestand mir später, daß er mich, hätte ich nur ein halbes Wort geäußert, auf der Stelle mit nach Hause genommen hätte. Ich bin das Baby in der Familie – wissen Sie«, fügte der Mann im Tweed hinzu und strich sich mit einem versonnenen Lächeln über den Schnurrbart.

Ich quittierte diese interessante Mitteilung mit einem mitfühlenden Murmeln. Er schwenkte nachlässig die Hand.

»Es hätte einem Burschen restlos die Lust nehmen können, in die Takelung zu entern, wissen Sie – restlos. Er fiel zwei Fuß vor mir herunter und schlug sich den Schädel an einer Belegklampe auf. Machte keinen Mucker mehr. Mausetot. War ein gutaussehender kleiner Kerl. Hatte mir gerade überlegt, daß wir dicke Freunde werden könnten. Das war jedoch noch nicht das Schlimmste, was das Untier von einem Schiff fertigbrachte. Ich diente auf ihm drei Jahre meiner Lehrzeit, und dann wurde ich für ein Jahr auf die ›Lucy Apse‹ versetzt. Der Segelmacher, den wir auf der ›Apse-Familie‹ hatten, tauchte ebenfalls dort auf, und ich erinnere mich noch, wie er eines Abends, nachdem wir eine Woche auf See waren, zu mir sagte: ›Ist das nicht ein lammfrommes kleines Schiff?‹ Kein Wunder, daß wir die ›Lucy Apse‹ für ein liebes, lammfrommes kleines Schiff hielten, nachdem wir von jenem tobenden wilden Untier herunter waren. Es war wie der Himmel. Ihre Offiziere erschienen mir wie die friedlichste Schar Männer auf Erden. Für mich, der ich kein anderes Schiff kennengelernt hatte als die ›Apse-Familie‹, war die ›Lucy‹ wie eine Art Wunderfahrzeug, das aus eigenem Antrieb tat, was man von ihr wollte. Eines Abend erwischte es uns unerwartet ziemlich scharf von vorne. In ungefähr zehn Minuten hatten wir sie wieder klar, Schoten belegt, Segel eingeholt, Decks gesäubert, und der wachhabende Offizier lehnte behaglich am Schanzkleid. Es erschien mir einfach wunderbar. Das andere Schiff hätte eine halbe Stunde lang wie gefesselt dagelegen, hätte ihre Decks beim Rollen voll Wasser laufen lassen, die Mannschaft umhergestoßen – mit krachenden Sparren, zerfetzenden Brassen, während die Segel das Kommando übernommen hätten und achtern die Hölle los gewesen wäre wegen des vermaledeiten Ruders, das von dem Schiff gern so hin und her geschlagen wurde, daß einem die Haare zu Berge standen. Ich kam tagelang nicht über mein Staunen hinweg.

Nun, ich beendete das letzte Jahr meiner Lehrzeit auf jenem fröhlichen kleinen Schiff – es war nicht einmal so klein, doch nach jenem anderen schweren Teufel wirkte es wie ein Spielzeug, so leicht war es zu handhaben. Ich beendete meine Lehrzeit und bestand die Prüfung; und dann, gerade als ich dachte, ich könnte es mir einmal an Land drei Wochen ordentlich wohl sein lassen, erhielt ich beim Frühstück einen Brief, in welchem ich gefragt wurde, wann ich mich frühestens als dritter Steuermann auf der ›Apse-Familie‹ einfinden könne. Ich versetzte meinem Teller einen Stoß, der ihn bis zur Mitte des Tisches rutschen ließ; Papa blickte von seiner Zeitung auf; Mutter hob verdutzt die Hände, und ich ging ohne Hut in unseren kleinen Garten hinaus, in welchem ich dann eine Stunde lang immerfort rund herum ging.

Als ich wieder hineinkam, war die Mutter aus dem Eßzimmer gegangen, und Papa hatte seine Stellung nach dem großen Lehnstuhl verlegt. Der Brief lag auf dem Kaminsims.

›Das Angebot ist sehr ehrenvoll für dich, und es ist sehr freundlich von ihnen, dir ein solches zu machen‹, sagte er. ›Und wie ich sehe, ist auch Charles zum ersten Steuermann des Schiffes für eine Seereise ernannt worden.‹

Auf der Rückseite befand sich ein von Mr. Apse persönlich geschriebenes Postskriptum dieses Inhalts, das ich übersehen hatte. Charley war mein großer Bruder.

›Mir ist es nicht sehr angenehm, daß zwei meiner Söhne auf ein und demselben Schiff sind‹, fuhr mein Vater in seiner bedächtigen, feierlichen Art fort. ›Und ich möchte dir sagen, daß ich mich nicht scheuen würde, Mr. Apse einen Brief in diesem Sinne zu schreiben.‹

Der liebe alte Papa! Er war ein wundervoller Vater. Was hätten Sie getan? Die bloße Vorstellung zurückzukehren (und als Offizier obendrein), um von diesem Untier geplagt und geschunden und Tag und Nacht in Trab gehalten zu werden, machte mich schon krank. Aber es war kein Schiff, dem man füglich hätte aus dem Weg gehen können. Außerdem hätte sich auch die lauterste Entschuldigung nicht vorbringen lassen, ohne Apse & Söhne tödlich zu beleidigen. Die Firma, und ich glaube die ganze Familie bis zu den alten unverheirateten Tanten in Lancashire, war sehr empfindlich geworden, was den Charakter dieses verfluchten Schiffes anging. Das war der Grund, weshalb man auch vom Totenbett noch ›Stehe jederzeit zur Verfügung‹ hätte antworten müssen, wollte man sich ihr Wohlwollen erhalten. Und genau das antwortete ich – telegraphisch, um es sogleich hinter mich zu bringen.

Die Aussicht Crewkamerad meines großen Bruders zu sein, heiterte mich beträchtlich auf, wenn sie mich auch ein bißchen ängstlich stimmte. Schon als ein kleines Kind, solange ich denken kann, war er sehr gut zu mir gewesen, und ich betrachtete ihn als den feinsten Kerl auf der ganzen Welt. Und das war er auch. Kein besserer Offizier ist je über das Deck eines Handelsschiffes geschritten. Tatsache. Er war ein feiner, kräftiger, aufrechter, sonnengebräunter junger Bursche, mit leicht gelocktem braunem Haar und einem Adlerauge. Er war einfach prächtig. Wir hatten einander schon viele Jahre nicht mehr gesehen,

und auch diesmal hatte er sich, obwohl er bereits seit drei Wochen in England war, noch nicht zu Hause blicken lassen, sondern verbrachte seine Freizeit irgendwo in Surrey, wo er Maggie Colchester, der Nichte des alten Kapitäns Colchester, den Hof machte. Ihr Vater, ein alter Freund Papas, war im Zuckerhandel tätig, und Charley machte sich ihr Heim zu einer Art zweitem Elternhaus. Ich fragte mich, was mein großer Bruder wohl von mir denken würde. Eine gewisse Strenge lag auf Charleys Zügen, die nie weichen wollte, selbst wenn er seine ziemlich tollen Streiche trieb.
Er empfing mich mit laut schallendem Gelächter. Er schien meinen Eintritt als Offizier für den größten Jux zu halten. Zwischen uns bestand ein Altersunterschied von zehn Jahren, und vermutlich erinnerte er sich meiner am besten im Kinderlätzchen. Ich war ein Kind von vier Jahren, als er erstmals zur See ging. Ich war überrascht zu sehen, wie ungestüm er sein konnte.
›Jetzt werden wir ja sehen, aus was für Holz du gemacht bist‹, rief er. Und er hielt mich an den Schultern von sich ab, boxte mir gegen die Rippen und drängte mich in seine Koje. ›Setz dich, Ned. Ich freue mich über die Gelegenheit, dich bei mir zu haben. Ich will dir den letzten Schliff geben, mein junger Offizier, vorausgesetzt, daß du die Mühe wert bist. Und zunächst einmal laß dir gesagt sein, wir werden nicht dulden, daß das Untier auf dieser Fahrt wieder jemanden umbringt. Wir wollen ihm das Handwerk legen.‹
Ich sah, daß er es tödlich ernst meinte. Er redete grimmig von dem Schiff, sagte, wir müßten auf unserer Hut sein und dürften diesem häßlichen Biest nie erlauben, uns mit einem seiner verdammten Streiche zu überrumpeln.
Er gab mir eine regelrechte Vorlesung über besonderes seemännisches Verhalten zur Anwendung auf der ›Apse-Familie‹; dann wechselte er den Ton und holte weit aus, quasselte den

wildesten, komischsten Unsinn, bis ich mich vor Lachen nicht mehr zu halten vermochte. Ich sah sehr wohl, daß er vor Ausgelassenheit ein wenig übergeschnappt war. Mein Kommen konnte nicht der Grund dafür sein. Nicht in diesem Maße. Aber freilich hätte ich mir nicht im Traume einfallen lassen, ihn zu fragen, was eigentlich los sei. Ich hatte die gehörige Achtung vor meinem großen Bruder, das kann ich Ihnen sagen. Doch mir wurde alles ziemlich klar, als ich ein oder zwei Tage später erfuhr, daß Miß Maggie Colchester auf dieser Reise mitfuhr. Ihr Onkel hatte sie mit Rücksicht auf ihre Gesundheit zu einer Seereise eingeladen.

Ich weiß nicht, was ihr fehlte. Sie hatte prächtige Farben und unglaublich volles blondes Haar. Sie machte sich nicht einen Pfifferling aus Wind oder Regen oder Gischt oder Sonnenschein oder grünem Meer oder was immer sonst. Sie war ein blauäugiges, fideles Mädel vom besten Schlag, doch die Keckheit, mit der sie sich meinem Bruder gegenüber Frechheiten herausnahm, erschreckte mich. Ich rechnete immer damit, alles werde in einem fürchterlichen Streit enden. Aber erst nachdem wir bereits eine Woche in Sydney gelegen hatten, geschah etwas Entscheidendes. Eines Tages schob Charley während der Tischzeit der Mannschaft den Kopf in meine Kajüte. Ich lag ausgestreckt auf dem kleinen Sofa und rauchte friedlich.

›Komm mit an Land, Ned‹, sagte er in seiner barschen Art.

Ich sprang selbstverständlich auf und lief hinter ihm das Fallreep hinunter und die George Street hinauf. Er schritt wie ein Riese aus, und ich keuchte an seiner Seite. Es war verflixt heiß.

›Wohin, um alles in der Welt, rennst du nur, Charley?‹ erkühnte ich mich zu fragen.

›Hierhin‹, sagte er.

›Hier‹ war ein Juweliergeschäft. Ich konnte mir nicht erklären, was er dort wollte. Es erschien mir wie ein verrückter Einfall. Er schob mir drei Ringe unter die Nase, die sehr klein aussahen auf seiner großen braunen Handfläche, und brummte: ›Für Maggie! Welchen?‹

Mich packte ein gelinder Schrecken. Ich brachte keinen Laut hervor, doch ich deutete auf einen, der weiß und blau glitzerte. Er schob ihn in seine Westentasche, bezahlte mit einer Menge Goldstücke und stürmte davon. Als wir an Bord zurückkamen, war ich völlig außer Atem. ›Gratuliere, Alter‹, keuchte ich. Er versetzte mir einen Schlag auf den Rücken. ›Gib dem Bootsmann was für Befehle du willst, wenn die Leute Wache wechseln‹, sagte er, ›ich nehme mir für heute nachmittag Urlaub.‹

Dann verschwand er für eine Weile vom Deck, trat jedoch bald darauf wieder mit Maggie aus der Kajüte. Und nun schritten diese beiden in aller Öffentlichkeit und vor den Augen der Matrosen das Fallreep hinunter, um an diesem scheußlichen, glühend heißen Tag mit wirbelnden Staubwolken einen Spaziergang zu machen. Sie kamen etliche Stunden später wieder an Bord und blickten sehr gelassen drein, schienen aber nicht die leiseste Ahnung zu haben, wo sie gewesen. Jedenfalls gaben sie beide beim Tee auf Mrs. Colchesters Frage diese Antwort.

Und dann zog sie mit ihrer rauhen Kutscherstimme über Charley her. ›Quatsch. Nicht zu wissen, wo man gewesen ist! Possen und Unfug. Sie haben das Mädchen herumgehetzt, daß es sich fast die Beine aus dem Leib gerannt hat. Tun Sie das nicht wieder.‹

Es war erstaunlich, wie schüchtern Charley vor jener alten Frau sein konnte. Nur bei einer Gelegenheit flüsterte er mir zu: ›Ich bin heilfroh, daß sie nur Maggies angeheiratete Tante ist. Da besteht keine Blutsverwandtschaft.‹ Aber ich finde, er ließ Maggie allzu sehr die Zügel schießen. Sie hüpfte über das ganze Schiff hin, in ihrem Segler-Rock und ihrer roten Baskenmütze, wie ein bunter Vogel auf einem abgestorbenen schwarzen Baum. Die alten Seebären pflegten in sich hineinzugrinsen, wenn sie sie daherkommen sahen, und erboten sich, ihr Knoten und

Spleißen beizubringen. Ich glaube, sie mochte die Männer – Charleys wegen, vermutlich.
Wie Sie sich denken können, wurden die teuflischen Neigungen des fluchbeladenen Schiffes niemals an Bord erwähnt. Zumindest nicht in der Kajüte. Nur einmal auf der Heimreise war Charley so unbesonnen, etwas zu sagen wie, diesmal solle aber die gesamte Mannschaft heimgebracht werden. Kapitän Colchester blickte sogleich sehr verdrießlich drein, und dieses alberne, hartgesottene alte Weib schnauzte Charley an, als habe er etwas Unanständiges gesagt. Ich war selber sehr verwirrt; und was Maggie betraf, so saß sie völlig verständnislos da und riß ihre blauen Augen weit auf. Selbstverständlich quetschte sie noch am selben Tag alles aus mir heraus. Sie war eine Person, der man schlecht etwas vorlügen konnte.
›Wie fürchterlich‹, sagte sie ernst. ›So viele arme Burschen. Ich bin nur froh, daß die Reise fast zu Ende ist. Ich werde jetzt keinen Augenblick mehr Ruhe finden, Charleys wegen.‹
Ich versicherte ihr, Charley sei in Ordnung. Da brauche es schon mehr als die Tücken dieses Schiffes, um einen Seemann wie Charley unterzukriegen. Und sie gab mir recht.
Am nächsten Tag erreichten wir den Schlepper vor Dungeness; und als die Trosse befestigt war, rieb sich Charley die Hände und sagte mit verhaltener Stimme zu mir: ›Wir haben ihm ein Schnippchen geschlagen, Ned.‹
›Sieht so aus‹, sagte ich und grinste ihn an. Es war herrliches Wetter und das Meer so glatt wie ein Mühlteich. Wir fuhren den Fluß ohne die Spur einer Schwierigkeit hinauf, außer einmal, als vor Hole Haven das Untier plötzlich ausscherte und beinahe einen Lastkahn erfaßte, der dicht neben der Fahrrinne vor Anker lag. Doch ich war achtern auf Posten, überwachte die Steuerung, und diesmal überrumpelte sie mich nicht. Charley kam auf das Poopdeck herauf und sah sehr besorgt drein. ›Mit knapper Not klar gekommen‹, sagte er.

›Macht nichts, Charley‹, antwortete ich munter. ›Du hast es gebändigt.‹

Wir sollten bis hinauf zum Hafenbecken geschleppt werden. Der Flußlotse kam unterhalb Gravesend an Bord, und das erste, was ich ihn sagen hörte, war: ›Sie können ebensogut Ihren Backbord-Anker gleich innenbords nehmen, Herr Steuermann.‹ Dies war ausgeführt worden, als ich nach vorne ging. Auf der Spitze des Vorderdecks sah ich Maggie, die sich an dem Getriebe freute, und ich bat sie, achtern zu gehen; aber sie nahm selbstverständlich keine Notiz von mir. Dann erblickte Charley sie, der mit dem Hauptgeschirr alle Hände voll zu tun hatte, und schrie mit lauter Stimme: ›Geh von der Vorderdeckspitze herunter, Maggie. Du bist da im Weg.‹ Als Antwort schnitt sie nur eine komische Grimasse, und ich sah, wie der arme Charley sich umdrehte, um ein Lächeln zu verbergen. Ihr Gesicht war gerötet vor Aufregung, wieder nach Hause zu kommen, und ihre blauen Augen schienen elektrische Funken zu sprühen, wenn sie auf den Fluß blickte. Ein Kohlenschiff war gerade vor uns eingeschwenkt, und unser Schlepper mußte eiligst seine Maschine abstellen, um nicht mit dem Schiff zu kollidieren.

Unverzüglich, wie das gewöhnlich der Fall ist, schien die ganze Schiffahrt in Sichtweite in heillose Verwirrung zu geraten. Ein Schoner und ein zweimastiges Küstenschiff hatten untereinander mitten auf dem Fluß eine leichte Kollision. Es war aufregend zuzusehen, und unterdessen mußte unser Schlepper halten. Jedes andere Schiff außer diesem Untier hätte sich überreden lassen, für ein paar Minuten gerade in der Fahrtrichtung liegen zu bleiben – doch nicht dieses Schiff! Sein Bug fiel sogleich ab, und es begann flußabwärts zu treiben, wobei es den Schlepper mit sich fortzog. Ich bemerkte eine Gruppe von Küstenfahrzeugen, die kaum eine Viertelmeile von uns entfernt vor Anker lagen, und ich hielt es für ratsam, mit dem Lotsen zu reden. ›Wenn Sie das Schiff in diese Gesellschaft hineingeraten lassen‹, sagte ich ruhig, ›dann wird es allerhand Bruch geben, ehe wir es wieder freibekommen.‹

›Als ob ich das Schiff nicht kennte!‹ ruft er und stampft regelrecht erbost mit dem Fuß auf. Und nun zieht er seine Pfeife heraus, um den geplagten Schlepper zu veranlassen, den Bug des Schiffes so schnell wie möglich wieder in Fahrtrichtung zu ziehen. Er pfiff wie wahnsinnig, schwenkte seinen Arm nach der Backbordseite, und dann sahen wir, daß der Schlepper wieder Fahrt voraus aufgenommen hatte. Seine Schaufelräder quirlten das Wasser auf; aber es war, als hätte er versucht, einen Felsen abzuschleppen – er brachte das Schiff nicht einen Zoll breit von der Stelle. Abermals pfiff der Lotse und schwenkte seinen Arm nach Backbord. Wir konnten sehen, wie sich die Schaufelräder des Schleppers querab von unserem Bug schneller und schneller drehten.

Einen Augenblick lang hingen Schlepper und Schiff reglos in einer Menge sich bewegender Schiffe, und dann wurde unter der fürchterlichen Anspannung, die dieses boshafte, hartherzige Untier allem auferlegte, glatt der Poller herausgerissen. Die Trosse sauste herüber und fegte die Streben der Bugreling eine nach der anderen fort, als wären es Siegellackstangen. Erst da bemerkte ich, daß Maggie, um besser über unsere Köpfe hinweg blicken zu können, auf den Backbord-Anker gestiegen war, der flach auf dem Vorderdeck lag.

Er war wohl ordentlich in seine Hartholzbettung gelegt worden, aber es war keine Zeit geblieben, ihn in die richtige Lage zu drehen. Dennoch war er sicher genug verwahrt für die Fahrt in den Hafen; aber ich sah deutlich, daß das Schleppseil in der nächsten Sekunde unter den Ankerarm fahren würde. Es schnürte mir die Kehle zu, doch mir gelang gerade noch zu brüllen: ›Spring vom Anker!‹

Aber ich hatte nicht mehr Zeit genug, ihren Namen zu schreien. Vermutlich hörte sie mich gar nicht. Die erste Berührung des

Kabeltaus mit dem Ankerarm warf sie herunter; im Nu stand sie wieder auf den Beinen, aber sie stand auf der verkehrten Seite. Ich hörte ein entsetzliches, knirschendes Geräusch, und dann kippte der Anker um und reckte sich wie etwas Lebendiges auf; sein großer, roher Eisenarm faßte Maggie um die Hüfte, schien sie in einer fürchterlichen Umarmung zu umschließen und schwang mit ihr über und hinab, unter einem gräßlichen Geklirr, dem schwere, dröhnende Schläge folgten, die das ganze Schiff von Bug bis Heck erschütterten – weil der Ringstopper standhielt!«

»Wie entsetzlich!« rief ich.

»Ich träumte noch Jahre danach von Ankern, die Mädchen erfassen«, sagte der Mann im Tweed ein wenig hitzig. Er schauderte. »Mit einem kläglichen Schrei sprang ihr Charley fast im selben Augenblick nach. Aber, gütiger Gott! er sah in dem Wasser keinen Schimmer ihrer roten Baskenmütze. Nichts! Überhaupt nichts! Im Nu waren ein halbes Dutzend Boote um uns, und er wurde in eines hineingezogen. Ich ließ zusammen mit dem Hochbootsmann hastig den anderen Anker hinunter und brachte das Schiff irgendwie zum Stehen. Der Lotse hatte den Verstand verloren. Er schritt auf dem Vorderdeck auf und ab, rang die Hände und murmelte vor sich hin: ›Jetzt tötet es schon Frauen, tötet Frauen!‹ Man konnte kein anderes Wort aus ihm herausbringen.

Die Dämmerung brach herein und dann eine pechschwarze Nacht; und während ich über den Fluß spähte, hörte ich einen leisen, traurigen Anruf: ›Schiff ahoi!‹ Zwei Gravesender Fährleute kamen längsseits. Sie hatten eine Laterne in ihrem Boot, blickten an der Schiffswand empor und steuerten wortlos auf die Leiter zu. Ich sah in dem Lichtfleck dort unten einen Wust aufgelöster blonder Haare.«

Er schauderte abermals.

»Nach dem Gezeitenwechsel war der Leichnam der armen Mag-

gie an einer jener Ankerbojen vorbeigetrieben«, erklärte er. »Ich kroch achtern, halbtot vor Entsetzen, und es gelang mir, eine Rakete in den Himmel zu schießen – um den anderen Suchenden auf dem Fluß ein Zeichen zu geben. Dann schlich ich mich wieder nach vorn, wie ein Köter, und hockte die Nacht über auf dem Ende des Bugsprits, um mich soweit wie möglich abseits von Charley zu halten.«
»Der arme Kerl!« murmelte ich.
»Ja. Der arme Kerl«, wiederholte er sinnend. »Dieses Untier ließ sich nicht von ihm – nicht einmal von ihm – um seine Beute bringen. Doch er machte das Schiff am nächsten Morgen im Hafen fest. Das tat er. Wir hatten kein Wort gewechselt – nicht einen einzigen Blick, was das anbelangt. Ich wollte ihn nicht anblicken. Als das letzte Tau festgesetzt war, griff er sich mit den Händen an den Kopf und starrte vor sich hin, als versuche er, sich auf etwas zu besinnen. Auf dem Hauptdeck wartete die Mannschaft auf das Wort, das die Reise beenden sollte. Vielleicht suchte er sich darauf zu besinnen. Ich redete statt seiner. ›Das mag genügen, Leute.‹
Nie wieder sah ich eine Mannschaft so leise von einem Schiff gehen. Die Männer krochen, einer nach dem anderen, über die Reling und achteten darauf, daß sie ihre Seemannskisten nicht zu laut anschlugen. Sie blickten zu uns herüber, doch keiner hatte den Mut, zu uns zu kommen, um dem Steuermann zum Abschied die Hand zu schütteln, wie das sonst üblich ist.
Ich folgte ihm über das ganze leere Schiff, hin und her, hierhin und dorthin. Kein lebendiges Wesen weit und breit, außer uns beiden; denn der Schiffshüter hatte sich in der Kombüse eingeschlossen – beide Türen verriegelt. Plötzlich murmelte der arme Charley mit irrer Stimme: ›Ich bin fertig hier‹, und schreitet – ich folge ihm auf den Fersen – das Fallreep hinunter, den Kai entlang, durch das Hafentor zum Tower Hill hinauf. Er pflegte dort bei einer ehrbaren alten Zimmervermieterin am

American Square Wohnung zu nehmen, um in der Nähe seines Arbeitsplatzes zu sein.
Plötzlich bleibt er stehen, dreht sich um und kommt geradenwegs auf mich zu. ›Ned‹, sagt er, ›ich gehe nach Hause.‹ Ich sah zum Glück eine Droschke und brachte ihn gerade noch rechtzeitig hinein. Seine Beine begannen unter ihm nachzugeben. In unserem Hausflur ließ er sich auf einen Stuhl fallen, und ich werde nie Vaters und Mutters entsetzte und vollkommen starre Gesichter vergessen, als sie vor ihm standen. Sie konnten nicht fassen, was mit ihm geschehen war, bis ich stotterte: ›Maggie ist gestern im Fluß ertrunken.‹
Mutter stieß einen leisen Schrei aus. Vater blickte von ihm zu mir und von mir zu ihm, als vergleiche er unsere Gesichter – denn, meiner Treu, Charley war wirklich nicht wiederzuerkennen. Niemand rührte sich; und der arme Kerl hebt seine großen braunen Hände langsam an die Kehle und reißt mit einem einzigen Ruck alles auf – Kragen, Hemd, Weste – die vollkommene Verwüstung eines Menschen. Vater und ich schafften ihn irgendwie hinauf, und Mutter brachte sich bei seiner Pflege während des Gehirnfiebers beinahe um.«
Der Mann im Tweedanzug nickte mir bedeutungsvoll zu.
»Ah! Diesem Untier war nicht beizukommen. Es hatte den Teufel im Leib.«
»Wo ist Ihr Bruder jetzt?« fragte ich und rechnete damit zu hören, daß er tot sei. Doch er befehligte einen schnittigen Dampfer vor der chinesischen Küste und kam jetzt nie mehr nach Hause.
Jermyn stieß einen tiefen Seufzer aus und hob das Taschentuch, da es nun genügend getrocknet war, behutsam an seine rote und beklagenswerte Nase.
»Es war ein reißendes Tier«, begann der Mann im Tweedanzug von neuem. »Der alte Colchester setzte seinen Willen durch und trat von seinem Posten zurück. Und ist es zu fassen? Apse

& Söhne schrieben ihm einen Brief, in dem sie ihn baten, sich seinen Entschluß noch einmal zu überlegen! Alles nur um den guten Namen der ›Apse-Familie‹ zu retten! Der alte Colchester ging daraufhin in das Kontor und erklärte, daß er den Befehl wieder übernehmen wolle, doch nur um das Schiff in die Nordsee hinauszufahren und es dort zu versenken. Er war beinahe von Sinnen. Sein Haar war bisher von einem dunklen Eisengrau gewesen, doch innerhalb von vierzehn Tagen wurde es schneeweiß. Und Mr. Lucian Apse (sie kannten einander von Jugend an) tat, als bemerke er das nicht. Was? Das nenne ich Verblendung! Das nenne ich Stolz!

Sie nahmen den Erstbesten, dessen sie habhaft werden konnten, aus Furcht vor der Schmach, daß die ›Apse-Familie‹ keinen neuen Kapitän finden könne. Er war eine fröhliche Haut, glaube ich, aber er hielt auf ihr aus, grimmig und unerbittlich. Wilmot war sein zweiter Steuermann. Ein fahriger Bursche, der sich mit seiner großen Verachtung für alle Mädchen brüstete. Tatsache ist, daß er im Grunde schüchtern war. Doch wenn eine nur ermunternd den kleinen Finger hob, war der arme Kerl nicht mehr zu halten. In der Lehrzeit hatte er einmal wegen eines Unterrocks sein Schiff im Stich gelassen und wäre vor die Hunde gegangen, hätte sich sein Kapitän nicht die Mühe gemacht, nach ihm zu suchen und ihn an den Ohren aus irgendeinem Haus der Verdammnis oder was weiß ich für einer Spelunke zu zerren.

Es wird berichtet, man habe einmal ein Mitglied der Firma die Hoffnung äußern hören, daß das Schiff bald verloren gehe. Ich kann dieser Geschichte kaum Glauben schenken, es sei denn, der betreffende war Mr. Alfred Apse, von dem die Familie ohnehin nicht viel hielt. Sie beschäftigten ihn zwar im Büro, doch man betrachtete ihn als das schwarze Schaf, weil er immer zu Rassen-Versammlungen rannte und betrunken nach Hause kam. Man hätte denken sollen, daß ein Schiff, das so voller tödlicher Tücken steckte, einmal aus lauter Bosheit auf Strand laufe. Aber nicht dieses Schiff. Es sollte ewig halten. Es hatte eine Spürnase, sich von Untiefen fernzuhalten.«

Jermyn brummte beifällig.

»Ein Schiff nach dem Geschmack eines Lotsen, was?« spottete der Mann im Tweed. »Nun, Wilmot schaffte es. Er hatte das Zeug dazu, doch sogar er hätte es vielleicht nicht fertiggebracht, wäre nicht die grünäugige Gouvernante oder Nurse (oder was immer sie war) der Kinder von Mr. und Mrs. Pamphilius gewesen.

Diese Leute waren Passagiere auf dem Schiff von Port Adelaide bis zum Kap. Nun, das Schiff lief aus und ankerte einen Tag lang draußen. Der Kapitän – die gesellige Haut – hatte eine Schar Gäste aus der Stadt zu einem Abschiedslunch eingeladen, wie er es gewöhnlich tat. Es wurde fünf Uhr nachmittags, ehe das letzte Küstenboot vom Schiff abstieß, und das Wetter sah häßlich und dunkel aus im Golf. Er hätte keinen Grund gehabt, in See zu stechen. Da er jedoch jedermann gesagt hatte, er laufe noch selbigen Tages aus, hielt er es für schicklich, dies auch zu tun. Doch da ihm auf all diese Festlichkeiten hin keineswegs der Sinn danach stand, die Meerenge in der Dunkelheit und mit flauem Wind anzugehen, gab er Befehl, das Schiff bis zum nächsten Morgen unter niedrigerem Topsegel und Klüver so dicht am Wind, wie es nur anging, die Küste entlangschleichen zu lassen. Dann suchte er seine tugendsame Lagerstatt auf. An Deck befand sich der erste Steuermann, dem das Gesicht von heftigen Regenböen reingewaschen worden war. Wilmot löste ihn um Mitternacht ab.

Die ›Apse-Familie‹ hatte, wie Sie gehört haben, ein Haus auf ihrem Poopdeck...«

»Ein großes, häßliches, weißes Ding, das hoch aufragte«, murmelte Jermyn traurig ins Feuer.

»Richtig: eine Überdachung für die Kajütstreppe und gleichzeitig eine Art Kartenraum. Der Regen goß in Strömen auf den schläfrigen Wilmot nieder. Das Schiff schaukelte gerade langsam südwärts, dicht am Wind, die Küste etwa drei Meilen luvwärts. Es gab nichts, wonach man hätte Ausschau halten müssen in diesem Teil des Golfs, und Wilmot ging um das Haus herum, um den Regenböen im Lee jenes Kartenraums auszuweichen, dessen Tür sich nach dieser Seite hin öffnete. Die Nacht war schwarz wie ein Faß Kohlenpech. Und er hörte eine Frauenstimme, die ihm zuflüsterte.

Dieses verdammte grünäugige Mädchen der Pamphilius hatte die Kinder natürlich längst zu Bett gebracht, aber anscheinend selber keinen Schlaf finden können. Sie hörte acht Glasen läuten und den ersten Steuermann herunterkommen, um sich zur Ruhe zu begeben. Sie wartete noch eine Weile, zog ihren Morgenrock an und stahl sich dann durch den leeren Gesellschaftsraum die Treppe hinauf in den Kartenraum. Sie setzte sich auf das kleine Sofa neben der offenen Tür, wohl um sich Kühlung zu schaffen.

Als ihr Flüstern an Wilmots Ohr drang, war es vermutlich, als hätte jemand im Hirn des Kerls ein Streichholz angezündet. Ich weiß nicht, wie es zugegangen war, daß sie sich so eng aneinander angeschlossen hatten. Ich denke mir, daß er sie schon mehrmals an Land getroffen hatte. Ich vermochte nichts darüber in Erfahrung zu bringen, denn als Wilmot mir die Geschichte erzählte, stieß er bei jedem zweiten Wort irgendeine fürchterliche Verwünschung hervor. Wir waren uns am Kai in Sydney begegnet, und er hatte eine Schürze aus Sackleinwand vorgebunden, die ihm bis zum Kinn reichte. In der Hand hielt er eine große Peitsche. Ein Fuhrknecht. War froh, überhaupt eine Arbeit gefunden zu haben, um nicht Hungers sterben zu müssen. Dahin war es mit ihm gekommen.

Da stand er also, den Kopf durch die Tür gestreckt und aller Wahrscheinlichkeit nach an die Schulter des Mädchens gelehnt –

der wachhabende Offizier! Der Rudergänger erklärte später bei seiner Zeugenaussage, er habe verschiedene Male gerufen, daß die Lampe im Kompaßhäuschen ausgegangen sei. Es beunruhigte ihn nicht, da er Befehl hatte, das Schiff ›dicht am Wind zu halten‹. ›Ich fand es komisch‹, sagte er, ›daß das Schiff in den Böen immer wieder vom Strich abfallen sollte, aber ich luvte es jedesmal wieder an, so dicht ich konnte. Es war so dunkel, daß ich nicht die Hand vor den Augen sehen konnte, und der Regen prasselte mir wie aus Kübeln auf den Kopf.‹

In Wirklichkeit war der Wind bei jeder Bö ein wenig weiter nach achtern umgesprungen, bis das Schiff nach und nach direkten Kurs auf die Küste hatte, ohne daß sich eine Menschenseele an Bord dessen bewußt gewesen wäre. Wilmot selbst gestand, daß er etwa eine Stunde lang nicht in die Nähe des Standardkompasses gekommen sei. Er hatte gut gestehen! Das erste, woran er sich erinnerte, war, daß der Mann im Ausguck vorne Zeter und Mordio schrie.

Er habe sich aus der Umhalsung losgerissen, berichtete er, und zurückgerufen: ›Was sagen Sie?‹

›Ich glaube, ich höre vor uns Brecher, Sir‹, brüllte der Mann und kam mit den übrigen Männern der Wache achtern gerannt, in ›dieser fürchterlichsten, alle Sicht nehmenden Sintflut, die je vom Himmel niederging‹, sagte Wilmot. Ungefähr eine Sekunde lang war er so entsetzt und verdutzt, daß er sich nicht zu besinnen vermochte, auf welcher Seite des Golfs das Schiff sich befand. Er war kein guter Offizier, aber er war dennoch ein Seemann. Sogleich riß er sich zusammen, und die richtigen Befehle sprangen ihm ohne weitere Überlegung auf die Lippen. Sie mußten das Ruder hart in den Wind eindrehen und das Haupt- und Besantopsegel killen lassen.

Es hat den Anschein, als flatterten die Segel tatsächlich. Er konnte sie nicht sehen, aber er hörte sie über seinem Kopf knattern. ›Zwecklos! Das Schiff ließ sich zu langsam abdrehen‹, fuhr er fort, während sein Gesicht zuckte und die verdammte Fuhrmannspeitsche in seinen Händen zitterte. ›Es schien unbeirrbar voranzustreben.‹ Und das Knattern der Segel über seinem Kopf hörte auf. In diesem kritischen Augenblick sprang der Wind abermals in einer Bö weiter achtern herum, blähte die Segel und warf das Schiff mit großem Schwung auf die Klippen leewärts vor dem Bug. Das Schiff hatte es zu weit getrieben mit seinem Spielchen. Seine Zeit war gekommen – die Stunde, der Mann, die schwarze Nacht, der heimtückische Windstoß – die richtige Frau, um ihm ein Ende zu machen. Das Untier verdiente nichts Besseres. Seltsam sind die Wege der Vorsehung. Es gibt da eine Art dichterischer Gerechtigkeit –«

Der Mann im Tweed sah mich scharf an.

»Das erste Felsenriff, über das es fuhr, riß ihm den Loskiel ab. Ratsch! Der Kapitän, der aus seiner Koje stürzte, stieß in der Kajüte auf ein wahnsinniges Frauenzimmer in rotem Flanellmorgenrock, das hin und her rannte und wie ein Kakadu kreischte.

Der nächste Aufprall schleuderte das Mädchen sauber unter den Kajütstisch. Er setzte ebenfalls den Achtersteven in Bewegung und riß das Ruder los, und dann raste das Untier einen geneigten, felsigen Strand hinauf und riß sich den Rumpf auf, bis es plötzlich liegenblieb und der Hauptmast sich wie ein Fallreep über den Bug neigte.«

»Jemand verlorengegangen?« fragte ich.

»Niemand außer jenem Wilmot«, antwortete der Herr, der Miß Blank unbekannt war und sich nach seiner Mütze umsah. »Und sein Fall war schlimmer als Ertrinken. Jedermann kam richtig an Land. Der Sturm erfaßte das Schiff erst am nächsten Tag, haarscharf aus Westen, und zertrümmerte dieses Untier in erstaunlich kurzer Zeit. Es war, als sei es bis ins Herz hinein verrottet gewesen.« ... Er änderte den Ton. »Der Regen hat nach-

gelassen. Ich muß mich auf mein Fahrrad setzen und schleunigst zum Essen nach Hause fahren. Ich wohne in der Herne Bay – machte mich heute morgen zu einer kleinen Tour auf.«
Er nickte mir freundlich zu und ging mit wiegendem Schritt hinaus.
»Wissen Sie, wer er ist, Jermyn?« fragte ich.
Der Nordsee-Lotse schüttelte mürrisch den Kopf. »Stellen Sie sich vor, auf so dumme Weise ein Schiff zu verlieren! Oh, liebe Zeit! Oh, liebe Zeit!« brummte er trübsinnig und hielt wieder sein feuchtes Taschentuch wie einen Vorhang ausgebreitet an das glühende Kamingitter.
Beim Hinausgehen wechselte ich (peinlich korrekt) einen Blick und ein Lächeln mit der ehrbaren Miß Blank, dem Barmädchen der ›Drei Krähen‹.

Eine verzweifelte Geschichte

EIN ANARCHIST

Dieses Jahr verbrachte ich die besten zwei Monate der trockenen Jahreszeit auf einer der Farmen – in Wirklichkeit der wichtigsten Viehwirtschaft – einer berühmten Fleischextrakt-Produktionsgesellschaft.

B.O.S. Bos. Sie haben diese drei Zauberbuchstaben auf den Reklameseiten der Zeitschriften und Zeitungen gesehen, in den Schaufenstern der Kolonialwarenhandlungen und auf den Kalendern fürs kommende Jahr, die einem durch die Post im November zugestellt werden. Sie verbreiten auch Broschüren, die in einem widerlich enthusiastischen Stil und in mehreren Sprachen abgefaßt sind und Statistiken über Schlachtungen und Blutvergießen enthalten, bei denen einem Türken schwach werden könnte. Die ›Kunst‹, mit der diese ›Literatur‹ illustriert ist, stellt in lebhaften und leuchtenden Farben einen großen, zornigen Bullen dar, der auf eine gelbe Schlange stampft, die sich im smaragdgrünen Grase windet, mit einem kobaltblauen Himmel dahinter. Es ist abscheulich und ist eine Allegorie. Die Schlange symbolisiert Krankheit, Schwäche – vielleicht bloß Hunger, welch letzterer ja das chronische Leiden des größten Teils der Menschheit ist. Selbstverständlich kennt jedermann die B.O.S. Ltd. mit ihren unvergleichlichen Erzeugnissen: Vinobos, Sülzbos und die letzte, alles überbietende Schöpfung: Tribos, welches Nahrungsmittel Ihnen nicht nur hochkonzentriert, sondern schon halb verdaut angeboten wird. So mächtig ist offensichtlich die Liebe, die diese beschränkt haftende Gesellschaft

ihren Mitmenschen entgegenbringt – gerecht wie die Liebe der Vater- und Mutter-Pinguine zu ihren hungrigen Jungen.
Natürlich muß das Kapital einer Nation nutzbringend verwandt werden. Ich habe nichts gegen die Gesellschaft zu erinnern. Doch da ich selber von Gefühlen der Liebe gegen meine Mitmenschen beseelt werde, betrübten mich die modernen Werbemethoden. Wie sehr sie auch Ausdruck von Unternehmungslust, Erfindergeist, Unverschämtheit und Geschick bei manchen Individuen sein mögen, sie beweisen in meinen Augen nur die weite Verbreitung jener Form geistiger Verkommenheit, die Leichtgläubigkeit heißt.
In verschiedenen Teilen der zivilisierten und unzivilisierten Welt habe ich zu meinem größeren oder geringeren Nutzen doch nie mit sehr viel Lust B.O.S. genossen. Mit heißem Wasser überbrüht und kräftig gepfeffert, um den Geschmack zur Entfaltung zu bringen, ist dieses Extrakt nicht eigentlich unschmackhaft. Doch ich habe nie dessen Reklame geschluckt. Vielleicht sind sie damit nicht weit genug gegangen. Soviel ich mich entsinne, versprechen sie den Konsumenten von B.O.S. keine ewige Jugend, und sie schreiben ihren schätzbaren Erzeugnissen auch nicht die Macht zu, Tote zum Leben zu erwecken. Wozu diese spröde Zurückhaltung, frage ich mich! Aber ich glaube, nicht einmal unter diesen Voraussetzungen hätten sie mich für sich eingenommen. Unter welcher geistigen Verkommenheit ich auch leiden mag (da ich nun einmal ein Mensch bin), es ist nicht die der üblichen Form. Ich bin nicht leichtgläubig.
Ich habe mir einigermaßen Mühe gegeben, diese Darlegung meiner selbst im Hinblick auf die nun folgende Erzählung so klar wie möglich vorzutragen. Ich habe die Tatsachen, soweit es ging, überprüft. Ich habe Stöße französischer Zeitungen durchgeblättert, und ich habe auch, als ich im Verlauf meiner Reisen nach Cayenne kam, mit dem Offizier gesprochen, der

die Wachabteilung auf der ›Ile Royale‹ befehligt. Im großen und ganzen halte ich die Erzählung für wahr. Es ist solch eine Geschichte, wie sie, möchte ich meinen, kein Mensch von sich aus erfindet; denn sie ist weder grandios noch schmeichelhaft und nicht einmal komisch genug, um einer verirrten Eitelkeit Befriedigung zu verschaffen.

Sie handelt vom Maschinisten der Dampfbarkasse, die zur Marañon-Viehwirtschaft der B.O.S. Co., Ltd., gehörte. Diese Viehwirtschaft ist zugleich eine Insel – eine Insel, groß wie eine kleine Provinz –, die in der Mündung eines großen südamerikanischen Flusses liegt. Sie ist unwirtlich und nicht schön, aber das Gras, das auf den Ebenen ihrer Niederungen wächst, scheint außergewöhnlich nahrhafte und geschmackshebende Eigenschaften zu besitzen. Sie hallt vom Brüllen unzähliger Viehherden wider – ein tiefer und bedrückender Laut unter dem weiten Himmel, ein Laut, der sich wie ein gewaltiger Protest zum Tode verurteilter Gefangener ausnimmt. Auf dem Festland, jenseits des zwanzig Meilen breiten blassen, schlammigen Wasserlaufs, liegt eine Stadt, die, sagen wir, Horta heißt.

Doch das eigentümlichste Merkmal dieser Insel (die wie eine Strafkolonie für verurteiltes Rindvieh wirkt) besteht darin, daß sie der einzige bekannte Fundort eines äußerst seltenen und prachtvollen Schmetterlings ist. Die Gattung ist sogar noch seltener, als sie schön ist, was etwas heißen will. Ich habe schon auf meine Reisen hingewiesen. Ich reiste zu jener Zeit – doch streng für mich allein und mit einer Bescheidenheit, die in unseren Tagen der Welt-Rundreise-Billette unbekannt ist. Ich reiste sogar mit einer Absicht. Ich bin nämlich, um die Wahrheit zu sagen – »Ha, ha, ha! – ein verwegener Schmetterlingstöter. Ha, ha, ha!«

Dies war der Tonfall, in welchem Mr. Harry Gee, der Direktor des Viehhofs, auf meine Tätigkeit anspielte. Er schien mich als das albernste Wesen auf Gottes Erdboden zu betrachten. Andererseits stellte für ihn die B.O.S. Co., Ltd., den Gipfel aller Errungenschaften des neunzehnten Jahrhunderts dar. Ich glaube, er schlief in Gamaschen und Sporen. Er brachte seine Tage damit zu, im Sattel über die Ebenen zu jagen, gefolgt von einem Troß halbwilder Reiter, die ihn Don Enrique nannten und keine eindeutige Vorstellung von der B.O.S. Co., Ltd., hatten, welche ihnen ihre Löhne zahlte. Er war ein vorzüglicher Direktor, aber ich sehe nicht ein, warum er mir, jedesmal wenn wir uns bei den Mahlzeiten trafen, auf die Schultern schlagen und sich laut und spöttisch erkundigen mußte: »Wie steht's mit der tödlichen Jagd heute? Sind die Schmetterlinge rührig? Ha, ha, ha!« – vor allem, da er mir zwei Dollar per diem abnahm für die Gastfreundlichkeit der B.O.S. Co., Ltd. (Anlagevermögen £ 1 500 000), in deren Bilanz für dieses Jahr ohne Zweifel jene Gelder figurieren. »Ich glaube nicht, daß ich vor meiner Gesellschaft weniger verantworten könnte«, bemerkte er höchst gewichtig, als ich mit ihm die Bedingungen meines Aufenthaltes auf der Insel absprach.

Seine Neckerei wäre harmlos genug gewesen, wenn mir Vertraulichkeit des Verkehrs beim Fehlen aller freundschaftlichen Gefühle nicht an sich schon zuwider wäre. Darüber hinaus war seine Scherzhaftigkeit nicht sehr amüsant. Sie bestand in ermüdender Wiederholung bestimmter charakterisierender Wendungen, die unter schallendem Gelächter auf allerlei Leute angewandt wurden. »Verwegener Schmetterlingstöter. Ha, ha, ha!« war nur ein Musterbeispiel seines eigenartigen Witzes, den er selbst so sehr genoß. Und mit derselben Art kostbaren Humors lenkte er eines Tages meine Aufmerksamkeit auf den Maschinisten der Dampfbarkasse, als wir über den Weg am Rand der kleinen Bucht dahinschlenderten.

Kopf und Schultern des Mannes tauchten über dem Deck auf, über das er verschiedene Werkzeuge seines Gewerbes und einige Maschinenteile ausgebreitet hatte. Er nahm irgendwelche Reparaturen an der Maschine vor. Beim Klang unserer Schritte hob er ängstlich ein verschmiertes Gesicht mit einem spitzen Kinn und einem winzigen blonden Schnurrbart. Was von seinen zarten Gesichtszügen unter den schwarzen Schmutzflecken zu erkennen war, wirkte abgezehrt und bleich in dem grünlichen Schatten des gewaltigen Baumes, der seine Laubkrone über die dicht am Ufer vertäute Dampfbarkasse breitete.

Zu meiner großen Überraschung redete Harry Gee ihn mit »Krokodil« an, in jenem halb spöttischen, halb einschüchternden Ton, der bei seinesgleichen ein Zeichen für Selbstzufriedenheit ist: »Wie geht die Arbeit voran, Krokodil?«

Ich hätte schon früher mitteilen sollen, daß der liebenswürdige Harry etwas Französisch aufgeschnappt hatte – in der einen oder anderen Kolonie – und daß er es mit einer unangenehm gezwungenen Präzision aussprach, so als wolle er die Sprache lächerlich machen. Der Mann in der Dampfbarkasse antwortete ihm kurz und mit angenehmer Stimme. Seine Augen waren von einer wäßrigen Sanftheit, und seine Zähne blitzten blendend weiß zwischen seinen dünnen, nach unten gezogenen Lippen.

Der Direktor wandte sich mir mit sehr lauter Fröhlichkeit zu und erklärte: »Ich nenne ihn Krokodil, weil er teils im und teils außerhalb des Flusses lebt. Amphibisch – kapiert? Hier auf der Insel leben sonst keine amphibischen Wesen als Krokodile; also muß er zu dieser Gattung gehören – oder nicht? Aber in Wirklichkeit ist er nichts Geringeres als *un citoyen anarchiste de Barcelone.*«

»Ein anarchistischer Bürger aus Barcelona?« wiederholte ich betroffen und sah den Mann an. Er hatte sich wieder an seine Arbeit im Maschinenraum der Dampfbarkasse gemacht und kehrte uns einen gebückten Rücken zu. In dieser Haltung hörte ich ihn sehr vernehmlich protestieren: »Ich kann nicht einmal Spanisch.«

»Heh? Was: Sie wagen zu leugnen, daß Sie von dort drüben kommen?« fuhr ihn der tüchtige Direktor wütend an.

Da richtete sich der Mann auf, ließ den Schraubenschlüssel, den er soeben benutzt hatte, fallen und sah uns an; aber er zitterte an allen Gliedern.

»Ich leugne nichts, nichts, nichts!« sagte er erregt.

Er hob den Schraubenschlüssel auf und wandte sich wieder seiner Arbeit zu, ohne uns weiter zu beachten. Nachdem wir ihm noch eine Weile zugesehen, gingen wir von dannen.

»Ist er wirklich ein Anarchist?« fragte ich.

»Ich kümmere mich einen Dreck darum, was er ist«, antwortete der humorvolle Beamte der B.O.S. Co. Ich gab ihm diesen Namen, weil es mir in den Kram paßte, ihn auf diese Weise zu kennzeichnen. Es nützt der Gesellschaft.«

»Der Gesellschaft!« rief ich aus und blieb stehen.

»Ah!« rief er triumphierend, reckte sein bartloses Mopsgesicht in die Höhe und spreizte seine dünnen, langen Beine. »Das überrascht Sie. Ich habe die Pflicht, mein Bestes für die Gesellschaft zu tun. Sie haben ungeheure Ausgaben. Ja – unser Vertreter in Horta erzählt mir, sie gäben jährlich fünfzigtausend Pfund für Werbung in der ganzen Welt aus! Da kann man gar nicht haushälterisch genug sein, wenn man den Laden schmeißen will. Hören Sie also. Als ich die Aufsicht hier übernahm, hatte die Farm keine Dampfbarkasse. Ich beantragte eine, und ich ließ nicht ab, sie mit jeder Post erneut zu beantragen, bis ich eine erhielt; doch der Mann, den sie mir mit herausschickten, gab nach zwei Monaten seine Stellung auf und ließ die Barkasse vertäut am Ponton in Horta zurück. Bekam bei einem Sägewerk flußaufwärts einen höheren Lohn – hol ihn der Teufel! Und seitdem war es immer dasselbe. Jeder schottische oder amerikanische Landstreicher, der sich hier draußen Mechaniker zu nennen beliebt, bekommt achtzehn Pfund im Monat, und sobald man sich's versieht, hat er sich verdrückt – nachdem er

womöglich vorher noch irgend etwas kaputtgemacht hat. Auf mein Wort, manche dieser Subjekte, die ich als Maschinisten hatte, konnten nicht einmal einen Heizkessel von einem Schornstein unterscheiden. Doch dieser Bursche da versteht sein Handwerk, und ich möchte nicht, daß er mir davonläuft. Klar?«
Und er schlug mir, um seinen Worten Nachdruck zu verleihen, leicht gegen die Brust. Die Absonderlichkeit seines Benehmens übersehend, wollte ich wissen, was das alles damit zu tun habe, daß der Mann ein Anarchist sei.
»Nun hören Sie aber!« höhnte der Direktor. »Wenn Sie plötzlich einen barfüßigen, ungekämmten Burschen sähen, der zwischen den Büschen an der Seeseite der Insel herumschleicht, und gleichzeitig, keine Meile vom Ufer entfernt, einen kleinen Schoner voller Nigger bemerkten, die sich eiligst verdrücken, dann nähmen Sie doch wohl nicht an, der Mann sei vom Himmel gefallen, oder? Und etwas anderes als dies oder Cayenne war ausgeschlossen. Ich habe meine fünf Sinne beisammen. Als ich dieses komische Wild sichte, sage ich mir sogleich: ›Entlaufener Sträfling.‹ Ich war mir dessen so sicher wie der Tatsache, daß ich Sie jetzt hier vor mir sehe. So galoppierte ich stracks auf ihn los. Er hielt eine Weile seine Stellung auf einem Sandhügel und schrie: *›Monsieur! Monsieur! Arrêtez!‹* Dann, im letzten Augenblick, gab er es auf und rannte um sein Leben. Sage ich mir: ›Will dich schon kirre machen, ehe ich mit dir fertig bin.‹ So setzte ich, ohne ein Wort zu sagen, die Verfolgung fort, jagte ihn hierhin und dorthin. Ich drängte ihn auf die Küste zu und hatte ihn schließlich auf einer Landzunge wie in einem Korral, bis zu den Knöcheln im Wasser, mit nichts als Meer und Wasser im Rücken, während mein Pferd den Sand stampft und einen Meter vor ihm den Kopf hochwirft.
Da kreuzte er die Arme über der Brust und streckte sein Kinn in einer verzweifelten Art vor; doch ich ließ mich nicht von der Pose des Burschen beeindrucken.

Sage ich: ›Sie sind ein ausgebrochener Sträfling.‹
Als er Französisch hörte, sank sein Kinn herab, und sein Gesicht wechselte den Ausdruck.
›Ich leugne nichts‹, sagte er und keuchte noch immer, denn ich hatte ihn ganz hübsch vor meinem Pferd herspringen lassen. Ich fragte ihn, was er hier tue. Er war inzwischen wieder zu Atem gekommen und erklärte, er beabsichtige, sich zu einer Farm zu begeben, die, soviel er gehört habe (von den Leuten auf dem Schoner, nehme ich an) hier in der Nähe zu finden sei. Da lachte ich laut auf, und er wurde unsicher. Hatte er sich täuschen lassen? Gab es keine Farm weit und breit?
Ich lachte immer mehr. Er war zu Fuß, und ohne Zweifel hätte ihn die erste Viehherde, der er begegnet wäre, unter ihren Hufen zertrampelt. Ein unberittener Mann, der auf dem Weideland überrascht wird, hat nicht die geringste Chance.
›Daß ich hier auf Sie stieß, hat Ihnen bestimmt das Leben gerettet‹, sagte ich. Er meinte, das sei vielleicht der Fall; aber er seinerseits habe sich eingebildet, ich wolle ihn unter den Hufen meines Pferdes töten. Ich versicherte ihm, nichts wäre mir leichter gewesen, hätte ich das im Sinn gehabt. Und dann kommt die Unterhaltung ins Stocken. Ich wußte nicht um alles in der Welt, was anfangen mit diesem Sträfling, es sei denn, ihn ins Meer stoßen. Dann fiel mir ein, ich könnte ihn fragen, weshalb er deportiert worden sei. Er ließ den Kopf hängen.
›Was war es?‹ fragte ich. ›Diebstahl, Mord, Schändung oder was?‹ Ich wollte hören, was er in seiner Sache zu sagen hatte, obwohl ich mit irgendeiner Lüge rechnete. Doch alles, was er sagte, war:
›Denken Sie von mir, was Sie wollen. Ich leugne nichts. Es hat keinen Sinn, etwas zu leugnen.‹
Ich sah ihn prüfend an, und mir kam ein Gedanke.
›Sie haben dort auch Anarchisten‹, sagte ich. ›Vielleicht sind Sie so einer.‹

›Ich leugne überhaupt nichts, Monsieur‹, wiederholte er.
Diese Antwort machte mich stutzig, und ich dachte, er sei vielleicht doch kein Anarchist. Ich glaube, diese verdammten Schwachköpfe sind ziemlich von sich eingenommen. Wenn er einer gewesen wäre, hätte er es wahrscheinlich auf der Stelle zugegeben.
›Was waren Sie, bevor Sie ein Sträfling wurden?‹
›*Ouvrier*‹, sagte er. ›Und ein guter Arbeiter obendrein.‹
Hier begann ich wieder zu denken, er müsse nach allem doch ein Anarchist sein. Das ist doch die Klasse, aus der sie meistens kommen, nicht wahr? Ich hasse diese feigen, bombenwerfenden Rohlinge. Ich war schon drauf und dran, mein Pferd kurz umzuwenden und ihn dort verhungern oder ertrinken zu lassen; was ihm lieber war. Und was das Überqueren der Insel betraf, um mir abermals zur Last zu fallen, nun so würde das Vieh schon dafür sorgen, daß es nicht dazu kam. Ich weiß nicht, auf Grund welcher Eingebung ich fragte: ›Was für ein Arbeiter?‹
Mir war es völlig einerlei, ob er mir eine Antwort gab oder nicht. Doch als er sogleich sagte: ›*Mécanicien, monsieur*‹, sprang ich vor Aufregung fast aus dem Sattel. Die Barkasse hatte drei Wochen unbrauchbar und müßig in der Bucht gelegen. Meine Pflicht der Gesellschaft gegenüber war klar. Er bemerkte, wie ich stutzte, und da standen wir nun ungefähr eine Minute lang und starrten einander an, gleichsam wie behext.
›Steigen Sie hinter mir aufs Pferd‹, sagte ich zu ihm. ›Sie sollen mir meine Dampfbarkasse instandsetzen.‹«

Dies waren die Worte, mit denen mir der hochachtbare Direktor des Marañon-Gutes über die Ankunft des mutmaßlichen Anarchisten berichtete. Er war entschlossen, ihn zu behalten – aus Pflichtgefühl der Gesellschaft gegenüber – und der Name, den er ihm gegeben, sollte verhüten, daß der Bursche irgendwo sonst in Horta eine Anstellung fand. Wenn die Rinderhirten des Guts auf Urlaub gingen, verbreiteten sie den Namen über die ganze Stadt, Sie wußten nicht, was ein Anarchist war, wußten nicht einmal was Barcelona bedeutete. Sie nannten ihn Anarchisto de Barcelona, so als wäre dies sein Tauf- und Familienname. Doch die Leute in der Stadt hatten in ihren Zeitungen über die Anarchisten in Europa gelesen und waren sehr beeindruckt. Über den witzigen Zusatz ›de Barcelona‹ kicherte Mr. Harry Gee mit gewaltiger Befriedigung in sich hinein. »Jene Brut ist besonders mordgierig, nicht wahr? Die Bande von den Sägewerken wird also nur noch ängstlicher darauf bedacht sein, nichts mit ihm zu tun zu haben – verstehen Sie?« frohlockte er unverhohlen. »Mit diesem Namen habe ich ihn besser in der Gewalt, als wenn ich ihn mit einem Bein an das Deck der Dampfbarkasse gekettet hätte. – Und wohlverstanden«, fügte er nach einer Pause hinzu, »er leugnet es nicht ab. Ich tue ihm in keiner Weise Unrecht. Er ist immerhin irgendein Sträfling.«

»Aber ich nehme an, Sie zahlen ihm einen Lohn, oder nicht?« fragte ich.

»Lohn! Was will er denn hier mit Geld anfangen? Er bekommt sein Essen aus meiner Küche und seine Kleidung aus dem Lager. Natürlich werde ich ihm am Ende des Jahres etwas geben, aber Sie denken doch nicht gar, daß ich einen Sträfling in Dienst nehme und ihm dasselbe Gehalt gebe wie einem ehrlichen Mann? Ich habe erstlich und letztlich die Interessen der Gesellschaft im Auge.«

Ich gab zu, daß in einer Gesellschaft, die fünfzigtausend Pfund im Jahr auf Werbung verwandte, allerdings strengste Sparsamkeit geboten sei. Der Direktor der Marañon-Estancia brummte beifällig.

»Und ich will Ihnen was sagen«, fuhr er fort, »wenn ich sicher wäre, daß er ein Anarchist ist, und er hätte die Frechheit, mich um Geld zu bitten, ich würde ihm schön was blasen. So jedoch

mag er im Zweifelsfall für unschuldig gelten. Ich bin absolut bereit anzunehmen, er habe nichts Schlimmeres verbrochen, als jemand ein Messer zwischen die Rippen gestoßen – mit mildernden Umständen – auf die französische Art, Sie verstehen. Aber dieser umstürzlerische, blutrünstige Unfug, mit allem Gesetz, aller Ordnung in der Welt aufzuräumen, bringt mich zur Weißglut. Es läuft einfach darauf hinaus, daß jeder anständigen, rechtschaffenen, schwerarbeitenden Person der Boden unter den Füßen fortgezogen wird. Ich sage Ihnen, die Gewissenhaftigkeit der Leute, für die Gesetz und Ordnung bestimmend sind, wie für Sie und für mich, muß auf irgendeine Weise geschützt werden; sonst wäre ja der erstbeste Lump, der daherkäme, in jeder Weise geradeso gut wie ich selbst. Nun, wäre er das nicht? Und das ist doch absurd!«
Er starrte mich an. Ich nickte leicht mit dem Kopfe und murmelte, seine Ansicht enthalte zweifellos viel abgründig Wahres.

Das Wahre, das sich im Hinblick auf Paul, den Maschinisten, entdecken ließ, war hauptsächlich, daß schon eine Kleinigkeit genügte, um das Verderben eines Menschen herbeizuführen.
»*Il ne faut pas beaucoup pour perdre un homme*«, sagte er eines Abends sinnend zu mir.
Ich gebe diesen Gedanken auf französisch wieder, da der Mann aus Paris stammte, nicht im mindesten aus Barcelona. Auf der Marañon-Insel wohnte er abseits vom Gehöft in einem kleinen Schuppen mit Blechdach und Strohwänden, den er *mon atelier* nannte. Er hatte dort eine Werkbank. Sie hatten ihm mehrere Pferdedecken und einen Sattel zugeteilt – nicht daß er je Gelegenheit zum Reiten gehabt hätte, sondern weil von den Arbeitern, die sich ausschließlich aus Vaqueros oder Rinderhirten zusammensetzten, keine anderen Lagerstätten verwandt wurden. Und auf diesem Sattelzeug pflegte er, wie ein Sohn des Weidelands, unter den Gerätschaften seines Handwerks zu

schlafen, in einem Wirrwarr von altem Eisen, mit einem tragbaren Schmiedeherd zu seinen Häupten, unter der Werkbank, die das schmierige Moskitonetz abstützte.

Dann und wann brachte ich ihm ein paar Kerzenstummel, die ich mir von der spärlichen Ration aus dem Verwalterhaus absparte. Er war sehr dankbar dafür. Er liege nicht gern im Dunkeln wach, gestand er mir. Er klagte über Schlaflosigkeit. »*Le sommeil me fuit*«, erklärte er mit seiner gewohnten Miene eines milden Stoizismus, die ihn sympathisch und rührend machte. Ich gab ihm zu verstehen, ich mäße der Tatsache, daß er ein Sträfling gewesen sei, keine allzu große Bedeutung bei.

So ergab es sich eines Abends, daß er auf sich selbst zu sprechen kam. Wenn einer der Kerzenstummel an der Ecke der Werkbank ausbrannte, beeilte er sich, einen anderen anzuzünden.

Er hatte seinen Militärdienst in einer Provinzgarnison abgeleistet und war nach Paris zurückgekehrt, um seinem Handwerk nachzugehen. Es war ein gutbezahltes. Er berichtete voll Stolz, daß er nach kurzer Zeit nicht weniger als zehn Francs am Tag verdiente. Er gedachte, sich nach einer Weile selbständig zu machen und zu heiraten.

Hier seufzte er tief und hielt inne. Dann sagte er mit seinem wiedererwachenden Stoizismus: »Es sieht so aus, als hätte ich nicht genug über mich selbst Bescheid gewußt.«

An seinem fünfundzwanzigsten Geburtstag erboten sich zwei seiner Freunde in der Reparaturwerkstätte, wo er arbeitete, ihn zum Essen einzuladen. Er war ungeheuer gerührt von dieser Aufmerksamkeit. »Ich war ein solider Mann«, bemerkte er, »aber ich bin nicht weniger gesellig als jeder andere.«

Die Bewirtung ging in einem kleinen Café am Boulevard de la Chapelle vor sich. Zum Essen tranken sie einige Glas eines ausgesuchten Weines. Er war vorzüglich. Alles war vorzüglich; und die Welt schien – nach seinen eigenen Worten – ein Ort zu sein, an dem es sich zu leben lohne. Er hatte gute Aussich-

ten, hatte etwas Geld beiseitegelegt und besaß die Liebe zweier trefflicher Freunde. Er erbot sich, für alle Getränke nach dem Essen zu zahlen, was seinerseits nur billig war.
Sie tranken noch mehr Wein; sie tranken Liköre, Kognak, Bier, dann noch mehr Liköre, mehr Kognak. Zwei Fremde, die am Nachbartisch saßen, sahen ihm, wie er sagte, mit so viel Freundlichkeit zu, daß er sie einlud mitzuhalten.
Er hatte noch nie in seinem Leben so viel getrunken. Seine Hochstimmung war außerordentlich und so wohltuend, daß er jedesmal, wenn sie erlahmte, eilig weitere Getränke bestellte.
»Mir wollte scheinen«, sagte er in seinem ruhigen Ton und blickte dabei auf den Boden des düsteren, von Schatten erfüllten Schuppens, »als sei ich im Begriff, eine große und wunderbare Glückseligkeit zu erlangen. Noch ein Glas, dachte ich, und es wäre geschafft. Die andern hielten tapfer mit, Glas um Glas.«
Doch etwas Außerordentliches ereignete sich. Bei irgendeiner Bemerkung der Fremden sank seine Hochstimmung. Düstere Gedanken – *des idées noires* – bestürmten sein Hirn. Die ganze Welt außerhalb des Cafés erschien ihm als ein elender, böser Ort, an dem eine Menge armer Teufel arbeiten und sich abplagen mußte, nur damit einige wenige Individuen in Kaleschen fahren und in Palästen schlemmen könnten. Er begann, sich seines Glückes zu schämen. Das Mitleid mit der Menschheit grausamem Los schmerzte ihn tief. Mit einer vor Kummer erstickten Stimme versuchte er, seine Gefühle zum Ausdruck zu bringen. Er meinte, abwechselnd geweint und geflucht zu haben.
Die beiden neuen Bekannten beeilten sich, seiner menschenfreundlichen Entrüstung Beifall zu klatschen. Ja. Das Ausmaß an Ungerechtigkeit in dieser Welt sei in der Tat skandalös. Es gebe nur eine Art, wie mit diesem verkommenen Zustand der Gesellschaft aufzuräumen sei. Die ganze *sacré boutique* müsse

niedergerissen, die ganze schändliche Maskerade in die Luft gesprengt werden.
Ihre Köpfe schwankten über dem Tisch. Beredt flüsterten sie ihm zu; ich glaube, sie sahen das Resultat nicht voraus. Er war außerordentlich betrunken – wahnwitzig betrunken. Mit einem Wutgeheul sprang er plötzlich vom Tisch auf. Die Flaschen und Gläser umwerfend, schrie er: »*Vive l'anarchie!* Fort mit den Kapitalisten!« Er schrie das immer wieder. Rings um ihn her fiel zersplittertes Glas zu Boden, Stühle wurden durch die Luft geschleudert, Leute fuhren einander an die Kehle. Die Polizei stürmte herein. Er schlug zu, biß, kratzte und kämpfte, bis etwas donnernd auf seinen Schädel niedersauste...
Er kam in einem Polizeigewahrsam wieder zu sich, eingesperrt auf Grund einer Klage wegen tätlicher Beleidigung, aufrührerischer Rufe und anarchistischer Propaganda.
Er sah mich starr an mit seinen wäßrigen, schimmernden Augen, die in dem trüben Licht sehr groß wirkten.
»Das war schlimm. Doch selbst dann wäre ich vielleicht noch irgendwie glimpflich davongekommen«, sagte er langsam.
Ich bezweifle das. Doch welche Chance er auch gehabt haben mochte, sie wurde zunichte gemacht durch den jungen sozialistischen Anwalt, der sich freiwillig erbot, seine Verteidigung zu übernehmen. Umsonst versuchte er ihm zu versichern, daß er kein Anarchist sei, sondern ein ruhiger, ehrbarer Mechaniker, der nur allzusehr danach verlange, zehn Stunden täglich in seinem Handwerk zu arbeiten. Er wurde bei der Verhandlung als ein Opfer der Gesellschaft, und seine trunkenen Rufe wurden als der Ausdruck unendlichen Leides hingestellt. Dieser Fall war für den debütierenden Anwalt gerade das richtige. Die Verteidigungsrede wurde prachtvoll vorgetragen.
Der arme Bursche unterbrach sich, schluckte und sagte dann lakonisch: »Ich erhielt die höchste Strafe, die für ein erstes Vergehen angängig ist.«

Ich murmelte etwas Passendes. Er ließ den Kopf hängen und kreuzte die Arme über der Brust.

»Als sie mich aus dem Gefängnis entließen«, begann er sanft, »rannte ich natürlich zu meiner alten Werkstätte. Mein *patron* hatte mich früher immer gut leiden mögen; doch als er mich sah, wurde er vor Angst grün im Gesicht und wies mir mit zitternder Hand die Tür.«

Während er unsicher und verwirrt auf der Straße stand, wurde er von einem Mann mittleren Alters angesprochen, der sich gleichfalls als ein Monteur vorstellte. »Ich weiß, wer Sie sind«, sagte er. »Ich war bei Ihrer Verhandlung zugegen. Sie sind ein guter Genosse, und Ihre Ideen sind vernünftig. Aber das Teuflische ist, daß Sie jetzt nirgends Arbeit finden werden. Diese Bourgeoisie hat sich verschworen, Sie verhungern zu lassen. Das ist ihre Methode. Erwarten Sie keine Gnade von den Reichen.«

So freundlich auf der Straße angesprochen zu werden, hatte ihn sehr getröstet. Er schien eine jener Naturen zu sein, die der Unterstützung und Sympathie anderer bedurften. Die Vorstellung, es werde ihm nicht gelingen, Arbeit zu finden, hatte ihm einen vernichtenden Schlag versetzt. Wenn sein *patron*, der ihn doch als einen stillen, ordentlichen, tüchtigen Arbeiter kannte, jetzt nichts mehr mit ihm zu tun haben wollte – dann wollte das gewiß auch niemand sonst. Das war klar. Die Polizei, die ihr Auge auf ihn hatte, würde sich beeilen, jeden Arbeitgeber zu warnen, der Neigung zeigen könnte, ihm einen Arbeitsplatz zu bieten. Er fühlte sich plötzlich sehr hilflos, beunruhigt und unnütz; und er folgte dem Herrn mittleren Alters zu dem *estaminet* um die Ecke, wo sie andere gute Genossen trafen. Sie versicherten ihm, daß er nicht verhungern dürfe, Arbeit oder keine Arbeit. Sie tranken eine Runde auf den Sieg über alle Arbeitgeber und die Vernichtung der Gesellschaft.

Er biß sich auf die Unterlippe.

»So, *monsieur,* wurde ich ein *compagnon*«, sagte er. Die Hand, mit der er sich über die Stirn strich, zitterte. »Gleichviel, es muß etwas falsch sein an einer Welt, wo ein Mann wegen eines Glases mehr oder weniger zugrunde geht.«
Er blickte nicht ein einziges Mal auf, wenn ich auch sehen konnte, daß er unter seiner Niedergeschlagenheit vor Aufregung bebte. Er schlug mit der Hand auf die Werkbank.
»Nein!« rief er. »Es war eine unmögliche Existenz! Bewacht von der Polizei, bewacht von den Genossen, wußte ich nicht mehr ein und aus! Ja, ich konnte nicht einmal etwas Geld von meiner Sparkasse abheben, ohne daß nicht ein Genosse hinter mir an der Tür stand und darauf achtete, daß ich nicht durchbrannte! Und die meisten von ihnen waren nicht besser oder schlechter als Einbrecher. Die klugen, meine ich. Sie beraubten die Reichen; sie holten sich nur, was ihnen gehörte, sagten sie. Wenn ich etwas getrunken hatte, glaubte ich ihnen. Es gab auch die Dummen und die Verrückten. *Des exaltés – quoi!* Wenn ich betrunken war, liebte ich sie. Wenn ich noch mehr zu trinken bekam, packte mich der Zorn gegen die Welt. Das war das beste. Aus dem Elend fand ich Zuflucht im Zorn. Aber man kann nicht immer betrunken sein – *n'est-ce pas, monsieur?* – und wenn ich nüchtern war, hatte ich Angst davonzulaufen. Sie hätten mich abgemurkst wie ein Schwein.«
Er kreuzte abermals die Arme und hob mit einem bitteren Lächeln sein spitzes Kinn.
»Nach einer Weile sagten sie zu mir, nun sei es Zeit, an die Arbeit zu gehen. Die Arbeit bestand in der Ausraubung einer Bank. Hernach sollte eine Bombe geworfen werden, um das Haus in die Luft zu sprengen. Meine Anfängerrolle sollte sein, in einer Straße an der Hinterseite Schmiere zu stehen und auf eine schwarze Tasche mit der Bombe achtzugeben, bis diese gebraucht würde. Nach der Sitzung, auf der die Sache abgesprochen worden war, wich ein zuverlässiger Genosse nicht mehr

von meiner Seite. Ich hatte nicht zu protestieren gewagt; ich fürchtete mich davor, in jenem Raum still um die Ecke gebracht zu werden; nur fragte ich mich, als wir dann zusammen dahingingen, ob es nicht besser für mich sei, mich plötzlich in die Seine zu werfen. Doch während ich es mir noch überlegte, hatten wir die Brücke schon überquert, und danach hatte ich keine Gelegenheit mehr.«

Im Licht des Kerzenstummels sah er mit seinen scharfen Gesichtszügen, dem flaumigen kleinen Schnurrbart und dem ovalen Gesicht zuweilen zart und jugendlich fröhlich aus; und dann erschien er wieder recht alt, hinfällig, sorgenvoll, wie er da die gekreuzten Arme gegen die Brust drückte.

Als er still blieb, fühlte ich mich verpflichtet zu fragen: »Nun und? Wie ging es aus?«

»Deportation nach Cayenne«, antwortete er.

Er schien der Ansicht zu sein, jemand habe den Plan verraten. Während er, die Tasche in der Hand, in der Seitenstraße Schmiere stand, wurde er von der Polizei gestellt. »Diese Schwachköpfe«, hatten ihn niedergeschlagen, ohne zu bemerken, was er in der Hand hielt. Er wunderte sich, daß die Bombe nicht explodiert war, als er hinfiel. Doch sie explodierte nicht.

»Ich versuchte vor Gericht, meine Geschichte zu erzählen«, fuhr er fort. »Der Vorsitzende war belustigt. Einige Idioten unter der Zuhörerschaft lachten.«

Ich gab der Hoffnung Ausdruck, daß einige seiner Genossen ebenfalls gefaßt worden seien. Er schauderte leicht, ehe er mir erzählte, daß da noch zwei andere gewesen seien – Simon, der auch Biscuit genannt wurde, jener Monteur mittleren Alters, der ihn auf der Straße angesprochen, und ein Kerl namens Mafile, einer der sympathischen Fremden, die seinen Anschauungen Beifall geklatscht und seinem menschheitsfreundlichen Kummer Trost zugesprochen hatten, als er sich in jenem Café betrank.

»Ja«, fuhr er mit Anstrengung fort, »mir wurde der Genuß ihrer Gesellschaft zuteil dort drüben auf der St.-Josephs-Insel unter etlichen achtzig oder neunzig anderen Sträflingen. Wir wurden alle als gefährlich eingestuft.«
St.-Josephs-Insel ist die schönste der ›Iles de Salut‹. Sie ist felsig und grün mit kleinen Schluchten, Büschen, Dickicht, Mangohainen und vielen gefiederten Palmen. Sechs mit Revolvern und Karabinern ausgerüstete Wärter beaufsichtigen die Sträflinge, die sich dort befinden.
Ein Langboot mit acht Riemen hält am Tage die Verbindung mit der jenseits eines eine Viertelmeile breiten Kanals gelegenen ›Ile Royale‹ aufrecht, auf der ein Militärposten stationiert ist. Seine erste Fahrt macht das Ruderboot um sechs Uhr in der Frühe. Um vier Uhr nachmittags ist sein Dienst vorüber, und dann wird es in einem kleinen Hafen an der ›Ile Royale‹ festgemacht, und ein Wachtposten versieht die Aufsicht über dieses und einige kleinere Boote. Von da an bis zum nächsten Morgen bleibt die St.-Josephs-Insel von der übrigen Welt abgeschnitten, und in dieser Zeit patrouillieren die einander ablösenden Wärter den Weg von ihrem Haus bis zu den Sträflingshütten, während eine Schar von Haien das Wasser ringsumher absucht.
Unter diesen Umständen planten die Sträflinge eine Meuterei. So etwas war in der Geschichte der Strafkolonie noch nie dagewesen. Doch ihr Plan war nicht ganz aussichtslos. Die Wärter sollten überrumpelt und während der Nacht ermordet werden. Ihre Waffen würden es den Sträflingen sodann ermöglichen, die Mannschaft des Langbootes niederzuschießen, sobald dieses am nächsten Morgen anlegte. Wenn dieses Boot erst einmal in ihrem Besitz war, ließen sich andere Boote erbeuten, und die ganze Gesellschaft konnte fort zur Küste rudern.
In der Abenddämmerung musterten die beiden diensthabenden Wärter wie gewöhnlich die Sträflinge. Dann machten sie sich

daran, die Hütten zu inspizieren, um sich zu vergewissern, daß alles vorschriftsgemäß war. In der zweiten Hütte, die sie betraten, wurden sie überfallen und im wahrsten Sinne des Wortes unter der Zahl ihrer Angreifer erstickt. Das Zwielicht wich rasch der Nacht. Es war Neumond; und ein schweres Unwetter, das über der Küste braute, vermehrte noch die tiefe nächtliche Finsternis. Die Sträflinge versammelten sich im Freien und beratschlagten über das, was als nächstes zu tun sei. Leise diskutierten sie miteinander.

»Nahmen Sie teil an alledem?« fragte ich.

»Nein. Ich wußte natürlich, was geplant wurde. Aber warum sollte ich diese Wärter töten? Ich hatte nichts gegen sie. Aber ich fürchtete mich vor den andern. Was immer geschehen mochte, ihnen konnte ich nicht entrinnen. Ich saß allein auf einem Baumstumpf, den Kopf in die Hände gestützt und beklommenen Herzens im Gedanken an eine Freiheit, die für mich nichts als eine Farce sein konnte. Plötzlich fuhr ich zusammen, denn ich bemerkte die Gestalt eines Mannes auf dem Pfad nahebei. Er stand vollkommen still da, dann verlor er sich wieder in der Nacht. Es muß der Oberwärter gewesen sein, der gekommen war, um nachzusehen, was seine beiden Männer machten. Niemand bemerkte ihn. Die Sträflinge stritten sich weiterhin über ihre Pläne. Die Anführer vermochten sich keinen Gehorsam zu verschaffen. Das heftige Flüstern jener dunklen Menschenmasse war entsetzlich.

Schließlich gliederten sie sich in zwei Abteilungen und marschierten los. Als sie an mir vorüber waren, erhob ich mich müde und hoffnungslos. Der Pfad zu dem Wärterhaus war dunkel und still, doch auf beiden Seiten raschelte leise das Gebüsch. Plötzlich sah ich einen schwachen Lichtfaden vor mir. Der Oberwärter näherte sich vorsichtig an der Spitze seiner drei Männer. Doch er hatte seine Blendlaterne nicht richtig verschlossen. Die Sträflinge hatten den schwachen Schimmer eben-

falls bemerkt. Ein gräßlicher, wilder Schrei erhob sich, dann kam es auf dem dunklen Pfad zu einem Handgemenge: Schüsse, Hiebe, Stöhnen – und dann stob, unter dem Knacken niedergetretener Büsche, den Rufen der Verfolger, den Schreien der Verfolgten, die Menschenjagd, die Wärterjagd, an mir vorüber ins Innere der Insel. Ich war allein. Und ich versichere Ihnen, Monsieur, mir war alles einerlei. Nachdem ich eine Weile still stehengeblieben war, schritt ich über den Pfad dahin, bis ich mit dem Fuß gegen etwas Hartes stieß. Ich bückte mich und hob den Revolver eines Wärters auf. Ich fühlte mit meinen Fingern, daß fünf Kammern geladen waren. Bei einem Windstoß konnte ich hören, wie die Sträflinge in der Ferne einander zuriefen, und dann übertönte ein Donnergrollen das Sausen und Rauschen der Bäume. Plötzlich lief ein heller Lichtstrahl dicht am Boden über meinen Pfad. Und er zeigte einen Frauenrock und einen Schürzensaum.
Es mußte die Frau des Oberwärters sein, die da die Laterne trug. Sie hatten sie anscheinend ganz vergessen. Aus dem Innern der Insel tönte ein Schuß herüber, und sie schluchzte im Rennen vor sich hin. Sie lief an mir vorüber. Ich folgte ihr, und plötzlich sah ich sie wieder vor mir. Sie zog mit einer Hand an der Schnur der großen Glocke, die am Ende des Landungssteges hängt, und mit der anderen schwenkte sie die schwere Laterne. Dies ist das verabredete Zeichen für die ›Ile Royale‹, sollte des Nachts Unterstützung erforderlich werden. Der Wind riß den Klang der Glocke von unserer Insel mit sich fort, und das Licht, das sie schwenkte, wurde auf der Küstenseite von den wenigen Bäumen verdeckt, die in der Nähe des Wärterhauses wuchsen. Ich trat von hinten sehr dicht an sie heran. Sie fuhr ohne Unterlaß, ohne nach links oder rechts zu blicken, in ihrem Tun fort, als wäre sie ganz allein auf der Insel. Eine tapfere Frau, Monsieur. Ich schob den Revolver in meine blaue Bluse und wartete. Ein Blitz und ein Donnerschlag machten für einen Augenblick

sowohl das Läuten wie das Lichtsignal zunichte, doch sie ließ sich nicht beirren und zog an der Schnur und schwenkte die Laterne so regelmäßig wie ein Uhrwerk. Sie war eine anmutige Frau von dreißig Jahren – nicht älter. Ich dachte im stillen: ›Was ist das alles in einer Nacht wie dieser.‹ Und ich entschloß mich, wenn einer meiner Mitgefangenen zum Landungssteg heruntergelaufen kommen sollte, was bald genug geschehen würde, zuerst sie zu erschießen und dann mich selbst. Ich kannte die ›Kameraden‹ gut. Diese Vorstellung weckte in mir wahrhaftig eine Lust am Leben; und plötzlich zog ich mich, anstatt mich weiterhin so töricht auf dem Landungssteg zu exponieren, ein wenig zurück und verkroch mich hinter einem Busch. Es lag nicht in meiner Absicht, mich hinterrücks überfallen und vielleicht daran hindern zu lassen, zumindest einem menschlichen Geschöpf einen letzten Dienst zu erweisen, ehe ich selber starb.

Doch wir müssen annehmen, daß das Signal gesehen wurde, denn das Langboot von der ›Ile Royale‹ kam in erstaunlich kurzer Zeit herüber. Die Frau fuhr fort, Signal zu geben, bis der Schein ihrer Laterne auf den kommandierenden Offizier und die Bajonette der Soldaten im Boot fiel. Dann setzte sie sich hin und begann zu weinen.

Sie bedurfte meiner nicht mehr. Ich rührte mich nicht. Einige Soldaten waren nur in Hemdsärmeln, andere ohne Schuhe, gerade so, wie der Ruf zu den Waffen sie angetroffen hatte. Sie stürmten im Laufschritt an meinem Busch vorüber. Das Langboot war zurückgeschickt worden, um weitere Mannschaften zu holen; und die Frau saß weinend ganz allein auf der Landungsbrücke, die Laterne neben sich auf dem Boden.

Dann sah ich plötzlich im Licht am Ende der Mole die roten Hosen zweier weiterer Männer. Staunen ergriff mich. Auch sie rannten von dannen. Ihre offenstehenden Waffenröcke flatterten im Wind, und sie hatten keine Mützen auf. Einer von ihnen rief dem andern keuchend zu: ›Geradeaus, geradeaus!‹

Wo, um alles in der Welt, kamen die bloß her, fragte ich mich. Langsam schritt ich die kurze Mole entlang. Ich sah die Gestalt der Frau, die von Schluchzern geschüttelt wurde, und hörte immer deutlicher ihr Jammern: ›Oh, mein Mann! mein armer Mann! mein armer Mann!‹ Ich stahl mich leise an ihr vorüber. Sie konnte weder etwas hören noch sehen. Sie hatte sich die Schürze über den Kopf geworfen und wiegte sich in ihrem Schmerz hin und her. Aber ich bemerkte ein kleines Boot, das am Ende der Mole festgemacht war.

Jene beiden Männer – sie sahen wie *sous-officiers* aus – mußten darin herübergerudert sein, nachdem ihnen, wie ich vermute, das Langboot davongefahren war. Es ist unglaublich, daß sie aus Pflichteifer so gegen ihre Vorschriften verstoßen haben sollten. Und es war freilich sehr töricht von ihnen. Noch während ich ins Boot stieg, traute ich meinen Augen kaum.

Ich ruderte langsam das Ufer entlang. Eine schwarze Wolke hing über den ›Iles de Salut‹. Ich hörte Schüsse, Rufe. Eine neue Jagd hatte begonnen – die Sträflingsjagd. Die Riemen waren zu lang, um bequem damit zu rudern. Ich bediente sie mit Mühe, obwohl das Boot leicht war. Doch als ich auf die andere Seite der Insel gelangte, brach das Gewitter mit Regen und Sturm herein. In war unfähig, dagegen anzurudern. Ich ließ das Boot an das Ufer gleiten und vertäute es.

Ich kannte den Ort. Eine baufällige Hütte stand in der Nähe des Wassers. Als ich mich darin verkroch, hörte ich durch den Lärm des Windes und des Regenschauers, wie einige Männer durch die Büsche stürmten. Vielleicht Soldaten. Ein Blitzstrahl ließ alles um mich her scharf hervortreten. Zwei Sträflinge!

Und sogleich rief eine überraschte Stimme: ›Ein Wunder!‹ Es war die Stimme Simons, genannt Biscuit.

Eine andere Stimme brummte: ›Was ist ein Wunder?‹

›Nun, hier liegt ein Boot!‹

›Du bist verrückt, Simon! Aber wirklich, da ist eins … Ein Boot!‹

Sie schienen sprachlos vor Staunen. Der andere war Mafile. Er sagte schließlich behutsam: ›Es ist festgemacht. Hier muß jemand sein.‹
Ich sagte aus der Hütte zu ihnen: ›Ich bin hier.‹
Da kamen sie herein und gaben mir alsbald zu verstehen, daß das Boot ihnen gehöre, nicht mir. ›Wir sind zwei‹, sagte Mafile, ›gegen dich allein.‹
Ich drückte mich ins Freie hinaus, um mich von ihnen fern zu halten, aus Furcht vor einem heimtückischen Schlag auf den Kopf. Ich hätte sie beide auf der Stelle erschießen können. Doch ich sagte nichts. Ich unterdrückte das Lachen, das in meiner Kehle aufstieg. Ich tat sehr unterwürfig und bat sie um Erlaubnis mitzukommen. Sie beratschlagten flüsternd über mein Schicksal, während ich, die Hand am Revolver unter meiner Bluse, ihr Leben in meiner Gewalt hatte. Ich ließ sie am Leben. Ich beabsichtigte, sie das Boot rudern zu lassen. Ich wies sie mit kriecherischer Demut darauf hin, daß ich mit einem Boot umzugehen verstünde und daß wir, wenn wir drei Ruderer wären, abwechselnd ausruhen könnten. Das gab schließlich den Ausschlag. Es war höchste Zeit. Noch ein wenig länger, und ich hätte mich nicht mehr halten können vor Lachen über das Drollige der Situation.«
Hier kam seine verhaltene Erregung zum Ausbruch. Er sprang von der Werkbank herunter und fuchtelte mit den Händen. Die großen Schatten seiner Arme, die über Decke und Wände sprangen, ließen den Schuppen viel zu klein erscheinen, um seine Gemütsbewegung zu fassen.
»Ich leugne nichts«, rief er. »Ich war begeistert, Monsieur. Ich kostete eine Art Glückseligkeit aus. Doch ich verhielt mich ruhig. Die ganze Nacht hindurch ruderte ich, wenn ich an der Reihe war. Wir nahmen Kurs auf die offene See und verließen uns dabei auf ein vorüberfahrendes Schiff. Es war ein tollkühnes Unternehmen. Ich überredete sie dazu. Als die Sonne auf-

ging, war die Unermeßlichkeit des Wassers ruhig, und die ›Iles de Salut‹ erschienen nur wie kleine dunkle Flecken auf dem Kamm einer jeden Dünung. Ich hatte gerade das Steuer. Mafile, der auf dem Bugplatz ruderte, stieß einen Fluch aus und sagte: ›Wir müssen ausruhen.‹

Endlich war die Zeit gekommen, da ich lachen konnte. Und ich tat es ausgiebig, das kann ich Ihnen sagen. Ich hielt mir den Bauch und bog mich vor Lachen auf meinem Sitz, so überraschte Gesichter machten sie. ›Was ist in ihn gefahren, das Vieh?‹ rief Mafile.

Und Simon, der mir am nächsten saß, sagte über die Schulter hinweg: ›Wenn mich nicht alles täuscht, hat er den Verstand verloren, hol mich der Teufel!‹

Da zog ich den Revolver heraus. Ah! Wie steinern ihre Blicke unverzüglich wurden – unglaublich. Ha, ha! Sie waren erschrocken. Aber sie ruderten. O ja, sie ruderten den ganzen Tag hindurch. Manchmal blickten sie wild drein und manchmal furchtsam. Mir entging nichts, weil ich sie die ganze Zeit im Auge behalten mußte, oder sie wären im Nu – Krach! – über mich hergefallen. Ich ließ meine Revolverhand in Bereitschaft auf meinem Knie liegen und steuerte mit der anderen. Ihre Gesichter bekamen Blasen. Himmel und Meer schienen in Feuer zu stehen rings um uns her, und das Meer dampfte unter der Sonne. Das Boot machte ein zischendes Geräusch, während es durchs Wasser glitt. Manchmal stand Mafile Schaum vor dem Mund, und er ächzte. Doch er ruderte. Er wagte nicht aufzuhören. Seine Augen waren blutunterlaufen, und er hatte sich die Unterlippe aufgebissen. Simon war heiser wie eine Krähe.

›Genosse –‹, beginnt er.

›Hier gibt es keine Genossen. Ich bin euer *patron.*‹

›*Patron,* denn‹, sagt er. ›Im Namen der Menschlichkeit, laß uns ausruhen.‹

Ich ließ sie. Auf dem Boden des Bootes schwappte etwas

Regenwasser hin und her. Ich erlaubte ihnen ein wenig in ihren Händen davon aufzufangen. Doch als ich den Befehl *›En route‹* gab, bemerkte ich, wie sie vielsagende Blicke tauschten. Sie dachten, ich müßte irgendwann einmal schlafen! Ah! Aber ich wollte nicht schlafen. Ich war wacher denn je. Sie waren es, die beim Rudern einschliefen, kopfüber von ihren Sitzen fielen, plötzlich, einer nach dem andern. Ich ließ sie liegen. Alle Sterne standen am Himmel. Es war eine stille Welt. Die Sonne ging auf. Ein neuer Tag. *Allez! En route!*

Sie ruderten schlecht. Ihre Augen rollten, und ihre Zungen hingen heraus. Mitten am Vormittag kreischte Mafile: ›Wollen wir uns nicht auf ihn stürzen, Simon? Ich lasse mich lieber gleich erschießen, als daß ich vor Durst, Hunger und Erschöpfung beim Rudern sterbe.‹

Doch während er sprach, ruderte er; und Simon ruderte gleichfalls weiter. Ich mußte lächeln. Ah! Sie liebten ihr Leben, diese beiden, in ihrer bösen Welt, genauso wie auch ich mein Leben geliebt hatte, ehe sie es mir mit ihren Phrasen verdarben. Ich ließ sie bis zum Punkt der Erschöpfung weiterrudern, und erst da deutete ich auf die Segel eines Schiffes am Horizont.

Ah! Sie hätten sehen sollen, wie sie da zu neuem Leben erwachten und sich wieder ins Zeug legten! Denn ich gab nicht nach und ließ sie quer zum Kurs des Schiffes rudern. Sie waren wie verwandelt. Das Mitleid, das ich mit ihnen empfunden hatte, verließ mich. Sie sahen sich von Minute zu Minute ähnlicher. Sie sahen mich mit Blicken an, die ich so gut kannte. Sie waren glücklich. Sie lächelten.

›Nun‹, sagte Simon, ›die Energie dieses jungen Burschen hat uns das Leben gerettet. Hätte er uns nicht gezwungen, wir hätten nie bis auf den Weg der Seeschiffe hinauszurudern vermocht. Genosse, ich verzeihe dir. Ich bewundere dich.‹

Und Mafile brummte vom Bug her: ›Wir schulden dir unerhörte Dankbarkeit, Genosse. Du hast das Zeug zu einem Führer.‹

Genosse! *Monsieur*, ah, was ein gutes Wort! Und sie, Männer wie diese beiden, hatten es zu einem verruchten gemacht. Ich sah sie an. Ich erinnerte mich ihrer Lügen, ihrer Versprechungen, ihrer Drohungen und all meiner Tage des Elends. Warum hatten sie mich nicht in Frieden gelassen, als ich aus dem Gefängnis kam? Ich sah sie an und dachte, solange sie lebten, könne ich niemals frei sein. Niemals. Weder ich noch andere gleich mir, die mehr Gefühl als Verstand haben. Denn ich weiß, ich bin kein kluger Kopf, Monsieur. Eine schwarze Wut überfiel mich – die Wut äußerster Berauschung –, doch nicht gegen die Ungerechtigkeit der Gesellschaft. O nein!
›Ich muß frei sein!‹ rief ich wie rasend.
›*Vive la liberté!*‹ schreit dieser Rüpel Mafile. ›*Mort aux bourgeois*, die uns nach Cayenne schickten! Sie sollen bald erfahren, daß wir frei sind.‹
Der Himmel, das Meer, der ganze Horizont schienen sich rot zu färben rings um das Boot. Meine Schläfen klopften so laut, daß ich mich fragte, ob sie es nicht hörten. Wie war es möglich, daß sie nicht hörten? Wie war es möglich, daß sie nicht verstanden? Ich hörte Simons Frage: ›Sind wir jetzt nicht weit genug herausgerudert?‹
›Ja. Weit genug‹, sagte ich. Er tat mir leid; der andere war es, den ich haßte. Er holte mit einem lauten Seufzer seinen Riemen ein, und als er seine Hand hob, um sich mit der Miene eines Mannes, der sein Tagewerk vollbracht hat, über die Stirn zu fahren, drückte ich den Revolver ab und schoß ihm von meinem Knie aus mitten durchs Herz.
Er fiel vom Sitz, und sein Kopf hing über die Bootswand. Ich betrachtete ihn mir nicht näher. Der andere schrie gellend auf. Nur ein einziger Schreckensschrei. Dann war alles still.
Er glitt vom Sitz auf die Knie und hob seine gefalteten Hände flehend zu meinem Antlitz empor. ›Gnade‹, flüsterte er schwach. ›Gnade für mich! – Genosse.‹

›Ah, Genosse‹, sagte ich mit verhaltener Stimme. ›Ja, Genosse, natürlich. Nun, denn, schrei schon *Vive l'anarchie.*‹

Er warf die Arme in die Höhe, kehrte sein Gesicht zum Himmel auf und stieß mit weit geöffnetem Mund einen gewaltigen Verzweiflungsschrei aus. ›*Vive l'anarchie! Vive* –‹ Er brach zusammen. Die Kugel war ihm durch den Kopf gegangen.

Ich warf beide über Bord. Auch den Revolver schleuderte ich fort. Dann setzte ich mich ruhig hin. Ich war endlich frei! Endlich. Ich blickte nicht einmal zu dem Schiff hinüber; mir war es gleichgültig; wahrhaftig, ich glaube, ich muß eingeschlafen sein, denn plötzlich hörte ich Schreie und sah das Schiff fast über mir. Sie holten mich an Bord und machten das Boot am Heck fest. Es waren alles Neger, mit Ausnahme des Kapitäns, der ein Mulatte war. Er allein verstand einige Worte Französisch. Ich konnte weder herausbekommen, wohin sie unterwegs waren, noch wer sie waren. Sie gaben mir täglich zu essen; aber mir gefiel die Art nicht, wie sie in ihrer Sprache über mich beratschlagten. Vielleicht erwogen sie, mich über Bord zu werfen, um in den Besitz des Bootes zu gelangen. Wer weiß? Als wir an dieser Insel vorüberkamen, fragte ich sie, ob sie bewohnt sei. Ich erfuhr von jenem Mulatten, daß ein Haus darauf stehe. Eine Farm, meinten sie, wenn ich recht verstand. So bat ich sie, mich an der Küste abzusetzen und das Boot für ihre Mühe zu behalten. Ich nehme an, das war genau das, was sie wollten. Das übrige wissen Sie.«

Nachdem er diese Worte hervorgebracht hatte, verlor er plötzlich die Gewalt über sich. Er schritt hastig auf und ab, bis er schließlich zu rennen begann; seine Arme bewegten sich wie eine Windmühle, und die Art, wie er die Worte hervorstieß, kam einem Phantasieren sehr nahe. Sie hatten zum Kern, »er leugne nichts, gar nichts!« Ich konnte ihn nur fortfahren lassen. Ich saß abseits von ihm und wiederholte von Zeit zu Zeit: »*Calmez vous, calmez vous*«, bis seine Erregung abklang.

Ich muß fernerhin gestehen, daß ich noch lange, nachdem er unter sein Moskitonetz gekrochen war, dort blieb. Er hatte mich gebeten, ihn nicht zu verlassen; so verharrte ich – im Namen der Menschlichkeit – neben ihm, wie man am Bett unruhiger Kinder aufsitzt, bis er eingeschlafen war.
Im ganzen habe ich den Eindruck, daß er viel mehr ein Anarchist war, als er mir oder sich selber eingestand; und daß er – von den besonderen Zügen seines Falles einmal abgesehen – vielen anderen Anarchisten sehr ähnlich war. Mehr Gefühl als Verstand – das ist des Rätsels Lösung; und es ist eine Tatsache, daß die bittersten Widersprüche und tödlichsten Konflikte der Welt in der Brust jedes einzelnen fortgesetzt werden, der des Gefühls und der Leidenschaft fähig ist.
Nach persönlichen Erkundigungen kann ich mich dafür verbürgen, daß sich die Sträflingsmeuterei in allen Einzelheiten so zutrug, wie er sie mir schilderte.
Als ich aus Cayenne nach Horta zurückkehrte und dem ›Anarchisten‹ wieder begegnete, sah er recht elend aus. Er war noch verhärmter, noch gebrechlicher und wirklich sehr bleich unter den öligen Schmutzflecken seines Berufs. Offensichtlich bekam ihm das Fleisch der Hauptherde der Gesellschaft (in seiner unkonzentrierten Form) sehr schlecht.
Wir begegneten uns auf einem Ponton in Horta; und ich versuchte, ihn zu bewegen, die Barkasse, vertäut wo sie war, liegen zu lassen und mir auf der Stelle nach Europa zu folgen. Köstlich wäre es gewesen, sich die Überraschung und das Mißvergnügen des trefflichen Direktors vorzustellen, wenn er von der Flucht des armen Burschen erfahren hätte. Doch er lehnte es mit unbesiegbarem Eigensinn ab!
»Sicher wollen Sie nicht ewig hier bleiben!« rief ich. Er schüttelte den Kopf.
»Ich werde hier sterben«, sagte er. Dann fügte er versonnen hinzu: »Fern von *ihnen.*«

Manchmal denke ich an ihn, wie er mit offenen Augen auf seinem Sattelzeug in dem niedrigen Schuppen voller Werkzeuge und altem Eisen liegt – der anarchistische Sklave der Marañon-Farm, der ergeben auf jenen Schlaf wartet, der ihn in so unbegreiflicher Weise »flieht«, wie er sich auszudrücken pflegt.

Eine kriegerische Geschichte

DAS DUELL

I

Napoleon I., dessen Aufstieg sich wie ein Duell gegen ganz Europa ausnahm, hatte eine Abneigung gegen Duelle zwischen den Offizieren seiner Armee. Der große Soldatenkaiser war kein Säbelraßler und hatte wenig Respekt vor der Tradition.

Nichtsdestoweniger zieht sich durch das ganze Epos der kaiserlichen Kriege eine Duellgeschichte, die in der Armee legendär wurde. Zur Überraschung und Bewunderung ihrer Kameraden verfolgten zwei Offiziere wie wahnwitzige Künstler, die noch versuchen, lauteres Gold zu veredeln oder die Lilie im Bild zu überbieten, durch die Jahre des allgemeinen Gemetzels hin einen privaten Streit. Sie waren Kavallerieoffiziere, und ihre Verbindung mit dem feurigen, doch kapriziösen Tier, das die Männer in die Schlacht trägt, scheint besonders gut dazu zu passen. Es wäre schwer, sich als Helden dieser Legende zum Beispiel zwei Offiziere der Linieninfanterie vorzustellen, deren Phantasie durch viel Laufen bezähmt wird und deren Heldenmut notwendigerweise von mühseligerer Art ist. Was Artilleristen oder Offiziere der Pioniertruppe angeht, deren Köpfe bei einer Diät aus Mathematik kühl gehalten werden, so wäre das einfach unausdenkbar.

Die Namen der beiden Offiziere waren Feraud und D'Hubert, und beide waren Leutnant in einem Husarenregiment, doch nicht im selben Regiment.

Feraud tat Dienst im Regiment, während Leutnant D'Hubert

das Glück hatte, der Person des Divisionsgenerals als *officier d'ordonnance* zugeteilt worden zu sein. Sie waren in Straßburg stationiert, und in dieser angenehmen und bedeutenden Garnisonsstadt genossen sie ausgiebig einen kurzen Friedensinterval. Sie genossen ihn, wenn sie auch beide äußerst kriegerisch veranlagt waren, weil es ein Frieden des Schwerterschärfens und Gewehrschloßreinigens war, der einem Soldatenherzen lieb ist und das Soldatenprestige unversehrt läßt, um so mehr als niemand an dessen Aufrichtigkeit oder Dauer glaubte.

Unter diesen dem rechten Auskosten militärischer Muße so günstigen historischen Umständen begab sich Leutnant D'Hubert eines schönen Nachmittags über die ruhige Straße einer freundlichen Vorstadt zu Leutnant Ferauds Quartier, das sich in einem Privathaus mit Hintergarten befand, welches einer alten unverheirateten Dame gehörte.

Auf sein Klopfen hin wurde ihm die Tür sogleich von einer jungen Magd in elsässischer Tracht aufgemacht. Ihre frische Gesichtsfarbe und die beim Anblick des großen, schlanken Offiziers züchtig gesenkten langen Augenwimpern veranlaßten Leutnant D'Hubert, der für ästhetische Eindrücke nicht unempfänglich war, die eisig würdige Strenge seiner Miene zu entspannen. Gleichzeitig bemerkte er, daß das Mädchen ein Paar blauer Husarenhosen mit roten Streifen über dem Arm trug.

»Leutnant Feraud zu Hause?« erkundigte er sich wohlwollend.

»O nein, mein Herr! Er ging heute morgen um sechs Uhr fort.«

Die hübsche Magd versuchte die Tür zu schließen. Leutnant D'Hubert, der sich dieser Maßnahme mit sanfter Entschiedenheit widersetzte, trat mit klirrenden Sporen in die Diele.

»Kommen Sie schon, meine Liebe! Sie wollen mir doch nicht weismachen, er sei seit sechs Uhr heute morgen nicht mehr nach Hause gekommen?«

Mit diesen Worten öffnete Leutnant D'Hubert ohne Umstände die Tür eines Zimmers, welches so gemütlich und sauber aufgeräumt war, daß er nur auf Grund spezifischer Beweisstücke in Gestalt von Stiefeln, Uniformen und militärischen Ausrüstungen zu der Überzeugung gelangte, dies sei Leutnant Ferauds Zimmer. Und er sah auch, daß Leutnant Feraud nicht zu Hause war. Die ehrliche Magd war ihm gefolgt und hob ihre aufrichtigen Augen zu seinem Gesicht empor.

»Hm!« sagte Leutnant D'Hubert überaus enttäuscht, denn er hatte schon alle jene bevorzugten Plätze aufgesucht, an denen man einen Husarenleutnant an einem schönen Nachmittag hätte antreffen können. »Er ist also ausgegangen? Und wissen Sie zufällig, meine Liebe, warum er heute morgen um sechs Uhr ausging?«

»Nein«, antwortete sie sogleich. »Er kam gestern abend spät heim und schnarchte. Ich hörte ihn, als ich um fünf Uhr aufstand. Dann zog er seine älteste Uniform an und ging aus. Dienst, nehme ich an.«

»Dienst? Keine Spur!« rief Leutnant D'Hubert. »Sie sollen wissen, mein Engel, daß er so früh heute morgen ausging, um ein Duell mit einem Zivilisten auszufechten.«

Sie hörte diese Neuigkeit, ohne im geringsten mit den dunklen Wimpern zu zucken. Ihr war deutlich anzumerken, daß die Handlungen Leutnant Ferauds gemeinhin über alle Kritik erhaben waren. Nur einen Moment lang blickte sie in stummem Staunen auf, und Leutnant D'Hubert schloß aus dem Fehlen jeglicher Gefühlsbewegung, daß sie Leutnant Feraud seit den Morgenstunden gesehen haben mußte. Er blickte sich im Zimmer um.

»Nun sagen Sie schon!« beharrte er mit plumper Vertraulichkeit. »Befindet er sich jetzt vielleicht irgendwo im Haus?«

Sie schüttelte den Kopf.

»Dann desto schlimmer für ihn!« fuhr Leutnant D'Hubert im Ton banger Überzeugung fort. »Doch er ist heute morgen wieder nach Hause gekommen.«

Diesmal nickte die hübsche Magd leicht mit dem Kopf.

»So, das ist er!« rief D'Hubert. »Und ist wieder ausgegangen? Wozu? Konnte er nicht ruhig im Hause bleiben! Was ein Wahnsinniger! Mein liebes Kind –«
Leutnant D'Huberts natürliche Herzensgüte und sein stark ausgeprägtes Kameradschaftsgefühl unterstützten seine Beobachtungsgabe. Er ging zu einem Ton höchst einschmeichelnder Sanftheit über und appellierte mit einem Blick auf die Husarenhosen, die über dem Arm des Mädchens hingen, an das Interesse, das sie an Leutnant Ferauds Glück und Wohlergehen nahm. Er war eindringlich und überzeugend. Er benützte seine gütigen und edlen Augen mit vorzüglichem Erfolg. Sein Verlangen, Leutnant Ferauds zu dessen eigenem Besten sogleich habhaft zu werden, schien so echt, daß die Abneigung des Mädchens, mit der Sprache herauszurücken, schließlich überwunden wurde. Unglückseligerweise hatte sie nicht viel mitzuteilen. Leutnant Feraud war kurz vor zehn Uhr wieder nach Hause gekommen, hatte sich unverzüglich auf sein Zimmer begeben und aufs Bett geworfen, um seinen Schlummer fortzusetzen. Sie hatte ihn noch lauter als zuvor und bis spät in den Nachmittag hinein schnarchen hören. Dann war er aufgestanden, hatte seine beste Uniform angelegt und war wieder ausgegangen. Das war alles, was sie wußte.
Sie hob ihre Augen, und Leutnant D'Hubert starrte sie ungläubig an.
»Nicht zu fassen. Stolziert in seiner besten Uniform durch die Stadt! Mein liebes Kind, wissen Sie denn nicht, daß er jenem Zivilisten heute morgen den Säbel durch den Leib gejagt hat? Glatt durch, so wie man einen Hasen aufspießt.«
Das hübsche Mädchen hörte die gräßliche Kunde ohne jedes Zeichen innerer Pein. Doch sie preßte gedankenvoll die Lippen aufeinander.
»Er stolziert nicht durch die Stadt«, bemerkte sie leise. »Weit entfernt davon.«

»Die Familie des Zivilisten schlägt fürchterlichen Lärm«, fuhr Leutnant D'Hubert, seinen Gedanken nachhängend, fort. »Und der General ist sehr verärgert. Sie gehört zu den besten Familien der Stadt. Feraud hätte sich zumindest verborgen halten sollen –«

»Was wird der General ihm antun?« erkundigte sich das Mädchen ängstlich.

»Ihm wird schon nicht der Kopf heruntergerissen werden«, brummte Leutnant D'Hubert. »Sein Betragen ist absolut ungehörig. Er macht sich durch solches Draufgängertum unabsehbare Scherereien.«

»Aber er stolziert nicht durch die Stadt«, beharrte die Magd mit schüchternem Murmeln.

»Richtig! Jetzt besinne ich mich, daß ich ihn ja nirgends gesehen habe. Was treibt er bloß, um alles in der Welt?«

»Er wird einen Besuch machen«, meinte die Magd nach einem Augenblick des Schweigens.

Leutnant D'Hubert brauste auf.

»Einen Besuch! Meinen Sie einen Besuch bei einer Dame? Welche Dreistigkeit! Und woher wissen Sie, das, meine Liebe?«

Ohne einen Hehl aus ihrer weiblichen Verachtung der Beschränktheit des männlichen Verstandes zu machen, erinnerte ihn die hübsche Magd daran, daß Leutnant Feraud, ehe er ausging, seine beste Uniform angezogen habe. Er habe auch seinen neuen Dolman angelegt, fügte sie in einem Ton hinzu, als gehe ihr diese Unterhaltung langsam auf die Nerven, und wandte sich brüsk ab.

Ohne die Richtigkeit dieser Schlußfolgerung anzweifeln zu wollen, vermochte Leutnant D'Hubert doch nicht zu sehen, inwiefern sie ihn bei seiner offiziellen Fahndung weiterbrachte. Denn seine Fahndung nach Leutnant Feraud hatte einen offiziellen Charakter. Er kannte keine der Frauen, welchen dieser Bursche, der am Morgen einen Mann durchbohrt hatte, des

Nachmittags einen Besuch abstatten mochte. Die beiden jungen Männer kannten einander nur flüchtig. Er biß sich vor Verlegenheit in den behandschuhten Finger.

»Einen Besuch!« rief er. »Beim Satan!«

Das Mädchen, das ihm den Rücken zukehrte und die Husarenhosen gefaltet über einen Stuhl legte, erwiderte mit einem leisen, zornigen Auflachen: »Oh, behüte, nein! Bei Madame de Lionne.«

Leutnant D'Hubert pfiff leise. Madame de Lionne war die Frau eines hohen Beamten, die einen stadtbekannten Salon führte und sich auf ihre Feinsinnigkeit und Eleganz etwas zugute tat. Der Gemahl war ein Zivilist und war alt; aber die Gesellschaft, die sich in ihrem Salon um sie versammelte, war jung und militärisch. Leutnant D'Hubert hatte gepfiffen, nicht weil ihm der Gedanke daran, Leutnant Feraud gerade in diesem Salon aufspüren zu müssen, unangenehm gewesen wäre, sondern weil er, da er erst vor kurzem in Straßburg eingetroffen war, bisher noch keine Zeit gefunden hatte, sich bei Madame de Lionne einführen zu lassen. Und was tat dieser Raufbold Feraud dort, fragte er sich. Er schien nicht der Mann zu sein, der –

»Sind Sie dessen gewiß, was Sie da sagen?« fragte Leutnant D'Hubert.

Das Mädchen war dessen gewiß. Ohne sich umzuwenden und ihn anzusehen, erklärte sie ihm, der Kutscher von nebenan kenne den *maître d'hôtel* der Madame de Lionne. Auf diesem Wege habe sie davon erfahren. Und sie wisse es ganz sicher. Sie seufzte, während sie das beteuerte. Leutnant Feraud mache dort beinahe jeden Nachmittag Besuch, fügte sie hinzu.

»Ah, bah!« rief D'Hubert spöttisch. Seine Meinung von Madame de Lionne sank beträchtlich. Leutnant Feraud schien ihm der Aufmerksamkeit einer Dame, die wegen ihrer Feinsinnigkeit und Eleganz bekannt war, nicht besonders würdig. Aber man konnte nie wissen. Im Grunde waren sie alle gleich – mehr aufs krud Praktische als aufs Idealische eingestellt. Leutnant D'Hubert versagte es jedoch seinem Geist, bei diesen Betrachtungen zu verweilen.

»Alle Wetter!« sagte er sinnend. »Der General begibt sich dort zuweilen hin. Wenn er dazukommen sollte, wie der Bursche der Dame schöne Augen macht, wird die Hölle los sein! Mit unserem General ist nicht gut Kirschen essen, das kann ich Ihnen sagen.«

»Dann gehen Sie schnell! Stehen Sie nicht länger hier herum, jetzt, da ich Ihnen gesagt habe, wo er ist!« rief das Mädchen und errötete über und über.

»Danke, meine Liebe! Ich weiß nicht, was ich ohne Sie getan hätte.«

Nachdem er seiner Dankbarkeit in einer zudringlichen Weise Ausdruck gegeben hatte, die zunächst auf wütende Ablehnung stieß, der dann aber mit einer unvermittelten und nur noch abweisenderen Gleichgültigkeit nachgegeben wurde, verabschiedete sich Leutnant D'Hubert.

Rasselnd und mit klirrenden Sporen stolzierte er martialisch die Straßen hinunter. Einen Kameraden in einem Salon zu stellen, wo er nicht bekannt war, beunruhigte ihn nicht im geringsten. Eine Uniform ist ein Freibrief. Seine Stellung als *officier d'ordonnance* des Generals vermehrte noch seine Selbstsicherheit. Außerdem blieb ihm jetzt, da er wußte, wo Leutnant Feraud zu finden war, keine andere Wahl. Es war eine dienstliche Angelegenheit.

Madame de Lionnes Haus machte einen ausgezeichneten Eindruck. Ein livrierter Diener öffnete die Tür zu einem großen Gesellschaftszimmer mit spiegelblankem Boden, rief seinen Namen aus und trat beiseite, um ihn einzulassen. Es war Empfangstag. Die Damen trugen große, verschwenderisch mit Federn geschmückte Hüte; ihre von den Achseln bis zu den

Spitzen der niedrigen Atlasschuhe in enganliegende weiße Gewänder gehüllten Leiber wirkten sylphenhaft und kühl mit ihren großzügigen Dekolletés und entblößten Armen. Die Herren hingegen, die sich mit ihnen unterhielten, waren schwer herausgeputzt in bunten Anzügen mit Kragen, die bis zu den Ohren reichten, und mit breiten Schärpen um die Taille. Leutnant D'Hubert schritt ungeniert durch den Raum, verbeugte sich tief vor einer sylphenhaften Gestalt, die sich auf einem Sofa zurücklehnte, und brachte seine Entschuldigung für diese Störung vor, die nichts rechtfertigen könne als die höchste Dringlichkeit eines Dienstbefehls, den er seinem Kameraden Feraud auszurichten habe. Er werde, so schlug er vor, wenn es gestattet sei, alsbald in förmlicherer Weise zurückkehren, um sich ihre Verzeihung zu erbitten für die Unterbrechung der interessanten Unterhaltung...

Noch ehe er zu Ende gesprochen hatte, wurde ihm mit Nonchalance ein nackter Arm entgegengestreckt. Er drückte ehrerbietig die Hand gegen die Lippen und vermerkte im Geiste deren Knochigkeit. Madame de Lionne war eine Blondine mit einer allzu zarten Haut und einem langen Gesicht.

»*C'est ça!*« sagte sie mit einem geisterhaften Lächeln, das eine Reihe großer Zähne bloßlegte. »Kommen Sie heute abend und bitten Sie um Verzeihung.«

»Das will ich nicht versäumen, Madame.«

Währenddessen saß Leutnant Feraud in der Pracht seines neuen Dolman und der auf Hochglanz polierten Stiefel seines Standes auf einem Stuhl, keinen Fuß weit vom Sofa entfernt. Die eine Hand ruhte auf seinem Schenkel, mit der anderen zwirbelte er seinen Schnurrbart in die Höhe. Auf einen bedeutsamen Blick D'Huberts hin stand er ohne Eile auf und folgte ihm in eine Fensternische.

»Was wünschen Sie von mir?« fragte er mit erstaunlichem Gleichmut. Leutnant D'Hubert war es unvorstellbar, daß Leutnant Feraud in der Unschuld seines Herzens und der Biederkeit seines Gewissens von seinem Duell eine Ansicht hegen sollte, in der weder Reue noch auch nur einsichtsvolle Furcht vor dessen Folgen Platz hatte. Obschon er sich nicht mehr genau darauf besinnen konnte, wie der Streit entstanden war (er begann in einem Lokal, wo noch zu später Nachtstunde Bier und Wein ausgeschenkt wurden), so hatte er doch nicht den leisesten Zweifel daran, selber die beleidigte Partei zu sein. Er hatte als Sekundanten zwei erfahrene Freunde gehabt. Alles war gemäß den Regeln vor sich gegangen, die derartige Abenteuer festlegen. Und Duelle werden offenkundig zu dem Zweck ausgefochten, daß einer verletzt, wenn nicht gar auf der Stelle getötet wird. Der Zivilist wurde verletzt. Das war ebenfalls in der Ordnung. Leutnant Feraud war vollkommen ruhig; doch Leutnant D'Hubert hielt das für Heuchelei und sprach mit einer gewissen Gereiztheit.

»Ich bin vom General beauftragt, Ihnen Befehl zu erteilen, sich unverzüglich in Ihr Quartier zu begeben und dort unter Hausarrest zu bleiben.«

Nun war es an Leutnant Feraud, überrascht zu sein. »Was, zum Teufel, sagen Sie mir da?« murmelte er leise und versank in so tiefe Verwunderung, daß er nur mechanisch den Bewegungen Leutnant D'Huberts folgen konnte. Die beiden Offiziere, der eine hochaufgeschossen, mit einem anziehenden Gesicht und einem Schnurrbart von der Farbe reifen Korns, der andere kurz und stämmig, mit einer Hakennase und einem dichten schwarzen Lockenschopf, näherten sich der Herrin des Hauses, um sich von ihr zu beurlauben. Madame de Lionne, eine Dame von erlesenem Geschmack, lächelte diesen beiden waffentragenden jungen Leuten mit unvoreingenommener Feinsinnigkeit und einem gleichmäßigen Interesse zu. Madame de Lionne hatte ihr Vergnügen an der unendlichen Vielfalt der Gattung Mensch. Die Augen aller im Salon folgten den sich entfernenden Offizieren; und als diese gegangen waren, teilten ein oder zwei Herren, die bereits von dem Duell gehört hatten, die Neuigkeit den sylphenhaften Damen mit, die diese mit leisen Ausrufen menschlicher Anteilnahme quittierten.

Unterdessen schritten die beiden Husaren Seite an Seite dahin – Leutnant Feraud damit beschäftigt, den verborgenen Grund der Dinge zu erfassen, der sich in diesem Falle dem Begriffsvermögen seines Verstandes entzog; und Leutnant D'Hubert verärgert über die Rolle, die er zu spielen hatte, denn die Instruktionen des Generals lauteten dahin, er habe sich persönlich davon zu überzeugen, daß Leutnant Feraud den Befehl buchstäblich und unverzüglich ausführe.

›Der Chef scheint dieses Biest zu kennen‹, dachte er und betrachtete seinen Kameraden, dessen rundes Gesicht, runde Augen, ja dessen aufgezwirbelter pechschwarzer kleiner Schnurrbart von einer geistigen Erbitterung gegen das Unbegreifliche zu vibrieren schienen. Und laut bemerkte er recht vorwurfsvoll: »Der General hat eine verteufelte Wut auf Sie!«

Leutnant Feraud blieb unvermittelt am Rande des Bürgersteiges stehen und rief im Ton unmißverständlicher Aufrichtigkeit: »Weshalb nur, um alles in der Welt?« Die Unschuld der feurigen Gaskogner Seele ließ sich an der Art ablesen, in der er seinen Kopf mit beiden Händen packte, gleichsam als wolle er ihn davor bewahren, daß er vor Verwirrung auseinanderspringe.

»Wegen des Duells«, sagte Leutnant D'Hubert schroff. Er war höchst ungehalten über diese absurde Art, ihn zum Narren zu halten.

»Das Duell! Das...«

Leutnant Feraud fiel von einem Staunen ins andere. Er ließ die Hände sinken und schritt langsam weiter, während er versuchte, diese Mitteilung mit dem Zustand seiner Gefühle in Einklang zu bringen. Es war unmöglich. Erbost rief er aus: »Sollte ich denn diesen *choucroute*-fressenden Zivilisten seine

Stiefel an der Uniform der Siebenten Husaren abwischen lassen?«
Leutnant D'Hubert konnte angesichts dieses biederen Gefühlsausbruchs nicht völlig ungerührt bleiben. Der kleine Kerl war ein Schwachkopf, dachte er im stillen, aber es war etwas Richtiges an dem, was er sagte.
»Selbstverständlich weiß ich nicht, wie weit Sie gerechtfertigt waren«, begann er besänftigend. »Und der General mag selber nicht genau informiert sein. Diese Leute haben ihm mit ihren Klagen in den Ohren gelegen.«
»Ah! Der General ist nicht genau informiert«, murmelte Leutnant Feraud und schritt schneller und schneller, während sein Zorn über die Ungerechtigkeit seines Schicksals in ihm zu wachsen begann. »Er ist nicht genau... Und er ordnet Hausarrest für mich an. Gott weiß, was noch alles kommt!«
»Regen Sie sich nicht so auf«, ermahnte ihn der andere. »Die Leute Ihres Gegners sind sehr einflußreich, wissen Sie, und auf den ersten Blick sieht die Sache übel genug aus. Der General mußte sogleich auf ihre Beschwerden eingehen. Ich glaube nicht, daß er übermäßig streng mit Ihnen ins Gericht zu gehen gedenkt. Es ist nur zu Ihrem Besten, wenn sie eine Weile von der Bildfläche ferngehalten werden.«
»Ich bin dem General sehr verbunden«, brummte Leutnant Feraud bissig. »Und vielleicht finden Sie, ich solle auch Ihnen dankbar sein für die Mühe, die Sie hatten, mich im Salon einer Dame aufzuspüren, die –«
»Offengestanden«, unterbrach ihn Leutnant D'Hubert mit einem unschuldigen Lachen, »meine ich wirklich, Sie sollten mir dankbar sein. Ich hatte unendliche Schwierigkeiten, bis ich herausfand, wo Sie steckten. Es war für Sie unter diesen Umständen auch nicht gerade der richtige Ort, sich zu vergnügen. Wenn der General Sie dabei erwischt hätte, wie Sie der Göttin des Tempels dort schöne Augen machten... oh, auf mein Wort!...

Es ist ihm ein Greuel, mit Beschwerden über seine Offiziere behelligt zu werden, wissen Sie. Und die Sache sah reiner Aufschneiderei ungewöhnlich ähnlich.«

Die beiden Offiziere waren an der Haustür von Leutnant Ferauds Quartier angelangt. Der letztere wandte sich an seinen Kameraden. »Leutnant D'Hubert«, sagte er, »ich habe Ihnen etwas zu sagen, was sich nicht gut auf der Straße sagen läßt. Sie können mir nicht abschlagen, mit herauf zu kommen.«

Die hübsche Magd hatte die Tür geöffnet. Leutnant Feraud fegte mit finsterer Miene an ihr vorüber, und sie hob ihre erschrockenen und fragenden Blicke zu Leutnant D'Hubert empor, der nichts tun konnte, als leicht die Achseln zu zucken, während er mit betontem Widerstreben folgte.

In seinem Zimmer hakte Leutnant Feraud den Verschluß auf, warf seinen Dolman auf das Bett und wandte sich mit über der Brust gekreuzten Armen an den anderen Husaren.

»Bilden Sie sich ein, ich sei der Mann, der sich zahm der Ungerechtigkeit fügt?« erkundigte er sich mit tobender Stimme.

»Oh, seien Sie doch vernünftig!« ermahnte ihn Leutnant D'Hubert.

»Ich bin vernünftig! Ich bin vollkommen vernünftig!« erwiderte der andere mit unheilverkündender Beherrschtheit. »Ich kann den General für sein Verhalten nicht zur Rechenschaft ziehen; aber Sie werden mir für das Ihre einstehen.«

»Ich kann diesen Unsinn nicht mit anhören«, murmelte Leutnant D'Hubert und zog eine leicht verächtliche Grimasse.

»Sie nennen das Unsinn? Es erscheint mir als eine absolut klare Feststellung. Es sei denn, Sie verstehen kein Französisch.«

»Was haben Sie nur im Sinn, um alles in der Welt?«

»Ich habe im Sinn«, schrie Leutnant Feraud plötzlich, »Ihnen die Ohren abzuschneiden, um Sie zu lehren, mich nicht mit Generalsbefehlen zu belästigen, wenn ich mich mit einer Dame unterhalte!«

Ein tiefes Schweigen folgte dieser verrückten Erklärung; und durch das offene Fenster hörte Leutnant D'Hubert die kleinen Vögel im Garten wohltuend singen. Er sagte, ohne seine Ruhe zu verlieren: »Nun? Wenn Sie diesen Ton anschlagen, werde ich mich selbstverständlich zu Ihrer Verfügung halten, sobald Ihnen gestattet ist, sich mit dieser Angelegenheit zu befassen; doch ich denke nicht, daß Sie mir die Ohren abschneiden werden.«

»Ich werde mich sogleich damit befassen«, erklärte Leutnant Feraud mit äußerster Wildheit. »Wenn Sie glauben, Sie könnten heute abend mit Ihrem vornehmen Getue in Madame de Lionnes Salon auftreten, dann irren Sie sich gründlich.«

»Wahrhaftig!« sagte Leutnant D'Hubert, der langsam unruhig wurde, »Sie sind ein widerspenstiger Geselle. Der Auftrag des Generals an mich lautete, Sie unter Arrest zu setzen und nicht, Sie in Stücke zu hauen. Gott befohlen!« Und indem er dem kleinen Gaskogner, der – wiewohl er bei seinen Zechereien stets nüchtern blieb – den Eindruck erweckte, schon bei Geburt berauscht vom Sonnenschein des Rebenlandes gewesen zu sein, den Rücken zukehrte, schritt der Mann aus dem Norden, der zuweilen kräftig bechern konnte, aber unter dem wäßrigen Himmel der Picardie geboren war, auf die Tür zu. Da er jedoch das unmißverständliche Geräusch eines aus der Scheide gezogenen Säbels hinter sich hörte, blieb ihm nichts anderes übrig, als stehen zu bleiben.

›Zum Teufel mit diesem verrückten Südländer!‹ dachte er, als er sich herumdrehte und gelassen die kriegerische Haltung Leutnant Ferauds musterte, der den nackten Säbel in der Hand hielt.

»Sogleich! – sogleich!« stotterte Feraud wie von Sinnen.

»Sie haben meine Antwort vernommen«, sagte der andere und bewahrte sehr gut seine Ruhe.

Zunächst war er verärgert und auch ein wenig belustigt gewesen; doch nun umwölkte sich seine Stirn. Er fragte sich ernstlich, wie er wohl hier herauskommen könne. Es ging nicht an, vor einem Mann mit einem Schwert davonzurennen; und sich mit ihm zu schlagen, schien andererseits völlig ausgeschlossen. Er wartete eine Weile, dann sagte er genau das, was ihn im Innersten bewegte.

»Legen Sie das hin! Ich schlage mich nicht mit Ihnen. Ich will mich nicht lächerlich machen.«

»Ah, nein?« zischte der Gaskogner. »Sie ziehen es vermutlich vor, sich Schande zu bereiten. Hören Sie, was ich sage?... Schande! Schande! Schande!« Er brüllte, wippte dabei auf den Zehenspitzen und lief sehr rot an im Gesicht.

Im Gegensatz hierzu wurde Leutnant D'Hubert beim Klang des verhaßten Wortes für einen Augenblick sehr blaß; dann errötete er bis zu den Wurzeln seines blonden Haars. »Aber Sie können zum Zweikampf nicht hinausgehen; Sie stehen unter Hausarrest, Sie Schwachkopf!« widersprach er mit Verachtung.

»Da ist noch der Garten: der ist groß genug, um Ihre lange Leiche darin auszulegen«, sprudelte der andere mit solcher Wildheit hervor, daß sich irgendwie der Zorn des kühleren Mannes legte.

»Das ist völlig absurd«, sagte er – froh, weil er glaubte, fürs erste einen Ausweg gefunden zu haben. »Wir werden unter unseren Kameraden nie jemand finden, der sich uns als Sekundant zur Verfügung stellte. Es ist lächerlich.«

»Sekundant! Zum Henker mit den Sekundanten! Wir brauchen keine Sekundanten. Machen Sie sich nur keine Gedanken wegen Sekundanten. Ich werde schon nach Ihren Freunden schikken, damit sie kommen und Sie begraben, wenn ich fertig mit Ihnen bin. Und wenn Sie irgendwelche Zeugen brauchen, lasse ich die alte Jungfer bitten, ihren Kopf zum Hinterfenster herauszustrecken. Warten Sie! Da ist doch der Gärtner. Der wird wohl genügen. Er ist zwar stocktaub, aber er hat zwei Augen im Kopf. Kommen Sie mit! Ich will Ihnen zeigen, mein Herr Stabsoffizier, daß das Austragen von Generalsbefehlen nicht immer ein Kinderspiel ist.«

Während er so darauflos redete, schnallte er sich die leere Schwertscheide ab. Er schleuderte sie mit Schwung unter das Bett, senkte die Schwertspitze, fegte an dem verdutzten Leutnant D'Hubert vorüber und rief: »Folgen Sie mir!« Im Augenblick, da er die Türe aufriß, war ein schwacher Schrei zu hören, und die hübsche Magd, die am Schlüsselloch gehorcht hatte, stob davon, die Handrücken über ihre Augen gelegt. Feraud schien nicht auf sie zu achten, aber sie rannte hinter ihm her und ergriff seinen linken Arm. Er schüttelte sie ab, und dann lief sie auf Leutnant D'Hubert zu und verkrallte sich im Ärmel seiner Uniform.

»Elender!« schluchzte sie. »Haben Sie ihn aus diesem Grund gesucht?«

»Lassen Sie mich«, flehte Leutnant D'Hubert und versuchte sacht, sich von ihr zu befreien. »Es ist wie in einem Narrenhaus«, protestierte er entrüstet. »Lassen Sie mich los! Ich werde ihm nichts zuleide tun.«

Ein teuflisches Gelächter von Leutnant Feraud bildete den Kommentar zu dieser Beteuerung. »Kommen Sie schon!« brüllte er und stampfte mit dem Fuß auf.

Und Leutnant D'Hubert folgte ihm. Ihm blieb nichts anderes übrig. Wobei zur Verteidigung seiner Vernunftklarheit gesagt werden muß, daß sich, als er durch den Flur schritt, immerhin der Gedanke, die Haustür zu öffnen und nach draußen zu entkommen, bei diesem tapferen Jungen einstellte, doch freilich nur, um sogleich wieder verworfen zu werden, denn er war sicher, daß der andere ihn scham- und bedenkenlos verfolgt hätte. Und der Vorstellung eines Husarenoffiziers, der von einem anderen Husarenoffizier mit gezücktem Säbel durch die Straßen gejagt wird, durfte keinen Augenblick stattgegeben werden. Deshalb folgte er dem andern in den Garten. Auch das Mädchen stolperte hinter ihnen hinaus. Mit fahlen Lippen und irren, erschrockenen Blicken gab sie einer gräßlichen Neugierde nach. Sie dachte auch daran, sich im Notfall zwischen Leutnant Feraud und den Tod zu werfen.

Der taube Gärtner, der sich der näherkommenden Schritte nicht im mindesten bewußt ward, goß weiter seine Blumen, bis Leutnant Feraud ihm auf die Schulter schlug. Als er plötzlich einen wütenden Mann vor sich sah, der mit einem langen Säbel herumfuchtelte, begann der Alte an allen Gliedern zu zittern und ließ die Gießkanne fallen. Leutnant Feraud stieß sie in mächtigem Grimm beiseite, packte den Gärtner am Kragen und drängte ihn mit dem Rücken gegen einen Baum. Dort hielt er ihn fest und brüllte ihm ins Ohr: »Bleibt stehen und seht zu! Hört Ihr? Ihr sollt zusehen! Untersteht Euch bloß nicht und rührt Euch vom Fleck!«

Leutnant D'Hubert kam langsam den Pfad herabgeschritten und hakte mit unverhohlenem Widerwillen seinen Dolman auf. Selbst jetzt, da er die Hand schon am Griff seines Säbels hatte, zögerte er noch, ihn aus der Scheide zu ziehen, bis der Ruf: »*En garde, fichtre;* zu was sind Sie Ihrer Meinung nach hier, wie?« und der Ansturm seines Gegners ihn zwangen, so schnell wie möglich Verteidigungsstellung einzunehmen.

Das Klirren der Waffen erfüllte den zierlich angelegten Garten, der bisher keinen kriegerischeren Klang als das Klippen der Gartenschere vernommen hatte; und alsbald schoß der Oberkörper einer alten Dame aus einem Fenster des oberen Stockwerks. Sie schlug die Hände über ihrer weißen Haube zusammen und schimpfte mit brüchiger Stimme. Der Gärtner blieb wie angenagelt an dem Baum stehen, den zahnlosen Mund in blödsinnigen Staunen aufgesperrt, und weiter oben auf dem Pfad rannte das hübsche Mädchen, wie von einem bösen Zauber festgehalten, wenige Schritte auf einem kleinen Rasenfleck hin und her, rang die Hände und murmelte irre vor sich hin. Sie warf sich nicht zwischen die Kämpfenden: die Ausfälle Leutnant Ferauds waren so wild, daß ihr das Herz stockte. Leutnant D'Hubert, der sein Können auf die Verteidigung konzentrierte, mußte all seine Geschicklichkeit und Kenntnis des Schwertkampfes aufbieten, um die Ausfälle seines Gegners zu parieren. Zweimal schon hatte er zurückweichen müssen. Das Gefühl, einen unsicheren Stand zu haben auf dem runden, trockenen, unter seinen harten Stiefelsohlen davonspritzenden Kies des Gartenweges, beunruhigte ihn. Es war ein höchst ungeeigneter Boden, fand er und hielt seinen wachsamen, zu einem Schlitz verengten, von langen Augenwimpern beschatteten Blick auf die feurige Miene seines stämmigen Gegners gerichtet. Diese alberne Geschichte würde ihm den Ruf eines vernünftigen, wohlerzogenen, vielversprechenden jungen Offiziers verderben. Zumindest würde sie seine unmittelbaren Aussichten vernichten und ihn das Wohlwollen seines Generals kosten. Diese weltlichen Gedanken waren zweifellos fehl am Platze angesichts der Feierlichkeit des Augenblickes. Ein Duell, gleichgültig ob man es als eine Zeremonie im Kult der Ehre betrachtet oder seines moralischen Gehalts so weit entkleidet, daß es zu einer Form männlichen Sports wird, verlangt restlose Entschiedenheit des Willens, eine mordgierige Verhärtung des Gefühls. Andererseits hatte diese lebhafte Beschäftigung mit der Zukunft auch wieder eine günstige Auswirkung, insofern als sie den Zorn in Leutnant D'Hubert zu entfachen begann. Mehr als siebzig Sekunden waren verstrichen, seitdem sie die Klingen gekreuzt hatten, und Leutnant D'Hubert mußte abermals zurückweichen, um zu vermeiden, daß er seinen tollkühnen Gegner wie einen Käfer für einen Sammlungsschrank aufspießte. Der Erfolg war, daß Leutnant Feraud, der das Motiv verkannte, seinen Angriff mit einer Art triumphierendem Knurren vorantrieb.

›Dieses rabiate Biest wird mich gleich an die Wand gedrängt haben‹, dachte Leutnant D'Hubert. Er vermeinte viel dichter am Haus zu sein, als er in Wirklichkeit war, und er wagte nicht den Kopf umzuwenden; ihm schien, als halte er seinen Gegner mit den Augen viel mehr als mit der Degenspitze ab. Leutnant Feraud duckte sich und sprang mit einer wütenden, tigergleichen Gewandtheit vor, die geeignet gewesen wäre, auch das standhafteste Herz einzuschüchtern. Aber viel abstoßender als der Ingrimm eines wilden Tieres, das in aller Herzensunschuld nur einen natürlichen Trieb befriedigt, war diese grausame Vorsätzlichkeit, deren der Mensch allein fähig ist. Leutnant D'Hubert erkannte das schließlich bei all seinen aufs Weltliche gerichteten Gedanken. Es war eine alberne und verheerende Geschichte, in die er da verwickelt worden war, doch was für verrückte Absichten der Bursche auch anfangs gehabt haben mochte, es war klar genug, daß er es nunmehr aufs Töten abgesehen hatte, auf nichts Geringeres. Er hatte es mit einer Verbissenheit darauf abgesehen, welche die bescheidenen Fähigkeiten eines Tigers wahrhaftig weit hinter sich ließ.
Wie es bei von Grund auf tapferen Männern der Fall ist, interessierte Leutnant D'Hubert der volle Anblick der Gefahr. Und im Augenblick, da er so recht interessiert war, wirkten sich auch die Länge seines Armes und die Kühle seines Kopfes zu seinen Gunsten aus. Nun war Leutnant Feraud an der Reihe, mit einem schauerlichen Knurren vereitelter Wut zurückzufallen. Er machte eine schnelle Finte und stürmte dann stracks vor.
›Ah! du möchtest wohl, was?‹ rief Leutnant D'Hubert im Geiste. Der Zweikampf hatte beinahe zwei Minuten gedauert, Zeit genug für einen jeden Mann, in Erbitterung zu geraten, ganz zu schweigen von den anderen Kampfestugenden. Und plötzlich war alles vorbei. Beim Versuch, unter seines Gegners Auslage hinweg zu kommen, erhielt Leutnant Feraud einen Streich über

seinen abgewinkelten Arm. Er spürte ihn nicht im mindesten, doch hemmte er seinen Ansturm, seine Füße glitten auf dem Kies aus, und er stürzte mit großer Wucht hinten über. Der Aufprall erschütterte sein siedendes Hirn dermaßen, daß er in die vollkommene Stille der Bewußtlosigkeit versank. Gleichzeitig mit seinem Sturz hatte das hübsche Dienstmädchen aufgeschrien; die alte unverheiratete Dame im Fenster jedoch ließ ab vom Schimpfen und begann, sich gottergeben zu bekreuzigen.

Als er sah, wie sein Gegner ausgestreckt und vollkommen still, das Gesicht zum Himmel gekehrt, dalag, dachte Leutnant D'Hubert, er habe ihn glatt getötet. Der Eindruck, kräftig genug zugeschlagen zu haben, um seinen Gegner sauber in zwei Hälften zu zerteilen, setzte sich in seiner übersteigerten Erinnerung an die rechtschaffene Absicht, in der er den Schlag geführt, für eine Weile bei ihm fest. Er kniete hastig neben dem hingestreckten Mann nieder. Als er dann entdeckte, daß nicht einmal der Arm abgetrennt war, stahl sich eine leise Enttäuschung in sein Gefühl der Erleichterung. Der Kerl hätte das Ärgste verdient. Aber wenn er ehrlich war, wollte er den Tod dieses Sünders gar nicht. Die Geschichte war ohnehin schon häßlich genug, und Leutnant D'Hubert wandte sich sogleich der Aufgabe zu, das Blut zu stillen. Sein Schicksal wollte es, daß er hierbei in der lächerlichsten Weise durch die hübsche Magd behindert wurde. Unter gellenden Entsetzensschreien stürzte sie sich von hinten auf ihn, verkrallte ihre Finger in seinem Haar und riß ihm den Kopf zurück. Warum sie es darauf anlegte, ihm gerade in diesem Augenblick in die Arme zu fallen, vermochte er absolut nicht zu begreifen. Er versuchte es erst gar nicht. Es war wie ein äußerst verruchter und quälender Traum. Zweimal mußte er, um nicht nach hinten umgerissen zu werden, aufstehen und sie abschütteln. Er tat es mit stoischer Ruhe, ohne ein Wort zu verlieren, und kniete danach sogleich wieder

nieder, um in seinem Geschäft fortzufahren. Doch beim drittenmal, als seine Arbeit getan war, packte er sie und hielt ihre Arme auf dem Rücken fest. Ihre Haube war halb heruntergerutscht, ihr Gesicht gerötet, ihre Augen flammten vor wahnwitziger Kühnheit. Er blickte sanft in sie hinein, während sie ihn viele Male hintereinander einen Lumpen, einen Verräter und einen Meuchelmörder nannte. Dies verdroß ihn nicht so sehr wie die Gewißheit, daß es ihr gelungen war, ihm tüchtig das Gesicht zu zerkratzen. Zum Skandal der Geschichte käme nun auch noch der Spott hinzu. Er stellte sich vor, wie die Geschichte, ausgeschmückt, die Runde durch Garnison und Stadt machen würde, durch die ganze Frontarmee, mit jeder erdenklichen Verzerrung der Motive, der Gefühle und Umstände versehen, und wie durch sie ein Zweifel an der Verständigkeit seines Verhaltens und der Erlesenheit seines Geschmacks selbst bis an die Ohren seiner hochachtbaren Familie dränge. Es mochte alles ganz schön sein für einen Burschen wie diesen Feraud, der keine Verbindungen, keine Familie hatte, die der Rede wert gewesen wäre, und keine andere Eigenschaft als Mut, der ohnehin etwas Selbstverständliches war und den jeder einzelne Soldat in der großen Masse der französischen Kavallerie besaß. Während er noch immer die Arme des Mädchens mit festem Griff nach unten hielt, blickte Leutnant D'Hubert über seine Schulter. Leutnant Feraud hatte die Augen geöffnet. Er rührte sich nicht. Wie ein Mann, der gerade aus einem tiefen Schlaf erwacht ist, blickte er völlig ausdruckslos zum Abendhimmel auf.
Leutnant D'Huberts dringliche Rufe nach dem alten Gärtner hatten keinerlei Wirkung – nicht einmal die, ihn zu veranlassen, den zahnlosen Mund zu schließen. Dann erinnerte er sich, daß der Mann stocktaub war. Währenddessen zappelte das Mädchen – nicht mit weiblicher Zurückhaltung, sondern mit ziemlich roher Wut – und trat ihm dann und wann gegen das

Schienbein. Er hielt ihre Arme auch weiterhin wie in einem Schraubstock fest, da sein Instinkt ihm sagte, sie werde ihm die Augen auskratzen, sobald er sie loslasse. Doch er fühlte sich tief beschämt durch seine Lage. Schließlich gab sie es auf. Sie war mehr erschöpft als besänftigt, fürchtete er. Dennoch versuchte er, auf gütliche Weise aus diesem verruchten Traum herauszukommen.

»Hören Sie«, sagte er so ruhig er konnte. »Wollen Sie mir versprechen, rasch einen Wundarzt zu holen, wenn ich Sie loslasse?«

Mit ehrlicher Bekümmerung vernahm er ihre Erklärung, sie werde nichts dergleichen tun. Im Gegenteil – ihre herausgeschluchzte Absicht ging dahin, im Garten zu bleiben und mit Zähnen und Nägeln für den Schutz des besiegten Mannes zu kämpfen. Das war niederschmetternd.

»Mein liebes Kind!« rief er verzweifelt, »ist es möglich, daß Sie mir zutrauen, ich könnte einen verwundeten Gegner morden? Ist es ... Still! Sie kleine Wildkatze, Sie!«

Sie rangen miteinander. Eine schwere, schläfrige Stimme sagte hinter ihnen: »Was haben Sie mit dem Mädel vor?«

Leutnant Feraud hatte sich auf seinen unverletzten Arm erhoben. Er blickte schläfrig auf seinen andern Arm, auf das Blutgeschmier an seiner Uniform, auf einen kleinen roten See am Boden, auf seinen Säbel, der einen Fuß weit entfernt auf dem Weg lag. Dann legte er sich sacht wieder hin, um alles zu überdenken, soweit die dröhnenden Kopfschmerzen eine geistige Betätigung zuließen.

Leutnant D'Hubert ließ das Mädchen los, das sich sogleich neben den anderen Leutnant kauerte. Die Schatten der Nacht senkten sich über den kleinen geputzten Garten mit der rührenden Gruppe, von der ein leises Gemurmel des Schmerzes und Mitgefühls aufstieg, vermischt mit schwachen Lauten anderen Charakters, die sich anhörten, als versuche ein nicht voll

erwachter Kranker Verwünschungen auszustoßen. Leutnant D'Hubert ging von dannen.
Er schritt durch das stille Haus und beglückwünschte sich zu der Dämmerung, die seine blutigen Hände und sein zerkratztes Gesicht vor den Passanten verbarg. Doch diese Geschichte ließ sich um keinen Preis verbergen. Ihm graute vor Schande und Spott mehr als vor allem anderen, und schmerzlich wurde er gewahr, daß er wie ein Mörder durch die Hintergassen schlich. Plötzlich unterbrach der Klang einer Flöte, der aus dem offenen Fenster eines erleuchteten Zimmers im Obergeschoß eines bescheidenen Hauses drang, seine trübsinnigen Überlegungen. Die Flöte wurde mit beharrlicher Virtuosität gespielt, und durch die *fioritures* der Melodie konnte man das regelmäßige Klopfen des Fußes hören, der auf dem Boden den Takt schlug.
Leutnant D'Hubert rief einen Namen hinauf. Es war der Name eines Armee-Wundarztes, den er ziemlich gut kannte. Die Klänge der Flöte verstummten. Der Musikant erschien am Fenster, das Instrument noch in der Hand, und blickte hinunter.
»Wer ruft da? Sie, D'Hubert? Was führt Sie her?«
Er wurde nicht gern während der Stunde des Flötenspiels gestört. Er war ein Mann, der ergraut war bei der undankbaren Aufgabe, auf Schlachtfeldern, auf denen andere Beförderung und Ruhm ernteten, Wunden zu verbinden.
»Ich möchte Sie bitten, sogleich Feraud aufzusuchen. Sie kennen doch Leutnant Feraud? Er wohnt dort unten in der zweiten Querstraße. Es ist nur ein Katzensprung von hier.«
»Was ist mit ihm?«
»Verwundet.«
»Sind Sie sicher?«
»Sicher!« rief D'Hubert. »Ich komme von dort.«
»Das ist mal lustig«, sagte der betagte Wundarzt. Lustig war sein Lieblingswort; doch wenn er es anbrachte, paßte der Ausdruck seines Gesichtes sehr wenig dazu. Er war ein schwer-

fälliger Mann. »Kommen Sie herein«, fügte er hinzu. »Ich bin gleich fertig.«

»Danke! Ich komme. Ich möchte mir in Ihrem Zimmer die Hände waschen.«

Leutnant D'Hubert fand den Wundarzt damit beschäftigt, die Flöte auseinanderzuschrauben und die Teile sorgfältig in einem Etui zu verpacken. Er wandte den Kopf um.

»Wasser dort – in der Ecke. Ihre Hände haben das Waschen nötig.«

»Ich habe die Blutung zum Stehen gebracht«, sagte Leutnant D'Hubert. »Aber es wäre besser, Sie beeilten sich. Inzwischen sind gut zehn Minuten verstrichen, wissen Sie.«

Der Wundarzt beschleunigte seine Verrichtungen nicht.

»Was hat es denn gegeben? Ging der Verband auf? Das ist mal lustig. Ich hatte den ganzen Tag über im Hospital zu tun, aber mir wurde heute morgen von irgend jemand erzählt, er sei ohne einen Kratzer davongekommen.«

»Nicht dasselbe Duell vermutlich«, brummte Leutnant D'Hubert mürrisch und wischte sich die Hände an dem groben Handtuch ab.

»Nicht dasselbe... Wie? Ein anderes. Da müßte schon der Teufel persönlich kommen, um mich zu bewegen, zweimal am selben Tag hinauszugehen.« Der Wundarzt sah sich Leutnant D'Hubert genauer an. »Wie sind Sie denn zu diesem zerkratzten Gesicht gekommen? Auch noch beide Seiten – und symmetrisch. Das ist lustig!«

»Sehr!« fauchte Leutnant D'Hubert. »Und Sie werden seinen aufgeschlitzten Arm ebenfalls lustig finden. Er wird Sie beide geraume Zeit belustigen.«

Der Arzt war verdutzt und beeindruckt von der schroffen Bitterkeit in Leutnant D'Huberts Worten. Sie gingen gemeinsam aus dem Haus, und auf der Straße verdutzte ihn das Verhalten des anderen noch mehr.

»Kommen Sie nicht mit?« fragte er.
»Nein«, sagte Leutnant D'Hubert. »Sie finden das Haus auch allein. Die Haustür wird vermutlich offenstehen.«
»Gut. Wo ist sein Zimmer?«
»Im Erdgeschoß. Aber Sie gehen besser geradenwegs durch das Haus und werfen zuerst einen Blick in den Garten.«
Diese erstaunliche Mitteilung veranlaßte den Wundarzt, ohne ein weiteres Wort aufzubrechen. Eine heiße und bedrückende Empörung stieg in Leutnant D'Hubert auf, während er sich in sein Quartier begab. Er fürchtete die Frotzeleien seiner Kameraden fast ebensosehr wie den Zorn seiner Vorgesetzten. Die Wahrheit war verwirrend albern und peinlich, selbst wenn man von der Regelwidrigkeit des Kampfes absah, die ihn einer verbrecherischen Handlung sehr nahe kommen ließ. Wie alle Menschen ohne viel Phantasie, eine Gabe, die den Vorgang des reflektierenden Denkens unterstützt, wurde Leutnant D'Hubert von den handgreiflichen Aspekten seiner mißlichen Lage entsetzlich gequält. Er war selbstverständlich froh, Leutnant Feraud nicht getötet zu haben – so gegen alle Regeln und ohne die bei einem solchen Handel vorgeschriebenen Zeugen. Ungewöhnlich froh. Gleichzeitig verspürte er nicht geringe Lust, ihm ohne viel Umstände den Kragen umzudrehen.
Er stand noch immer unter dem Einfluß dieser einander widersprechenden Gefühle, als der chirurgische Flötenspieler ihn besuchte. Mehr als drei Tage waren unterdessen verstrichen. Leutnant D'Hubert war nicht mehr *officier d'ordonnance* des Divisionsgenerals. Er war zu seinem Regiment zurückgeschickt worden. Und er nahm die Verbindung mit der militärischen Familie der Soldaten, unter Stubenarrest stehend – und zwar nicht in seinem eigenen Stadtquartier, sondern in einem Zimmer der Kaserne –, wieder auf. Auf Grund der Schwere des Vorfalls war ihm untersagt worden, irgend jemand zu empfangen. Er wußte nicht, was geschehen war, was gesagt wurde,

was man dachte. Die Ankunft des Wundarztes war für den beunruhigten Gefangenen eine große Überraschung. Der Flötenspieler begann mit der Erklärung, er sei auf Grund eines besonderen Entgegenkommens des Obersten hier.

»Ich gab ihm zu bedenken, daß es nicht mehr als recht und billig sei, Ihnen authentische Nachricht von Ihrem Gegner zukommen zu lassen«, fuhr er fort. »Es wird Sie freuen zu hören, daß er sich rasch erholt.«

Leutnant D'Huberts Gesicht drückte nicht die üblichen Merkmale der Freude aus. Er schritt weiterhin auf dem Fußboden des staubigen, kahlen Zimmers auf und ab.

»Nehmen Sie auf diesem Stuhle Platz, Doktor«, murmelte er. Der Arzt setzte sich.

»Diese Geschichte wird in der Stadt und Armee unterschiedlich beurteilt. Die Mannigfaltigkeit der Meinungen ist wahrhaftig lustig.«

»Das ist sie«, murmelte Leutnant D'Hubert und stapfte unbeirrt von Wand zu Wand. Doch im stillen wunderte er sich, daß es zweierlei Meinungen über die Sache geben konnte. Der Wundarzt fuhr fort.

»Freilich, da die wirklichen Umstände nicht bekannt sind –«

»Man sollte denken«, unterbrach ihn D'Hubert, »daß der Bursche Sie über die Umstände in Kenntnis gesetzt hat.«

»Er sagte etwas«, gab der andere zu, »als ich ihn zum erstenmal sah. Und nebenbei bemerkt, fand ich ihn damals wirklich im Garten. Der Fall auf den Hinterkopf hatte ihn ein wenig durcheinandergebracht. Später war er ziemlich wortkarg.«

»Hätte nicht gedacht, daß er soviel Anstand aufbringen würde, sich zu schämen!« brummte D'Hubert und nahm seinen Gang durchs Zimmer wieder auf, während der Arzt murmelte: »Sehr lustig. Sich schämen! Scham war eigentlich nicht seine Gemütsverfassung. Sie mögen die Dinge jedoch anders ansehen.«

»Wovon sprechen Sie? Welche Dinge?« fragte D'Hubert mit

einem Seitenblick auf die ergraute Gestalt mit dem vierschrötigen Gesicht, die da auf dem harten Stuhl saß.

»Was es auch sein mag«, sagte der Wundarzt ein wenig ungeduldig, »ich möchte mir keinerlei Meinung über Ihr Verhalten erlauben –«

»Himmel! Das lassen Sie auch besser bleiben!« stieß D'Hubert hervor.

»Nun! – nun! Zücken Sie nicht gleich das Schwert. Es macht sich auf die Dauer nicht bezahlt. Lassen Sie sich ein für allemal gesagt sein, daß ich keinen von euch jungen Burschen zerschneiden werde, es sei denn mit den Instrumenten meines Handwerks. Doch mein Rat ist gut. Wenn Sie so weitermachen, bringen Sie sich in einen üblen Ruf.«

»Wenn ich so weitermache?« fragte Leutnant D'Hubert und blieb überrascht stehen. »Ich! – ich! – bringe mich in einen üblen Ruf... Wo denken Sie hin?«

»Ich sagte Ihnen, daß ich kein Urteil über Recht und Unrecht in dieser Sache fällen will. Es geht mich nichts an. Dennoch –«

»Was, um alles in der Welt, hat er Ihnen denn erzählt?« unterbrach ihn Leutnant D'Hubert in einer Art erstauntem Schrekken.

»Ich sagte Ihnen schon, daß er zunächst, als ich ihn im Garten auflas, recht verworren redete. Danach war er verständlicherweise zurückhaltend. Doch ich sehe zumindest so viel, daß er nicht anders konnte.«

»Er konnte nicht anders?« rief Leutnant D'Hubert mit machtvoller Stimme. Dann senkte er sie eindrucksvoll: »Und ich? Konnte ich denn anders?«

Der Wundarzt stand auf. Seine Gedanken flogen schon über das Flötenrohr, seinen ständigen Begleiter mit der trostspendenden Stimme. Man hatte erlebt, daß er in der Nachbarschaft von Feldlazaretten nach vierundzwanzigstündiger harter Arbeit mit ihren süßen Tönen die schreckliche Stille von Schlachtfeldern gestört hatte, die dem Schweigen und dem Tod anheimgegeben sind. Die Stunde der Erquickung in seinem Tageslauf nahte, und in Friedenszeiten wachte er über eine jede ihrer Minuten wie ein Geizhals über seinen Schatz.

»Natürlich! – natürlich!« sagte er leichthin. »So denken Sie. Es ist lustig. Dennoch – da ich vollkommen neutral und Ihnen beiden freundschaftlich zugetan bin, habe ich mich bereitgefunden, Ihnen seine Mitteilung auszurichten. Denken Sie von mir aus, ich täte einem Kranken seinen Willen. Er möchte Sie wissen lassen, daß diese Geschichte keineswegs abgeschlossen sei. Er hat die Absicht, Ihnen seine Sekundanten zu schikken, sobald er wieder bei Kräften ist – vorausgesetzt allerdings, die Armee steht zu jener Zeit nicht im Felde.«

»Er hat die Absicht, wie? Nun, zweifellos«, stieß Leutnant D'Hubert mit Leidenschaft hervor.

Das Geheimnisvolle seiner Entrüstung wurde seinem Besucher nicht bewußt; doch diese Leidenschaftlichkeit bestärkte den Wundarzt in seinem Glauben, der auch draußen immer weiter um sich griff, daß zwischen diesen beiden jungen Männern ein sehr ernster Streit entbrannt sei, etwas, das ernst genug war, um einen Hauch des Geheimnisvollen an sich zu tragen, irgendein äußerst schwerwiegender Umstand. Um diesen brennenden Streit auszufechten, hatten es die beiden jungen Männer fast gleich zu Anfang ihrer Karriere riskiert, entehrt und ruiniert zu werden. Der Wundarzt fürchtete, daß die bevorstehende Untersuchung die öffentliche Neugierde nicht befriedigen werde. Sie würden der Öffentlichkeit nicht jenes Etwas anvertrauen, das sich zwischen ihnen zugetragen hatte und von so haarsträubender Art war, daß sie sich nun beide wegen versuchten Mordes zu verantworten hatten – nicht mehr und nicht weniger. Aber was mochte es sein?

Der Wundarzt war von Natur nicht sehr wißbegierig; aber diese Frage, die ihm nicht aus dem Sinn ging, ließ ihn an jenem

Abend zweimal das Instrument absetzen und eine volle Minute schweigend auf seinem Stuhl verharren – mitten in einer Melodie – in dem Versuch, eine einleuchtende Deutung zu finden.

II

Dies gelang ihm nicht besser als dem Rest der Garnison und der Gesamtheit der Gesellschaft. Den beiden jungen Offizieren, die bisher nicht weiter in Ansehen gestanden hatten, wurde die Auszeichnung zuteil, wegen des Ursprungs ihres Zankes zum Gegenstand der allgemeinen Neugierde zu werden. Madame de Lionnes Salon war das Zentrum scharfsinniger Vermutungen; diese Dame wurde selber eine Zeitlang mit Fragen bestürmt, da sie bekanntermaßen die letzte Person gewesen war, die mit den unglücklichen und tollkühnen jungen Männern gesprochen hatte, ehe diese gemeinsam aus dem Haus gegangen waren zu ihrem wilden Schwertkampf beim Dämmerschein, in einem Privatgarten. Sie gestand, sie habe nichts Ungewöhnliches in ihrem Betragen bemerkt. Leutnant Feraud sei über die Abberufung sichtlich verstimmt gewesen. Das war nur natürlich; kein Mann wird gerne in der Unterhaltung mit einer Dame gestört, die für ihre Eleganz und Feinsinnigkeit berühmt ist. Doch eigentlich langweilte das Thema Madame de Lionne, da sich ihre Person, wie weit der dreiste Klatsch auch gehen mochte, nicht mit dieser Geschichte in Verbindung bringen ließ. Und es verdroß sie, als die Behauptung laut wurde, daß möglicherweise eine Frau im Spiel sei. Dieser Verdruß erwuchs nicht aus ihrer Eleganz und auch nicht aus ihrer Feinsinnigkeit, sondern aus einer viel instinktiveren Seite ihres Wesens. Er wurde schließlich so groß, daß sie sich die Erwähnung des Themas unter ihrem Dach strikt verbat. In der Nähe ihres Sofas wurde das Verbot befolgt, doch weiter ab in ihrem

Salon wurde der Mantel des auferlegten Schweigens auch weiterhin mehr oder weniger gelüftet. Eine Person mit einem langen, blassen, schafsähnlichen Gesicht meinte kopfschüttelnd, daß es sich hier um einen langjährigen Streit handeln müsse, der durch die Zeit nur noch verbitterter geworden sei. Man hielt dem entgegen, für eine solche Theorie seien die beiden Männer selbst zu jung. Sie stammten obendrein aus verschiedenen und weit von einander abliegenden Teilen Frankreichs. Man brachte auch noch andere physikalische Ungereimtheiten vor. Ein Unterkommissar aus dem Verwaltungsdienst, ein freundlicher und kultivierter Junggeselle in feinen Kaschmirbeinkleidern, hessischen Stiefeln und einem blauen, mit Silberlitzen verzierten Rock, der vorgab, an die Seelenwanderung zu glauben, wies darauf hin, daß sich die beiden in einer früheren Existenz begegnet sein könnten. Die Fehde hätte sich in der vergessenen Vergangenheit zugetragen. Sie mochte im gegenwärtigen Zustand ihres Daseins ganz unbegreiflich sein; ihre Seelen aber entsännen sich des Haders und legten eine instinktive Feindseligkeit an den Tag. Scherzhaft entwickelte er diese Ansicht. Doch die Affäre, ob man sie nun vom weltlichen oder militärischen Standpunkt aus betrachtete, vom Standpunkt der Ehre oder dem der Klugheit, war so absurd, daß diese verrückte Erklärung vernünftiger als jede andere erschien.

Die beiden Offiziere hatten niemandem etwas Bestimmtes anvertraut. Die Demütigung, mit der Waffe in der Hand geschlagen worden, und das beängstigende Gefühl, durch des Schicksals Ungerechtigkeit in Verlegenheit geraten zu sein, ließen Leutnant Feraud in finsterem Schweigen verharren. Er mißtraute dem Mitgefühl der Menschheit. Dieses würde sich natürlich des geschniegelten Stabsoffiziers annehmen. Während er im Bett lag, tobte er laut vor der hübschen Magd, die mit Hingebung seine Nöte zu lindern suchte und seinen wüsten Verwünschungen beunruhigt lauschte. Daß Leutnant D'Hubert

»dafür zahlen« solle, schien ihr nur recht und billig. Ihre vordringlichste Sorge war, daß Leutnant Feraud sich nicht errege. Der Demut ihres Herzens erschien er so absolut bewunderungswürdig und faszinierend, daß ihr nur daran lag, ihn rasch wieder gesund zu sehen, und wäre es auch nur, damit er seine Besuche in Madame de Lionnes Salon wieder aufnehmen könne.
Leutnant D'Hubert wahrte sein Schweigen aus dem naheliegenden Grund, weil er, abgesehen von einem törichten jungen Burschen, niemanden hatte, mit dem er hätte sprechen können. Ferner war er sich bewußt, daß die Episode, so ernst sie auch in beruflicher Hinsicht war, ihre komische Seite hatte. Wenn er darüber nachdachte, hatte er noch immer nicht übel Lust, Leutnant Feraud den Kragen umzudrehen. Doch diese Redewendung war eher metaphorisch als präzis und drückte mehr einen Geisteszustand als einen tatsächlichen körperlichen Impuls aus. Gleichzeitig wohnte in diesem jungen Mann ein Gefühl der Kameradschaft und Güte, das ihm die Lust nahm, die Lage Leutnant Ferauds noch zu verschlimmern. Er wollte diese leidige Angelegenheit nicht an die große Glocke hängen. Bei der Untersuchung würde er freilich in Selbstverteidigung die Wahrheit sagen. Diese Aussicht verwirrte ihn.
Aber es kam zu keiner Untersuchung. Statt dessen zog die Armee wieder ins Feld. Leutnant D'Hubert, der ohne weitere Bemerkung die Freiheit wiedererhalten hatte, übernahm seine Regimentsobliegenheiten; und Leutnant Feraud, dessen Arm gerade aus der Schlinge genommen worden war, ritt unverhört mit seiner Schwadron von dannen, um seine Genesung im Qualm des Schlachtfelds und in der frischen Luft der Nachtbiwaks zu vollenden. Diese erfrischende Behandlungsweise tat ihm so wohl, daß er beim ersten Gerücht eines unterzeichneten Waffenstillstands ohne schlimme Vorahnungen zum Gedanken seiner privaten Fehde zurückkehren konnte.
Diesmal sollte es eine allen Regeln entsprechende Fehde wer-

den. Er schickte zwei Freunde zu Leutnant D'Hubert, dessen Regiment nur wenige Meilen entfernt stationiert war. Diese Freunde hatten ihrem Kontrahenten keine Fragen gestellt. »Ich bin ihm noch eins schuldig, diesem geschniegelten Stabsoffizier«, hatte er grimmig gesagt, und ganz zufrieden hiermit führten sie ihre Mission aus. Leutnant D'Hubert hatte keine Schwierigkeiten, zwei Freunde zu finden, die ebenso verschwiegen und ihrem Kontrahenten ergeben waren. »Da ist ein verrückter Kerl, dem ich eine Lehre erteilen muß«, hatte er schroff erklärt; und sie fragten nach keinen triftigeren Gründen.

Unter diesen Umständen wurde auf einer geeigneten Wiese zu früher Morgenstunde ein Zweikampf mit Duellsäbeln vereinbart. Beim dritten Gang sah sich Leutnant D'Hubert plötzlich im tauigen Gras auf dem Rücken liegen mit einem Loch an seiner Seite. Eine strahlende, über einer Landschaft aus Wiesen und Wäldern aufgehende Sonne hing zu seiner Linken. Ein Wundarzt – nicht der Flötenspieler, sondern ein anderer – beugte sich über ihn und tastete ihn um die Wunde herum ab. »Mit knapper Not davongekommen. Doch es ist nichts weiter«, verkündete er.

Leutnant D'Hubert hörte diese Worte mit Freuden. Einer seiner Sekundanten, der neben ihm auf dem nassen Gras saß und seinen Kopf auf seinen Schoß gebettet hatte, sagte: »Das Kriegsglück, *mon pauvre vieux.* Was wollen Sie? Sie legen den Streit am besten bei, wie es sich für zwei ordentliche Leute gehört. Tun Sie es!«

»Sie wissen nicht, was Sie da verlangen«, murmelte Leutnant D'Hubert mit schwacher Stimme. »Doch wenn er...«

Auf der anderen Seite der Wiese drängten Leutnant Ferauds Sekundanten diesen, hinüberzugehen und seinem Gegner die Hand zu reichen.

»Sie sind jetzt quitt – *que diable.* Es ist nur recht und billig. Dieser D'Hubert ist ein anständiger Kerl.«

»Ich kenne den Anstand dieser Hätschelkinder der Generäle«, stieß Leutnant Feraud zwischen den Zähnen hervor, und der düstere Ausdruck seines Gesichtes schreckte von weiteren Versöhnungsversuchen ab. Die Sekundanten, die einander aus der Ferne eine Verbeugung machten, brachten ihre Kontrahenten vom Wiesengrund. Am Nachmittag empfing Leutnant D'Hubert, der als ein guter Kamerad sehr angesehen war und der große Tapferkeit mit einem offenen und ruhigen Sinn verband, viele Besucher. Man nahm zur Kenntnis, daß sich Leutnant Feraud nicht, wie das sonst üblich war, viel außer Hauses blikken ließ, um die Glückwünsche seiner Freunde entgegenzunehmen. Sie hätten ihn nicht enttäuscht, denn auch er war beliebt wegen der Überschwenglichkeit seines südlichen Temperaments und der Biederkeit seines Charakters. Überall, wo Offiziere bei Tagesende gewöhnlich zusammenkommen, wurde das Duell des Morgens von jedem Standpunkt aus erörtert. Wenn auch Leutnant D'Hubert diesmal besiegt worden war, so wurde seine Fechtkunst doch gerühmt. Niemand konnte leugnen, daß sie sehr exakt, sehr überlegt war. Man flüsterte sogar, daß er nur deswegen getroffen worden sei, weil er seinen Gegner hatte schonen wollen. Doch von vielen wurde die Wucht und der Schneid von Leutnant Ferrauds Angriff als unwiderstehlich bezeichnet. Freimütig diskutierte man die Kampfestugenden der beiden Offiziere; doch ihr Verhalten gegeneinander nach dem Duell wurde leise und behutsam kritisiert. Es war unversöhnlich, und das war zu bedauern. Doch schließlich mußten sie am besten wissen, was die Rücksichten auf ihre Ehre ihnen vorschrieben. Es war keine Angelegenheit, in die Kameraden ihre Nase hineinzustecken hatten. Was den Ursprung des Duells betraf, so war der allgemeine Eindruck der, daß er von der Zeit datierte, da sie in Straßburg in Garnison gelegen hatten. Der musikalische Wundarzt schüttelte hier den Kopf. Er reiche viel weiter zurück, dachte er.

»Aber richtig! Sie müssen ja die ganze Geschichte kennen«, riefen einige Stimmen eifrig und voll Neugierde. »Was war es?«

Bedächtig hob er seinen Blick vom Glas. »Selbst wenn ich so gut Bescheid wüßte, dürften Sie von mir keinen Aufschluß erwarten, da die Kontrahenten es vorziehen, nichts zu sagen.«

Er stand auf und ging hinaus, und hinter ihm blieb ein Gefühl des Geheimnisvollen zurück. Er konnte nicht länger bleiben, denn die Geisterstunde des Flötenspiels rückte heran.

Als er gegangen war, bemerkte ein junger Offizier feierlich: »Klar! Ihm sind die Lippen versiegelt!«

Niemand stellte die erhebliche Richtigkeit dieser Bemerkung in Frage. Irgendwie trug sie noch zu dem Eindrucksvollen der Geschichte bei. Mehrere ältere Offiziere beider Regimenter schlugen, von nichts anderem als reiner Güte und dem Verlangen nach Eintracht getrieben, vor, ein Ehrengericht zu bilden, dem beide die Aufgabe ihrer Versöhnung übertragen sollten. Unglücklicherweise wandten sie sich mit diesem Vorschlag zunächst an Leutnant Feraud, in der Annahme, daß dieser, da er gerade den Sieg davongetragen hatte, friedlich gesinnt und zur Mäßigung geneigt sei.

Diese Überlegung war recht vernünftig. Dennoch erwies sich das Beginnen als unglücklich. In jener Lockerung des moralischen Gefüges, die durchs Behagen geschmeichelter Eitelkeit bewirkt wird, hatte sich Leutnant Feraud tatsächlich im Innersten seines Herzens bereitgefunden, den Fall zu überdenken, und hatte sogar zu zweifeln begonnen – nicht an der Gerechtigkeit seiner Sache, wohl aber an der restlosen Klugheit seines Verhaltens. Darum war er nicht geneigt, über die Sache zu sprechen. Der Vorschlag der Weisen des Regiments brachte ihn in eine mißliche Lage. Er war verärgert darüber, und dieser Ärger weckte paradoxerweise seine Feindseligkeit gegen Leutnant D'Hubert aufs neue. Sollte er denn in alle Ewigkeit mit diesem Burschen geplagt sein – diesem Burschen, der die verteufelte Gabe besaß, die Leute irgendwie auf seine Seite zu bringen? Und doch war es schwierig, jene Vermittlung, die durch den Ehrenkodex sanktioniert war, rundheraus abzulehnen.

Er begegnete dieser Schwierigkeit durch eine Miene grimmiger Zurückhaltung. Er zwirbelte seinen Schnurrbart und gebrauchte ausweichende Wendungen. Seine Sache sei vollkommen klar. Er schäme sich nicht, sie vor einem ordentlichen Ehrengericht darzulegen, und er fürchte sich auch nicht davor, sie auf dem Kampfplatz zu verteidigen. Er sehe keinen Grund, auf den Vorschlag einzugehen, ehe festgestellt worden sei, wie sein Gegner ihn aufnehme.

Zu später Stunde, als seine Erbitterung noch zugenommen hatte, hörte man ihn in der Öffentlichkeit bissig sagen: dies sei wohl ein rechter Glücksfall für Leutnant D'Hubert; denn beim nächsten Treffen hätte er nicht hoffen dürfen, mit der Kleinigkeit von drei Wochen im Bett davonzukommen.

Diese prahlerische Rede hätte vom abgründigsten Machiavellismus eingeflüstert sein können. Südliche Naturen verbergen oft unter äußerlicher Impulsivität des Handelns und der Rede ein gewisses Maß an Arglist.

Leutnant Feraud, der der Gerechtigkeit der Menschen mißtraute, legte nicht den geringsten Wert auf ein Ehrengericht; und die obigen Worte, die so gut zu seinem Wesen paßten, hatten auch noch den Vorzug, ihm zu nutzen. Ob nun beabsichtigt oder nicht – sie fanden binnen vierundzwanzig Stunden ihren Weg zu Leutnant D'Huberts Krankenzimmer. Folglich quittierte Leutnant D'Hubert, der auf Kissen hochgebettet worden war, die Vorschläge, die ihm am nächsten Tag unterbreitet wurden, mit der Feststellung, es handle sich hier um eine Angelegenheit, die es nicht dulde, erörtert zu werden.

Das bleiche Gesicht des verwundeten Offiziers, seine schwache

Stimme, die er noch behutsam gebrauchen mußte, und die höfliche Vornehmheit seiner Worte machten großen Eindruck auf seine Zuhörer. All das vertiefte, als es draußen weitererzählt wurde, das Geheimnisvolle in viel höherem Maße als das leere Geschwätz Leutnant Ferauds. Dieser war sehr befriedigt über den Ausgang der Sache. Er begann, die allgemeine Verwunderung zu genießen, und ließ es sich angelegen sein, diese noch durch eine Miene wütender Zurückhaltung zu vermehren.

Der Oberst von Leutnant D'Huberts Regiment war ein ergrauter, wettergestählter Krieger, der einen schlichten Begriff von seiner Verantwortung hatte. ›Ich kann nicht‹, sagte er sich, ›den besten meiner Leutnants zuschanden gehen lassen. Ich muß der Sache von mir aus auf den Grund gehen. Er muß mit der Sprache herausrücken, ob auch der Teufel dahinterstecke. Der Oberst soll den jungen Offizieren mehr sein als ein Vater.‹ Und wahrhaftig liebte er all seine Leute mit einer Zärtlichkeit, wie nur ein Vater einer großen Familie sie für ein jedes einzelne Mitglied empfinden kann. Wenn durch ein Versehen göttlicher Fügung menschliche Wesen als bloße Zivilisten zur Welt kamen, so wurden sie noch einmal in ein Regiment hineingeboren, so wie Kinder in eine Familie geboren werden, und diese militärische Geburt allein zählte.

Beim Anblick Leutnant D'Huberts, der da bleich und hohläugig vor ihm stand, krampfte sich dem alten Krieger das Herz in echtem Mitleid zusammen. All seine Zärtlichkeit für das Regiment – diese Körperschaft aus Männern, die er in seiner Hand hielt, um sie in die Schlacht zu führen oder zurückzuziehen; die seinem Stolz diente und all seine Gedanken regierte – schien sich einen Augenblick lang auf die Person des vielversprechendsten seiner Leutnants zu konzentrieren. Er räusperte sich in bedrohlicher Weise und runzelte fürchterlich die Stirn. »Sie müssen verstehen«, begann er, »daß ich mich keinen Deut um das Leben eines einzelnen Mannes in meinem Regiment schere.

Ich würde euch achthundertdreiundvierzig Mann zu Pferd im Galopp in den Abgrund des Verderbens jagen, ohne deshalb mehr Gewissensbisse zu empfinden, als wenn ich eine Fliege umbrächte!«
»Ja, Oberst. Sie würden an unserer Spitze reiten«, sagte Leutnant D'Hubert mit einem schwachen Lächeln.
Der Oberst, der das Gefühl hatte, er müsse sehr diplomatisch vorgehen, brüllte hierauf: »Sie sollen wissen, Leutnant D'Hubert, daß ich danebenstehen und zusehen könnte, wie ihr alle in den Hades reitet, wenn es darauf ankäme. Ich bin der Mann, der auch so etwas fertig brächte, wenn der Dienst und meine Pflicht gegenüber meinem Vaterland es von mir verlangten. Aber das ist unausdenkbar, deshalb sollten Sie nicht einmal eine Anspielung auf so etwas machen.« Er blickte ihn schrecklich durchdringend an, aber sein Ton wurde milder. »Sie sind noch ein Milchbart, mein Junge. Sie wissen gar nicht, wessen ein Mann wie ich fähig ist. Ich würde mich hinter einem Heuschober verstecken, wenn ... Lachen Sie nicht, mein Herr! Wie können Sie sich unterstehen? Wenn dies nicht eine private Unterhaltung wäre, ich würde ... Sehen Sie! Ich bin verantwortlich für den richtigen Einsatz der Menschenleben unter meinem Kommando zum Ruhme unseres Landes und zur Ehre des Regiments. Verstehen Sie das? Nun, was zum Teufel soll das heißen, daß Sie sich in dieser Weise von jenem Burschen bei den Siebten Husaren aufspießen lassen? Es ist einfach schändlich!«
Leutnant D'Hubert war über alle Maßen verwirrt. Seine Schultern bewegten sich zaghaft. Er antwortete nicht. Er konnte seine Verantwortlichkeit nicht außer acht lassen.
Der Oberst senkte den Blick und sprach noch leiser. »Es ist betrüblich!« murmelte er. Und dann änderte er abermals den Ton. »Kommen Sie!« fuhr er überredend fort, doch mit jener Spur von Autorität, die in der Kehle eines guten Menschenführers wohnt, »diese Sache muß beigelegt werden. Ich wünsche, in

aller Offenheit erklärt zu bekommen, worum es geht. Ich fordere das als Ihr bester Freund, das wissen Sie.«

Die bezwingende Macht der Autorität, der verführerische Einfluß der Güte setzten einem Mann, der sich gerade vom Krankenlager erhoben hatte, gewaltig zu. Leutnant D'Huberts Hand, die den Knauf seines Stockes umschlossen hielt, zitterte leicht. Aber sein nördliches Temperament, das sentimental, doch in seiner idealistischen Art auch behutsam und unbestechlich war, widerstand dem Impuls, die ganze tödliche Groteske offen einzugestehen. Dem Gebot abgeklärter Weisheit folgend, drehte er die Zunge siebenmal im Mund herum, ehe er sprach. Dann machte er nur eine Dankesrede.

Der Oberst hörte zunächst interessiert zu und blickte dann verdutzt drein. Schließlich runzelte er die Stirn. »Sie zögern? – *mille tonnerres!* Habe ich Ihnen nicht gesagt, daß ich geruhte, die Sache mit Ihnen durchzusprechen – als ein Freund?«

»Ja, Oberst!« antwortete Leutnant D'Hubert sanft. »Aber ich fürchte, daß Sie, nachdem Sie mich als Freund angehört haben, Schritte unternehmen werden als mein vorgesetzter Offizier.«

Der aufmerksame Oberst klappte seine Kiefer zu. »Nun, wäre das so schlimm?« sagte er freimütig. »Ist die Sache denn so verdammt schändlich?«

»Das ist sie nicht«, erwiderte Leutnant D'Hubert mit leiser aber fester Stimme.

»Selbstverständlich werde ich handeln, wie es zum Besten des Dienstes ist. Nichts kann mich davon abhalten. Warum, meinen Sie, wollte ich sonst die Sache hören?«

»Ich weiß, daß es nicht aus müßiger Neugierde geschieht«, erwiderte Leutnant D'Hubert. »Ich weiß, daß Sie weise handeln werden. Doch wie steht es mit dem guten Ruf des Regiments?«

»Der kann durch die jugendliche Narretei eines Leutnants nicht angetastet werden«, sagte der Oberst streng.

»Nein. Das kann er nicht. Aber er kann durch böse Zungen

angetastet werden. Man wird sagen, ein Leutnant des vierten Husarenregiments habe sich aus Angst, mit seinem Gegner zusammenzutreffen, hinter dem Rücken seines Obersten verkrochen. Und das wäre schlimmer, als sich hinter einem Heuschober zu verkriechen – wenn es zum Besten des Dienstes ist. Ich kann mir das nicht leisten, Oberst.«

»Niemand würde wagen, etwas Derartiges zu sagen«, begann der Oberst sehr hitzig; beendete den Satz aber auf einem unsicheren Ton. Die Tapferkeit Leutnant D'Huberts war wohl bekannt. Doch der Oberst wußte sehr gut, daß die Tapferkeit im Duell, die Tapferkeit im Einzelkampf, zu Recht oder Unrecht als eine Tapferkeit von besonderer Art betrachtet wurde. Und es war von der größten Wichtigkeit, daß ein Offizier seines Regiments jede Art Tapferkeit besaß – und sie auch bewies. Der Oberst schob die Unterlippe vor und blickte mit einem sonderbar starren Blick in die Ferne. Dies war der Ausdruck seiner Ratlosigkeit – ein Ausdruck, der seinem Regiment so gut wie unbekannt an ihm war; denn Ratlosigkeit ist eine Gefühlslage, die unvereinbar ist mit dem Rang eines Obersten der Kavallerie. Der Oberst selbst war von der unangenehmen Neuheit der Empfindung überwältigt. Da er das Nachdenken nicht gewohnt war außer in beruflichen Dingen, die mit dem Wohl von Mannschaften und Pferden sowie deren richtigem Einsatz auf dem Feld der Ehre zusammenhingen, arteten seine geistigen Anstrengungen in eine bloße gedankliche Wiederholung lästerlicher Reden aus. *›Mille tonnerres! ... Sacré nom de nom ...‹*, dachte er.

Leutnant D'Hubert hustete schmerzhaft und fügte mit müder Stimme hinzu: »Es wird eine Menge böser Zungen geben, die sagen werden, ich sei eingeschüchtert worden. Und ich bin sicher, Sie erwarten nicht von mir, daß ich das hinnähme. Ich werde, eh ich mich's versehe, ein Dutzend Duelle am Hals haben statt dieser einen Geschichte.«

Die deutliche Schlichtheit dieser Schlußfolgerung leuchtete dem Oberst ein. Er sah seinen Leutnant durchdringend an. »Setzen Sie sich, Leutnant!« sagte er schroff. »Das ist ja eine verteufelte... Setzen Sie sich!«
»*Mon Colonel*«, begann D'Hubert abermals, »ich fürchte mich nicht vor bösen Zungen. Es gibt Mittel und Wege, sie zum Schweigen zu bringen. Aber es geht auch um meinen Seelenfrieden. Ich könnte den Gedanken nicht loswerden, einen Offizierskameraden ruiniert zu haben. Welche Schritte Sie auch unternehmen würden, sie würden weitere nach sich ziehen. Die Untersuchung ist fallen gelassen worden – mag sie nun ruhen. Sie wäre absolut unheilvoll für Feraud ausgegangen.«
»He! Was! Benahm er sich so übel?«
»Ja. Es war ziemlich übel«, murmelte Leutnant D'Hubert. Und da er noch immer sehr schwach war, verspürte er eine Neigung zu weinen.
Da der andere Mann nicht zu seinem Regiment gehörte, fiel es dem Oberst nicht schwer, das zu glauben. Er begann im Zimmer auf und ab zu gehen. Er war ein guter Chef, ein Mann, der verschwiegener Sympathie fähig war. Aber er war auch in anderer Weise menschlich, und dies zeigte sich daran, daß er zu keiner Verstellung imstande war.
»Das Teuflische ist, Leutnant«, stieß er in der Unschuld seines Herzens hervor, »daß ich meine Absicht kundgetan habe, dieser Angelegenheit auf den Grund zu gehen. Und wenn ein Oberst etwas sagt... sehen Sie...«
Leutnant D'Hubert rief mit großem Ernst: »Ich bitte Sie inständig, Oberst, meinem Ehrenwort zu glauben, daß ich in eine abscheuliche Lage gebracht wurde, in der mir nichts anderes übrig blieb; in der mir überhaupt keine Wahl blieb, mit Rücksicht auf meine Würde als ein Mann und Offizier... Nach allem, Oberst, ist diese Tatsache der eigentliche Grund dieser Geschichte. Da haben Sie ihn. Das übrige ist bloßes Detail...«

Der Oberst blieb plötzlich stehen. Der Ruf, den Leutnant D'Hubert wegen seiner klaren Vernunft und seines guten Charakters genoß, wog das übrige auf. Ein kühler Verstand, ein warmes Herz, das offen dalag wie der Tag. Immer tadellos in seinem Benehmen. Man mußte ihm vertrauen. Der Oberst unterdrückte mannhaft seine gewaltige Neugierde. »Hm! Sie versichern mir, daß Sie als ein Mann und Offizier ... Keine Wahl? Wie?«

»Als ein Offizier – noch dazu ein Offizier der Vierten Husaren«, beteuerte Leutnant D'Hubert, »hatte ich keine Wahl. Und das ist der Grund der Geschichte, Oberst.«

»Ja. Aber ich sehe noch immer nicht, warum man seinem Oberst gegenüber ... Ein Oberst ist ein Vater – *que diable!*«

Man hätte Leutnant D'Hubert noch nicht erlauben dürfen auszugehen. Zu seiner Demütigung und Verzweiflung wurde er sich seiner physischen Untauglichkeit bewußt. Doch ihn beherrschte der krankhafte Eigensinn eines Invaliden, und gleichzeitig fühlte er mit Entsetzen, daß sich seine Augen mit Wasser füllten. Dieses Ungemach schien über seine Kräfte zu gehen. Eine Träne rollte über die feine, blasse Wange Leutnant D'Huberts.

Der Oberst wandte ihm eilig den Rücken zu. Man hätte eine zu Boden fallende Nadel hören können. »Es ist irgendeine alberne Weibergeschichte – nicht wahr?«

Als er diese Worte sagte, drehte sich der Regimentschef schnell herum, um die Wahrheit zu erwischen, die kein schönes Wesen ist, das in einem Quell lebt, sondern ein scheuer Vogel, der sich nur durch List einfangen läßt. Das war das Äußerste, dessen die Diplomatie des Obersten fähig war. Er sah die Wahrheit, die unzweideutig in die Gebärde geschrieben war, mit der Leutnant D'Hubert seine Augen und schwachen Arme in höchstem Protest zum Himmel hob.

»Keine Weibergeschichte – also?« brummte der Oberst und sah

ihn starr an. »Ich frage nicht, wer und wo. Alles, was ich wissen will, ist, ob eine Frau im Spiel ist oder nicht?«

Leutnant D'Hubert ließ die Arme sinken, und seine schwache Stimme klang ergreifend heiser.

»Nichts dergleichen, *mon Colonel.*«

»Ehrenwort?« beharrte der alte Krieger.

»Ehrenwort.«

»Nun gut«, sagte der Oberst nachdenklich und biß sich auf die Lippe. Die Argumente Leutnant D'Huberts hatten ihn, unterstützt von seiner Zuneigung zu dem Mann, überzeugt. Auf der anderen Seite wäre es höchst unpassend gewesen, wenn seine Intervention, aus der er keinen Hehl gemacht hatte, nicht das geringste sichtbare Ergebnis hätte zeitigen sollen. Er behielt Leutnant D'Hubert noch einige Minuten bei sich und entließ ihn dann freundlich.

»Verbringen Sie noch einige weitere Tage im Bett, Leutnant. Was, zum Teufel, fällt dem Arzt ein, Sie diensttauglich zu melden?«

Als Leutnant D'Hubert aus dem Quartier des Obersten trat, sagte er nichts zu dem Freund, der draußen wartete, um ihn heimzubringen. Er sagte zu niemandem etwas. Leutnant D'Hubert machte keine vertraulichen Mitteilungen. Doch am Abend dieses Tages, als der Oberst unter den Ulmen, die in der Nähe seiner Quartiers standen, in Begleitung seines Rangnächsten dahinschlenderte, tat er den Mund auf.

»Ich bin dieser Angelegenheit auf den Grund gegangen«, bemerkte er.

Der Oberstleutnant, ein nüchterner, braungebrannter Mann, hager wie eine Latte, mit kurzem Backenbart, spitzte die Ohren, ließ sich aber durch nichts seine Neugierde anmerken.

»Es ist keine Kleinigkeit«, fügte der Oberst orakelhaft hinzu.

Der andere wartete geraume Zeit, ehe er murmelte: »Ich verstehe!«

»Keine Kleinigkeit«, wiederholte der Oberst und sah starr vor sich hin. »Ich habe D'Hubert jedoch verboten, in den nächsten zwölf Monaten sowohl eine Herausforderung zu schicken, wie eine von Feraud anzunehmen.«

Er hatte sich dieses Verbot ausgedacht, um das Prestige zu retten, das ein Oberst haben sollte. Die Folge hiervon war, daß dem Geheimnis, welches diesen tödlichen Streit umgab, ein offizielles Siegel aufgedrückt wurde. Leutnant D'Hubert wies mit seinem undurchdringlichen Schweigen alle Versuche zurück, ihm die Wahrheit zu entlocken. Leutnant Feraud, dem anfangs unbehaglich zumute gewesen war, fand mit der Zeit zu seiner Selbstsicherheit zurück. Er verbarg seine Unkenntnis der Hintergründe des auferlegten Waffenstillstandes durch kurzes höhnisches Gelächter, als belustige ihn etwas, das er für sich zu behalten gedachte. »Aber was tun Sie nun?« fragten ihn seine Kameraden. Er begnügte sich mit der etwas grimmig vorgebrachten Antwort: »*Qui vivra verra.*« Und jedermann bewunderte seine Zurückhaltung.

Vor dem Ende des Waffenstillstands erhielt Leutnant D'Hubert seine Schwadron. Die Beförderung war wohl verdient, aber anscheinend hatte niemand mit ihr gerechnet. Als Leutnant Feraud bei einer Offizierszusammenkunft davon hörte, murmelte er bissig: »Wirklich?« Unverzüglich nahm er seinen Säbel vom Haken neben der Tür, schnallte ihn sorgsam um und verließ ohne ein weiteres Wort die Gesellschaft. Er ging gemessenen Schritts nach Hause, schlug Feuer mit Flint und Stahl und zündete seine Wachskerze an. Dann riß er einen unglücklichen Glaskrug vom Kaminsims und zertrümmerte ihn wütend am Boden. Jetzt, da D'Hubert ein Offizier höheren Ranges als er war, konnte von einem Duell keine Rede mehr sein. Keiner von ihnen konnte eine Herausforderung schicken oder annehmen, ohne sich vor einem Kriegsgericht dafür verantworten zu müssen. Es ließ sich gar nicht ausdenken. Leutnant Feraud, der schon während vieler Tage kein eigentliches Verlangen mehr verspürt hatte, sich mit Leutnant D'Hubert im Zweikampf zu messen, wütete abermals gegen die Ungerechtigkeit des Schicksals. ›Ob er wohl meint, er könne mir auf diese Weise entwischen‹, dachte er erbittert. Er sah in dieser Beförderung eine Intrige, eine Verschwörung, ein feiges Manöver. Dieser Oberst wußte, was er tat. Er hatte nichts Eiligeres zu tun gehabt, als seinen Liebling für einen Schritt nach vorn zu empfehlen. Es war haarsträubend, daß es einem Mann möglich sein sollte, den Folgen seines Handelns auf dunklen und gewundenen Wegen zu entgehen.

Mit seiner unbekümmerten Veranlagung und einem Temperament, das eher kriegerisch als militärisch war, hatte sich Leutnant Feraud aus reiner Liebe zum Waffenkampf und ohne sich viel Gedanken über Beförderung zu machen, damit begnügt, Hiebe auszuteilen und Hiebe einzustecken; aber jetzt erwachte in seiner Brust ein dringendes Verlangen vorwärts zu kommen. Dieser Kämpe von Beruf beschloß bei sich, alle Gelegenheiten zu ergreifen, bei denen er sich hervortun konnte, und sich wie ein Höfling um die Gunst seiner Vorgesetzten zu bemühen. Er wußte, daß er es, was Tapferkeit betraf, mit jedem aufnehmen konnte und zweifelte nie an seinem persönlichen Charme. Dennoch schien weder die Tapferkeit noch der Charme sehr schnell Früchte tragen zu wollen. Leutnant Ferauds einnehmende, lässige Grimmigkeit des *beau sabreur* machte einen Wandel durch. Er begann verbitterte Anspielungen zu machen auf die »klugen Burschen, die vor nichts haltmachen, nur um vorwärtszukommen«. Die Armee sei voll von ihnen, pflegte er zu sagen; man brauche sich nur umzusehen. Aber die ganze Zeit hatte er nur eine Person im Auge, seinen Gegner D'Hubert. Einmal gestand er einem verständnisvollen Freund: »Sehen Sie, ich verstehe es nicht, um die richtigen Leute herumzuscharwenzeln. Es ist mir einfach nicht gegeben.«

Er erhielt seine Beförderung erst eine Woche nach Austerlitz. Die leichte Kavallerie der Großen Armee war eine Zeitlang mit interessanter Arbeit vollauf beschäftigt. Gleich nachdem der Druck der Berufsarbeit nachgelassen hatte, ergriff Rittmeister Feraud Maßregeln, um ohne Zeitverlust ein Treffen zu vereinbaren. »Ich kenne mein Bürschchen«, sagte er grimmig. »Wenn ich nicht auf der Hut bin, sorgt er dafür, daß er über die Köpfe von einem Dutzend verdienterer Männer hinweg befördert wird. Er hat heraus, wie man so etwas macht.«

Dieses Duell wurde in Schlesien ausgefochten. Wenn auch nicht bis zum Ende ausgefochten, so doch wenigstens bis zum Stillstand. Die Waffe war der Kavalleriesäbel, und die Geschicklichkeit, die Technik, die Wucht und Entschlossenheit, die von den Kontrahenten an den Tag gelegt wurden, nötigten den Zuschauern Bewunderung ab. Das Duell wurde zum Gesprächsthema auf beiden Ufern der Donau bis nach Graz und Laibach hinunter. Sie kreuzten siebenmal die Klingen. Beide hatten viele Schmisse, die stark bluteten. Mit einer, wie es schien, tödlichen Feindseligkeit weigerten sie sich immer wieder, den Kampf zu beenden. Dieser Schein wurde, was Rittmeister D'Hubert betraf, durch die Verstandessehnsucht hervorgebracht, diesen Verdruß ein für allemal aus der Welt zu schaffen; was Rittmeister Feraud betraf, durch die gewaltige Begeisterung seines kriegerischen Instinkts und durch den Stachel verwundeter Eitelkeit. Schließlich wurden sie, zerzaust, die Hemden in Fetzen, blutüberströmt und kaum noch fähig, sich auf den Beinen zu halten, von ihren staunenden und entsetzten Sekundanten mit Gewalt fortgeführt. Später, als ihre nach Einzelheiten lechzenden Kameraden sie bestürmten, erklärten diese Herren, sie hätten nicht zulassen können, daß das Gemetzel endlos fortgesetzt werde. Als sie gefragt wurden, ob die Händel dieses Mal beigelegt worden seien, gaben sie ihrer Überzeugung Ausdruck, dies sei ein Streit, der nur dadurch geschlichtet werden könne, daß einer der beiden Gegner leblos auf dem Felde liegen bleibe. Die Sensation griff von Armeekorps auf Armeekorps über und drang schließlich zu den kleinsten Abteilungen vor, die zwischen Rhein und Save stationiert waren. In den Cafés in Wien rechnete man auf Grund der vorliegenden Einzelheiten allgemein damit, daß sich die beiden Kontrahenten innerhalb dreier Wochen wieder auf freiem Plan gegenübertreten würden. Man erwartete etwas wirklich ganz Außerordentliches auf dem Gebiet des Zweikampfes.

Diese Erwartungen wurden jedoch enttäuscht durch die Anforderungen des Dienstes, die die beiden Offiziere auseinanderführten. Offiziell war keine Notiz von ihren Händeln genommen worden. Sie waren jetzt das Eigentum der Armee und duldeten nicht ohne weiteres eine Einmischung. Doch die Geschichte des Duells oder eher noch ihre Duellierneigungen müssen ihnen bei ihrer Beförderung im Weg gestanden haben, denn sie waren noch immer Rittmeister, als sie während des Krieges mit Preußen abermals zusammentrafen. Nach der Schlacht bei Jena wurden sie mit der Armee, welche Marschall Bernadotte, Fürst von Ponte Corvo befehligte, nach dem Norden entsandt und zogen gemeinsam in Lübeck ein.

Erst nach Besetzung der Stadt fand Rittmeister Feraud Zeit, sein zukünftiges Verhalten unter Berücksichtigung des Umstands zu überdenken, daß Rittmeister D'Hubert die Stellung eines dritten Adjutanten des Marschalls übertragen worden war. Er dachte den größten Teil der Nacht hierüber nach und rief am nächsten Morgen zwei ihm herzlich ergebene Freunde zu sich.

»Ich habe in aller Ruhe darüber nachgedacht«, sagte er und starrte sie mit blutunterlaufenen, müden Augen an. »Ich sehe deutlich, daß ich mir diese ränkevolle Person endlich vom Halse schaffen muß. Hat er doch fertiggebracht, sich in den persönlichen Stab des Marschalls einzuschleichen. Es ist eine regelrechte Herausforderung an mich. Ich kann mich nicht mit einer Situation abfinden, in der ich täglich gewärtigen muß, durch ihn einen Befehl zu erhalten. Und Gott weiß, was für einen Befehl! Das ist schon einmal vorgekommen – und das war bereits zuviel. Er wird das vorzüglich verstehen, keine Sorge. Mehr kann ich Ihnen nicht sagen. Jetzt wissen Sie, was Sie zu tun haben.«

Dieses Treffen fand vor der Stadt Lübeck auf einem sehr offenen Plan statt, der mit besonderer Sorgfalt und unter Berücksichtigung des allgemeinen Dafürhaltens der Kavalleriedivision dieses Armeekorps ausgesucht worden war, daß sich die beiden Offiziere diesmal beritten gegenübertreten sollten. Schließlich war dieses Duell eine Angelegenheit der Kavallerie, und auf einen Kampf zu Fuß zu bestehen, mußte wie eine Mißachtung der eigenen Waffengattung aussehen. Die Sekundanten, die von der Ungewöhnlichkeit dieser Zumutung überrascht waren, beeilten sich, ihre Kontrahenten davon in Kenntnis zu setzen. Rittmeister Feraud ging mit großer Bereitwilligkeit darauf ein. Aus irgendeinem verborgenen Grund, der sich zweifellos aus seiner Seelenverfassung ergab, hielt er sich im Sattel für unbesiegbar. Als er in den vier Wänden seines Zimmers allein war, rieb er sich die Hände und murmelte triumphierend: »Ah, mein schöner Stabsoffizier, jetzt hab ich dich.«

Rittmeister D'Hubert seinerseits zuckte, nachdem er seine Freunde geraume Zeit angestarrt hatte, nur leicht die Achseln. Diese Geschichte hatte ihm das Dasein hoffnungslos und unsinnig erschwert. Auf eine Albernheit mehr oder weniger kam es bei der Abwicklung dieser Sache nicht mehr an – alle Albernheit war ihm zuwider; aber – liebenswürdig wie stets – zeigte er nur ein leicht ironisches Lächeln und sagte mit seiner ruhigen Stimme: »Es wird sicherlich die Eintönigkeit der Sache bis zu einem gewissen Grad beseitigen.«

Als er allein gelassen wurde, setzte er sich an seinen Tisch und vergrub das Gesicht in beiden Händen. Er hatte sich in der letzten Zeit nicht geschont, und der Marschall hatte an all seine Adjutanten besonders hohe Anforderungen gestellt. Die letzten drei Wochen des Feldzuges in abscheulichem Wetter hatten seine Gesundheit angegriffen. Wenn er übermüdet war, litt er unter einem stechenden Schmerz an seiner verwundeten Seite, und dieses unbehagliche Gefühl machte ihn stets mutlos. ›Auch das hat dieses Vieh auf dem Gewissen‹, dachte er verbittert.

Tags zuvor hatte er einen Brief von zu Hause erhalten, der ihm die bevorstehende Hochzeit seiner einzigen Schwester ankündigte. Er überlegte sich, daß er sie seit der Zeit, da sie neunzehn und er sechsundzwanzig war und ins Garnisonsleben nach Straßburg aufbrach, nur zweimal kurz gesehen hatte. Sie waren große Freunde und Vertraute gewesen; und nun sollte sie an einen Mann fortgegeben werden – einen zweifellos sehr würdigen Menschen, aber doch nicht halbwegs gut genug für sie. Er würde seine alte Léonie nie wieder sehen. Sie hatte einen fähigen kleinen Kopf und viel Taktgefühl; sie würde wissen, wie sie diesen Mann zu behandeln hatte, dessen war er sicher. Er machte sich keine Sorgen um ihr Glück, aber er fühlte sich von dem ersten Platz in ihren Gedanken verstoßen, der, seitdem das Mädchen hatte sprechen können, stets ihm gehört hatte. Schwermütige Erinnerungen an die Tage der Kindheit senkten sich auf Rittmeister D'Hubert herab, den dritten Adjutanten des Fürsten von Ponte Corvo.

Er warf den Gratulationsbrief beiseite, den er aus Pflichtgefühl, doch ohne Begeisterung, zu schreiben begonnen hatte. Er nahm einen frischen Bogen Papier und schrieb darauf die Worte: »Dies ist mein letzter Wille und mein Testament.« Als er auf diese Worte blickte, überließ er sich unangenehmen Gedanken; eine dunkle Ahnung, daß er den Schauplatz seiner Kindheit nie wieder sehen werde, bedrückte den ruhigen Sinn Rittmeister D'Huberts. Er sprang auf, stieß seinen Stuhl zurück, gähnte ausgiebig zum Beweis dafür, daß er sich nicht das mindeste aus Vorahnungen mache, warf sich aufs Bett und schlief ein. Während der Nacht erschauerte er von Zeit zu Zeit, ohne aufzuwachen. Am Morgen ritt er zwischen seinen beiden Sekundanten zur Stadt hinaus, unterhielt sich über belanglose Dinge und blickte mit scheinbarer Gleichmütigkeit nach rechts und links in den dichten Morgennebel, der die ebenen, grünen, von Hecken eingefaßten Felder umhüllte. Er setzte über einen Graben und sah die Gestalten vieler berittener Männer, die sich im Nebel bewegten. »Wir sollen wohl vor einer Galerie fechten«, murmelte er bitter.

Seine Sekundanten waren sehr beunruhigt über die atmosphärischen Verhältnisse, aber unversehens wand sich eine bleiche, wäßrige Sonne aus den niedrighängenden Nebelschwaden, und Rittmeister D'Hubert erkannte in der Ferne drei Reiter, die ein wenig abgesondert von den andern dahinritten. Es war Rittmeister Feraud mit seinen Sekundanten. Er zog den Säbel und versicherte sich, daß er richtig am Handgelenk befestigt war. Und jetzt trennten sich die Sekundanten, die bisher in einer dichten Gruppe, die Köpfe der Pferde in der Mitte, beieinandergestanden hatten, in leichtem Trab und ließen ein großes freies Feld zwischen ihm und seinem Gegner zurück. Rittmeister D'Hubert blickte in die bleiche Sonne, auf die elenden Felder, und der Irrsinn des bevorstehenden Kampfes erfüllte ihn mit Trauer. In der Ferne rief eine Stentorenstimme in regelmäßigen Abständen Befehle über das Feld: *Au pas – Au trot – Charrrgez!*... Todesahnungen überfallen einen Mann nicht umsonst, dachte er im Augenblick, da er seinem Pferd die Sporen gab.

Und deshalb war er um so überraschter, als sich Rittmeister Feraud beim ersten Angriff die Blöße zu einem Hieb über die Stirn gab, welcher ihn durch das hervorquellende Blut blind machte und den Kampf beendete, noch ehe er richtig begonnen hatte. Es war unmöglich, ihn fortzusetzen. Rittmeister D'Hu-

bert verließ seinen Gegner, der schrecklich fluchte und sich zwischen seinen beiden entsetzten Freunden im Sattel wand, sprang wieder über den Graben auf die Straße und trottete mit seinen beiden Sekundanten, die von Ehrfurcht ergriffen zu sein schienen angesichts der raschen Beendigung dieses Zweikampfes, nach Hause. Am Abend schloß Rittmeister D'Hubert seinen Gratulationsbrief zur Hochzeit seiner Schwester ab.
Er schloß ihn spät ab. Es war ein langer Brief. Rittmeister D'Hubert ließ seiner Phantasie die Zügel schießen. Er erzählte seiner Schwester, daß er sich ziemlich einsam fühlen werde nach diesem großen Wandel in ihrem Leben; aber schließlich werde einmal auch für ihn der Tag kommen, sich zu verheiraten. Wirklich, er denke schon an die Zeit, da es in Europa niemanden mehr gebe, mit dem man zu kämpfen habe, und da die Epoche der Kriege vorüber sei. »Ich erwarte dann«, schrieb er, »daß mir aus nicht allzu weiter Ferne ein Marschallstab winkt, und Du wirst eine erfahrene Frau sein. Du sollst nach einer Frau für mich Ausschau halten. Ich werde wahrscheinlich kahl sein und ein wenig *blasé*. Ich werde ein junges Mädchen brauchen, hübsch versteht sich, und sehr vermögend, was mir helfen wird, meine glorreiche Karriere mit dem Glanz zu beschließen, der meinem erhabenen Rang zukommt.« Er beendete den Brief mit der Mitteilung, er habe gerade einem lästigen, streitsüchtigen Gesellen, der sich einbilde, Grund zur Klage gegen ihn zu haben, eine gehörige Lektion erteilt. »Aber wenn Du in der Tiefe Deiner Provinz«, fuhr er fort, »je zu Ohren bekommen solltest, daß Dein Bruder einen händelsüchtigen Charakter habe, dann schenke dieser Darstellung unter keinen Umständen Glauben. Man weiß nie, was für Klatschgeschichten aus der Armee an ein unschuldiges Ohr dringen. Was immer Du hören solltest, Du darfst versichert sein, daß Dein Dich ewig liebender Bruder kein Duellant ist.« Dann zerknüllte Rittmeister D'Hubert den leeren Bogen Papier, auf welchem oben

die Worte »Dies ist mein letzter Wille und mein Testament« standen und warf ihn, laut in sich hineinlachend, ins Feuer. Er kümmerte sich keinen Pfifferling um das, was dieser Irrsinnige tun könnte. Er war plötzlich zu der Überzeugung gelangt, daß sein Gegner absolut machtlos war, seinem Leben in irgendeiner Weise etwas anzuhaben; außer vielleicht in der Weise, daß er in die angenehmen, heiteren Pausen zwischen den Feldzügen einige Aufregung brachte.

Von nun an sollte es jedoch keine friedlichen Pausen in der Karriere Rittmeister D'Huberts mehr geben. Er sah die Felder von Eylau und Friedland, marschierte vor und zurück, im Schnee, Schlamm und Staub der polnischen Ebenen, und verdiente sich auf allen Straßen Nordeuropas Auszeichnungen und Beförderungen. Unterdessen führte Rittmeister Feraud, der mit seinem Regiment nach Süden entsandt worden war, einen unbefriedigenden Krieg in Spanien. Erst als die Vorbereitungen für den russischen Feldzug begannen, wurde er wieder nach Norden beordert. Ohne Bedauern verließ er das Land der Mantillas und Orangen.

Die ersten Anzeichen einer nicht unangenehmen Kahlheit vermehrten noch den stolzen Ausdruck der Stirn Rittmeister D'Huberts. Seine Gesichtszüge waren nicht mehr weiß und glatt wie in den Tagen seiner Jugend; der freundliche, offene Glanz seiner blauen Augen war ein wenig hart geworden, gleichsam als hätten sie zuviel durch den Schlachtenrauch blicken müssen. Der ebenholzschwarze Schopf auf Rittmeister Ferauds Kopf, struppig und kraus wie eine Roßhaarmütze, wies an den Schläfen viele silberne Fäden auf. Ein verabscheuungswürdiger Krieg der Hinterhalte und schmählichen Überraschungsmanöver hatte seine Laune nicht eben verbessert. Der schnabelförmige Rücken seiner Nase wurde durch eine tiefe Falte zu beiden Seiten des Mundes noch unterstrichen. Von seinen runden Augenhöhlen strahlten Runzeln aus. Mehr denn je erinnerte er an einen reizbaren und starräugigen Vogel – so etwas wie eine Kreuzung zwischen Papagei und Eule. Er war noch immer sehr freimütig in seinem Abscheu vor »ränkevollen Burschen«. Er nahm jede Gelegenheit wahr, um darauf hinzuweisen, daß er nicht in den Vorzimmern von Marschällen zu seinem Dienstrang gekommen sei. Die schlechtberatenen Personen – Zivilisten oder Militärs –, die Oberst Feraud in der Absicht, liebenswürdig zu sein, baten, ihnen doch zu erzählen, wie er zu dieser auffälligen Narbe an der Stirn gekommen sei, wurden zu ihrer Verblüffung inne, daß sie auf die eine oder andere Art eine schroffe Abfuhr erhielten, die entweder einfach ungezogen oder rätselhaft bissig war. Junge Offiziere wurden von ihren erfahreneren Kameraden freundschaftlich gewarnt, nicht unverhohlen auf die Narbe des Obersten zu starren. Aber freilich mußte es schon ein sehr junger Offizier sein, wenn er nicht die legendäre Geschichte jenes Duells gehört haben sollte, das einer rätselhaften, unverzeihlichen Kränkung entsprang.

III

Der Rückzug von Moskau ertränkte alle privaten Gefühle in einem Meer des Unheils und Elends. Als Obristen ohne Regimenter trugen D'Hubert und Feraud die Muskete in den Reihen des sogenannten heiligen Bataillons – eines Bataillons, das sich aus Offizieren aller Waffengattungen rekrutierte, die keine Truppen mehr zu befehligen hatten.

In diesem Bataillon versahen hochgestellte Obristen den Dienst von Feldwebeln; Generäle führten als Hauptleute die Kompanien an; ein Marschall von Frankreich, Fürst des Kaiserreiches, befehligte das Ganze. Alle hatten sich mit Musketen versehen, die sie am Wegrand aufgelesen, und mit Patronen, die sie Toten abgenommen hatten. In der allgemeinen Auflösung aller

Bande der Disziplin und Pflicht, die sonst die Kompanien, die Bataillone, die Regimenter, die Brigaden und Divisionen einer bewaffneten Menschenmasse zusammenhalten, setzte dieser Truppenkörper seinen Stolz darein, zumindest einen Schein von Ordnung und Gliederung aufrechtzuerhalten. Nachzügler waren allein diejenigen, die aus der Marschordnung fielen, um ihre erschöpften Seelen in der Eiseskälte aufzugeben. Sie schleppten sich weiter, und ihr Vorüberziehen störte die tödliche Ruhe der Ebenen nicht, die im bleichen Schneelicht unter einem aschfahlen Himmel schimmerten. Wirbelwinde rasten über die Felder, fielen über die dunkle Kolonne her, verhüllten sie mit einem Gestöber flirrender Eisstückchen, legten sich wieder und entblößten sie, wie sie auf ihrem tragischen Marsch ohne den Schwung und Rhythmus des militärischen Schrittes dahinkroch. Sie kämpfte sich vorwärts, und die Männer tauschten untereinander weder Worte noch Blicke aus; ganze Reihen marschierten Ellenbogen an Ellenbogen Tag für Tag dahin und hoben nie den Blick vom Boden, so als wären sie in verzweifelte Gedanken verloren. In den stummen, schwarzen Wäldern bildete das Krachen überlasteter Äste das einzige Geräusch, das sie hörten. Oft sprach vom Morgengrauen bis zur Abenddämmerung niemand ein Wort in der ganzen Kolonne. Es war ein makabrer Marsch ringender Leichname auf ein fernes Grab zu. Nur ein Kosakenalarm konnte ihren Augen einen Schimmer kriegerischer Entschlossenheit zurückgeben. Das Bataillon machte kehrt und stellte sich in breiter Front auf oder bildete ein Karree im endlosen Wirbeln der Schneeflocken. Rings um ihre dräuende Unbeweglichkeit senkte ein Schwarm von Reitern mit Pelzmützen auf den Köpfen lange Lanzen und schrie »Hurrah! Hurrah!«, während unter gedämpften Detonationen Hunderte von roten Flammen durch die von fallendem Schnee erfüllte Luft zuckten. Nach sehr wenigen Augenblicken verschwanden die Reiter wieder, so als wären sie von der Windsbraut kreischend davongetragen worden, und das heilige Bataillon, das still stehenblieb, allein im Schneesturm, hörte nur das Heulen des Windes, dessen Stöße den Männern bis ins Herz drangen. Dann setzte das Bataillon mit einem ein- oder zweimaligen Ruf *»Vive l'Empereur!«* seinen Marsch fort und ließ einige leblose, in sich zusammengesunkene Körper hinter sich zurück, winzige schwarze Flecken auf der weißen Unermeßlichkeit des Schnees.

Wenn sie auch oft in Reih und Glied oder bei Scharmützeln in den Wäldern Seite an Seite standen, ignorierten die beiden Offiziere einander; sie taten dies weniger aus feindseligen Absichten als vielmehr aus sehr echter Gleichgültigkeit. Sie mußten all ihre moralische Energie aufbieten, um der fürchterlichen Feindschaft der Natur und dem niederschmetternden Gefühl unentrinnbaren Verderbens Trotz zu bieten. Bis zuletzt zählten sie zu den Aktivisten, den am wenigsten Demoralisierten des Bataillons; ihre ungebrochene Lebensenergie verlieh ihnen in den Augen ihrer Kameraden das Ansehen eines heldenhaften Paares. Und sie sprachen nie mehr als ein oder zwei beiläufige Worte miteinander – außer an einem Tag, als sie sich gegen einen drohenden Kavallerieangriff plänkelnd vor dem Bataillon bewegten und sich plötzlich durch eine kleine Kosakenabteilung abgeschnitten sahen. Zwei Dutzend bärtiger Männer in Pelzmützen ritten hin und her und schwangen in bedrohlichem Schweigen ihre Lanzen; aber die beiden Offiziere dachten nicht daran, die Waffen zu strecken, und Oberst Feraud sagte plötzlich mit heiserer, grollender Stimme, während er sein Gewehr in Anschlag brachte: »Nehmen Sie das nähere Scheusal aufs Korn, Oberst D'Hubert; ich erledige den dahinter. Ich bin ein besserer Schütze als Sie.«

Oberst D'Hubert nickte über seiner angelegten Muskete. Ihre Schultern drängten sich gegen den Stamm eines großen Baumes; das mächtige Schneetreiben vor ihnen schützte sie gegen einen direkten Angriff. Zwei wohlgezielte Schüsse krachten in der eisigen Luft, und zwei Kosaken schwankten in ihren Sätteln. Die übrigen, denen an dem Spiel nichts weiter lag, scharten sich um ihre verwundeten Kameraden und galoppierten außer Schußweite. Den beiden Offizieren gelang es, wieder zu ihrem Bataillon zu stoßen, als dieses für die Nacht haltmachte. Während des Nachmittags hatten sie sich mehr als einmal aneinandergelehnt, und gegen Abend nahm Oberst D'Hubert, dessen lange Beine ihm das Gehen durch den weichen Schnee erleichterten, Oberst Feraud gebieterisch die Muskete ab und trug sie auf seiner Schulter weiter, während er seine eigene als Stock benutzte.

Am Rande eines Dorfes, das halb im Schnee begraben war, brannte ein alter Holzschuppen lichterloh. Das heilige Bataillon in Lumpen gewickelter Skelette drängte sich gierig von der Windseite an den Schuppen heran und streckte Hunderte erstarrter, knochiger Hände an die Glut. Niemand hatte ihr Näherkommen bemerkt. Bevor sie in den Bereich des Flammenscheins traten, der über die eingefallenen, verhungerten Gesichter mit den glasigen Augen zuckte, sagte Oberst D'Hubert seinerseits: »Hier ist Ihre Muskete, Oberst Feraud. Ich kann besser gehen als Sie.«

Oberst Feraud nickte und schob sich an die Glut des wütenden Feuers vor. Oberst D'Hubert war bedächtiger doch nicht weniger entschlossen, einen Platz in der vordersten Reihe zu bekommen. Diejenigen, die sie beiseite stießen, versuchten das Wiedererscheinen der beiden unbezähmbaren Kameraden in Tun und Leiden mit einem schwachen Hochruf zu begrüßen, und ihren mannhaften Fähigkeiten wurde vielleicht nie eine höhere Auszeichnung zuteil als dieser schwache Beifall.

Dies ist die gewissenhafte Wiedergabe dessen, was während des Rückzuges von Moskau zwischen den Obersten Feraud und D'Hubert gesprochen wurde. Oberst Ferauds Schweigsamkeit war das Ergebnis geballter Wut. Klein, struppig, schwarzgesichtig, bedeckt mit einer Schmutzschicht und dem üppigen Wuchs seines drahtigen Bartes, die eine erfrorene Hand von schmierigen Lumpen umwickelt in einer Binde liegend – so zieh er das Schicksal der beispiellosen Tücke gegen den erhabenen Menschen der Schöpfung. Oberst D'Hubert, dessen langer Schnurrbart in Eiszapfen zu beiden Seiten seiner aufgesprungenen blauen Lippen herabhing, dessen Augenlider vom Schneeglanz entzündet waren und dessen hauptsächliches Bekleidungsstück in einem Schafsfellmantel bestand, den er mit Mühe von dem in einem verlassenen Wagen gefundenen steifgefrorenen Leichnam eines Schlachtenbummlers erbeutet hatte, betrachtete die Ereignisse nachdenklicher. Seine regelmäßigen, wohlgebildeten Gesichtszüge, die jetzt auf bloße knochige Grate und fleischlose Höhlen reduziert waren, blickten aus einer schwarzsamtenen Frauenhaube, über die gewaltsam ein dreieckiger Hut gestülpt war, den er unter den Rädern eines leeren Armeepackwagens aufgelesen hatte, welcher einst das Gepäck irgendeines Generals enthalten haben mußte. Der Schafsfellmantel, der zu kurz für einen Mann seiner Größe war, reichte nicht weit hinab, und das vor Kälte blaue Fleisch seiner Beine schimmerte durch die Risse der Unterkleidung. Dies rief unter den herrschenden Umständen weder Gelächter noch Mitleid hervor. Niemand kümmerte sich um das Aussehen oder Befinden des Nächsten. Oberst D'Hubert, der gegen Entbehrungen abgehärtet war, litt in seiner Selbstachtung vor allem unter der beklagenswerten Unmanier seiner Kleidung. Ein gedankenloser Mensch mag der Ansicht sein, es hätte nicht schwerfallen müssen, bei der Masse lebloser Leiber, mit denen der Weg des Rückmarsches übersät war, dieser Unzulänglichkeit abzuhelfen. Aber von einem steifgefrorenen Leichnam eine Hose zu erbeuten, ist nicht so einfach, wie es einem bloßen Theoretiker erscheinen mag. Es benötigt Zeit und Mühe. Man muß zurückbleiben, während die Kame-

raden weitermarschieren. Oberst D'Hubert hatte seine Skrupel, was das Herausfallen aus Reih und Glied betraf. War er erst einmal beiseite getreten, ließ sich nicht mit Bestimmtheit sagen, ob er je wieder zu seinem Bataillon zurückfinden würde; und die widerliche Intimität eines Ringkampfes mit einem steifgefrorenen Leichnam, der der angewandten Gewalttätigkeit seine unnachgiebige eiserne Starrheit entgegensetzt, verletzte sein Zartgefühl. Zum Glück entdeckte Oberst D'Hubert, als er eines Tages zwischen den Hütten eines Dorfes in einem Schneehaufen wühlte, in der Hoffnung, auf eine erfrorene Kartoffel oder auf Krautblätter zu stoßen, die er zwischen seine langen und wackligen Zähne hätte schieben können, ein paar Matten von der Art, wie die russischen Bauern sie zur Verkleidung der Wände ihrer Pferdewagen benutzen. Diese ergaben, vom Schnee freigeklopft, um seine elegante Person gebogen und fest an den Hüften zusammengeschnürt, ein glockenförmiges Untergewand ähnlich einem gestärkten Damenunterrock, das Oberst D'Hubert zu einer absolut schicklich bekleideten doch wesentlich auffälligeren Figur als vorher machte.
So angetan, setzte er den Rückmarsch fort, niemals an seiner persönlichen Errettung zweifelnd, doch voller anderer böser Ahnungen. Die frühere Überschwenglichkeit seines Glaubens an die Zukunft war dahin. Wenn die Straße des Ruhms durch solche unvorhergesehenen Passagen führte, war dann, so fragte er sich – denn er war ein nachdenklicher Mensch –, ihrem leitenden Prinzip zu trauen? Es war eine patriotische Trauer, nicht unvermischt mit persönlichem Kummer und völlig unähnlich der unreflektierten Empörung, die Oberst Feraud Menschen und Dingen entgegenbrachte. Als er seine Kräfte während dreier Wochen in einer kleinen deutschen Stadt auffrischte, war Oberst D'Hubert überrascht, eine Neigung zur Ruhe in sich zu entdecken. Seine zurückkehrende Lebenskraft war sonderbar friedliebend in ihren Strebungen. Er sann schweigend über diese

wunderliche Sinnesänderung nach. Zweifellos machten viele seiner Offizierskameraden der Fronttruppe dieselbe sittliche Erfahrung. Doch jetzt war nicht die Zeit, hierüber zu sprechen. In einem seiner Briefe nach Hause schrieb Oberst D'Hubert: »All Deine Pläne, meine liebe Léonie, mich mit einem liebreizenden Mädchen zu verheiraten, das Du in der Nachbarschaft entdeckt hast, scheinen in weitere Ferne denn je gerückt zu sein. Es ist noch kein Friede geschlossen. Europa braucht erneut eine Lehre. Es wird eine harte Aufgabe für uns sein, doch wir werden es fertigbringen, denn der Kaiser ist unbesiegbar.«

So schrieb Oberst D'Hubert aus Pommern an seine verheiratete Schwester Léonie, die sich im Süden Frankreichs niedergelassen hatte. Und soweit wäre die darin zum Ausdruck gebrachte Gesinnung von Oberst Feraud nicht verworfen worden, der an niemanden Briefe schrieb, dessen Vater zu Lebzeiten ein des Lesens unkundiger Hufschmied gewesen, der weder Bruder noch Schwester hatte und den niemand sehnlichst mit einem liebreizenden jungen Mädchen für ein Leben des Friedens zu verbinden gedachte. Aber Oberst D'Huberts Brief enthielt noch einige allgemeinere philosophische Gedanken über die Ungewißheit aller persönlichen Hoffnungen, sofern diese völlig mit dem Geschick eines gewiß unvergleichlich Großen verkettet waren, der bei aller Größe doch ein Mensch blieb. Diese Betrachtungsweise wäre Oberst Feraud als reine Ketzerei erschienen. Einige vorsichtig ausgedrückte schwermütige Ahnungen militärischer Natur wären von Oberst Feraud für nichts Geringeres als Hochverrat angesehen worden. Aber Léonie, die Schwester Oberst D'Huberts, las sie mit tiefer Befriedigung und meinte im stillen, während sie nachdenklich den Brief zusammenfaltete, daß sich »Armand möglicherweise als ein vernünftiger Junge« erweisen werde. Seit ihrer Einheirat in eine Familie aus dem Süden war sie eine überzeugte Verfechterin der Rückkehr des legitimen Königs. Hoffnungsvoll und eifrig entzündete sie Kerzen in Kirchen und betete des Morgens und Abends für die Sicherheit und das Wohlergehen ihres Bruders. Sie hatte allen Grund anzunehmen, daß ihre Gebete erhört würden. Oberst D'Hubert überstand Lützen, Bautzen und Leipzig, ohne ein Glied einzubüßen, und erwarb sich weiteren Ruhm. Da er sein Verhalten den Bedürfnissen dieser verzweifelten Zeit anzupassen wußte, hatte er seinen bösen Ahnungen niemals Ausdruck verliehen. Er verbarg sie unter einer heiteren Höflichkeit von so angenehmer Wesensart, daß die Leute geneigt waren, sich zu fragen, ob denn Oberst D'Hubert sich gar keines Unheils bewußt sei. Nicht nur sein Benehmen, auch sein Blick blieb ungetrübt. Die standhafte Liebenswürdigkeit seiner blauen Augen verwirrte alle Nörgler und gebot selbst der Verzweiflung Einhalt.

Dieses Betragen wurde vom Kaiser persönlich sehr günstig vermerkt; denn Oberst D'Hubert, der nun dem Generalstab angegliedert war, trat bei verschiedenen Anlässen dem Kaiser unter die Augen. Doch er erbitterte die angespanntere Natur Oberst Ferauds. Dieser letztere gestattete sich auf einer Dienstreise durch Magdeburg, als er mit finsterer Miene beim *Commandant de place* speiste, von seinem lebenslangen Gegner zu sagen: »Dieser Mann liebt den Kaiser nicht«, und seine Worte wurden von den anderen Gästen in tiefem Schweigen aufgenommen. Oberst Feraud, der bei der groben Taktlosigkeit dieser Verleumdung kein gutes Gewissen hatte, fühlte sich verpflichtet, sie durch ein treffendes Argument zu untermauern. »Ich muß ihn schließlich kennen«, rief er und fügte einige Flüche hinzu. »Man studiert seinen Gegner. Ich bin ihm ein halbdutzendmal auf dem Duellplatz gegenübergetreten, wie die ganze Armee weiß. Was wollen Sie mehr? Wenn das auch für den größten Narr nicht Gelegenheit genug ist, einen Mann einzuschätzen, zum Henker, dann weiß ich überhaupt nichts mehr.« Und er blickte sich eigensinnig und finster an der Tafel um.

Später in Paris, als er außerordentlich emsig damit beschäftigt war, sein Regiment neu zusammenzustellen, erfuhr Oberst Feraud, daß Oberst D'Hubert zum General befördert worden war. Er starrte seinen Gewährsmann ungläubig an, kreuzte dann die Arme, wandte sich ab und murmelte: »Bei diesem Mann überrascht mich nichts mehr.«

Laut sagte er über die Schulter hinweg: »Sie würden mir einen großen Gefallen tun, wenn Sie General D'Hubert bei nächster Gelegenheit ausrichteten, daß ihn seine Beförderung fürs erste vor einem ziemlich erbitterten Zweikampf bewahre. Ich hätte nur darauf gewartet, daß er hier aufkreuzt.«

Der Offizier machte ihm Vorhaltungen.

»Wie können Sie nur daran denken, Oberst Feraud, zu dieser Zeit, da jedes Menschenleben dem Ruhm und der Sicherheit Frankreichs geweiht sein sollte?«

Aber unter der Gewalt des inneren Elends, das militärische Rückschläge bewirkt hatten, war Oberst Ferauds Charakter verdorben. Wie viele andere Männer hatte ihn das Mißgeschick verrucht gemacht.

»Ich kann General D'Huberts Existenz als weder dem Ruhm noch der Sicherheit Frankreichs zuträglich erachten«, erklärte er bösartig. »Sie wollen doch nicht behaupten, Sie kennten ihn besser als ich – ich, der ich ihm ein halbdutzendmal mit der Waffe in der Hand gegenübergetreten bin – nicht wahr?«

Sein Gesprächspartner, ein junger Mann, schwieg. Oberst Feraud schritt im Zimmer auf und ab.

»Dies ist nicht der Augenblick, die Dinge zu verniedlichen«, sagte er. »Ich kann nicht glauben, daß dieser Mann je den Kaiser liebte. Er heimste seinen Generalsstern unter Marschall Berthiers Stiefeln ein. Schön. Ich werde mir den meinen auf andere Art verdienen, und dann wollen wir diese Angelegenheit bereinigen, die sich schon allzu lange hinschleppt.«

General D'Hubert, der auf Umwegen von Oberst Ferauds Verhalten erfuhr, machte eine Gebärde, als wolle er eine zudringliche Person von sich fortschieben. Seine Gedanken wurden von ernsteren Sorgen bedrängt. Er hatte nicht Zeit gehabt, seine Familie zu besuchen. Seine Schwester, deren royalistische Hoffnungen mit jedem Tag höher stiegen, bedauerte in gewisser Weise, obwohl sie stolz auf ihren Bruder war, dessen kürzliche Beförderung, weil diese ihn in auffälliger Weise der Gunst des Usurpators teilhaftig erscheinen ließ; und dies konnte später einen nachteiligen Einfluß auf seine Karriere haben. Er schrieb ihr, niemand außer einem eingefleischten Widersacher könne behaupten, er habe seine Beförderung durch Begünstigung erlangt. Was seine Karriere angehe, so versicherte er ihr, blicke er nicht weiter in die Zukunft als bis zum nächsten Schlachtfeld.

In dieser verbissenen Stimmung wurde General D'Hubert zu Beginn des französischen Feldzuges am zweiten Tag der Schlacht bei Laon verwundet. Während er vom Schlachtfeld getragen wurde, erfuhr er, daß Oberst Feraud, der in diesem Augenblick zum General befördert worden war, herbeordert wurde, um seinen Platz an der Spitze seiner Brigade einzunehmen. Leidenschaftlich verfluchte er sein Mißgeschick, da er auf den ersten Blick nicht alle Vorteile einer schlimmen Verwundung wahrzunehmen vermochte. Und doch geschah es durch dieses heldenhafte Mittel, daß die Vorsehung seine Zukunft formte. Während er unter der Fürsorge eines erprobten alten Dieners langsam nach Süden zum Landhaus seiner Schwester fuhr, blieben General D'Hubert die demütigenden Feindberührungen und die Ratlosigkeit des Verhaltens erspart, die den anderen Männern des Napoleonischen Reiches bei dessen Sturz hart zusetzten. Während er in seinem Bett lag, die Fenster weit dem Sonnenschein der Provence geöffnet, erkannte er den offenkundigen Segen, den jener gezackte Splitter einer preußischen Granate ihm gebracht hatte, der ihn, indem er sein Pferd tötete und seinen Schenkel aufriß, vor einem energischen Konflikt mit seinem Gewissen bewahrte. Nach den letzten vierzehn Jahren, die er im Sattel mit gezogenem Schwert und im Bewußtsein, seine Pflicht bis zum letzten erfüllt zu haben, zugebracht hatte, kam General D'Hubert zur Erkenntnis, daß Resignation eine bequeme Tugend sei. Seine Schwester war hocherfreut über seine Vernünftigkeit. »Ich lege mich ganz in deine Hände, meine liebe Léonie«, hatte er zu ihr gesagt.

Der große Einfluß der Familie seines Schwagers war zu seinen Gunsten aufgeboten worden, und noch während er das Bett hütete, erhielt er von der königlichen Regierung nicht nur die Bestätigung seines Ranges, sondern auch die Zusicherung, daß er weiterhin im aktiven Dienst behalten werde. Dem war die Gewährung eines unbeschränkten Genesungsurlaubs angeschlossen. Der ungünstigen Meinung, die man in bonapartistischen Kreisen von ihm hegte und die sich allerdings auf nichts Verläßlicheres als die unbelegten Behauptungen General Ferauds stützen konnte, war es zuzuschreiben, daß General D'Hubert weiterhin im Dienst behalten wurde. Was General Feraud anging, so wurde sein Rang ebenfalls bestätigt. Es war mehr, als er zu hoffen gewagt hatte; aber Marschall Soult, der damals Kriegsminister des wieder eingesetzten Königs war, begünstigte Offiziere, die in Spanien gedient hatten. Allerdings konnte ihm auch die Protektion des Marschalls keine aktive Beschäftigung sichern. Er blieb unversöhnlich, tatenlos und grimmig. In anrüchigen Lokalen suchte er die Gesellschaft anderer Offiziere in Halbsold, die schmutzige aber ruhmvolle alte Trikolorekokarden in ihren Brusttaschen hüteten und an ihren schäbigen Uniformröcken die verbotenen Adlerknöpfe trugen unter dem Vorwand, zu arm zu sein, um sich deren anbefohlenen Umtausch leisten zu können.

Bei der triumphalen Rückkehr von Elba, einem historischen Ereignis, nicht weniger fabelhaft und unwahrscheinlich als die Heldentaten einiger mythologischer Halbgötter, war General

D'Hubert noch immer unfähig, im Sattel zu sitzen. Auch gehen konnte er noch nicht sehr gut. Diese Untauglichkeiten, die Madame Léonie äußerst glücklich dünkten, halfen ihr, den Bruder vor allem möglichen Unheil zu bewahren. Sein Geisteszustand war zu jener Zeit, wie sie mit Schrecken feststellte, alles andere als vernünftig. Dieser General, dem noch immer der Verlust eines Beines drohte, wurde eines Nachts im Stall des Château von einem Reitknecht überrascht, der, als er Licht sah, Alarm wegen Dieben geschlagen hatte. Die Krücke lag halb vergraben in der Streu, und der General hüpfte auf einem Bein in einer Box um ein schnaubendes Pferd herum, das er zu satteln versuchte. Derart war die Wirkung der kaiserlichen Magie auf ein ruhiges Gemüt und einen überlegten Kopf. Bedrängt im Lichtschein der Stallaternen von den Tränen, dem Flehen, der Entrüstung, den Protesten und Vorwürfen seiner Familie, rettete sich General D'Hubert aus der schwierigen Lage, indem er auf der Stelle ohnmächtig in die Arme seiner nächsten Anverwandten sank und zu Bett getragen wurde. Ehe er abermals aufstehen konnte, war die zweite Herrschaft Napoleons, die Hundert Tage fieberhafter Erregung und höchster Kraftanstrengung, zerronnen wie ein erschreckender Traum. Das tragische Jahr 1815, das mit Not und Unrast des Gewissens begonnen hatte, endete mit rachsüchtigen Proskriptionen.

Wie General Feraud dem Zugriff der Sonderkommission und dem letzten Dienst des Exekutionskommandos entging, erfuhr er nie. Dies war zum Teil der untergeordneten Stellung zuzuschreiben, die ihm während der Hundert Tage übertragen worden war. Der Kaiser hatte ihm kein aktives Kommando gegeben, sondern ihn am Kavalleriedepot in Paris beschäftigt, wo er eilig gedrillte Rekruten ausrüsten und ins Feld schicken mußte. Da er diese Aufgabe als seiner Fähigkeit unwürdig betrachtete, war er ihr mit keinem merklichen Eifer nachgegangen; aber in der Hauptsache war er durch die Verwendung

General D'Huberts vor den Auswüchsen der royalistischen Reaktion bewahrt worden.

General D'Hubert, der noch immer Genesungsurlaub hatte, aber jetzt wieder reisen konnte, war von seiner Schwester nach Paris entsandt worden, um sich seinem legitimen Souverän zu präsentieren. Da in der Hauptstadt niemand etwas von jenem Vorfall im Pferdestall wissen konnte, wurde er mit Auszeichnung empfangen. Bis in den Grund seiner Seele militärisch, wie er war, tröstete ihn die Aussicht, in seinem Beruf voranzukommen, darüber hinweg, daß er sich zur Zielscheibe bonapartistischer Verleumdungen gemacht sah, die ihn mit einer ihm unerklärlichen Beharrlichkeit verfolgten. Der ganze Groll dieser verbitterten und verfolgten Partei richtete sich auf ihn, als den Mann, der den Kaiser *nie* geliebt – eine Art Ungeheuer, das wesentlich schlimmer als ein bloßer Verräter war.

General D'Hubert zuckte die Achseln, ohne sich über dieses wüste Vorurteil zu ärgern. Da er sich von seinen alten Freunden zurückgestoßen sah und ein tiefes Mißtrauen gegen das Entgegenkommen der royalistischen Gesellschaft empfand, nahm der junge und stattliche General (er war kaum vierzig Jahre alt) eine Haltung kalter, peinlich genauer Höflichkeit an, die bei der leisesten Andeutung bewußter Geringschätzung sehr leicht in schroffen Hochmut umschlug. In dieser Weise gewappnet, ging General D'Hubert seinen Angelegenheiten in Paris nach und fühlte sich innerlich sehr glücklich – in einer hochfliegenden Art, so wie nur ein sehr verliebter Mann sich glücklich fühlen kann. Das liebe Mädchen, von seiner Schwester ausgekundschaftet, war auf der Bildfläche erschienen und hatte ihn so unbedingt erobert, wie ein junges Mädchen einen Mann von vierzig Jahren allein schon dadurch an sich fesseln kann, daß es vor seinen Augen existiert. Sie sollten heiraten, sobald General D'Hubert seine offizielle Ernennung zu der versprochenen Kommandostelle erhielt.

Eines Nachmittags, als er auf der Terrasse des Cafés Tortoni saß, erfuhr General D'Hubert aus der Unterhaltung zweier Fremder, die einen Tisch in seiner Nähe innehatten, daß General Feraud, der sich in der Schar hoher Offiziere befand, die nach der zweiten Rückkehr des Königs verhaftet worden waren, in Gefahr schwebte, vor die Sonderkommission gebracht zu werden. Da er in all seinen freien Augenblicken, wie das bei hoffnungsvollen Liebhabern häufig der Fall ist, der Wirklichkeit um einen Tag voraus lebte und sich in einem Zustand sternenfunkelnder Halluzination befand, bedurfte es nur des mit lauter Stimme verkündeten Namens seines ewigen Gegners, um ihn, der jüngsten einen unter den Generälen Napoleons, von der geistigen Betrachtung seiner Braut abzulenken. Er blickte sich um. Die Fremden trugen Zivilkleider. Hager und wettergebräunt starrten sie, in ihren Stühlen zurückgelehnt, die Leute unter ihren tief ins Gesicht gezogenen Hüten mit finsterer trotziger Geistesabwesenheit an. Es war nicht schwer, in ihnen zwei zwangsweise in den Ruhestand versetzte Offiziere der Alten Garde zu erkennen. Da sie es sich aus Großspurigkeit oder Unbekümmertheit angelegen sein ließen, mit lauter Stimme zu reden, hörte General D'Hubert, der nicht einsah, weshalb er den Platz wechseln sollte, jedes Wort. Sie schienen nicht persönlich mit General Feraud befreundet zu sein. Sein Name kam unter anderen zur Sprache. Da er ihn zu wiederholten Malen nennen hörte, wurden General D'Huberts zarte vorwegnehmende Gedanken an eine häusliche, durch die Anmut einer Frau gezierte Zukunft von der bitter schmerzlichen Erinnerung an seine kriegerische Vergangenheit durchkreuzt, an jenes eine lange, berauschende Waffengetöse, einmalig in der Größe seines Ruhms und seines Unheils – dieses unfaßbare Werk und besondere Besitztum seiner Generation. Er verspürte eine unvernünftige Zärtlichkeit gegen seinen alten Gegner und wußte gefühlsmäßig den mörderischen Aberwitz zu würdigen, den ihr Zweikampf in sein Leben gebracht hatte. Dieser war wie eine zusätzliche Würze an einem heißen Gericht. Er erinnerte sich mit plötzlicher Wehmut an dessen Geschmack. Er würde ihn nie wieder kosten. Es war alles vorbei. »Daß er im Garten liegengelassen wurde, das war es vermutlich, was ihn von Anfang an so sehr gegen mich aufbrachte«, dachte er nachsichtig.

Die beiden Fremden am Nachbartisch waren nach der dritten Erwähnung des Namens General Ferauds verstummt. Nach einer Weile versicherte der Ältere der beiden abermals in bitterem Ton, General Ferauds Rechnung sei beglichen. Und warum? Einfach weil er nicht so wie manche Wichtigtuer sei, die nur an sich selber dächten. Die Royalisten wüßten, daß er nicht zu gebrauchen sei. Er liebe *Den Andern* allzu sehr.

Der Andere war der Mann auf St. Helena. Die beiden Offiziere nickten und stießen an, ehe sie auf eine unmögliche Rückkehr tranken. Dann meinte derjenige, der auch zuvor gesprochen hatte, mit einem höhnischen Lachen: »Sein Gegner bewies mehr Klugheit.«

»Welcher Gegner?« fragte der Jüngere gleichsam verdutzt.

»Nun, wissen Sie denn nicht? Sie waren beide Husaren. Bei jeder Beförderung fochten sie ein Duell aus. Haben Sie nicht von dem Duell gehört, das seit 1801 fortdauert?«

Der andere hatte selbstverständlich von dem Duell gehört. Jetzt verstand er die Anspielung. General Baron D'Hubert werde sich jetzt der Gunst seines fetten Königs in Frieden erfreuen können.

»Wohl bekomm's ihm!« murmelte der Ältere. »Beide waren tapfere Männer. Ich habe diesen D'Hubert nie gesehen – soll eine Art intriganter Stutzer sein. Aber ich glaube wohl, was ich Feraud sagen hörte – daß er *nie* den Kaiser liebte.«

Sie standen auf und gingen von dannen.

General D'Hubert erfuhr das Entsetzen eines Schlafwandlers,

der aus einem selbstgefälligen Rührigkeitstraum erwacht und entdeckt, daß er über Sumpfland geht. Ein abgründiger Ekel vor dem Boden, auf dem er sich vorwärtsbewegte, überfiel ihn. Sogar das Bild des lieblichen Mädchens wurde in dieser Flut moralischer Not aus seinem Angesicht geschwemmt. Alles, was er je war oder zu sein hoffte, würde nach bitterer Schmach schmekken, wenn es ihm nicht gelang, General Feraud vor dem Schicksal zu bewahren, das so vielen Tapferen drohte. Unter dem Ansporn dieses fast krankhaften Bedürfnisses, sich mit der Rettung seines Gegners zu befassen, machte er sich so tapfer mit Händen und Füßen ans Werk (wie die französische Redewendung heißt), daß er binnen Tagesfrist Mittel und Wege gefunden hatte, eine außerordentliche Privataudienz beim Polizeiminister zu erhalten.

General Baron D'Hubert wurde unverzüglich und ohne Vorankündigung hereingeführt. Im Dämmerlicht des Ministerkabinetts gewahrte er hinter den Umrissen eines Schreibtisches, mehrerer Stühle und Tische und zwischen zwei Bündeln brennender Wachskerzen in Wandleuchtern eine Figur, die sich in prächtigem Rock vor einem hohen Spiegel spreizte. Das alte Konventsmitglied Fouché, Senator des Kaiserreiches, Verräter jedermanns, jedes Prinzips und Motivs menschlichen Verhaltens, Herzog von Otranto und schlauer Demiurg der zweiten Restauration prüfte den Sitz eines Hofanzugs, in welchem ihn seine junge und fein gebildete *fiancée* auf Porzellan porträtieren zu lassen gedachte, wie sie ihm kundgetan hatte. Es war eine Grille, ein zauberhafter Einfall, dem der erste Polizeiminister der zweiten Restauration mit Eifer nachkam. Denn dieser Mann, der wegen der Schlauheit seines Verhaltens oft mit einem Fuchs verglichen worden war, dessen sittliche Seite jedoch mit Recht durch nichts Unrühmlicheres als einen Skunk symbolisiert werden konnte, war so sehr von der Liebe besessen wie General D'Hubert.

So unangenehm berührt er auch war, als er sich durch das Ungeschick eines Dieners in solchem Aufzug überrascht sah, begegnete er diesem kleinen Verdruß doch mit jener charakteristischen Unverschämtheit, die ihm in den endlosen Intrigen seiner eigensüchtigen Karriere so gute Dienste geleistet hatte. Ohne seine Haltung um Haaresbreite zu verändern, das eine Bein im Seidenstrumpf vorgestellt, den Kopf über die linke Schulter gewendet, rief er ruhig: »Hierher, General. Bitte treten Sie näher. Nun? Ich stehe ganz zu Ihrer Verfügung.«

Während General D'Hubert, der sich so unbehaglich fühlte, als wäre eine seiner eigenen kleinen Schwächen bloßgestellt worden, in möglichst gedrängter Form sein Gesuch vorbrachte, fuhr der Herzog von Otranto fort, den Sitz seines Kragens zu prüfen, die Rockaufschläge vor dem Spiegel glattzustreichen und sich zu verrenken in dem Versuch, den Schnitt des goldbestickten Frackes auch von hinten zu mustern. Sein ruhiges Gesicht, seine aufmerksamen Augen hätten kein restloseres Interesse an diesen Dingen zum Ausdruck bringen können, wäre er allein gewesen.

»Einen gewissen Feraud, Gabriel Florian, nach der Beförderung von 1814 Brigadegeneral, von der Wirksamkeit des Sondergerichtes ausnehmen?« wiederholte er in leicht verwundertem Ton und wandte sich dann vom Spiegel ab. »Warum gerade *ihn* ausnehmen?«

»Ich bin überrascht, daß Euer Exzellenz, die so erfahren in der Einschätzung der Männer Ihrer Zeit sind, es der Mühe wert hielten, diesen Namen auf die Liste zu setzen.«

»Ein fanatischer Bonapartist!«

»Das ist jeder Grenadier und jeder Soldat der Armee, wie Euer Exzellenz wohl wissen. Und die Person des Generals Feraud kann nicht mehr ins Gewicht fallen als die jedes beliebigen Grenadiers. Er ist ein Mann ohne Begriffsvermögen, ohne jedes Format. Es ist unvorstellbar, daß er je Einfluß haben sollte.«

»Sein Mundwerk hat sich immerhin gewaschen«, warf Fouché ein.
»Geräuschvoll, das gebe ich zu, aber nicht gefährlich.«
»Ich will mich auf keinen Disput mit Ihnen einlassen. Ich weiß so gut wie nichts von ihm. Kenne kaum seinen Namen.«
»Und doch haben Euer Exzellenz den Vorsitz der Kommission inne, der vom König aufgetragen wurde, diejenigen auszusuchen, die vor ein Gericht zu stellen sind«, sagte General D'Hubert mit einem Nachdruck, der dem Ohr des Ministers nicht entging.
»Ja, General«, sagte er, entfernte sich in den dunklen Teil des riesigen Zimmers und warf sich in einen tiefen Armsessel, der ihn verschlang – alles bis auf den milden Glanz der Goldstickerei und den bleichen Flecken des Gesichtes, »ja, General. Nehmen Sie auf dem Stuhl dort Platz.«
General D'Hubert setzte sich.
»Ja, General«, fuhr der in den Kniffen der Intrige und des Verrats Erzbewanderte fort, dessen Doppelzüngigkeit sich zuweilen – gleichsam als werde sie ihm in seiner Selbsterkenntnis unerträglich – Erleichterung in Ausbrüchen zynischer Offenheit schaffte. »Ich beeilte mich bei der Bildung der Proskriptionskommission, und ich übernahm den Vorsitz in ihr. Und wissen Sie warum? Einfach aus Furcht, mein Name werde, wenn ich die Sache nicht schleunigst selber in die Hand nähme, an der Spitze der Proskriptionsliste figurieren. So sind nun einmal die Zeitläufte, in denen wir leben. Aber noch bin ich Minister des Königs, und ich frage Sie offen, warum ich den Namen dieses unbekannten Feraud von der Liste streichen soll? Sie wundern sich, wie sein Name daraufgesetzt werden konnte! Ist es möglich, daß Sie die Menschen so wenig kennen sollten? Mein lieber General, bei der allerersten Sitzung der Kommission strömten Namen auf uns nieder wie der Regen vom Dach der Tuilerien. Namen! Wir hatten unsere Wahl unter Tausenden. Woher

wissen Sie, ob der Name dieses Feraud, dessen Leben oder Tod für Frankreich ohne Belang ist, nicht einen anderen Namen von der Liste fernhält?«

Die Stimme aus dem Lehnstuhl verstummte. Diesem gegenüber saß General D'Hubert still da, in Schatten getaucht und schweigend. Nur sein Säbel klirrte leise. Die Stimme aus dem Lehnstuhl hub abermals an. »Und wir müssen auch versuchen, den Forderungen der Verbündeten Herrscher gerecht zu werden. Fürst de Talleyrand teilte mir erst gestern mit, Nesselrode habe ihn offiziell von der Unzufriedenheit Seiner Majestät des Kaisers Alexander mit der geringen Zahl von Exempeln unterrichtet, die die Regierung des Königs zu statuieren gedenke – vor allem unter den Militärs. Ich sage Ihnen das im Vertrauen.«

»Auf mein Wort!« stieß General D'Hubert zwischen den Zähnen hervor, »wenn Euer Exzellenz geruhen sollten, mich durch weitere vertrauliche Mitteilungen auszuzeichnen, dann weiß ich nicht, was ich tun werde. Es wäre genug, um das Schwert über dem Knie zu zerbrechen und die Stücke...«

»Welcher Regierung dienen Sie, Ihrer Meinung nach?« unterbrach ihn der Minister mit Schärfe.

Nach einer kurzen Pause antwortete die niedergeschlagene Stimme General D'Huberts: »Der Regierung Frankreichs.«

»Das hieße, Ihr Gewissen durch bloße Worte abspeisen, General. Die Wahrheit ist, daß Sie einer zurückgekehrten Exilregierung dienen, einer Regierung von Männern, die zwanzig Jahre lang ohne Land waren. Von Männern, die gerade über einen sehr schlimmen und demütigenden Schrecken hinweggekommen sind.«

Der Herzog von Otranto hielt inne. Er hatte sich erleichtert und hatte sein Ziel erreicht, das darin bestand, diesem Manne, der ihn unbequemerweise dabei überraschte, wie er sich in goldbesticktem Hofkostüm vor einem Spiegel spreizte, einiges von seiner Selbstachtung zu rauben. Aber was waren das doch für Hitzköpfe in der Armee! Und er mußte denken, wie lästig es wäre, wenn ein hochsinniger General, der auf Empfehlung eines der Prinzen in Audienz empfangen worden war, sogleich nach einem Privatgespräch mit dem Minister irgend etwas Unbesonnenes und Skandalöses beginge. Mit veränderter Stimme stellte er eine Frage zur Sache: »Ein Verwandter – dieser Feraud?«

»Nein. Nicht im entferntesten verwandt.«

»Eng befreundet?«

»Eng... ja. Zwischen uns besteht eine enge Bindung von der Art, daß die Ehre mir gebietet, alles zu versuchen...«

Der Minister klingelte, ohne das Ende der Phrase abzuwarten. Als der Diener wieder hinausgegangen war, nachdem er ein Paar schwerer Silberleuchter für den Schreibtisch gebracht hatte, erhob sich der Herzog von Otranto, dessen Brust unter dem hellen Lichtschein über und über in Gold erglänzte, nahm ein Blatt Papier aus einer Schublade und hielt es theatralisch in der Hand, während er mit begütigender Sanftheit mahnte: »Sie dürfen das nicht sagen, daß Sie Ihr Schwert über dem Knie zerbrechen wollten, General. Vielleicht bekämen Sie nie wieder eines. Der Kaiser wird diesmal nicht zurückkehren... *Diable d'homme!* Da gab es doch einen Augenblick hier in Paris, kurz nach Waterloo, als er mir wirklich einen Schrecken einjagte. Wollte es doch scheinen, als sei er bereit, noch einmal von vorne anzufangen. Zum Glück fängt man nie noch einmal von vorne an. Sie dürfen nicht ans Zerbrechen Ihres Schwertes denken, General.«

General D'Hubert blickte zu Boden und bewegte in einer hoffnungslosen Gebärde des Entsagens leicht die Hand. Der Polizeiminister wandte den Blick von ihm ab und durchlief bedächtig das Blatt, das er die Zeit über in der Hand gehalten hatte.

»Nur zwanzig Generäle sind ausgewählt worden, um als Exempel zu dienen. Zwanzig. Eine runde Zahl. Und lassen Sie uns sehen, Feraud... Ah, er ist darunter. Gabriel Florian. *Parfaitement.* Das ist Ihr Mann. Nun, dann wird eben nur mit neunzehn ein Exempel statuiert.«

General D'Hubert erhob sich in dem Gefühl, als habe er eine ansteckende Krankheit überstanden. »Ich muß Euer Exzellenz bitten, über meine Verwendung tiefstes Schweigen zu bewahren. Ich lege den größten Wert darauf, daß er nie erfährt...«

»Wer soll ihn davon unterrichten, möchte ich wissen?« sagte Fouché und hob seine Augen neugierig zu General D'Huberts gespanntem, starrem Gesicht empor. »Nehmen Sie eine dieser Federn und streichen Sie den Namen selber durch. Dies ist die einzige Liste, die es gibt. Wenn Sie so sorgsam sind und genügend Tinte nehmen, dann wird niemand in der Lage sein zu sagen, welcher Name es war, der ausgestrichen wurde. Aber ich bin *par exemple* nicht für das verantwortlich, was später Clarke mit ihm anfängt. Wenn er beharrlich weiter so fanatisch ist, wird er vom Kriegsminister Anweisung erhalten, in einer kleinen Provinzstadt unter Aufsicht der Polizei Wohnung zu nehmen.«

Einige Tage später sagte General D'Hubert, nachdem die erste Begrüßung vorüber war, zu seiner Schwester: »Ah, meine liebe Léonie! Es sieht so aus, als hätte ich nicht schnell genug von Paris fortkommen können.«

»Die Auswirkung der Liebe«, meinte sie mit einem boshaften Lächeln.

»Und des Schauders«, fügte General D'Hubert in tiefem Ernst hinzu. »Ich bin fast gestorben vor... vor Ekel.«

Sein Gesicht war vor Abscheu verzerrt. Und als ihn seine Schwester erwartungsvoll ansah, fuhr er fort: »Ich mußte Fouché aufsuchen. Ich erhielt eine Audienz. Ich war in seinem Kabinett. Und wer das Unglück hatte, dieselbe Luft mit diesem Mann zu atmen, der behält ein Gefühl verminderter Würde zurück, eine unbehagliche Empfindung, nicht mehr so rein zu sein, wie man nun einmal zu sein hoffte... Aber das kannst du nicht verstehen.«

Sie nickte rasch mit dem Kopf. Im Gegenteil, sie verstand sehr gut. Sie kannte ihren Bruder durch und durch und liebte ihn, so wie er war. Und außerdem war der Haß und Abscheu der Menschheit das Los des Jakobiners Fouché, der – zu seinem eigenen Vorteil jede Schwäche, jede Tugend, jede großmütige Illusion der Menschheit ausnützend – seine ganze Generation düpierte und sang- und klanglos als Herzog von Otranto starb.

»Mein lieber Armand«, sagte sie mitleidig, »was wolltest du auch von diesem Mann?«

»Nichts Geringeres als ein Menschenleben«, antwortete General D'Hubert. »Und ich habe es bekommen. Es mußte sein. Aber ich werde das Gefühl nicht los, als könnte ich dem Mann, den ich zu retten hatte, diese Notwendigkeit nie verzeihen.«

General Feraud, der absolut nicht zu begreifen vermochte (wie das bei den meisten von uns der Fall ist), was mit ihm geschah, empfing die Anweisung des Kriegsministers, sich unverzüglich in eine kleine Stadt Mittelfrankreichs zu begeben, mit einem Gefühl, dessen naturgewollter Ausdruck in einem wütenden Rollen der Augen und einem grimmigen Zähneknirschen bestand. Das Dahinschwinden des Kriegszustandes, des einzigen Gesellschaftsverhältnisses, das er je kennengelernt hatte, das entsetzliche Bild einer Welt in Frieden erschreckten ihn. In der festen Überzeugung, daß dies nicht so bleiben könne, zog er in die kleine Stadt. Dort wurde er von seinem Abschied aus der Armee unterrichtet und von dem Umstand, daß seine Pension (die unter Zugrundelegung eines Oberstenranges berechnet wurde) von der Korrektheit seines Verhaltens und den guten Berichten der Polizei abhängig gemacht werde. Nicht mehr in der Armee! Er fühlte sich plötzlich fremd auf der Erde, wie ein entkörperter Geist. Es war unmöglich weiterzuexistieren. Doch zunächst reagierte er mit völliger Fassungslosigkeit. Das konnte nicht sein. Er wartete auf Donner, Erdbeben, Naturkatastrophen; doch nichts geschah. Das Bleigewicht einer unheilbaren Langeweile senkte sich auf General Feraud, der – da er über keine Hilfsquellen in sich selber verfügte – in einen Zustand furchterregender geistiger Stumpfheit versank. Er durchstreifte die Straßen der kleinen Stadt, starrte mit seinen wie Lack glänzenden Augen vor sich hin und beachtete nicht die Hüte, die an seinem Weg gelüftet wurden; und die Leute stießen einander an, wenn er vorüberschritt, und flüsterten: »Das ist der arme General Feraud. Ihm ist das Herz gebrochen. Seht nur, wie er den Kaiser liebte.«

Die übrigen lebenden Wracks des Napoleonischen Sturms scharten sich mit unendlicher Ehrfurcht um General Feraud. Er selber war der Meinung, seine Seele sei vor Gram ermattet. Er litt unter dem rasch wechselnden Drang zu weinen, zu brüllen, tagelang im Bett zu bleiben und den Kopf in den Kissen zu vergraben; doch dieser wechselnde Drang stammte aus reiner Langeweile, aus der Qual einer unermeßlichen, unbeschreiblichen, unbegreiflichen Langeweile. Seine geistige Unfähigkeit, die Hoffnungslosigkeit seines Falles in ihrem ganzen Ausmaß zu erfassen, bewahrte ihn vor dem Selbstmord. Nicht ein einziges Mal dachte er daran. Er dachte an nichts. Aber sein Appetit verließ ihn, und die Schwierigkeit, die es ihm bereitete, das Überwältigende seines Gefühls zum Ausdruck zu bringen (die wüstesten Flüche konnten dem nicht einmal gerecht werden), führten nach und nach zu einer Schweigsamkeit – die für ein südliches Temperament eine Art Tod ist.

Groß war deshalb die Sensation unter den *anciens militaires*, die ein gewisses, von Fliegen wimmelndes Café besuchten, als »der arme General« eines schwülen Nachmittags plötzlich einen Schwall fürchterlicher Verwünschungen ausstieß.

Er hatte still in seinem bevorzugten Winkel gesessen und die

Pariser Zeitungen mit ebensoviel Interesse durchgeblättert, wie man es von einem Verurteilten am Vorabend seiner Hinrichtung für die Tagesneuigkeiten hätte erwarten dürfen. Eine Schar kriegerischer, wettergebräunter Gesichter – einem fehlte ein Auge und einem anderen die Nasenspitze, die in Rußland erfroren war – umringten ihn ängstlich.
»Was gibt's, General?«
General Feraud saß aufrecht da und hielt die zusammengefaltete Zeitung in Armeslänge von sich ab, um den kleinen Druck besser lesen zu können. Er las noch einmal für sich Teile jener Meldung durch, die das bewirkt hatte, was man füglich seine Auferstehung nennen könnte.
»Wir erfahren, daß General D'Hubert, der sich bislang auf Genesungsurlaub im Süden befand, der Befehl der 5. Kavalleriebrigade übertragen worden ist...«
Mit steinernem Ausdruck ließ er die Zeitung fallen... »Der Befehl übertragen«... und plötzlich schlug er sich kräftig gegen die Stirn. »Ich hätte ihn beinahe vergessen«, murmelte er in schuldbewußtem Ton.
Ein Veteran mit gewölbter Brust rief durchs Café: »Eine neue Schandtat der Regierung, General?«
»Die Schandtaten dieser Lumpen«, donnerte General Feraud, »sind zahllos. Eine mehr oder weniger!« ... Er senkte die Stimme. »Aber ich will wenigstens eine von ihnen zurechtrücken.«
Er blickte sich im Kreise der Gesichter um. »Da ist so ein pomadisierter, geschniegelter Stabsoffizier, der Liebling einiger Marschälle, die ihren Vater für eine Handvoll englisches Geld verschacherten. Der soll sehr bald zu spüren bekommen, daß ich noch am Leben bin«, erklärte er in gebieterisch anmaßendem Ton. »Dies ist zwar eine Privatangelegenheit. Ein alter Ehrenhandel. Bah! Unsere Ehre spielt keine Rolle. Hier sind wir abgeschoben mit gespaltenen Ohren wie ein Haufe aus-

gedienter Militärgäule – gut genug nur noch für den Schindanger. – Aber es müßte sein, als würde man einen Schlag für den Kaiser führen ... Messieurs, ich benötige die Unterstützung zweier von Ihnen.«
Alle drängten sich vor. General Feraud, der tief gerührt von dieser Demonstration war, rief mit sichtlicher Bewegtheit den einäugigen Kürassierveteranen und den Offizier der Chasseurs à Cheval zu sich, der seine Nasenspitze in Rußland gelassen hatte. Er entschuldigte seine Wahl vor den anderen.
»Eine Kavallerieangelegenheit – wissen Sie.«
Man antwortete ihm in einem vielstimmigen Chor mit *»parfaitement, mon Géneral ... C'est juste ... Parbleu, c'est connu ...«* Jeder war befriedigt. Die drei verließen das Café, begleitet von *»Bonne chance«*-Rufen.
Draußen hakten sie einander unter, der General in der Mitte. Die drei verschossenen Dreispitze, die einst, finster in die Stirn gezogen, *en bataille* getragen worden waren, versperrten fast die schmale Straße. Die überhitzte kleine Stadt aus grauen Steinen und roten Schindeln verdämmerte ihren Provinznachmittag unter einem blauen Himmel. Die lauten Schläge eines Böttchers, der ein Faß mit Reifen belegte, hallten regelmäßig durch die Straße. Der General schleppte im Schatten der Hauswände ein wenig seinen linken Fuß nach.
»Dieser verdammte Winter 1813 sitzt mir für alle Zeiten in den Knochen. Macht nichts. Wir müssen Pistolen nehmen, das ist alles. Ein kleiner Hexenschuß. Es müssen Pistolen sein. Ich werde schon mit ihm fertig. Meine Augen sind so scharf wie je. Sie hätten mich in Rußland sehen sollen, wie ich die heimtückischen Kosaken mit so einer verteufelten alten Infanteriemuskete abknallte. Ich bin der geborene Schütze.«
In dieser Weise redete General Feraud weiter und hielt seinen Kopf mit den eulenhaften Augen und der raubgierigen Adlernase in die Höhe. Da er sein Leben lang ein schlichter Kämpe

geblieben war, ein Kavallerist, ein *sabreur*, betrachtete er mit größter Einfalt den Krieg im Grunde als eine Menge persönlicher Auseinandersetzungen, eine Art geselliges Duellieren. Und hier hatte er einen eigenen Krieg in der Hand. Er lebte auf. Die Schatten des Friedens wichen von ihm wie der Schatten des Todes. Es war die wunderbare Wiederauferstehung des Mannes namens Feraud, Gabriel Florian, *engagé volontaire* von 1793, General vom Jahre 1814, ohne Umstände beerdigt auf Grund eines Dienstbefehls des Kriegsministers der zweiten Restauration.

IV

Niemand ist in allem, was er unternimmt, erfolgreich. In diesem Sinne sind wir alle Versager. Worauf es ankommt, das ist, in der rechten Regelung und Stärkung der Bemühung unseres Lebens nicht nachzulassen. Hier ist es die Eitelkeit, die uns in die Irre führt. Sie hetzt uns in Situationen, aus denen wir beschädigt hervorgehen müssen; während der Stolz uns Schutz und Bürge ist, dank der Zurückhaltung, die er uns bei der Wahl unseres Strebens auferlegt, wie auch dank der Tugend seiner bestärkenden Kraft.

General D'Hubert war stolz und zurückhaltend. Er war nicht beschädigt worden von seinen gelegentlichen Liebesabenteuern, ob sie nun erfolgreich waren oder nicht. In seinem vom Krieg zerschundenen Körper war sein vierzigjähriges Herz unzerkratzt geblieben. Als er sich mit Zurückhaltung auf die Heiratspläne seiner Schwester einließ, spürte er, wie er sich unrettbar verliebte – so wie man in einem Meer versinkt. Er war zu stolz, um sich zu fürchten. Freilich war die Empfindung zu angenehm, um erschreckend zu sein.

Die Unerfahrenheit eines Mannes von vierzig Jahren ist eine viel ernstere Sache als die Unerfahrenheit eines Jünglings von zwanzig, denn ihr wird nicht durch die Keckheit heißen Blutes abgeholfen. Das Mädchen war rätselhaft, wie es junge Mädchen allein schon durch die Wirkung ihrer achtsamen Klugheit sind; und das Rätselhafte dieses Mädchens erschien ihm außerordentlich und faszinierend. Aber im Zustandekommen der Partie, die Madame Léonie gefördert hatte, gab es nichts Rätselhaftes. Und es gab auch nichts Besonderes. Es war eine sehr passende Partie, die sich der Mutter der jungen Dame (der Vater war tot) im höchsten Maße und dem Onkel der jungen Dame leidlich empfahl – einem alten Emigranten, der kürzlich aus Deutschland zurückgekehrt war, und der, den Stock in der Hand, ein ausgemergelter Geist des *ancien régime,* die Gartenwege des Stammsitzes der jungen Dame durchstreifte.

General D'Hubert war nicht der Mann, der sich, wenn es darauf ankam, mit der Frau und dem Vermögen allein zufriedengab. Sein Stolz (und Stolz zielt immer auf den wahren Erfolg) gab sich mit nichts weniger zufrieden als mit Liebe. Aber da echter Stolz die Selbstgefälligkeit ausschließt, konnte er sich keinen Grund vorstellen, weshalb dieses rätselhafte Geschöpf mit den tiefen und leuchtenden Augen von violetter Farbe ihm irgendein Gefühl hätte entgegenbringen sollen, das wärmer als Gleichgültigkeit gewesen wäre. Die junge Dame (sie hieß Adèle) vereitelte jeden Versuch, in diesem Punkt zu einem klaren Verständnis zu gelangen. Es stimmt, die Versuche waren ungeschickt und wurden schüchtern unternommen, weil General D'Hubert sich inzwischen der Zahl seiner Jahre, seiner Wunden, seiner vielen moralischen Makel, seiner geheimen Wertlosigkeit durchdringend bewußt geworden war – und bei Gelegenheit aus eigener Erfahrung die Bedeutung des Wortes Heidenangst kennengelernt hatte. Soviel er sehen konnte, schien sie andeuten zu wollen, daß sie – bei einem grenzenlosen Vertrauen in die Liebe und Klugheit ihrer Mutter – keinen unüberwindlichen Abscheu vor der Person General D'Huberts empfinde;

und daß dies für eine wohlerzogene junge Dame vollauf genüge, um das Leben in der Ehe zu beginnen. Diese Ansicht verletzte und peinigte den Stolz General D'Huberts. Und doch fragte er sich mit einer Art süßer Verzweiflung, was er mehr erwarten könne? Sie hatte eine ruhige und klare Stirn. Ihre violetten Augen lachten, während die Linien ihrer Lippen und ihres Kinns die Ruhe eines wunderbaren Ernstes bewahrten. All das wurde von solch einer prachtvollen Fülle blonden Haars, von einem so zauberhaften Teint, solch einer Anmut des Gesichtsausdruckes untermalt, daß General D'Hubert in Wirklichkeit niemals Gelegenheit fand, aus genügend Abstand die hohen Anforderungen seines Stolzes zu überprüfen. Tatsächlich scheute er vor Erkundigungen in dieser Richtung zurück, seitdem sie ein- oder zweimal zu einer Krisis einzigartiger Leidenschaftlichkeit geführt hatten, in der ihm zu Bewußtsein gebracht worden war, er liebe sie so sehr, daß er sie eher umbringen als verlieren könne. Aus solchen Phasen, die Männern von vierzig Jahren nicht unbekannt sind, ging er zerbrochen, erschöpft, reuig und ein wenig erschrocken hervor. Beträchtlichen Trost fand er jedoch in der quietistischen Gewohnheit, dann und wann halbe Nächte hindurch am offenen Fenster in der Betrachtung des Wunders ihres Daseins zuzubringen, gleich einem Gläubigen, der in die mystische Kontemplation seines Glaubens versunken ist.

Es darf nicht angenommen werden, all diese Schwankungen seines inneren Zustandes seien der Welt offenbar geworden. General D'Hubert hatte keine Mühe, von einem Lächeln umkränzt zu erscheinen. Denn im Grunde war er sehr glücklich. Er folgte den festgesetzten Regeln seiner Lage, sandte früh am Morgen Blumen (aus dem Garten und Gewächshaus seiner Schwester) und stellte sich ein wenig später selbst zum Mittagsimbiß mit seiner Zukünftigen, deren Mutter und deren Emigrantenonkel ein. Die Mitte des Tages wurde mit Spazierengehen oder Sitzen an schattigen Plätzen hingebracht. Behutsame Ehrerbietung, die sich zitternd am Rande der Zärtlichkeit bewegte, bildete von seiner Seite aus den Ton ihres Verkehrs miteinander – mit einer spielerischen Wendung der Worte, die die abgründige, durch ihre unzugängliche Nähe verursachte Unruhe seines ganzen Wesens verbergen sollte. Spät nachmittags schritt General D'Hubert dann zwischen den Weinfeldern heim, manchmal zutiefst unglücklich, manchmal glückselig, manchmal traurig nachdenklich; doch immer im Gefühl einer besonderen Intensität des Daseins, jener Begeisterung, die Künstlern, Dichtern und Liebenden gemein ist – Menschen, die von einer großen Leidenschaft, einem hochsinnigen Gedanken oder einer neuen Vision körperlicher Schönheit heimgesucht werden.

Die Außenwelt stand General D'Hubert zu jener Zeit nicht gerade mit besonderer Deutlichkeit vor Augen. Eines Abends jedoch, als er eine Anhöhe überschritt, von der aus er beide Häuser sehen konnte, gewahrte General D'Hubert weit unten auf der Straße zwei Figuren. Der Tag war göttlich gewesen. Der festliche Schmuck des flammenden Himmels verlieh den matten Farbtönen des südlichen Landes eine sanfte Glut. Die grauen Felsen, die braunen Felder, die purpurnen, wogenden Fernen, die alle zu einem leuchtenden Akkord verschmolzen, atmeten schon die Abenddüfte aus. Die beiden Gestalten dort unten auf der Straße wirkten wie zwei starre, hölzerne Silhouetten – schwarz auf dem weißen Staubband. General D'Hubert erkannte die langen, straffen, bis zu den schwarzen Halsbinden zugeknöpften militärischen *capotes,* die verschossenen Dreispitze, die hageren, ausgemergelten braunen Gesichter – alte Soldaten – *vieilles moustaches!* Der längere der beiden trug eine schwarze Binde über einem Auge; des anderen hartes, vertrocknetes Gesicht wies eine wunderliche, beunruhigende Absonderlichkeit auf, die sich beim Näherkommen als das Fehlen der Nasenspitze erwies. Beim Anblick des ein wenig lahmen Zivilisten, der an einem dicken Stock daherkam, hoben sie mit der gleichen Bewegung die Hand zum Gruß und erkundigten sich nach dem Haus, in welchem der General Baron D'Hubert wohne, und wie man wohl am besten zu einer stillen Unterredung mit ihm gelangen könne.

»Wenn Sie das hier für still genug erachten«, sagte General D'Hubert und blickte über die Weinfelder ringsum, die von purpurnen Linien eingefaßt und von den ineinander verschachtelten grauen und gelblichbraunen Mauern eines Dorfes beherrscht wurden, das sich auf dem Gipfel des kegelförmigen Berges zusammendrängte, so daß der plumpe Kirchturm nur wie der Umriß einer Felszacke wirkte – »wenn Sie diesen Flekken hier für ruhig genug erachten, können Sie sogleich mit ihm sprechen. Und ich bitte Sie, Kameraden, offen zu sprechen und mit vollkommenem Vertrauen.«

Hier traten sie einen Schritt zurück und hoben mit betonter Feierlichkeit abermals die Hand zum Hut. Dann ergriff derjenige mit der abgefallenen Nasenspitze für beide das Wort und meinte, die Sache sei wahrlich vertraulich genug und müsse mit Diskretion verhandelt werden. Ihr Hauptquartier befinde sich in jenem Dorf dort drüben, wo die verteufelten Bauernlümmeln – Fluch ihren falschen, royalistischen Herzen! – drei bescheiden auftretende Soldaten höchst scheeläugig ansähen. Im Augenblick solle er sich nur nach dem Namen der Freunde General D'Huberts erkundigen.

»Welcher Freunde?« fragte der erstaunte General D'Hubert, der ganz und gar im Dunkel tappte. »Ich wohne bei meinem Schwager dort drüben.«

»Nun, der mag einen abgeben«, sagte der verunstaltete Veteran.

»Wir sind die Freunde General Ferauds«, warf der andere ein, der sich bisher still verhalten und nur mit seinem einen Auge düster den Mann angestarrt hatte, der *nie* den Kaiser liebte.

Das war etwas, das man sich ansehen mußte. Denn sogar die goldverzierten Judasse, die ihn an die Engländer verkauft hatten, die Marschälle und Fürsten, sogar sie hatten ihn einstmals geliebt. Dieser Mann jedoch hatte den Kaiser *nie* geliebt. So hatte General Feraud deutlich gesagt.
General D'Hubert versetzte es einen Stoß in der Brust. Für den winzigsten Bruchteil einer Sekunde schien es ihm, als werde die Drehung der Erde mit einem fürchterlichen, leisen Rauschen in der ewigen Stille des Weltraums wahrnehmbar. Aber dieses Getöse in seinen Ohren verstummte sogleich. Ohne daß er es wollte, murmelte er: »Feraud! Ich hatte ganz vergessen, daß er noch lebt.«
»Er lebt im Augenblick sehr unbequem, das muß ich sagen, in dem schändlichen Wirtshaus jenes Barbarennestes dort drüben«, erwiderte der einäugige Kürassier trocken. »Vor einer Stunde kamen wir mit Postpferden in Ihrer Gegend an. Er wartet ungeduldig auf unsere Rückkehr. Wir sind in Eile, wissen Sie. Der General hat die ministerielle Anweisung durchbrochen, um von Ihnen Satisfaktion zu erlangen, zu der er auf Grund des Gesetzes der Ehre berechtigt ist, und ihm liegt natürlich sehr daran, die Sache hinter sich zu bringen, ehe ihm die Gendarmerie auf die Spur kommt.«
Der andere erläuterte die Idee etwas weiter. »In aller Stille zurückkehren – verstehen Sie? Pftt. Ohne daß jemand etwas merkt. Wir sind ebenfalls ausgebrochen. Ihr Freund, der König, wird freudig die erste Gelegenheit wahrnehmen, um uns unseren armseligen Hungerlohn zu streichen. Es ist gefährlich. Aber die Ehre geht allem vor.«
General D'Hubert hatte die Sprache wiedergefunden. »Sie sind also über die Landstraße dahergekommen, um mich zu einem halsabschneiderischen Zweikampf mit diesem – diesem ...« Ihn packte eine lachende Wut. »Ha! ha! ha! ha!«
Die Fäuste in die Seiten gestemmt, brüllte er unbändig, wäh-

rend die andern hager und aufrecht vor ihm standen, als wären sie mit einer Feder durch eine Falltür im Boden heraufgeschnellt worden. Noch vor vierundzwanzig Monaten die Herren Europas, hatten sie bereits das Aussehen altertümlicher Gespenster angenommen, erschienen sie schon wesenloser in ihren verschossenen Waffenröcken als ihre eigenen schmächtigen Schatten, die so schwarz über die weiße Straße fielen: die militärischen und grotesken Schatten von zwanzig Jahren Krieg und Eroberung. Sie hatten das fremdländische Aussehen zweier unerschütterlicher Bonzen der Religion des Schwertes. Und General D'Hubert, der ebenfalls einer der ehemaligen Herren Europas war, lachte über diese ernsthaften Phantome, die ihm da den Weg vertraten.

Sagte der eine und wies mit einer Kopfbewegung auf den lachenden General: »Ein lustiger Geselle, der.«

»Es gibt unter uns welche, die nicht mehr gelächelt haben seit dem Tage, da *Der Andere* von uns ging«, bemerkte sein Kamerad.

Ein wütender Impuls, sich auf diese wesenlosen Geistererscheinungen zu stürzen und sie zu Boden zu schlagen, durchzuckte General D'Hubert. Er hörte plötzlich zu lachen auf. Er hatte jetzt bloß den einen Wunsch, sie los zu werden, sie rasch aus dem Auge zu bekommen, ehe er die Gewalt über sich verlor. Er wunderte sich über das Ungestüm, das er in seiner Brust aufsteigen fühlte. Aber er hatte gerade damals nicht die Zeit, diese Wunderlichkeit zu ergründen.

»Ich verstehe Ihren Wunsch, so schnell wie möglich mit mir fertig zu werden. Lassen Sie uns deshalb keine Zeit mit leeren Förmlichkeiten verlieren. Sehen Sie jenen Wald dort am Fuß des Abhangs? Ja, den Kiefernwald. Wir wollen uns morgen bei Sonnenaufgang dort gegenübertreten. Ich werde meinen Säbel oder meine Pistolen mitbringen, oder beides, wenn Sie es wünschen.«

Die Sekundanten General Ferauds sahen einander an.
»Pistolen, General«, sagte der Kürassier.
»Gut denn. Au revoir – morgen früh. Bis dahin möchte ich Ihnen raten, sich im Haus aufzuhalten, wenn Sie vermeiden wollen, daß die Gendarmerie Erkundigungen über Sie einzieht, noch ehe es dunkel wird. Fremde sind selten in dieser Gegend.«
Sie salutierten schweigend. General D'Hubert kehrte ihren sich entfernenden Gestalten den Rücken und blieb eine lange Zeit mitten auf der Straße still stehen, biß sich auf die Lippen und blickte zu Boden. Dann schritt er geradeaus, verfolgte auf diese Weise den Weg, den er gekommen war, zurück und stand schließlich vor dem Parktor des Hauses seiner Zukünftigen. Es war dämmrig geworden. Reglos starrte er zwischen den Gitterstäben hindurch auf die Hausfront, die deutlich hinter Büschen und Bäumen hervorschimmerte. Tritte knirschten auf dem Kies, und plötzlich tauchte eine hohe, gebückte Gestalt aus der Nebenallee auf, die an der inneren Seite der Parkmauer entlanglief.
Le Chevalier de Valmassigue, der Onkel der anbetungswürdigen Adèle, Brigadekommandeur a. D. in der Armee der Prinzen, Buchbinder in Altona, später Schuhmacher (weithin bekannt wegen der Eleganz der von ihm gefertigten Damenschuhe) in einer anderen deutschen Kleinstadt, trug Seidenstrümpfe an seinen mageren Schenkeln, Halbschuhe mit Silberschnallen, eine Brokatweste. Ein Gehrock *à la française* hing faltig um seine mageren gebeugten Schultern. Ein kleiner Dreispitz saß auf dichtem gepudertem Haar, das in einen Zopf zusammengefaßt war.
»*Monsieur le Chevalier*«, rief General D'Hubert leise.
»Was? Sie sind wieder hier, *mon ami?* Haben Sie etwas vergessen?«
»Himmel, ja! Das ist es. Ich habe etwas vergessen. Ich bin hergekommen, um Ihnen davon zu berichten. Nein – draußen.

Hinter dieser Mauer. Es ist zu abscheulich, als daß es dort hineingelassen werden dürfte, wo sie wohnt.«
Der Chevalier kam sogleich mit jener wohlwollenden Duldsamkeit heraus, die manche ältere Menschen den Verirrungen der Jugend gegenüber an den Tag legen. Da er ein Vierteljahrhundert älter als General D'Hubert war, betrachtete er ihn im geheimsten Winkel seines Herzens als einen ziemlich lästigen verliebten Jüngling. Er hatte seine rätselhaften Worte sehr wohl vernommen, doch legte er dem, was ein so schwerverletzter Mann von nur vierzig Jahren tun oder sagen mochte, keine übermäßige Bedeutung bei. Die Geisteshaltung jener Generation Franzosen, die während der Jahre seines Exils herangewachsen war, war ihm beinahe unverständlich. Ihre Empfindungen erschienen ihm übermäßig heftig, ohne Feinheit und Maß, ihre Sprache war unnötig hochtrabend. Ruhig gesellte er sich zum General auf der Straße, und sie gingen schweigend einige Schritte dahin, während der General versuchte, seiner Erregung Herr zu werden und seine Stimme in die Gewalt zu bekommen.
»Sie haben vollkommen recht; ich vergaß etwas. Ich hatte bis vor einer halben Stunde vergessen, daß ich noch einen dringlichen Ehrenhandel zu erledigen habe. Es ist unglaublich; aber es ist so!«
Alles blieb still für einen Augenblick. Dann war in der tiefen Abendstille der Landschaft die klare alte Stimme des Chevaliers leise zitternd zu hören: »Monsieur! Das ist eine Beleidigung.« Es war sein erster Gedanke. Das Mädchen, welches während seines Exils geboren worden war, die nachgeborene Tochter seines armen, von einer Jakobinerrotte ermordeten Bruders, war ihm seit seiner Rückkehr sehr an sein altes Herz gewachsen, das sich während so vieler Jahre mit bloßen Erinnerungen an liebevolle Zuneigung hatte begnügen müssen. »Es ist etwas mir Unbegreifliches, muß ich gestehen! Ein Mann bringt solche

Angelegenheiten ins reine, bevor er um die Hand eines Mädchens anhält. Wie denn! Hätten Sie es noch zehn Tage länger vergessen, Sie wären verheiratet gewesen, ehe Sie sich der Sache entsonnen hätten. Zu meiner Zeit vergaßen Männer solche Dinge nicht – und auch nicht, was sich den Gefühlen einer unschuldigen jungen Frau gegenüber geziemt. Wenn ich nicht selber Achtung vor diesen Gefühlen hätte, würde ich Ihr Verhalten mit Worten bezeichnen, die Ihnen nicht angenehm wären.«

General D'Hubert erleichterte sich durch einen freimütigen Seufzer. »Lassen Sie sich durch diese Rücksicht nicht beirren. Sie laufen keine Gefahr, sie tödlich zu beleidigen.«

Doch der alte Mann achtete nicht auf dieses unsinnige Geschwätz eines Liebhabers. Es steht dahin, ob er ihn überhaupt hörte. »Worum geht es denn?« fragte er. »Welcher Art ist...?«

»Nennen Sie es jugendliche Torheit, *Monsieur le Chevalier*. Eine unbegreifliche, unglaubliche Folge von...« Er hielt inne. ›Er wird mir die Geschichte doch nie glauben‹, dachte er. ›Er wird nur denken, ich wolle ihn zum Narren halten, und beleidigt sein.‹ Laut sagte General D'Hubert alsdann: »Ja, es entsprang jugendlicher Torheit, und wurde...«

Der Chevalier unterbrach ihn: »Nun, dann muß es beigelegt werden.«

»Beigelegt?«

»Ja, gleichgültig welche Überwindung es Ihre *amour propre* kosten mag. Sie hätten daran denken sollen, daß Sie verlobt sind. Sie vergaßen vermutlich auch das. Und dann gehen Sie her und vergessen Ihren Streit. Es ist das hoffnungsloseste Zeichen von Leichtsinn, das mir je vorgekommen ist.«

»Gütiger Gott, Monsieur! Sie bilden sich doch nicht etwa ein, ich hätte den Streit das letzte Mal, als ich in Paris war, angefangen; oder etwas Derartiges?«

»Je nun! Was bedeutet schon das genaue Datum Ihres unvernünftigen Verhaltens«, rief der Chevalier verdrießlich. »Das wichtigste ist jetzt, die Sache beizulegen.«

Da er merkte, wie General D'Hubert störrisch wurde und versuchte, etwas einzuwerfen, hob der alte Emigrant seine Hand und fügte würdevoll hinzu: »Ich bin auch Soldat gewesen. Ich würde mich nie unterstehen, dem Mann, dessen Namen meine Nichte tragen soll, zu einem bedenklichen Schritt zu raten. Ich sage Ihnen, *entre galants hommes* läßt sich eine Affäre immer beilegen.«

»Aber *saperlotte, Monsieur le Chevalier*, sie ist fünfzehn oder sechzehn Jahre alt. Ich war damals ein Husarenleutnant.«

Der alte Chevalier schien durch den verzweifelten Ton dieser Mitteilung aus der Fassung gebracht. »Sie waren ein Husarenleutnant vor sechzehn Jahren«, murmelte er wie betäubt.

»Ja, nun! Sie dachten doch wohl nicht, ich wäre schon in der Wiege zum General befördert worden wie ein Prinz von Geblüt.«

In dem sich vertiefenden purpurnen Zwielicht der Felder, die von Weinlaub bedeckt waren, begrenzt von dem feuerroten Band im Westen, klang die Stimme des alten verabschiedeten Offiziers aus der Armee der Prinzen gesammelt und angestrengt höflich.

»Träume ich? Ist das ein Scherz? Oder verstehe ich richtig, daß Sie eine Ehrenangelegenheit sechzehn Jahre lang bebrütet haben?«

»Sie hat sich diese ganze Zeit hindurch an mich geheftet. Das ist es genau, was ich meine. Der Streit selbst ist nicht so leicht zu erklären. Wir haben uns natürlich in dieser Zeit mehrmals duelliert.«

»Was für Sitten! Was für eine entsetzliche Verkehrung des Begriffes der Mannhaftigkeit! Auf nichts läßt sich solche Unmenschlichkeit zurückführen als auf den blutigen Aberwitz der Revolution, der eine ganze Generation vergiftet hat«, sagte der

zurückgekehrte Emigrant leise sinnend. »Wer ist Ihr Gegner?« fragte er ein wenig lauter.
»Mein Gegner? Er heißt Feraud.«
Schattenhaft, in seinem *tricorne* und den altmodischen Gewändern, wie ein gebeugter, magerer Geist des *ancien régime*, sprach der Chevalier aus seiner geisterhaften Erinnerung: »Ich gedenke noch der Fehde wegen der kleinen Sophie Derval zwischen Monsieur de Brissac, Kapitän der Leibgarde, und d'Anjorrant (nicht dem pockennarbigen, dem anderen – dem Beau d'Anjorrant, wie er auch genannt wurde). Sie duellierten sich dreimal innerhalb acht Monaten, und zwar in äußerst tapferer Weise. Schuld daran trug freilich auch jene kleine Sophie, die von ihrem Spiel nicht lassen *wollte*...«
»Das hier ist nichts dergleichen«, unterbrach ihn General D'Hubert. Er lachte ein wenig bitter. »Keineswegs so einfach«, fügte er hinzu. »Nicht halb so vernünftig«, schloß er unhörbar und knirschte vor Wut mit den Zähnen.
Nach diesem Geräusch wurde die Stille lange nicht mehr unterbrochen, bis der Chevalier mit matter Stimme fragte: »Was ist er – dieser Feraud?«
»Ebenfalls Husarenleutnant – das heißt er ist General. Ein Gaskogner. Sohn eines Hufschmieds, glaube ich.«
»Da! Dachte ich mir's doch. Dieser Bonaparte hatte eine besondere Vorliebe für die *canaille*. Ich meine nicht Sie damit, D'Hubert. Sie sind einer von uns, obwohl Sie diesem Usurpator gedient haben, der...«
»Lassen wir ihn aus dem Spiel«, unterbrach General D'Hubert.
Der Chevalier zuckte die spitzigen Schultern. »Irgend so ein Feraud. Abkömmling eines Hufschmieds und einer Dorftrulle. Da sehen Sie, was dabei herauskommt, wenn man sich mit Leuten dieses Schlages einläßt.«
»Sie haben selber Schuhe gemacht, Chevalier.«
»Ja. Aber ich bin nicht der Sohn eines Schusters. Und auch Sie

sind es nicht, Monsieur D'Hubert. Sie und ich haben etwas, das Ihre Fürsten, Herzöge und Marschälle von Bonapartes Gnaden nicht haben und das keine Macht auf Erden ihnen geben kann«, erwiderte der Emigrant mit der wachsenden Lebhaftigkeit eines Mannes, dem ein dankbares Thema eingefallen ist. »Diese Leute existieren gar nicht – all diese Ferauds. Feraud! Was ist ein Feraud? Ein *va-nu-pieds*, in einen General verkleidet von einem korsischen Abenteurer, der sich als Kaiser maskierte. Für einen D'Hubert gibt es keinen ersichtlichen Grund auf der ganzen Welt, sich durch ein Duell mit einer Person dieses Schlages gemein zu machen. Sie können sich ohne weiteres bei ihm entschuldigen. Und wenn der *manant* es sich einfallen lassen sollte, Ihre Entschuldigung zurückzuweisen, dann können Sie sich schlichtweg weigern, mit ihm ein Duell auszufechten.«
»Sie sagen, das könnte ich?«
»Ja, das sage ich. Mit dem reinsten Gewissen.«
»*Monsieur le Chevalier!* Wohin, meinen Sie, sind Sie aus Ihrer Emigration zurückgekehrt?«
Dies wurde in so überraschendem Ton vorgebracht, daß der alte Mann seinen gebeugten Kopf hochriß, der silbrig weiß unter den Spitzen seines kleinen *tricorne* hervorschimmerte. Eine Weile gab er keinen Laut von sich.
»Weiß Gott«, sagte er schließlich und deutete mit einer langsamen und ernsten Geste auf ein hohes Kreuz, das auf einem Steinsockel am Wegrand stand und seine schmiedeeisernen Arme schwarz vor dem sich verdunkelnden roten Band am Himmel ausstreckte – »Weiß Gott! Wenn dieses Zeichen nicht wäre, das ich, wie ich mich entsinne, schon als Kind an dieser Stelle sah, ich müßte mich fragen, wohin wir, die wir Gott und unserem König die Treue hielten, zurückgekehrt sind. Sogar die Stimme des Volkes hat sich verändert.«
»Ja, es ist ein verändertes Frankreich«, sagte General D'Hubert. Er schien seine Ruhe wiedergefunden zu haben. Sein Tonfall

war leicht ironisch. »Deshalb kann ich Ihrem Rat nicht folgen. Übrigens, wie soll man sich weigern, von einem Hund gebissen zu werden, der es darauf abgesehen hat, einen zu beißen? Es ist nicht zu machen. Nehmen Sie mein Wort darauf – Feraud ist nicht der Mann, der sich mit Entschuldigungen oder Weigerungen abspeisen ließe. Doch es gäbe andere Wege. Ich könnte zum Beispiel einen Boten mit einem Hinweis zum Kommandanten der Gendarmerie in Senlac schicken. Er und seine beiden Freunde werden durch ein einziges Wort von mir der Inhaftierung ausgesetzt. Es würde natürlich Gerede in der Armee geben, sowohl der organisierten wie der entlassenen – vor allem in der entlassenen. Alles *canaille!* Alle waren sie einmal Waffenkameraden Armand D'Huberts. Aber muß sich ein D'Hubert um das kümmern, was Leute, die nicht mehr existieren, denken mögen? Oder besser noch, ich könnte meinen Schwager veranlassen, dem Bürgermeister des Dorfes einen Wink zu geben. Nicht mehr wäre nötig, damit diese drei ›Briganten‹ mit Dreschflegeln und Heugabeln aufgestöbert und in irgendeinen netten, tiefen, nassen Graben getrieben würden – und niemand erführe je etwas davon! Nur zehn Meilen von hier ist es drei armen Teufeln von den entlassenen Roten Ulanen der Garde, die in ihre Heimat wanderten, ebenso ergangen. Was sagt Ihr Gewissen, *Chevalier*? Kann ein D'Hubert drei Männern, die nicht existieren, solches antun?«

Einige Sterne waren in der blauen, kristallklaren Dunkelheit des Himmels aufgegangen. Die schnarrende, dünne Stimme des Chevaliers erwiderte rauh: »Warum sagen Sie mir das alles?«

Der General faßte die verwelkte alte Hand mit festem Griff. »Weil ich Ihnen mein vollstes Vertrauen schulde. Wer außer Ihnen könnte es Adèle erklären? Sie verstehen, warum ich mich nicht meinem Schwager, ja nicht einmal meiner Schwester anzuvertrauen wage. *Chevalier!* Ich war so nahe daran, all diese Dinge zu tun, daß ich jetzt noch schaudere. Sie wissen gar nicht, wie entsetzlich dieses Duell mir erscheint. Und es gibt kein Entrinnen.«

Er murmelte nach einer Pause: »Es ist ein Unheil«, ließ des Chevaliers schlaffe Hand los und sagte in seinem gewohnten Unterhaltungston: »Ich werde ohne Sekundanten hingehen müssen. Wenn es mein Los sein sollte, auf der Strecke zu bleiben, so werden Sie wenigstens alles wissen, was von dieser Angelegenheit kundgetan werden kann.«

Der schattenhafte Geist des *ancien régime* schien während dieser Unterhaltung noch tiefer gebeugt worden zu sein. »Wie soll ich heute abend vor diesen beiden Frauen eine gleichgültige Miene bewahren?« stöhnte er. »General! Es fällt mir sehr schwer, Ihnen zu verzeihen.«

General D'Hubert antwortete nicht.

»Ist Ihre Sache wenigstens eine gute?«

»Ich bin unschuldig.«

Diesmal ergriff er des Chevaliers geisterhaften Arm über dem Ellenbogen und versetzte ihm einen kräftigen Druck. »Ich muß ihn umbringen!« zischte er, öffnete die Hand und schritt von dannen die Straße hinunter.

Die taktvolle Aufmerksamkeit seiner ihn anbetenden Schwester hatte dem General vollkommene Bewegungsfreiheit in dem Hause eingeräumt, in dem er zu Gast war. Er hatte sogar seinen eigenen Eingang durch eine kleine Tür in einer Ecke der Orangerie. So wurde er an jenem Abend der Notwendigkeit enthoben, seine Erregung vor der ruhigen Unwissenheit der übrigen Hausbewohner verbergen zu müssen. Er war froh hierüber. Er hatte das Gefühl, er würde, wenn er die Lippen öffnen müßte, in fürchterliche und zwecklose Verwünschungen ausbrechen, das Mobiliar zertrümmern, Porzellan und Kristall zerschlagen. Vom Augenblick an, da er sich durch die Privattür einließ, und dann während er die achtundzwanzig Stufen der Wendeltreppe bis zum Korridor hinaufstieg, an dem sein Zim-

mer lag, durchlief er in Gedanken eine entsetzliche und demütigende Szene, in welcher ein in Wut geratener Wahnsinniger mit blutunterlaufenen Augen unvorstellbare Verwüstung unter allen leblosen Gegenständen anrichtete, die sich in einem wohlausstaffierten Eßzimmer finden mögen. Als er die Tür seines Zimmers öffnete, war der Anfall vorüber, und seine körperliche Erschöpfung war so groß, daß er sich an den Rückenlehnen der Stühle festhalten mußte, während er das Zimmer durchquerte, um zu einem tiefen und breiten Diwan zu gelangen, auf den er sich schwer niederfallen ließ. Seine moralische Ermattung war noch größer. Die Brutalität des Gefühls, die er an sich nur erfahren hatte, wenn er, den Säbel in der Hand, auf den Feind eingedrungen war, setzte den Mann von vierzig Jahren in Erstaunen, der hierin nicht die instinktive Wut seiner bedrohten Leidenschaft zu sehen vermochte. Doch in seiner seelischen und körperlichen Erschöpfung klärte, vergeistigte, verfeinerte sich diese Leidenschaft zu einer Empfindung schwermütiger Verzweiflung darüber, daß er vielleicht sterben müsse, ehe er dieses zauberhafte Mädchen gelehrt habe, ihn zu lieben.
In dieser Nacht machte General D'Hubert, der ausgestreckt, die Hände über den Augen, auf seinem Rücken oder seiner Brust lag und das Gesicht in ein Kissen drückte, die ganze Pilgerfahrt der Gemütserregungen durch. Ohnmächtiger Abscheu vor der Absurdität der Situation, Zweifel an seiner Befähigung, das Leben zu meistern, Mißtrauen gegen seine edelsten Empfindungen (denn weshalb, zum Teufel, hatte er zu Fouché gehen wollen?) – er erfuhr das alles nacheinander. ›Ich bin ein Idiot, nicht mehr und nicht weniger‹, dachte er – ›ein empfindsamer Idiot. Weil ich zwei Männern zuhörte, die sich in einem Café unterhielten... Ich bin ein Idiot, der sich vor Lügen fürchtet – während es im Leben nur die Wahrheit ist, auf die es ankommt.‹
Verschiedene Male stand er auf, ging auf Socken, damit ihn

niemand hörte, hinunter und trank alles Wasser, das er in der Dunkelheit finden konnte. Und er kostete auch die Martern der Eifersucht aus. Sie würde einen anderen heiraten. Seine innerste Seele wand sich in Qualen. Die Hartnäckigkeit dieses Feraud, die schauerliche Beharrlichkeit dieses aberwitzigen Untiers, standen mit der fürchterlichen Gewalt eines erbarmungslosen Schicksals vor ihm. General D'Hubert zitterte, als er den leeren Wasserkrug abstellte. ›Er wird mich kriegen‹, dachte er. General D'Hubert durchlebte alle Gefühlsregungen, die das Leben zu bieten hat. Er hatte in seinem ausgedörrten Mund den schwachen, kränklichen Geschmack der Furcht, nicht der entschuldbaren Furcht vor dem freimütigen und belustigten Blick eines jungen Mädchens, sondern der Furcht vor dem Tod und der Furcht des ehrbaren Mannes vor der Feigheit.

Doch wenn wahrer Mut darin besteht, daß man hinausgeht, um sich einer verhaßten Gefahr zu stellen, vor der unser Körper, unsere Seele und unser Herz zurückschrecken, dann hatte General D'Hubert Gelegenheit, ihn nun zum erstenmal in seinem Leben zu beweisen. Jauchzend hatte er Batterien und Infanterie-Karrees angegriffen und war mit Meldungen durch den Geschoßhagel geritten, ohne sich deshalb Gedanken zu machen. Seine Aufgabe jetzt war es, sich bei Tagesanbruch, ohne von jemandem gehört zu werden, zu einem unrühmlichen und abscheulichen Tod hinauszuschleichen. General D'Hubert zögerte nicht einen Augenblick. In einer Ledertasche, die ihm um die Schulter hing, trug er zwei Pistolen. Ehe er den Garten durchschritten hatte, war sein Mund abermals trocken. Er pflückte zwei Orangen. Erst nachdem er das Gartentor hinter sich verschlossen hatte, fühlte er eine leichte Schwäche.

Er stolperte weiter, ohne ihrer zu achten, und bekam nach einigen Schritten seine Beine wieder in die Gewalt. In der farblosen und durchsichtig klaren Morgendämmerung hob sich der Kiefernwald mit den Säulen seiner Stämme und seinem grünen

Nadeldach sehr deutlich von den Felsen und den grauen Hügeln ab. Er hielt seinen Blick stetig auf den Wald gerichtet und sog, während er dahinschritt, an einer Orange. Die frohgemute Gelassenheit im Angesicht der Gefahr, die ihn als Offizier bei seiner Mannschaft so beliebt gemacht und die seine Vorgesetzten an ihm geschätzt hatten, stellte sich langsam ein. Es war wie ein Aufbruch zu einer Schlacht. Als er am Waldrand anlangte, setzte er sich auf einen Findlingsblock, hielt die andere Orange in der Hand und machte sich Vorwürfe, daß er sich so lächerlich früh auf dem Kampfplatz eingefunden hatte. Schon bald jedoch raschelte es im Gebüsch; er hörte Schritte auf dem harten Grund und das Geräusch einer abgerissenen, lauten Unterhaltung. Irgendwo hinter ihm sagte eine prahlerische Stimme: »Mit dem habe ich leichtes Spiel.«

Er dachte im stillen: ›Da sind sie. Was ist das mit dem Spiel? Sprechen sie von mir?‹ Und als er die andere Orange in seiner Hand gewahrte, dachte er weiter: ›Diese Orangen sind sehr gut. Sie sind von Léonies Baum. Anstatt sie fortzuwerfen, könnte ich die Orange eigentlich ebensogut auch essen.‹

Als General Feraud und seine Sekundanten aus der Wildnis der Felsen und Büsche hervortraten, stießen sie auf General D'Hubert, der damit beschäftigt war, eine Orange zu schälen. Sie blieben stehen und warteten, bis er aufblickte. Dann nahmen die Sekundanten ihre Hüte ab, während General Feraud die Hände auf dem Rücken verschränkte und beiseite trat.

»Ich sehe mich gezwungen, Messieurs, einen von Ihnen zu bitten, für mich als Sekundant aufzutreten. Ich habe keine Freunde mitgebracht. Ist es Ihnen recht?«

Der einäugige Kürassier sagte kritisch: »Das kann nicht verweigert werden.«

Der andere Veteran meinte: »Unangenehm ist es immerhin.«

»Wegen der Einstellung der öffentlichen Meinung in dieser Gegend gab es niemanden, dem ich mit Rücksicht auf Ihre An-

wesenheit hier hätte trauen können«, erklärte General D'Hubert weltmännisch.
Sie salutierten, blickten sich um und bemerkten in einem Atemzug: »Schlechter Platz.«
»Taugt nichts.«
»Warum sich lange über Platz, Abmessungen und so weiter den Kopf zerbrechen? Wir wollen die Sache vereinfachen. Laden Sie beide Pistolenpaare. Ich nehme die von General Feraud und er die meinen. Oder besser noch, wir nehmen ein gemischtes Paar. Eine Pistole von jedem. Dann wollen wir in den Wald gehen und auf Sicht schießen, während Sie draußen bleiben. Wir sind hier nicht zum Austausch von Förmlichkeiten hergekommen, sondern zum Kampf – Kampf auf Leben und Tod. Jeder Platz ist hierfür gut genug. Wenn ich falle, dann müssen Sie mich liegenlassen und sich davonmachen. Es wäre nicht ratsam für Sie, wenn man Sie hiernach in der Gegend umherstreifen sähe.«
Es schien, als sei General Feraud nach einer kurzen Unterredung bereit, auf diese Bedingungen einzugehen. Während die Sekundanten die Pistolen luden, konnte man ihn pfeifen hören und sehen, wie er sich sehr zufrieden die Hände rieb. Er warf munter seinen Rock ab, und auch General D'Hubert zog den seinen aus und legte ihn sorgsam gefaltet auf einen Stein.
»Wie wäre es, wenn Sie Ihren Kontrahenten an die andere Seite des Waldes brächten und ihn diesen in genau zehn Minuten von jetzt an betreten ließen«, schlug General D'Hubert in aller Ruhe, doch mit dem Gefühl vor, als gäbe er die Anweisung zu seiner eigenen Hinrichtung. Dies jedoch war sein letzter Augenblick der Schwäche. »Warten Sie, wir wollen vorher noch die Uhren vergleichen.«
Er zog seine eigene heraus. Der Offizier ohne Nasenspitze ging zu General Feraud, um dessen Uhr zu borgen. Sie beugten eine Weile ihre Köpfe über die Uhren.

»Richtig. Um vier Minuten vor sechs nach der Ihren. Sieben Minuten nach der meinen.«

Der Kürassier war es, der an General D'Huberts Seite blieb und sein eines Auge unbeweglich auf das weiße Zifferblatt der Uhr geheftet hielt, die in seiner Hand lag. Er öffnete den Mund, wartete auf das Ticken der letzten Sekunde, ehe er das Wort »*Avancez*« hervorstieß.

General D'Hubert brach auf, trat aus dem strahlenden Sonnenschein des provençalischen Morgens in den kühlen und duftenden Schatten der Kiefern. Der Boden war frei von Unterholz zwischen den rötlichen Stämmen, deren Vielzahl durch die leicht voneinander abweichenden Winkel ihres Wuchses anfangs sein Auge verwirrte. Es war wie der Aufbruch zu einer Schlacht. Die gebieterische Eigenschaft des Selbstvertrauens erwachte in seiner Brust. Er ging ganz in dieser Sache auf. Seine Aufgabe war es, den Gegner zu töten. Nichts Geringeres als das konnte ihn von diesem aberwitzigen Alptraum befreien. ›Es hat keinen Zweck, diesen Rohling nur zu verwunden‹, dachte General D'Hubert. Er war als findiger Offizier bekannt gewesen. Vor Jahren pflegten ihn seine Kameraden den Strategen zu nennen. Und es war eine erwiesene Tatsache, daß er im Angesicht des Feindes zu denken vermochte. Während Feraud stets bloß ein Kämpfer gewesen war – doch unglücklicherweise ein Meisterschütze. ›Ich muß sein Feuer aus größtmöglichem Abstand auf mich lenken‹, sagte sich General D'Hubert.

In diesem Augenblick sah er etwas Weißes, das sich weit entfernt zwischen den Bäumen bewegte – das Hemd seines Gegners. Er trat sogleich hinter seinem Stamm hervor und stellte sich gänzlich bloß; dann sprang er schnell wie der Blitz zurück. Es war ein gefährlicher Schachzug gewesen, doch er erfüllte seinen Zweck. Fast gleichzeitig mit dem Krachen eines Schusses flog ihm ein von der Kugel abgerissenes Stück Rinde schmerzlich gegen das Ohr.

General Feraud wurde, nachdem er einen Schuß vertan hatte, behutsamer. Als General D'Hubert um den Baum spähte, vermochte er ihn überhaupt nicht mehr zu sehen. Diese Ungewißheit über den Aufenthalt seines Gegners brachte ein Gefühl der Unsicherheit mit sich. General D'Hubert fühlte sich im Rücken und in der Flanke scheußlich ungedeckt. Abermals flatterte es weiß in seiner Blickrichtung. Ha! Der Feind befand sich also noch immer vor ihm. Er hatte eine Seitenschwenkung befürchtet. Aber anscheinend dachte General Feraud nicht daran. General D'Hubert sah, wie er sich ohne besondere Eile in direktem Anmarsch von einem Baum zum andern begab. Mit großer Entschiedenheit zügelte General D'Hubert seine Hand. Noch zu weit. Er wußte, daß er kein Scharfschütze war. Für ihn kam nur ein hinhaltendes Spiel in Frage – um zu töten.

Da er sich die größere Dicke des Stammes an dessen Fuß zunutze machen wollte, sank er zu Boden. In der ganzen Länge ausgestreckt, den Kopf in Richtung des Feindes, lag sein Körper vollkommen in Deckung. Aus der Deckung herauszutreten, wäre jetzt nicht mehr angegangen, da der andere inzwischen zu dicht herangekommen war. Die Überzeugung, daß Feraud plötzlich irgend etwas Unbesonnenes tun würde, war wie Balsam auf General D'Huberts Seele. Doch es war ermüdend, das Kinn vom Boden erhoben zu halten und hatte auch nicht viel Sinn. Er blickte sich um und entblößte dabei voll Furcht, doch eigentlich ohne viel Gefahr einen Teil seines Kopfes. Tatsächlich vermutete sein Feind nicht, so tief am Boden etwas von ihm zu sehen. General D'Hubert gewahrte mit einem flüchtigen Blick, daß General Feraud abermals und mit großer Behutsamkeit von einem Stamm zum andern überwechselte. ›Er verachtet meine Schießkunst‹, dachte er und bekundete damit jenen Einblick in den Verstand seines Gegenspielers, der eine so große Hilfe beim Gewinnen von Schlachten ist. Er wurde in seiner Taktik der Unbeweglichkeit bestärkt. ›Wenn ich nur den

Raum in meinem Rücken ebensogut beobachten könnte wie die Front!‹ dachte er besorgt und sehnte sich nach dem Unmöglichen.

Es bedurfte einiger Charakterstärke, um die Pistolen hinzulegen; einer plötzlichen Eingebung folgend, tat es General D'Hubert dennoch sehr sacht – eine auf jede Seite. In der Armee war er als eine Art Stutzer betrachtet worden, weil er sich an den Tagen einer Schlacht zu rasieren und ein frisches Hemd anzuziehen pflegte. Tatsächlich war er stets sehr auf seine äußere Erscheinung bedacht gewesen. Bei einem Mann von vierzig Jahren, der in ein junges und reizendes Mädchen verliebt ist, mochte diese rühmliche Selbstachtung die Form solch einer kleinen Schwäche annehmen wie zum Beispiel die Ausrüstung mit einem eleganten kleinen Lederetui, das einen Elfenbeinkamm enthielt und auf der Außenseite mit einem Spiegel versehen war. General D'Hubert tastete mit seinen freien Händen in den Hosentaschen nach dieser Gerätschaft einer unschuldigen Eitelkeit, die dem Träger eines langen, seidigen Schnurrbarts wohl nachzusehen war. Er zog das Etui hervor und drehte sich sodann mit der äußersten Kaltblütigkeit und Behendigkeit auf den Rücken. In dieser neuen Haltung, den Kopf ein wenig erhoben und den Spiegel eben vom Stamm abhaltend, schielte er mit seinem linken Auge in diesen, während er mit seinem rechten die Rückenfront seiner Position genau überwachen konnte. So lieferte er den Beweis für die Richtigkeit von Napoleons Ausspruch, daß es »für einen französischen Soldaten das Wort unmöglich« nicht gebe. Der Baum zu seiner Rechten füllte fast das Feld seines kleinen Spiegels aus.

»Wenn er dahinter hervortreten sollte«, überlegte er befriedigt, »muß ich seine Beine sehen. Aber in jedem Fall kann er mich nicht überrumpeln.«

Und allerdings sah er die Stiefel General Ferauds auftauchen und verschwinden und für einen Augenblick alles, was sich sonst im Spiegel abbildete, verdunkeln. Er veränderte die Stellung desselben entsprechend. Doch während er sich sein Urteil über die Veränderung der Position des anderen aus diesem indirekten Blickwinkel bilden mußte, entging ihm, daß seine Füße und ein Teil seiner Beine jetzt im offenen Blickfeld General Ferauds lagen.

General Feraud war mehr und mehr beeindruckt worden von der erstaunlichen Klugheit, mit der sich sein Gegner in Deckung hielt. Er hatte den richtigen Baum mit blutrünstiger Genauigkeit aufs Korn genommen, dessen war er absolut sicher. Und dennoch war es ihm nicht gelungen, auch nur so viel wie die Spitze eines Ohres zu erspähen. Da er in einer Höhe von ungefähr fünf Fuß und zehn Zoll über dem Erdboden danach Ausschau gehalten hatte, nahm dies nicht weiter wunder – aber General Feraud kam es sehr verwunderlich vor.

Der erste Anblick dieser Füße und Beine ließ ihm das Blut zu Kopfe schießen. Er taumelte buchstäblich hinter seinen Baum und mußte sich mit der Hand am Stamm festhalten. Der andere lag demnach am Boden! Am Boden! Vollkommen reglos obendrein! Deckungslos! Was konnte das bedeuten?... Hier nun fand der Gedanke, er habe seinen Gegner mit dem ersten Schuß niedergestreckt, Eingang in General Ferauds Hirn. Und als er dort erst einmal Fuß gefaßt hatte, griff er mit jeder Sekunde aufmerksamer Beobachtung weiter um sich und überschattete alle anderen Vermutungen – unwiderstehlich, triumphierend, grimmig.

»Was für ein Esel ich doch war, daß ich mir einbilden konnte, ich hätte ihn verfehlt«, murmelte er in sich hinein. »Er stand ja gute zwei Sekunden lang ungeschützt *en plein* – der Narr!«

General Feraud blickte auf die reglosen Gliedmaßen, und die letzte Spur der Verblüffung schwand vor der ungehemmten Bewunderung seiner eigenen mörderischen Geschicklichkeit mit der Pistole.

›Die Zehen nach oben! Beim Kriegsgott! Das war ein Schuß!‹ jubelte er im Geiste. ›Die Kugel ging ihm durch den Kopf, genau dort, wohin ich zielte, er taumelte hinter diesen Baum, rollte auf seinen Rücken und verschied.‹ Und er starrte! Er starrte, vergaß vorzugehen, fast scheu, fast traurig. Aber um keinen Preis hätte er es anders haben wollen. Solch ein Schuß! – solch ein Schuß! Rollte auf den Rücken und verschied.

Denn es war diese Hilflosigkeit der Positur, dieses hingestreckte Liegen auf dem Rücken, was General Feraud den unbezweifelbaren Beweis förmlich entgegenschrie! Ihm kam nie in den Sinn, daß sie von einem lebendigen Mann mit Vorbedacht eingenommen worden sein könnte. Es war unvorstellbar. Es lag jenseits des Horizonts vernünftiger Erwägungen. Unmöglich, eine Absicht dahinter zu vermuten. Und es muß noch dazu gesagt werden, daß General D'Huberts hochgekehrte Füße durch und durch tot aussahen. General Feraud holte tief Luft zu einem schmetternden Ruf nach seinen Sekundanten, hielt sich jedoch aus übertriebener Ängstlichkeit, wie ihn dünkte, noch eine Weile im Zaum.

»Ich will doch erst nachsehen, ob er noch atmet«, murmelte er und verließ sorglos die Deckung seines Baumes. Diese Bewegung wurde von dem findigen General D'Hubert unverzüglich registriert. Er hielt sie für einen weiteren Stellungswechsel, doch als er die Stiefel aus dem Blickfeld des Spiegels verlor, wurde er unruhig. General Feraud war nur ein wenig von seiner Linie abgewichen, doch sein Gegner konnte unmöglich annehmen, daß er in vollkommener Sorglosigkeit daherkam. General D'Hubert begann sich zu fragen, was wohl aus dem anderen geworden sein mochte und wurde so vollkommen überrumpelt, daß der erste Vorbote der Gefahr in dem langen frühmorgendlichen Schatten bestand, der schräg auf seine ausgestreckten Beine fiel. Er hatte nicht einmal einen Schritt auf dem weichen Boden zwischen den Bäumen gehört!

Das war zuviel für seine Kaltblütigkeit. Unbedacht sprang er auf und ließ die Pistolen am Boden liegen. Der unwiderstehliche Instinkt eines durchschnittlichen Menschen (wenn die Verwirrung ihn nicht gerade vollkommen gelähmt hätte) wäre es gewesen, sich nach den Waffen zu bücken und sich damit der Gefahr auszusetzen, in dieser Stellung niedergeschossen zu werden. Instinkt ist unreflektiert, versteht sich. Unreflektiertheit ist geradezu dessen Definition. Doch es ist eine Frage, der nachzugehen sich lohnen mag, ob die automatischen Eingebungen des Instinkts in der reflektierenden Menschheit nicht durch die gewohnte Denkweise beeinflußt werden. In seinen jungen Jahren hatte Armand D'Hubert, der nachdenkliche, vielversprechende Offizier, der Meinung Ausdruck gegeben, man solle bei der Kriegführung »niemals auf die Position eines begangenen Irrtums zurückfallen«. Diese Ansicht, die in vielen Diskussionen verteidigt und weiterentwickelt worden war, hatte sich in einen der Grundbegriffe seines Denkens verwandelt und war zu einem Bestandteil seiner geistigen Individualität geworden. Ob sie nun so unvorstellbar tief in ihn eingedrungen war, daß sie sogar die Befehle seines Instinktes beeinflußte, oder einfach deswegen, weil er, wie er später erklärte, »zu erschrocken war, um sich der verflixten Pistolen zu entsinnen – Tatsache ist, daß General D'Hubert niemals den Versuch machte, sich nach denselben zu bücken. Anstatt zu seinem Irrtum zurückzukehren, ergriff er den rauhen Stamm mit beiden Händen und schwang sich mit solchem Ungestüm hinter diesen, daß er unter dem Aufblitzen und Krachen des Pistolenschusses rund herumsauste und auf der anderen Seite des Stammes im Angesicht General Ferauds wieder auftauchte. Dieser letztere, der durch die Bekundung derartiger Behendigkeit seitens eines Toten restlos verdutzt war, zitterte noch immer. Ein sehr feiner Rauchdunst hing vor seinem Gesicht, das den ungewöhnlichen Eindruck erweckte, als wäre sein Unterkiefer ausgehakt.

»Nicht verfehlt!« krächzte er rauh aus den Tiefen seiner trockenen Kehle.
Dieser unheimliche Laut löste den Bann, der über die Sinne General D'Huberts gefallen war. »Jawohl, verfehlt – *à bout portant*«, hörte er sich sagen, beinahe noch ehe er die volle Gewalt über seine Kräfte zurückgewonnen hatte. Der Gefühlsumschwung wurde von einem Schwall mörderischer Wut begleitet, der in seiner Heftigkeit den gestauten Haß eines Lebens zusammenfaßte. Jahrelang war General D'Hubert gereizt und gedemütigt worden durch jene grausame Abgeschmacktheit, die ihm durch den wilden Eigensinn dieses Mannes aufgezwungen worden war. Außerdem war General D'Hubert die Konfrontation mit dem Tod in diesem letzten Falle zu unliebsam gewesen, als daß sein Zorn eine andere Form hätte annehmen können denn die des Wunsches zu töten. »Und ich habe noch meine beiden Schüsse abzugeben«, fügte er erbarmungslos hinzu.
General Feraud biß die Zähne zusammen, und sein Gesicht nahm einen zornigen, unerschrockenen Ausdruck an. »Nur zu!« sagte er grimmig.
Dies wären seine letzten Worte gewesen, hätte General D'Hubert seine Pistolen in den Händen gehalten. Aber die Pistolen lagen auf dem Boden neben der Kiefer. General D'Hubert fand die Sekunde der Muße, deren er bedurfte, um sich zu sagen, daß er den Tod nicht als ein Mann, sondern als ein Liebender gefürchtet habe; nicht als eine Gefahr, sondern als einen Rivalen; nicht als einen Lebensfeind, sondern als ein Hindernis seiner Vermählung. Und wohlgemerkt! der Rivale war besiegt! – restlos besiegt, zerschlagen, erledigt!
Er hob mechanisch die Waffen auf und gab, anstatt diese in die Brust General Ferauds abzufeuern, den vorherrschenden Gedanken in seinem Gemüte Ausdruck: »Sie werden jetzt keine Duelle mehr ausfechten.«
Sein Tonfall mußevoller, unaussprechlicher Befriedigung war

zuviel für General Ferauds Stoizismus. »Mähren Sie doch nicht, zum Kuckuck, Sie kaltblütiger Stäbler-Geck!« brüllte er plötzlich aus einem ungerührten Gesicht hervor, das hocherhoben auf einem erstarrten ruhigen Körper saß.

General D'Hubert entspannte behutsam die Pistolen. Dieser Vorgang wurde vom anderen General mit gemischten Gefühlen beobachtet. »Sie verfehlten mich zweimal«, sagte der Sieger eisig und nahm beide Pistolen in eine Hand; »das letztemal aus einem Abstand von ungefähr einem Fuß. Nach allen Regeln des Zweikampfes gehört Ihr Leben mir. Das heißt nicht, daß ich es Ihnen jetzt nehmen wollte.«

»Ich brauche Ihre Nachsicht nicht«, murrte General Feraud.

»Erlauben Sie mir, darauf hinzuweisen, daß mich dies nichts angeht«, sagte General D'Hubert, dessen Rede in jedem Wort von vollendetem Taktgefühl bestimmt war. Im Zorn hätte er diesen Mann töten können, aber bei kaltem Blut schrak er davor zurück, dieses unvernünftige Wesen durch Großmutsbekundungen zu demütigen – diesen Waffenkameraden von der *Grande Armée,* diesen Gefährten in den Wundern und Schrecknissen des großen Soldatenepos. »Sie werden sich doch nicht herausnehmen wollen, mir vorzuschreiben, was ich mit dem zu tun habe, was mein ist?«

General Feraud blickte verdutzt drein, und der andere fuhr fort: »Sie haben mich gezwungen, mein Leben wegen einer Ehrenfrage fünfzehn Jahre lang zu Ihrer Verfügung zu halten. Gut. Nun, da die Angelegenheit zu meinen Gunsten entschieden ist, werde ich – nach dem selben Grundsatz – mit Ihrem Leben so verfahren, wie es mir beliebt. Sie werden es zu meiner Verfügung halten, solange es mir paßt. Nicht mehr und nicht weniger. Sie sind auf Ihr Ehrenwort dazu verpflichtet, bis ich Ihnen Bescheid gebe.«

»Das bin ich! Aber, *sacrebleu!* In so eine groteske Lage kann man doch einen General des Kaiserreiches nicht bringen!« rief

General Feraud im Ton tiefer und banger Überzeugung. »Es würde ja bedeuten, daß ich den Rest meines Lebens mit einer geladenen Pistole in der Schublade dasitzen und auf Ihren Bescheid warten müßte. Es ist – es ist idiotisch; ich werde ein Gegenstand des – des – Spottes sein.«

»Grotesk? – idiotisch? Meinen Sie?« fragte General D'Hubert mit schalkhaftem Ernst. »Mag sein. Doch ich sehe nicht, wie dem abzuhelfen wäre. Immerhin ist nicht anzunehmen, daß ich dieses Abenteuer an die große Glocke hängen werde. Niemand braucht je etwas davon zu erfahren. Ebenso wie bis zum heutigen Tag, glaube ich, niemand etwas über den Ursprung unseres Zerwürfnisses erfahren hat... Kein Wort mehr«, fügte er hastig hinzu. »Ich kann diese Frage unmöglich mit einem Mann erörtern, den es für mich gar nicht gibt.«

Als die beiden Kontrahenten aus dem Walde traten, General Feraud ein wenig hinter General D'Hubert und recht eigentlich mit der Miene, als schritte er in Trance dahin, eilten beide Sekundanten, jeder von seinem Posten am Waldrand aus, ihnen entgegen. General D'Hubert wandte sich ihnen zu und sagte laut und vernehmlich: »*Messieurs*, ich lege Wert darauf, Ihnen in Anwesenheit General Ferauds feierlich zu erklären, daß unsere Meinungsverschiedenheiten für alle Zeiten beigelegt sind. Sie können alle Welt von dieser Tatsache in Kenntnis setzen.«

»Doch noch eine Versöhnung!« riefen beide zusammen aus.

»Versöhnung? Nicht eigentlich das. Es ist etwas viel Bindenderes. Nicht wahr, General?«

General Feraud senkte nur seinen Kopf zum Zeichen seiner Zustimmung. Die beiden Veteranen sahen einander an. Später, als sie einmal allein waren und außer Hörweite ihres mürrischen Freundes standen, bemerkte der Kürassier unvermutet: »Im allgemeinen sehe ich mit meinem einen Auge so weit wie die meisten Leute; aber das verstehe ich nicht mehr. Er will nicht mit der Sprache heraus.«

»In diesem Ehrenhandel hat es, soviel ich sehe, von Anfang bis Ende etwas gegeben, das kein Mensch in der Armee richtig verstanden hat«, erklärte der Chasseur mit der unvollkommenen Nase. »Es begann im Geheimnis, im Geheimnis wurde es fortgesetzt, und im Geheimnis soll es anscheinend enden.«
General D'Hubert ging mit langen, hastigen Schritten heim, keineswegs beschwingt von einem Triumphgefühl. Er hatte gesiegt, doch es machte ihm nicht den Anschein, als hätte er sehr viel gewonnen durch den Sieg. In der Nacht zuvor hatte er über die Gefahr gemurrt, sein Leben verlieren zu müssen, das ihn so kostbar dünkte, wert der Bewahrung, weil es ihm Gelegenheit bot, die Liebe eines Mädchens zu erringen. Er hatte Augenblicke durchlebt, da diese – in einem wunderbaren Wahn – schon ihm zu gehören und sein bedrohtes Leben eine noch kostbarere Gelegenheit zur Hingabe zu sein schien. Nun, da sein Leben sicher war, hatte es mit einem Mal seine ausgesuchte Kostbarkeit verloren. Statt dessen hatte es einen ausgesucht beunruhigenden Aspekt angenommen – den eines Fallstricks, um seine Nichtswürdigkeit bloßzustellen. Was den wunderbaren Wahn eroberter Liebe betraf, der ihn für Augenblicke befallen hatte in den bewegten Vigilien dieser Nacht, die wohl seine letzten auf Erden hätten sein können, so verstand er jetzt dessen wahre Natur. Er war nur ein Anfall rasender Eitelkeit gewesen. So erschien diesem Mann, den der siegreiche Ausgang eines Duells ernüchtert hatte, das Leben seines Zaubers beraubt – einfach deshalb, weil es nicht länger bedroht war.
Da er sich dem Haus von hinten durch den Obst- und Küchengarten näherte, bemerkte er nicht den Aufruhr, der an dessen Vorderseite herrschte. Er begegnete keiner Menschenseele. Erst als er leise durch den Korridor schritt, gewahrte er, daß das Haus erwacht und geräuschvoller als sonst war. Im verworrenen Lärm eines ständigen Kommens und Gehens wurden unten die Namen einzelner Dienstboten gerufen. Mit einiger Beunru-

higung bemerkte er, daß die Tür zu seinem Zimmer halb offen stand, obwohl die Fensterläden noch nicht aufgestoßen waren. Er hatte gehofft, sein frühmorgendlicher Ausflug würde unbemerkt bleiben. Er erwartete, einem Diener zu begegnen, der gerade hineingegangen war; doch der Sonnenschein, der durch die Ladenritzen fiel, ermöglichte es ihm, etwas Unförmiges auszumachen, das da auf dem tiefen Diwan lag und das das Aussehen zweier engumschlungener Frauen hatte. Schluchzende und verzweifelte Murmellaute entrangen sich dieser geheimnisvollen Gruppe. General D'Hubert öffnete mit Ungestüm den nächsten Fensterladen. Da sprang eine der Frauen auf. Es war seine Schwester. Einen Augenblick lang blieb sie stehen, mit aufgelösten Haaren und die Arme hoch über den Kopf erhoben, und dann warf sie sich mit einem erstickten Schrei an seine Brust. Er erwiderte ihre Umarmung und versuchte gleichzeitig, sich daraus zu befreien. Die andere Frauengestalt hatte sich nicht erhoben. Sie schien sich im Gegenteil nur noch fester an den Diwan zu klammern und ihr Gesicht in den Polstern zu verbergen. Ihr Haar war ebenfalls geöffnet; es war bewundernswert blond. General D'Hubert erkannte es mit überwältigender Rührung. Mademoiselle de Valmassigue! Adèle! In Qualen!

Er wurde sehr beunruhigt und machte sich mit Entschiedenheit aus der Umarmung seiner Schwester los. Nun streckte Madame Léonie ihren wohlgeformten nackten Arm aus ihrem *peignoir* und deutete dramatisch auf den Diwan. »Dieses arme, erschrokkene Kind ist von zu Hause hergeeilt, zu Fuß, zwei Meilen weit – rennend den ganzen Weg.«

»Was, um alles in der Welt, ist nur geschehen?« fragte General D'Hubert mit leiser, erregter Stimme.

Aber Madame Léonie sprach laut. »Sie zog die große Glocke am Tor und weckte den ganzen Haushalt – wir schliefen noch alle. Du kannst dir vorstellen, was für ein fürchterlicher Schock es war... Adèle, mein liebes Kind, setzen Sie sich auf.«

General D'Huberts Gesichtsausdruck war nicht der eines Mannes, der sich mit Leichtigkeit etwas »vorstellt«. Er fischte zwar aus dem Chaos der Vermutungen die Idee, seine zukünftige Schwiegermutter sei überraschend gestorben, doch nur, um sie gleich wieder fallen zu lassen. Er vermochte sich nicht auszudenken, welcher Art das Ereignis oder die Katastrophe sein müsse, die Mademoiselle de Valmassigue, welche in einem Haus voller Diener lebte, veranlassen könnten, die Nachricht persönlich über die Felder zu bringen, zwei Meilen weit, rennend den ganzen Weg.

»Aber warum bist du in diesem Zimmer?« flüsterte er voller Staunen.

»Natürlich rannte ich hinauf um nachzusehen, und dieses Kind ... ich gab nicht acht ... sie folgte mir. Es ist dieser alberne Chevalier«, fuhr Madame Léonie mit einem Blick nach dem Diwan fort ... »Ihr Haar hat sich ganz aufgelöst. Du kannst dir vorstellen, daß sie nicht einmal ihre Zofe rief, um sich frisieren zu lassen, ehe sie aufbrach... Adèle, meine Liebe, setzen Sie sich auf... Er platzte um halb sechs Uhr morgens mit allem vor ihr heraus. Sie erwachte früh und öffnete ihre Fensterläden, um die frische Luft zu atmen, und sah ihn zusammengebrochen auf einer Gartenbank am Ende der großen Allee sitzen. Zu dieser Stunde – stell dir vor! Und abends zuvor hatte er erklärt, er sei unpäßlich. Sie zog einige Gewänder über und flog zu ihm hinunter. Man kann froh sein, daß es nicht weniger war. Er liebt sie, aber auf nicht sehr intelligente Art. Er war die ganze Nacht aufgeblieben, in seinen Kleidern, der arme alte Mann, vollkommen erschöpft. Er war nicht einmal in der Lage, eine plausible Geschichte zu erfinden... Was für einen *confidant* du dir da ausgesucht hast! Mein Gemahl war wütend. Er sagte: ›Wir können jetzt nicht mehr eingreifen.‹ So setzten wir uns hin und warteten. Es war fürchterlich. Und dieses arme Kind rannte mit offenem Haar vor aller Welt hier herüber! Sie ist von einigen Leuten in den Feldern gesehen worden. Sie hat obendrein das ganze Haus aufgestört. Es ist unangenehm für sie. Glücklicherweise sollt ihr nächste Woche heiraten... Adèle, setzen Sie sich auf. Er ist auf seinen eigenen Beinen heimgekommen... Wir rechneten damit, dich vielleicht auf einer Bahre heimkommen zu sehen – was weiß ich? Sieh nach, ob die Kutsche vorgefahren ist. Ich muß das Kind sogleich heimbringen. Es schickt sich nicht für sie, noch eine Minute länger hier zu verweilen.«

General D'Hubert rührte sich nicht. Es war, als hätte er nichts gehört. Madame Léonie kam ein anderer Gedanke. »Ich will selber nachsehen«, rief sie. »Ich muß ohnehin meinen Mantel holen. – Adèle –« begann sie, fügte jedoch nicht »setzen Sie sich auf« hinzu. Sie ging hinaus und sagte in lautem und fröhlichem Ton: »Ich lasse die Türe offen.«

General D'Hubert machte eine Bewegung auf den Diwan zu, aber Adèle setzte sich auf, und das ließ ihn innehalten. Er dachte: ›Ich habe mich heute morgen nicht gewaschen. Ich muß wie ein alter Landstreicher aussehen. An meinem Rücken ist Erde, und Kiefernnadeln hängen mir im Haar.‹ Er erkannte, daß die Situation großer Umsicht von seiner Seite bedurfte.

»Ich bin aufrichtig bekümmert, Mademoiselle«, begann er ungewiß und verließ dann wieder diese Richtung. Sie saß aufrecht auf dem Diwan. Ihre Wangen waren ungewöhnlich rot, und ihr strahlend blondes Haar fiel ihr um die Schultern – was für den General ein neuer Anblick war. Er schritt von ihr fort durchs Zimmer und sagte, sicherheitshalber aus dem Fenster blickend, im Tonfall echter Verzweiflung: »Ich fürchte, Sie müssen denken, ich hätte mich wie ein Wahnsinniger aufgeführt.« Dann wandte er sich um und bemerkte, daß sie ihm mit ihren Augen gefolgt war. Sie wurden nicht gesenkt, als sie seinem Blick begegneten. Und auch der Ausdruck ihres Gesichtes war neu für ihn. Es war, hätte man sagen können, wie ausgewechselt. Diese Augen sahen ihn mit ernster Nachdenklichkeit an, während die edlen Linien ihres Mundes ein verhaltenes Lächeln anzudeuten schienen. Dieser Wandel machte ihre überirdische Schönheit viel weniger rätselhaft, viel zugänglicher dem Verständnis eines Mannes. Eine erstaunliche Leichtigkeit des Geistes kam über den General – und sogar eine gewisse Leichtigkeit des Benehmens. Er schritt mit jener angenehmen Erregung durchs Zimmer auf sie zu, wie er sie beim Vormarsch auf eine Tod, Feuer und Rauch speiende Geschützstellung empfunden hätte; dann blieb er stehen und blickte mit lächelnden Augen auf das Mädchen herab, dessen Vermählung mit ihm (in der kommenden Woche) so sorgsam von der weisen, der guten, der bewunderungswürdigen Léonie eingerichtet worden war.

»Ah! Mademoiselle«, sagte er im Ton höflichen Bedauerns, »wenn ich nur mit Sicherheit wüßte, daß Sie, als Sie heute morgen hierherkamen, die zwei Meilen des Weges herrannten, dies nicht allein aus Liebe zu Ihrer Mutter taten!«

Er wartete auf eine Antwort, gelassen, doch innerlich beschwingt. Sie kam in einem verschämten Murmeln, die Augenwimpern niedergeschlagen, und mit bezauberndem Effekt. »Sie dürfen zu allem Wahnsinn nicht auch noch *méchant* sein.«

Und dann führte General D'Hubert eine zudringliche Bewegung gegen den Diwan aus, die nichts zurückhalten konnte. Dieses Möbelstück stand nicht genau in der Linie der offenen Tür. Doch Madame Léonie, die eingehüllt in einen leichten Mantel und mit einem Spitzenschal für Adèle über dem Arm – um deren schimpfliche Haartracht zu verbergen – zurückkehrte, hatte geschwind den Eindruck, als erhebe sich ihr Bruder von den Knien.

»Kommen Sie, mein liebes Kind«, rief sie von der Tür aus.

Der General, der jetzt im vollsten Sinne wieder er selbst war, bewies die Geistesgegenwart eines findigen Kavallerieoffiziers und die Autorität eines Menschenführers. »Du erwartest doch nicht, daß sie zur Kutsche geht?« sagte er entrüstet. »Sie ist dazu nicht imstande. Ich werde sie hinuntertragen.«

Das tat er denn auch in aller Ruhe, gefolgt von seiner verblüfften und respektvollen Schwester; aber er raste wie ein Wirbelwind zurück, um alle Spuren der nächtlichen Qualen und des morgendlichen Kampfes abzuwaschen und um die festlichen Gewänder eines Siegers anzulegen, ehe er zum anderen Haus hinübereilte. Hätte er das nicht vorgehabt, so wäre General D'Hubert fähig gewesen, sein Pferd zu besteigen und seinem früheren Gegner nachzureiten, einfach um ihn im Überschwang seiner Glückseligkeit zu umarmen. ›Alles verdanke ich diesem törichten Rüpel‹, dachte er. ›Er hat an einem Morgen ans Licht gebracht, was herauszufinden mich Jahre hätte kosten können – denn ich bin ein schüchterner Dummkopf. Nicht das geringste Selbstvertrauen. Vollkommener Feigling. Und der Chevalier! Solch ein feiner alter Herr!‹ General D'Hubert sehnte sich danach, auch ihn zu umarmen.

Der Chevalier lag zu Bett. Mehrere Tage hindurch war er sehr unwohl. Die Männer des Kaiserreichs und die nachrevolutionären jungen Damen waren zuviel für ihn. Er stand am Tag vor der Hochzeit auf, und da er von Natur neugierig war, nahm er seine Nichte zu einem stillen Plausch beiseite. Er riet ihr, ihrem Gemahl die wahre Geschichte dieses Ehrenhandels zu entlocken, dessen so herrische und beharrliche Forderungen sie um ein Haar in eine Tragödie verwickelt hätte. »Seine Frau hat ein Recht darauf, die Geschichte erzählt zu bekommen. Und in Monatsfrist wird für dich die Zeit gekommen sein, alles von ihm zu erfahren, was du willst, mein liebes Kind.«

Später, als das vermählte Paar zur Mutter der Braut auf Besuch kam, teilte Madame la Générale D'Hubert ihrem geliebten alten Onkel die wahre Geschichte mit, die sie ohne alle Schwierigkeiten von ihrem Gemahl erfahren hatte.

Der Chevalier hörte sie mit großer Aufmerksamkeit bis zu Ende an, nahm eine Prise, fegte die Tabakskrümel von der gekräuselten Hemdbrust und fragte ruhig: »Und das ist alles?«
»Ja, Onkel«, antwortete Madame la Générale und riß ihre hübschen Augen sehr weit auf. »Ist es nicht komisch? *C'est insensé* – wenn man bedenkt, wozu Männer alles imstande sind!«
»Hm!« ließ sich der alte Emigrant vernehmen. »Es kommt darauf an, was für Männer. Die Soldaten dieses Bonaparte waren Wilde. Es ist wahrlich *insensé*. Als Frau, meine Liebe, mußt du stillschweigend glauben, was dein Gemahl dir sagt.«
Doch Léonies Gemahl vertraute der Chevalier seine eigentliche Meinung an. »Wenn das die Geschichte ist, die dieser Bursche für seine Frau erfand, und noch dazu im Honigmond, dann können Sie sich darauf verlassen, daß nie jemand das Geheimnis dieser Angelegenheit erfahren wird.«
Beträchtlich später hielt General D'Hubert die Zeit für gekommen und die Gelegenheit für günstig, General Feraud einen Brief zu schreiben. Dieser Brief begann mit einer Absage an alle Feindseligkeit. »Nie habe ich mir«, schrieb General Baron D'Hubert, »während der Dauer unseres beklagenswerten Streites Ihren Tod gewünscht. Erlauben Sie mir«, fuhr er fort, »Ihnen in aller Form Ihr verwirktes Leben zurückzugeben. Es ist nur angemessen, daß wir beide, die wir Partner in so viel militärischem Ruhm waren, uns vor der Welt wohlwollend gegeneinander erweisen.«
Derselbe Brief enthielt ferner einen Punkt häuslicher Mitteilung. In bezug auf diesen letzteren antwortete General Feraud von einem kleinen Dorf am Ufer der Garonne aus mit den folgenden Worten:
»Wenn einer der Namen ihres Sohnes Napoleon gelautet hätte – oder Joseph – oder Joachim, dann könnte ich Ihnen zu dem Ereignis aus vollerem Herzen gratulieren. Da Sie es für richtig hielten, ihm die Namen Charles Henri Armand zu geben, fühle

ich mich in meiner Überzeugung bestärkt, daß Sie den Kaiser *nie* liebten. Der Gedanke an diesen hochedlen Helden, der an einen Felsen inmitten des wütenden Ozeans geschmiedet ist, läßt das Leben so geringwertig erscheinen, daß ich Ihre Mitteilung, Sie wollten mir eine Kugel durch den Kopf jagen, mit ehrlicher Freude empfangen würde. Am Selbstmord halte ich mich aus Gründen der Ehre verhindert. Doch ich bewahre eine geladene Pistole in meiner Schublade.«

Madame la Générale D'Hubert hob, nachdem sie diese Antwort durchgelesen hatte, entsetzt die Hände.

»Siehst du! Er *will* keine Versöhnung«, sagte ihr Gemahl. »Er darf nie und nimmer erfahren, woher das Geld kommt. Es hülfe nichts. Er könnte es nicht ertragen.«

»Du bist ein *brave homme*, Armand«, sagte Madame la Générale voll Anerkennung.

»Meine Liebe, ich hatte das Recht, ihm eine Kugel durch den Kopf zu jagen; doch da ich das nicht tat, können wir ihn nicht verhungern lassen. Er hat seine Pension verloren und er ist völlig unfähig, irgend etwas für sich auf dieser Welt auszurichten. Wir müssen im geheimen für ihn sorgen bis ans Ende seiner Tage. Schulde ich ihm nicht den überschwenglichsten Augenblick meines Lebens? ... Ha! ha! ha! Über die Felder, zwei Meilen weit, rennend den ganzen Weg! Ich traute meinen Ohren nicht! ... Ohne sein törichtes Ungestüm hätte ich Jahre gebraucht, um mir über dich klar zu werden. Es ist erstaunlich, wie es dieser Mann in der einen oder anderen Weise fertiggebracht hat, sich meines tieferen Gefühles zu versichern.«

Eine pathetische Geschichte

IL CONDE

Vedi Napoli e poi mori

Zum erstenmal kamen wir im Nationalmuseum in Neapel miteinander ins Gespräch, in den Räumen des Erdgeschosses, welche die berühmte Sammlung von Bronzen aus Herkulaneum und Pompeji enthalten: jenes unfaßliche Erbe antiker Kunst, deren zarte Vollkommenheit uns durch die katastrophale Wut eines Vulkans erhalten blieb.

Er redete mich erstmals über dem Ruhenden Hermes an, den wir uns Seite an Seite betrachteten. Er sagte die rechten Dinge über dieses ganz und gar bewunderungswürdige Stück. Nichts Tiefsinniges. Sein Geschmack war eher natürlich als verfeinert. Er hatte offenkundig in seinem Leben viele edle Dinge gesehen und sie zu würdigen gewußt: aber er hatte nicht den Jargon des Liebhabers oder Kenners angenommen. Einer verhaßten Sippschaft. Er sprach wie ein leidlich intelligenter Mann von Welt, ein vollkommen unaffektierter Edelmann.

Wir kannten einander schon seit ein paar Tagen vom Sehen her. Da wir im selben Hotel wohnten – einem guten, aber nicht übertrieben modernen Hotel –, hatte ich ihn im Vestibül beim Heimkehren und Ausgehen bemerkt. Ich hielt ihn für einen alten und hochgeschätzten Gast des Hauses. Die Verbeugung des Hoteliers zeugte von Herzlichkeit in ihrer Ehrerbietung, und er erwiderte sie mit vertraulicher Artigkeit. Für die Diener war er *Il Conde.* Es kam zu einigem Geschrei wegen eines Herrensonnenschirms – eines gelbseidenen, weißgefütterten Dinges –, den die Kellner vor der Tür des Speisesaals gefunden hatten. Unser goldbetreßter Portier erkannte ihn, und ich hörte, wie er einen Liftboy anwies, *Il Conde* damit nachzulaufen. Vielleicht war er der einzige Graf, der im Hotel wohnte, oder vielleicht war ihm die Auszeichnung, *der* Graf *par excellence* zu sein, wegen seiner erprobten Treue zum Haus zuteil geworden.

Da wir uns im Museo unterhalten hatten – (und beiläufig hatte er auch seine Abneigung gegen die Büsten und Statuen der römischen Kaiser in der Marmorgalerie zum Ausdruck gebracht: ihre Gesichter seien ihm zu energisch, zu entschieden ausgeprägt) – da wir uns schon am Vormittag unterhalten hatten, hielt ich es nicht für aufdringlich, ihn abends – der Speisesaal war sehr voll – zu fragen, ob ich mich mit an seinen kleinen Tisch setzen dürfe. Aus der ruhigen Höflichkeit seiner Zustimmung schloß ich, daß er die Frage gleichfalls nicht für aufdringlich hielt. Sein Lächeln war sehr einnehmend.

Er speiste in einer Abendweste und einem »Smoking«, wie er es nannte, mit schwarzer Binde. Beides war sehr gut geschneidert, nicht neu – so wie es sich gehört. Er war morgens wie abends sehr korrekt in seinem Anzug. Ich habe keinen Zweifel darüber, daß seine ganze Existenz äußerst korrekt war, wohlgeordnet und konventionsbestimmt, unberührt von aufregenden Wechselfällen. Sein weißes, aus einer hohen Stirn hinaufgebürstetes Haar verlieh ihm den Ausdruck eines Idealisten, eines einbildungsreichen Mannes. Sein weißer Schnurrbart – voll, doch sorgfältig gestutzt und gebürstet – war in der Mitte nicht unangenehm goldgelb gefärbt. Der feine Duft eines sehr guten Parfüms und guter Zigarren (welch letzterem Duft in Italien zu begegnen recht ungewöhnlich ist) erreichte mich über den Tisch hinweg. Am meisten war sein Alter den Augen abzulesen. Sie waren ein wenig müde, mit faltigen Lidern. Er muß sechzig oder ein paar Jahre darüber gewesen sein. Und er war redselig. Ich würde nicht so weit gehen, es geschwätzig zu nennen – doch ausgesprochen redselig.

Er hatte es mit verschiedenen Klimas versucht, denen Abbazias, der Riviera, auch noch anderer Orte, wie er mir sagte, doch das einzige Klima, das er vertrug, war das des Golfs von Neapel. Die alten Römer, die, wie er mir bedeutete, äußerst erfahren in der Kunst zu leben gewesen seien, hätten sehr wohl gewußt, warum sie ihre Villen an diesen Gestaden errichteten, in Baiae, in Vico, in Capri. Sie seien an diese Küste heruntergezogen auf der Suche nach Heilkräften und hätten die Scharen ihrer Mimen und Flötenspieler mitgebracht, die sie in ihren Mußestunden zu unterhalten hatten. Er hielt es für sehr wahrscheinlich, daß die Römer der höheren Stände besonders anfällig gegen schmerzvolle rheumatische Krankheiten gewesen seien.
Dies war die einzige persönliche Meinung, die ich ihn je aussprechen hörte. Sie stützte sich nicht auf besondere Belesenheit. Er wußte nicht mehr über die Römer, als von einem durchschnittlich gebildeten Weltmann zu erwarten war. Er sprach aus persönlicher Erfahrung. Er hatte selber unter schmerzlichen und gefährlichen rheumatischen Erkrankungen zu leiden gehabt, bis er an diesem besonderen Platz Südeuropas Linderung gefunden hatte.
Das war vor drei Jahren gewesen, und seitdem hatte er seine Wohnung an den Gestaden des Golfs aufgeschlagen, entweder in einem der Hotels Sorrentos oder in einer gemieteten kleinen Villa in Capri. Er hatte ein Klavier, einige Bücher: er machte in dem Strom der Reisenden aus ganz Europa die flüchtigen Bekanntschaften eines Tages, einer Woche, eines Monats. Man kann sich vorstellen, wie er auf seinen Spaziergängen durch die Straßen und Gassen wandelte, den Bettlern, Ladenbesitzern, Kindern, Landleuten zu einer vertrauten Figur wurde; wie er sich über eine Mauer hinweg freundlich mit dem Contadini unterhielt – und wie er in seine Hotelzimmer oder seine Villa zurückkehrte und sich an sein Klavier setzte, mit dem hochgebürsteten weißen Haar und dem vollen, gepflegten Schnurr-

bart, »um mir etwas vorzuspielen«. Und natürlich lag für ein wenig Abwechslung Neapel in der Nähe – Leben, Bewegung, Anregung, die Oper. Etwas Vergnügen ist erforderlich für die Gesundheit, wie er sagte. Mimen und Flötenspieler, in der Tat. Nur hatte er im Gegensatz zu den Magnaten des alten Roms keine Geschäfte in der Stadt, die ihn von diesen harmlosen Freuden fortriefen. Er hatte überhaupt keine Geschäfte. Vermutlich hatte er niemals in seinem Leben ernsten Geschäften nachgehen müssen. Es war ein angenehmes Dasein, mit seinen Freuden und Kümmernissen, bestimmt durch den Lauf der Natur – durch Vermählungen, Geburten, Todesfälle – beherrscht von den vorgeschriebenen Gepflogenheiten der guten Gesellschaft und beschützt durch den Staat.
Er war Witwer; doch in den Monaten Juli und August wagte er sich für sechs Wochen über die Alpen, um seine verheiratete Tochter zu besuchen. Er nannte mir ihren Namen. Es war der einer hocharistokratischen Familie. Sie hatte ein Schloß – in Böhmen, glaube ich. Dies ist das Äußerste, was mir je in der Bestimmung seiner Nationalität gelingen wollte. Seinen eigenen Namen erwähnte er merkwürdigerweise nie. Vielleicht war er der Meinung, ich hätte ihn auf der Gästeliste gesehen. Die Wahrheit ist, daß ich nie nachschaute. Immerhin war er ein guter Europäer – er beherrschte, meines Wissens, vier Sprachen – und ein Mann von Vermögen. Keinem großen Vermögen augenscheinlich und passenderweise. Ich könnte mir denken, daß ihm übermäßig reich zu sein unschicklich erschienen wäre, *outré* – zu schreiend ganz und gar. Und offenkundig war auch, daß das Vermögen nicht von ihm geschaffen war. Bei der Schaffung eines Vermögens kommt man nicht ohne einige Härte aus. Sie ist eine Sache des Temperaments. Sein Charakter war zu milde für den Wettkampf. Recht beiläufig spielte er in der Unterhaltung auf sein Gut im Zusammenhang mit jener schmerzvollen und beunruhigenden rheumatischen Krankheit

an. Einmal, als er unvorsichtigerweise bis Mitte September nördlich der Alpen verweilt war, mußte er drei Monate lang in jenem einsamen Gutshaus liegenbleiben, ohne jemand anderen zu haben als seinen Kammerdiener und das Verwalterehepaar. Dies darum, weil er, wie er sich ausdrückte, »dort kein Haus machte«. Er hatte sich nur für ein paar Tage hinbegeben, um sich mit seinem Verwalter zu beraten. Er schwor sich, in Zukunft nie wieder so unvernünftig zu sein. Die ersten Septemberwochen sollten ihn in Zukunft stets an den Gestaden seines geliebten Golfes sehen.

Manchmal begegnet man auf Reisen solchen vereinsamten Menschen, deren einzige Beschäftigung es ist, auf das Unvermeidliche zu warten. Todesfälle und Vermählungen haben eine Leere um sie geschaffen, und man kann ihnen wirklich ihr Bestreben nicht verübeln, sich das Warten so behaglich wie möglich zu machen. Wie er einmal mir gegenüber bemerkte: »In meinem Alter ist die Freiheit von körperlichen Schmerzen eine sehr wichtige Sache.«

Man darf nicht denken, er sei ein lästiger Hypochonder gewesen. Er wäre tatsächlich viel zu wohlerzogen gewesen, um ein Ärgernis zu bilden. Er besaß einen Blick für die kleinen Schwächen der Menschheit. Aber es war ein gutmütiger Blick. Er gab einen gelassenen, unkomplizierten, angenehmen Genossen ab für die Stunden zwischen dem Abendessen und dem Schlafengehen. Wir verbrachten drei Abende miteinander, und dann mußte ich eilig Neapel verlassen, um mich eines Freundes anzunehmen, der in Taormina schwer erkrankt war. Da er nichts zu tun hatte, brachte mich *Il Conde* an den Zug. Ich war ein wenig fassungslos, und seine Untätigkeit war immer bereit, die Form gütiger Teilnahme anzunehmen. Er war keineswegs ein fühlloser Mensch.

Er schritt den Zug entlang und blickte in die Waggons, um Ausschau nach einem guten Platz für mich zu halten, und sprach dann noch fröhlich vom Bahnsteig herauf mit mir. Er erklärte, er werde mich an diesem Abend sehr vermissen, und gab mir seine Absicht kund, sich nach dem Essen die Kapelle im Park, der Villa Nazionale, anzuhören. Er wolle bei den Klängen vorzüglicher Musik und im Anblick der besten Gesellschaft Unterhaltung suchen. Es würden wie gewöhnlich eine Menge Leute zugegen sein.

Mir ist, als sähe ich ihn noch vor mir – sein aufgekehrtes Gesicht mit einem freundlichen Lächeln unter dem dichten Schnurrbart und seine gütigen, müden Augen. Als sich der Zug in Bewegung setzte, redete er mich in zwei Sprachen an: erst wünschte er mir auf französisch »*Bon voyage*«; dann sagte er in seinem sehr guten, etwas überbetonten Englisch aufmunternd, weil er meinen Kummer spürte: »Alles – wird – noch – gut – werden!«

Da die Krankheit meines Freundes eine entschieden günstige Wendung nahm, kehrte ich am zehnten Tag nach Neapel zurück. Ich kann nicht sagen, daß ich während meiner Abwesenheit viel an *Il Conde* gedacht hätte, doch als ich den Speisesaal betrat, hielt ich an seinem gewohnten Platz nach ihm Ausschau. Ich dachte schon, er wäre vielleicht nach Sorrento zu seinem Klavier, seinen Büchern und seinem Angelsport zurückgekehrt. Er war gut Freund mit allen Schiffern und fischte viel vom Boot aus mit der Angelschnur. Doch ich entdeckte seinen weißen Kopf in der Menge der Köpfe und bemerkte schon aus dieser Entfernung etwas Ungewöhnliches in seiner Haltung. Anstatt aufrecht dazusitzen und sich mit munterer Artigkeit nach allen Seiten umzublicken, beugte er sich über seinen Teller. Ich blieb eine Weile ihm gegenüber stehen, ehe er aufblickte – ein wenig irr, wenn solch ein starkes Wort in Verbindung mit seiner korrekten Erscheinung angebracht ist.

»Ah, mein lieber Herr! Sie sind es?« grüßte er mich. »Ich hoffe, alles steht zum besten.«

Er erkundigte sich sehr liebenswürdig nach meinem Freund. Wahrlich, er war stets liebenswürdig – liebenswürdig in der Art von Leuten, deren Herz von Grund auf human ist. Aber dieses Mal kostete es ihn Mühe. Seine Anstrengungen, eine allgemeine Unterhaltung in Gang zu bringen, erstarben in Mattigkeit. Mir kam in den Sinn, er könne unpäßlich sein. Doch ehe ich die Frage auszusprechen vermochte, murmelte er:

»Sie finden mich hier sehr betrübt.«

»Das tut mir leid«, sagte ich. »Sie erhielten hoffentlich keine schlimmen Nachrichten?«

Es sei sehr freundlich von mir, solchen Anteil zu nehmen. Nein. Nicht das sei es. Keine schlimmen Nachrichten, Gott sei Dank. Und er wurde sehr still, gleichsam als halte er den Atem an. Dann beugte er sich ein wenig vor und teilte sich mir in einem sonderbaren Ton ehrfürchtiger Verlegenheit mit.

»Um die Wahrheit zu sagen, ich hatte ein sehr – ein sehr – wie soll ich es ausdrücken? – abscheuliches Abenteuer.«

Die Kraft des Adjektivs war überraschend genug bei diesem Mann der gemäßigten Empfindungen und eines abgetönten Vokabulars. Das Wort ›unangenehm‹, hätte ich meinen sollen, wäre auch der schlimmsten Erfahrung, die einem Mann seines Schlages zustoßen konnte, bei weitem angemessen genug gewesen. Und dazu noch ein Abenteuer. Unglaublich! Aber es liegt in der menschlichen Natur, das Schlimmste anzunehmen; und ich gestehe, ich musterte ihn insgeheim und fragte mich, was er wohl angestellt haben mochte. Einen Augenblick später jedoch schwand mein unwürdiger Verdacht. In diesem Mann gab es eine tiefgreifende Lauterkeit des Charakters, die mich jeden Gedanken an eine mehr oder weniger schmähliche Klemme, in der er sitzen könnte, rasch beiseite schieben ließ.

»Es ist sehr ernst. Sehr ernst«, fuhr er hastig fort. »Ich werde es Ihnen nach dem Essen erzählen, wenn Sie es mir gestatten.«

Ich brachte meine Einwilligung durch eine kleine Verbeugung

zum Ausdruck, durch mehr nicht. Ich wollte ihm dadurch bedeuten, daß ich nicht geneigt sei, ihn an dieses Versprechen zu erinnern, falls er sich später eines Besseren besänne. Wir sprachen von gleichgültigen Dingen, jedoch mit einem Gefühl der Befangenheit, die ganz im Gegensatz zum früheren unbeschwerten, leutseligen Verkehr zwischen uns stand. Die Hand, die ein Stück Brot zum Munde führte, zitterte leicht, wie ich bemerkte. Dieses Symptom war – was meine Auffassung von dem Manne betraf – nicht weniger erstaunlich.

Im Rauchzimmer zauderte er dann auch nicht im geringsten. Gleich als wir unsere gewohnten Plätze eingenommen hatten, lehnte er sich seitlich über die Armlehne seines Sessels und blickte mir ernsthaft und fest in die Augen.

»Erinnern Sie sich noch«, begann er, »an den Tag Ihrer Abreise? Ich sagte Ihnen damals, ich wolle abends in die Villa Nazionale gehen, um mir Musik anzuhören.«

Ich erinnerte mich. Sein schönes altes Gesicht, das noch so frisch war für sein Alter, unberührt von aufreibenden Erfahrungen, wirkte für einen Augenblick verhärmt. Es war, als husche ein Schatten darüber hin. Seinen festen Blick erwidernd, nahm ich einen Schluck von meinem schwarzen Kaffee. Er war methodisch genau in seinem Bericht, einfach, glaube ich, um nicht von seiner Erregung überwältigt zu werden.

Nachdem er die Eisenbahnstation verlassen, hatte er in einem Café ein Eis gegessen und die Zeitung gelesen. Dann ging er ins Hotel zurück, zog sich zum Essen um und speiste mit gutem Appetit. Nach dem Essen verweilte er in der Halle (dort standen Sessel und Tische) und rauchte seine Zigarre; er unterhielt sich mit der kleinen Tochter des Primo Tenore aus dem San-Carlo-Theater und wechselte einige Worte mit jener »liebenswerten Dame«, der Frau des Primo Tenore. Es fand an diesem Abend keine Vorstellung statt, und die Leute begaben sich ebenfalls zur Villa. Sie verließen das Hotel. Nun schön.

Im Augenblick, da er ihrem Beispiel folgen wollte – es war schon halb zehn Uhr –, erinnerte er sich, daß er eine ziemlich große Summe Geldes in seiner Brieftasche bei sich trug. Er betrat deshalb das Büro und hinterlegte dort den größten Teil davon beim Buchhalter des Hotels. Nachdem dies getan war, nahm er eine Carozella und fuhr ans Meerufer. Er stieg aus und betrat die Villa zu Fuß von der Seite des Largo di Vittoria her.

Er sah mich durchdringend an. Und mir ging auf, wie tief empfänglich für Eindrücke er war. Jeder geringfügige Umstand und jedes Ereignis des Abends zeichneten sich in seinem Gedächtnis ab, als wären sie mit einer symbolischen Bedeutung ausgestattet gewesen. Wenn er mir gegenüber nicht die Farbe des Ponys, das die Carozella zog, und das Aussehen des Mannes, der sie kutschierte, erwähnte, so nur eines Versehens wegen, das der Erregung entsprang, welche er mannhaft unterdrückte.

Er hatte also die Villa Nazionale von der Seite des Largo di Vittoria her betreten. Die Villa Nazionale ist eine öffentliche Parkanlage, die sich mit Rasenflächen, Büschen und Blumenbeeten zwischen den Häusern der Riviera di Chiaja und dem Wasser der Bucht hinzieht. Mehr oder weniger parallele Baumreihen erstrecken sich über die ganze Länge der Anlage, deren Ausdehnung beträchtlich ist. An der Seite der Riviera di Chiaja fahren die elektrischen Straßenbahnen dicht am Zaun entlang. Zwischen Park und Meer liegt ein vornehmer Fahrweg, eine breite Straße, die von einer niedrigen Mauer eingefaßt wird, gegen die das Mittelmeer bei schönem Wetter mit leisem Murmeln plätschert.

Da das Leben in Neapel bis tief in die Nacht hinein andauert, beherrschte den breiten Fahrweg noch ein leuchtender Schwarm paarweise dahingleitender Wagenlampen – die einen langsam vorwärtskriechend, andere in flinkem Galopp unter der dünnen, reglosen Kette elektrischer Lampen dahinrollend, die die Kü-

stenlinie bezeichnet. Und ein leuchtender Schwarm von Sternen hing über dem Land, in welchem es von Stimmen summte, in welchem die Häuser übereinandergetürmt waren und Lichter glitzerten – über dem Land und über dem schweigenden, flachen Schatten des Meeres.
Der Park selbst ist nicht sehr gut beleuchtet. Unser Freund schritt in der warmen Düsternis weiter, die Augen auf den fernen hellerleuchteten Bereich gerichtet, der sich nahezu über die ganze Breite der Villa erstreckte, so als wäre die Luft dort in einem eigenen kalten, bläulichen und blendenden Licht erglüht. Der Zauberplatz hinter den schwarzen Baumstämmen und den tintigen Laubmassen atmete süße Klänge aus, die sich mit Ausbrüchen blechernen Getöses mit plötzlichem metallischem Klirren und schwerem, dumpf vibrierendem Dröhnen vermischten. Während er dahinschritt, vereinigten sich all diese Geräusche zu einem Stück kunstvoller Musik, deren harmonischer Tonsatz überzeugend durch ein großes ungeordnetes Stimmengemurmel und durch das Scharren der Füße auf dem Kies jenes offenen Platzes drang. Eine gewaltige Menschenmenge versank in dem elektrischen Licht – wie in einem Bad aus einer leuchtenden und zarten Flüssigkeit, die sich von strahlenden Kugeln über ihre Häupter ergoß – und trieb zu Hunderten um die Kapelle. Viele Hundert andere saßen auf Stühlen in mehr oder weniger konzentrischen Kreisen ringsherum und nahmen standhaft die großen Wogen des Wohlklangs in sich auf, welcher sich in die Dunkelheit verströmte. Der Graf durchschritt die Menge, trieb mit ihr in ruhigem Genuß dahin, lauschte und beobachtete die Gesichter. Alles Leute der guten Gesellschaft: Mütter mit ihren Töchtern, Eltern und Kinder, junge Männer und junge Frauen, und alle unterhielten sie sich, lächelten, nickten einander zu. Sehr viele hübsche Gesichter und sehr viele hübsche Kleider. Natürlich gab es eine Menge verschiedener Typen: großspurige alte Burschen mit weißen Schnurrbärten, dicke Männer, dünne

Männer, Offiziere in Uniformen; vorherrschend jedoch, wie er mir sagte, war der süditalienische Typ junger Männer mit bleicher, reiner Gesichtshaut, pechschwarzem, kleinem Schnurrbart und feuchten schwarzen Augen, die bei grollenden oder tückischen Seitenblicken so wunderbar zur Geltung zu kommen pflegten.

Sich aus der Menge lösend, setzte sich der Graf zu einem jungen Manne gerade dieses Typs an einen kleinen Tisch vor dem Café. Unser Freund ließ sich Limonade bringen. Der junge Mann saß schmollend vor einem leeren Glas. Er sah einmal auf und blickte dann wieder auf den Tisch. Auch drückte er seinen Hut noch tiefer ins Gesicht. So –

Der Graf machte die Geste eines Mannes, der sich den Hut ins Gesicht zieht und fuhr fort: »Ich denke im stillen: er ist traurig; etwas stimmt nicht mit ihm; junge Leute haben ihre Nöte. Ich beachte ihn natürlich nicht weiter. Ich bezahle meine Limonade und gehe weiter.«

Während er in der Nähe der Kapelle dahinschlenderte, war es dem Grafen zweimal, als hätte er jenen jungen Mann in der Menge allein umherwandern sehen. Einmal begegneten sich ihre Blicke. Es mußte derselbe junge Mann sein, aber freilich gab es so viele jenes Typs, daß er seiner Sache nicht sicher war. Darüber hinaus beschäftigte ihn die Sache nicht weiter – außer insofern, als er von der ausgesprochen grämlichen Unzufriedenheit jenes Gesichtes betroffen gewesen war.

Da er plötzlich des Gefühls der Beengung überdrüssig wurde, das einen in einer Menge beschleicht, schob sich der Graf weiter von der Kapelle fort. Eine Allee, die durch den Kontrast sehr düster wirkte, tat sich mit ihrer Verheißung von Einsamkeit und Kühle einladend vor ihm auf. Er trat in sie ein, schritt langsam weiter, bis das Orchester merklich gedämpft herüberklang. Dann schritt er zurück und kehrte abermals um. Er machte das mehrmals, bis er merkte, daß auf einer der Bänke jemand saß.

Da die Bank in der Mitte zwischen zwei Laternenpfosten lag, war das Licht schwach.
Der Mann lehnte nachlässig in der Ecke der Bank, die Beine ausgestreckt, die Arme übereinandergeschlagen und den Kopf auf die Brust gesenkt. Er rührte sich nicht, gleichsam als wäre er dort eingeschlafen; doch als der Graf das nächste Mal an ihm vorüberkam, hatte er seine Haltung verändert. Er saß jetzt vorgebeugt da. Seine Ellenbogen waren auf die Knie gestützt, und seine Hände rollten eine Zigarette. Er blickte nicht auf von dieser Tätigkeit.
Der Graf schlenderte weiter und entfernte sich von der Kapelle. Dann kehrte er langsam um, sagte er. Ich kann mir vorstellen, wie er in vollen Zügen, doch mit seiner gewohnten Ruhe, die linde Luft der südlichen Nacht und die durch die Entfernung angenehm gedämpften Klänge der Musik genoß.
Mittlerweile näherte er sich zum drittenmal dem Mann auf der Gartenbank, der sich noch immer mit auf die Knie gestützten Ellenbogen vorbeugte. Es war eine Haltung der Mutlosigkeit. Im Halbdunkel der Allee bildeten sein hoher Hemdkragen und seine Manschetten kleine blendend weiße Flecken. Der Graf sagte, er habe bemerkt, wie der Mann brüsk aufgestanden sei, so als wolle er fortgehen, doch ehe er sich's versah, stand der Mann vor ihm und fragte ihn mit leiser, sanfter Stimme, ob der Signore wohl die Güte habe, ihm mit einem Zündholz auszuhelfen.
Der Graf antwortete auf diese Bitte mit einem höflichen: »Gewiß«, und ließ seine Hände sinken in der Absicht, seine Hosentaschen nach Zündhölzern zu durchsuchen.
»Ich ließ meine Hände sinken«, sagte er, »doch ich schob sie nicht mehr in meine Taschen. Ich spürte einen Druck dort –«
Er legte seine Fingerspitze auf einen Punkt dicht unterhalb des Brustbeins, genau jenen Punkt des menschlichen Körpers, an dem ein japanischer Edelmann mit der Operation des Harakiri

ansetzt, was eine Form des Selbstmords ist, die einer Schmach, einer unerträglichen Beleidigung des menschlichen Zartgefühls unmittelbar folgt.

»Ich blicke nieder«, fuhr der Graf mit von Scheu ergriffener Stimme fort, »und was sehe ich? Ein Messer! Ein langes Messer –«

»Sie wollen doch nicht sagen«, rief ich voll Staunen, »Sie seien in dieser Weise in der Villa um halb elf Uhr, keinen Steinwurf entfernt von tausend Menschen, überfallen worden!«

Er nickte mehrmals und starrte mich mit aller Macht an.

»Die Klarinette«, erklärte er feierlich, »beendete soeben ihr Solo, und ich versichere Ihnen, ich hörte jeden Ton. Dann setzte das Orchester *fortissimo* ein, und jene Kreatur rollte die Augen, knirschte mit den Zähnen und zischte mich mit äußerster Wildheit an: ›Schweigen Sie! Kein Laut, oder –‹«

Ich kam über mein Staunen nicht hinweg.

»Was für ein Messer war es?« fragte ich töricht.

»Eine lange Klinge. Ein Stiletto – vielleicht auch ein Küchenmesser. Eine lange, schmale Klinge. Sie blitzte. Und seine Augen blitzten. Seine weißen Zähne auch. Ich konnte sie sehen. Er war sehr grimmig. Ich dachte im stillen: ›Wenn ich zuschlage, tötet er mich.‹ Wie sollte ich den Kampf mit ihm aufnehmen? Er hatte ein Messer, und ich hatte nichts. Ich bin beinahe siebzig Jahre alt, wohlgemerkt, und dies war ein junger Mann. Ich schien ihn sogar wiederzuerkennen. Der schmollende junge Mann aus dem Café. Der junge Mann, dem ich in der Menge begegnet war. Doch beschwören konnte ich es nicht. In diesem Land gibt es so viele, die wie er aussehen.«

Die Bedrängnis jenes Augenblicks spiegelte sich auf seinem Gesicht. Ich möchte meinen, daß er vor Verblüffung physisch gelähmt gewesen sein mußte. Sein Geist jedoch blieb außerordentlich rege. Er erhob sich über alle beunruhigenden Möglichkeiten. Auch der Gedanke, ein kräftiges Gezeter anzustimmen, kam ihm in den Sinn. Aber er tat nichts dergleichen, und der Grund, weshalb er davon Abstand nahm, gab mir eine hohe Meinung von seiner geistigen Selbstbeherrschung. Er erkannte im Nu, daß nichts den andern davon abhalten konnte, gleichfalls zu schreien.

»Dieser junge Mann hätte auf der Stelle sein Messer fortwerfen und so tun können, als ob ich der Angreifer wäre. Warum nicht? Er hätte sagen können, ich hätte ihn angefallen. Warum nicht? Eine unglaubliche Geschichte stand gegen die andere! Er hätte alles sagen können – eine schmähliche Beschuldigung gegen mich vorbringen – was weiß ich? Seinem Anzug nach zu urteilen, war er kein gemeiner Strauchdieb. Er schien den höheren Ständen anzugehören. Was konnte ich vorbringen? Er war ein Italiener – ich bin ein Ausländer. Natürlich habe ich meinen Paß, und es gibt noch unseren Konsul – doch verhaftet zu werden, des Nachts wie ein Verbrecher auf eine Polizeistation geschleppt zu werden –«

Er schauderte. Es lag in seinem Charakter, vor einem Skandal viel mehr als vor dem bloßen Tod zurückzuschrecken. Und freilich wäre das in den Augen vieler Leute – wenn man gewisse Absonderlichkeiten des neapolitanischen Wesens in Rechnung zieht – eine verteufelt anrüchige Geschichte gewesen. Der Graf war kein Dummkopf. Da sein Glaube an die würdig heitere Ruhe des Lebens einen derart rohen Stoß versetzt bekommen hatte, meinte er, nun könne alles geschehen. Doch ihm kam auch der Gedanke, dieser junge Mann sei vielleicht bloß ein in Wut geratener Irrer.

Dies war für mich der erste Hinweis auf die Haltung, die er diesem Abenteuer gegenüber einnahm. In seiner gesteigerten Empfindlichkeit des Gefühls erkannte er, daß die Selbstachtung eines Menschen nicht durch das berührt werden konnte, was ein Wahnsinniger einem anzutun gedachte. Es stellte sich jedoch heraus, daß dem Grafen dieser Trost verwehrt bleiben sollte. Er berichtete ausführlich über die abscheulich grausame Art, in der jener junge Mann die Augen rollte und mit den weißen Zähnen knirschte. Die Kapelle spielte gerade mit feierlichem Geschmetter sämtlicher Posaunen, das von den wiederholten sachten Schlägen einer großen Trommel untermalt wurde, einen langsamen Satz.

»Doch was taten Sie?« fragte ich äußerst gespannt.

»Nichts«, antwortete der Graf. »Ich ließ meine Hände sehr reglos herabhängen. Ich erklärte ihm ruhig, ich hätte nicht die Absicht, Aufsehen zu erregen. Er knurrte wie ein Hund, dann sagte er mit normaler Stimme: ›*Vostro portofolio*‹.

So holte ich sie natürlich hervor«, fuhr der Graf fort – und von dieser Stelle an gab er die ganze Szene pantomimisch wieder. Starr mich ansehend, durchlief er alle Bewegungen des in die Brusttasche Langens, des Herausnehmens der Brieftasche, des Überreichens derselben. Doch der junge Mann, der weiterhin das Messer in der Hand hielt, weigerte sich, sie zu berühren.

Er wies den Grafen an, selber das Geld herauszunehmen, ergriff es mit der linken Hand, bedeutete ihm, die Brieftasche wieder in seine Tasche zu stecken – und das alles geschah zu den süß durchdringenden Klängen der Flöten und Klarinetten, untermalt von dem stimmungsvollen Summen der Oboen. Und der »junge Mann«, wie der Graf ihn nannte, sagte: »Das scheint sehr wenig.«

»Das war es in der Tat, nur 340 oder 360 Lire«, fuhr der Graf fort. »Ich hatte mein Geld im Hotel gelassen, wie Sie wissen. Ich sagte ihm, dies sei alles, was ich bei mir hätte. Er schüttelte ungeduldig den Kopf und sagte: ›*Vostro orologio*‹.«

Der Graf führte mir schweigend vor, wie er seine Uhr herauszog und abhängte. Doch zufälligerweise befand sich die kostbare goldene Präzisionsuhr zum Reinigen beim Uhrmacher. Er trug an jenem Abend (an einer Lederschnur) das Waterbury-Ding zu fünfzig Franken, das er auf seine Angeltouren mitzunehmen pflegte. Als er die Qualität dieses Beutestücks bemerkte, gab der gutgekleidete Räuber einen verächtlichen Zungenschnalzlaut von sich, der sich wie »Ts-Ah!« anhörte, und lehnte hastig ab. Als dann der Graf den verschmähten Gegenstand in seine Tasche zurückschob, verlangte er mit einem bedrohlich verstärkten Druck des Messers gegen die Magengrube – wie zur Erinnerung: »*Vostri anelli*«.

»Einer der Ringe«, fuhr der Graf fort, »war mir vor zwanzig Jahren von meiner Frau geschenkt worden; der andere ist der Siegelring meines Vaters. Ich sagte: ›Nein. *Die* sollen Sie nicht haben!‹«

Hier wiederholte der Graf die Gebärde, die jene Erklärung begleitet hatte, indem er eine Hand über die andere schlug und beide gegen seine Brust drückte. Die Gebärde war herzergreifend in ihrer Ergebenheit. »Die sollen Sie nicht haben«, wiederholte er mit fester Stimme und schloß die Augen, in voller Erwartung – ich weiß nicht, ob ich recht daran tue, hier das höchst unerfreuliche Wort mitzuteilen, das ihm über die Lippen kam – in voller Erwartung – ich zögere wirklich, es auszusprechen –, aufgeschlitzt zu werden von dem Stoß der langen, scharfen Klinge, die mörderisch gegen seine Magengrube gerichtet war – beim Menschen geradezu der Sitz peinigender Empfindungen.

Wogen der Harmonie entströmten noch immer dem Orchester. Plötzlich spürte der Graf, daß der alptraumhafte Druck von jenem empfindlichen Punkt gewichen war. Er öffnete die Augen. Er war allein. Er hatte nichts gehört. Es ist wahrscheinlich, daß der »junge Mann« schon vor einiger Zeit mit leisen Schritten davongegangen war, daß aber die Empfindung des schrecklichen Druckes fortgedauert hatte, auch nachdem das Messer entfernt worden war. Ein Gefühl der Schwäche überkam ihn. Er hatte gerade noch Zeit, zur Parkbank zu stolpern. Ihm war, als hätte er lange den Atem angehalten. Er saß in sich zusammengesunken da, keuchend, als Reaktion auf den überstandenen Schock.

Das Orchester spielte das komplizierte Finale mit großer Bravour. Es endete mit einem machtvollen Tusch. Er vernahm es unwirklich und entfernt, als wären seine Ohren verstopft gewesen, und dann hörte er das Klatschen von tausend – vielleicht mehr, vielleicht weniger – Händepaaren gleich einem vorüberziehenden, unvermuteten Hagelschauer. Das tiefe Schweigen, das darauf folgte, brachte ihn wieder zur Besinnung.

Eine Straßenbahn, die einem langen Glaskasten ähnelte, in welchem Leute mit grell beleuchteten Köpfen saßen, rollte rasch keine sechzig Meter von jener Stelle entfernt, an der er beraubt worden war, vorüber. Dann rauschte eine zweite heran, und noch eine andere kam aus der entgegengesetzten Richtung. Das Publikum um das Orchester war aufgebrochen und betrat nun in kleinen, sich unterhaltenden Gruppen die Allee. Der Graf setzte sich aufrecht hin und versuchte, ruhig das zu überdenken, was ihm zugestoßen war. Die Niederträchtigkeit der Sache benahm ihm abermals den Atem. Soweit ich sehe, empfand er Ekel vor sich selbst. Ich meine nicht vor seinem Betragen. Wahrlich, wenn der pantomimischen Wiedergabe desselben zu meiner Unterrichtung zu trauen war, muß es einfach vollendet gewesen sein. Nein, nicht das war es. Er war nicht beschämt. Er war bestürzt über die Tatsache, das auserwählte Opfer nicht so sehr eines Raubüberfalls als der Verachtung eines Menschen gewesen zu sein. Seine Seelenruhe war mutwillig entweiht, die lebenslange, gütige Feinheit seiner Anschauungsweise war entstellt worden.

Dessen ungeachtet war er in jenem Stadium, ehe noch die Pein seine Seele zu beschleichen vermocht hatte, in der Lage, sich zu einer beträchtlichen Gleichmütigkeit aufzuraffen. Als sich seine Erregung etwas gelegt hatte, wurde er sich bewußt, daß er entsetzlich hungrig war. Ja, hungrig. Die schiere Aufregung hatte ihn heißhungrig gemacht. Er verließ seine Gartenbank und stand, nachdem er eine Weile weitergegangen war, unversehens außerhalb des Parks und vor einer wartenden Straßenbahn, ohne daß er recht gewußt hätte, wie er dorthin gekommen war. Wie im Traum stieg er, von einer Art Instinkt geleitet, ein. Glücklicherweise fand er in seiner Hosentasche eine Kupfermünze, mit der er den Kondukteur zufriedenstellen konnte. Dann hielt der Wagen an, und da alle Leute ausstiegen, stieg auch er aus. Er erkannte die Piazza San Ferdinando wieder, aber anscheinend kam es ihm nicht in den Sinn, eine Droschke zu nehmen und ins Hotel zu fahren. Trübselig blieb er auf der Piazza stehen, wie ein verlorener Hund, und überlegte sich undeutlich, wie er am besten und unverzüglich etwas zu essen bekommen könnte.

Plötzlich erinnerte er sich seines Zwanzig-Franken-Stückes. Er erklärte mir, er habe dieses französische Goldstück seit ungefähr drei Jahren besessen. Er pflegte es bei sich zu tragen als eine Art Reserve für alle Notfälle. Jedem kann einmal etwas aus der Tasche gestohlen werden – ein ganz ander Ding als unverschämter und beleidigender Raub.

Vor ihm erhob sich der monumentale Torbogen der Galleria Umberto über einer edlen Treppenflucht. Diese stieg er, ohne länger zu säumen, hinan und wandte seine Schritte dem Café Umberto zu. Alle Tische draußen waren von Leuten besetzt, die etwas tranken. Doch da er zu essen gedachte, ging er ins Café, das von quadratischen, ringsherum mit langen Spiegeln besetzten Säulen in Nischen unterteilt wird. Der Graf setzte sich auf eine rote Plüschbank gegen eine dieser Säulen und wartete auf seinen Risotto. Und seine Gedanken kehrten zu dem abscheulichen Abenteuer zurück.

Er dachte an den mürrischen, gutgekleideten jungen Mann, mit dem er in der Menge vor der Kapelle Blicke getauscht hatte, und der, wie er glaubte, der Räuber war. Würde er ihn wiedererkennen? Zweifellos. Aber er wollte ihn nie wiedersehen. Das beste war, diese demütigende Episode zu vergessen.

Gierig auf seinen Risotto wartend, blickte der Graf sich um, und da! zu seiner Linken an der Wand – da saß der junge Mann. Er saß allein mit einer Flasche Wein oder Sirup und einer Karaffe Eiswasser vor sich auf dem Tisch. Die glatten, olivfarbenen Wangen, die roten Lippen, der kleine pechschwarze, elegant aufgezwirbelte Schnurrbart, die edlen schwarzen Augen, die ein wenig schwermütig waren und beschattet von langen Wimpern, dieser Ausdruck grausamen Mißvergnügens, dem man sonst nur auf den Büsten römischer Kaiser begegnete – er war es, darüber bestand kein Zweifel. Aber das war ein Typ. Der Graf blickte eilig fort. Der junge Offizier, der dort drüben seine Zeitung las, sah auch so aus. Derselbe Typ. Zwei junge Männer, die an einem weiter entfernten Tisch miteinander Dame spielten, ähnelten ihm ebenfalls –

Der Graf senkte den Kopf, und in seinem Herzen saß die Angst, ewig vom Bild dieses jungen Mannes heimgesucht zu werden. Er machte sich daran, seinen Risotto zu essen. Plötzlich hörte er, wie der junge Mann zu seiner Linken in übellaunigem Ton nach dem Kellner rief.

Auf den Ruf hin eilte nicht nur sein eigener, sondern auch noch zwei weitere untätige Kellner, die zu ganz anderen Tischreihen gehörten, in unterwürfiger Dienstfertigkeit, welche nicht gerade zu den üblichen Eigenschaften der Kellner im Café Umberto zählt, auf ihn zu. Der junge Mann murmelte etwas, und einer der Kellner schritt eilig zur nächsten Tür und rief in die Galleria: »Pasquale! He! Pasquale!«

Jedermann kennt Pasquale, den schäbigen alten Kerl, der zwischen den Tischen hinschlurft und den Gästen des Cafés Zigarren, Zigaretten, Ansichtskarten und Zündhölzer feilbietet. Er ist in vieler Hinsicht ein einnehmender Schurke. Der Graf sah, wie der grauhaarige, unrasierte Grobian das Café betrat, den Glaskasten an einem Lederriemen um den Hals, und auf ein Wort des Kellners hin mit plötzlichem Eifer auf den Tisch des jungen Mannes zuschlurfte. Der junge Mann benötigte eine Zigarre, mit der Pasquale ihn kriecherisch bediente. Der alte Hausierer wollte gerade wieder hinausgehen, als ihn der Graf, einem plötzlichen Drange nachgebend, herbeiwinkte.

Pasquale näherte sich ihm. Ein Lächeln ehrfürchtigen Wiedererkennens verband sich sonderbar mit dem hämisch forschenden Ausdruck seiner Augen. Seinen Kasten gegen den Tisch lehnend, hob er wortlos den Glasdeckel. Der Graf nahm eine Schachtel Zigaretten heraus und fragte, von einer ängstlichen Neugierde getrieben, so beiläufig, wir er vermochte: »Sagen Sie, Pasquale, wer ist dieser junge Signore dort drüben?«

Der andere neigte sich vertraulich über seinen Kasten.

»Das, *Signor Conde*«, sagte er und begann eifrig und ohne aufzublicken seine Waren neu zu ordnen, »das ist ein junger *Cavaliere* aus einer sehr guten Familie von Bari. Er studiert hier an der Universität und ist das Haupt, *capo*, einer Vereinigung junger Männer – sehr ordentlicher junger Männer.«

Er hielt inne und murmelte dann mit einer Mischung aus Diskretion und Wissensstolz das erklärende Wort »Camorra«, dabei klappte er den Deckel zu. »Eine sehr machtvolle Camorra«, flüsterte er. »Die Professoren selbst haben großen Respekt vor ihr... *una lira e cinquanti centesimi, Signor Conde.*«

Unser Freund zahlte mit dem Goldstück. Während Pasquale das Wechselgeld abzählte, bemerkte er, wie der junge Mann, über den er in wenigen Worten so viel erfahren hatte, den Handel insgeheim beobachtete. Nachdem sich der alte Landstreicher mit einer Verbeugung zurückgezogen hatte, bezahlte der Graf seine Rechnung beim Kellner und blieb still sitzen. Eine Erstarrung habe ihn befallen, erzählte er mir.

Auch der junge Mann bezahlte, stand auf, kam herüber, offenbar in der Absicht, sich in dem Spiegel zu betrachten, der dem Platz des Grafen am nächsten war. Er war ganz in Schwarz gekleidet mit einer dunkelgrünen Krawatte. Der Graf sah sich um und war überrascht, als er einem bösartigen Blick aus dem Augenwinkel des anderen begegnete. Der junge *Cavaliere* von Bari (nach den Worten Pasquales; doch Pasquale ist, versteht sich, ein vollendeter Lügner) fuhr fort, sich die Krawatte zurechtzurücken und seinen Hut vor dem Spiegel aufzusetzen, und währenddessen sprach er gerade so laut, daß der Graf ihn hören konnte. Er zischte die Worte mit dem beleidigendsten Gift der Verachtung hervor und blickte dabei unverwandt in den Spiegel.

»Ah! Sie hatten demnach Gold bei sich – Sie alter Lügner – Sie alter *birba* – Sie *furfante*! Aber noch sind wir nicht fertig miteinander.«

Die Teuflischkeit seiner Miene erlosch wie ein Licht, und er schlenderte mit schmollendem, undurchdringlichem Antlitz aus dem Café.

Nachdem er mir diese letzte Episode erzählt hatte, sank der arme Graf zitternd in seinen Sessel zurück. Auf seiner Stirn stand der Schweiß. Diese Beschimpfung war von einem Geist mutwilliger Unverschämtheit getragen gewesen, der sogar mich abstieß. Was er für das Zartgefühl des Grafen bedeutet haben mußte, wage ich mir gar nicht auszudenken. Ich bin überzeugt, wäre er nicht zu kultiviert gewesen für etwas so schreiend Vulgäres wie den Tod durch Schlagfluß in einem Café, er hätte auf der Stelle einen tödlichen Gehirnschlag erlitten. Alle Ironie beiseite, bereitete es mir die größte Schwierigkeit, zu verhindern, daß er das volle Ausmaß meines Erbarmens bemerkte. Er schrak vor jeglichem übertriebenen Gefühlsausdruck zurück, und mein Mitleid war gewissermaßen grenzenlos. Es überraschte mich nicht zu hören, daß er eine Woche lang zu Bett gelegen hatte. Er war aufgestanden, damit er Anstalten treffen könne, um Süditalien für alle Zeiten zu verlassen.

Und der Mann war überzeugt, in keinem anderen Klima das ganze Jahr hindurch leben zu können!

Alle Argumente, die ich vorbrachte, blieben wirkungslos. Nicht Furchtsamkeit war es, die ihn trieb – obwohl er einmal zu mir sagte: »Sie wissen nicht, was eine Camorra ist, mein lieber Herr. Ich bin ein Gezeichneter.« Er fürchtete sich nicht vor dem, was ihm angetan werden konnte. Sein feiner Begriff persönlicher Würde war durch eine schmähliche Erfahrung befleckt worden. Das konnte er nicht ertragen. Kein in seinem gesteigerten Ehrgefühl beleidigter japanischer Edelmann hätte seine Vorbereitungen zum Harakiri mit größerer Entschlossenheit treffen können. Heimzukehren lief für den armen Grafen wirklich auf Selbstmord hinaus.

Ein Sprichwort des neapolitanischen Patriotismus, das, wie ich vermute, auf Fremde gemünzt ist, lautet: »Neapel sehen und dann sterben. *Vedi Napoli e poi mori.*« Es ist ein Ausspruch übertriebener Eitelkeit, und alles Übertriebene war der feinen Mäßigung des Grafen ein Greuel. Doch als ich ihn zum Bahnhof brachte, dachte ich, er verhalte sich in bemerkenswerter Übereinstimmung mit dem selbstgefälligen Geist des Sprichwortes. *Vedi Napoli!* ... Er hatte es gesehen! Er hatte es mit erstaunlicher Gründlichkeit gesehen – und nun begab er sich zu Grabe. Er begab sich mit dem *train de luxe* der Internationalen Schlafwagengesellschaft via Triest und Wien dorthin. Als die vier langen, dunklen Wagen aus dem Bahnhof fuhren, nahm ich meinen Hut in dem feierlichen Gefühl ab, einem Beerdigung-*cortège* die letzte Ehrerbietung zu erweisen. *Il Condes* Profil, das schon sehr vom Alter gezeichnet war, glitt hinter der beleuchteten Glasscheibe in steinerner Unbeweglichkeit von mir fort – *Vedi Napoli e poi mori!*

JOSEPH CONRAD

Der Nigger von der »Narzissus«
Eine Seemannsgeschichte. Bd. 2054

Der Freibeuter
Roman. Bd. 2055

Der Verdammte der Inseln
Roman. Bd. 2056

Almayers Wahn
Roman. Bd. 2057

Die Rettung
Ein Roman von den Untiefen. Bd. 2058

Die Schattenlinie
Roman. Bd. 2059

Gaspar Ruiz
und andere Erzählungen
Bd. 5358

Geschichten der Unrast
Fünf Erzählungen. Bd. 5724

Spannung
Ein Roman aus Napoleonischer Zeit
Bd. 5355

Sieg
Eine Inselgeschichte
Bd. 5352

Über mich selbst
Einige Erinnerungen. Bd. 5725